GALLMEISTER

LA CABANE DANS LES ARBRES

DU MÊME AUTEUR

Les Enfants loups, 2024 ; totem n°321

Vera Buck

La Cabane dans les arbres

Roman

Traduit de l'allemand
par Brice Germain

GALLMEISTER

Titre original: DAS BAUMHAUS

Publié par l'intermédiaire de l'agence EDITIO DIALOG, Lille, France.
www.editio-dialog.com

ISBN 978-2-35178-154-8
ISSN 1956-0982

Photo de l'auteur © Simone Lombard
Illustration de couverture © Yukiko Noritake
Conception graphique : Aurélie Bert

Ils cherchaient l'idylle.
Ils trouvèrent un cauchemar.

Pour tous ceux dont les premiers héros étaient
Fifi Brindacier, Ronya, fille de brigand,
et Jonathan Cœur-de-Lion.

Et pour ma mère,
qui a donné vie à ces personnages
dans mon enfance.

PROLOGUE

La mer est affreuse et déchaînée. Le vent charrie des montagnes d'eau, comme si la mer devait être vidée et rangée. Je tremble. Mes cheveux sont salés et trop longs. Ils me fouettent le visage et me tombent sur les yeux. L'homme s'impatiente. Il veut que je me mette en slip et que je patauge dans l'eau. Mais je me sens encore mal du trajet dans la caisse et j'ai froid. Je regarde le ciel. Peut-être que je peux deviner dans quelle direction on a roulé pour savoir comment s'appelle la mer sous mes yeux. Il m'a appris à m'orienter à partir de la position du soleil. Mais le soleil est couvert de nuages sombres. Je crois qu'il va y avoir un orage.

— Allez, vas-y. Ça va être l'aventure !

Je retire mon pantalon en grelottant et j'avance à quatre pattes sur les pierres, le corps raide. L'eau est froide. Je retiens mon souffle.

— Personne n'a encore su nager aussi bien que toi.

L'homme a de la fierté dans la voix et pointe du doigt, au loin, les contours d'un rocher qui émerge des flots, ou peut-être est-ce une île. Le va-et-vient tumultueux des vagues dévore les contours et les relâche, les dévore et les relâche.

On dirait que l'île elle-même est en train de se balancer. Je serre les dents et prends encore une vive inspiration lorsque l'eau se met aussi à me dévorer les jambes.

L'homme savait déjà que je nageais bien quand il m'a enlevé à la piscine il y a quatorze semaines. Ce jour-là, c'est moi qui ai été le plus rapide de la compétition de jeunes espoirs alors que je n'ai que dix ans et que tous les autres de ma catégorie ont déjà onze ou douze ans. J'en étais très fier. Alors quand un homme est venu me demander si je n'avais pas envie de rejoindre l'équipe nationale, et m'a dit qu'il voulait m'entraîner et me présenter à son groupe de jeunes talents, j'ai failli éclater de joie.

J'ai pensé : Enfin je peux leur montrer, aux autres. Enfin je peux leur montrer que je suis meilleur qu'eux. Malgré mon maillot de bain horrible récupéré aux dons de vêtements, et bien que mes parents n'aient pas été là pour m'encourager comme les leurs.

Maintenant, je préférerais n'avoir jamais gagné. Être resté invisible et caché sous l'eau. Peut-être que l'homme ne m'aurait jamais vu alors. Ne m'aurait pas donné de bonbons et ne m'aurait pas emmené.

Le vent souffle plus fort. La mer est démontée et hurle face à moi. Je dois vraiment lutter contre les rafales pour ne pas être renversé. Derrière moi, l'homme détache le canoë du toit de la voiture. Le vent s'engouffre à l'intérieur du bateau et tente de l'emporter. Je vois l'homme trébucher, mais il ne met pas le genou à terre. Il est comme ces arbres noueux dans la forêt où j'habite à présent. Le vent peut bien se déchaîner contre lui, il ne s'effondre pas. L'homme coince le canoë sous son bras et lutte contre les bourrasques jusqu'à atteindre les pierres. Puis il le pousse dans l'eau.

— Qu'est-ce qu'il y a ? crie-t-il en se tournant vers moi, le visage tout fripé et assombri par le vent.

— J'ai froid.

— Ça va changer quand tu nageras, fais-moi confiance ! Allez, viens, on est deux pirates en haute mer ! Ha, ha !

Il rit et lève les bras au ciel.

Je me sens mal. Il rit beaucoup, l'homme. Il a ri aussi le jour où il m'a emmené, quand il a ouvert mon sac de sport et qu'il a sorti mes lunettes de natation bleues de la boule de serviettes mouillées. Les lunettes étaient cassées parce que, après la compétition, les autres m'avaient attrapé dans le couloir qui mène aux douches. Ils avaient tenu l'élastique derrière et tiré les lunettes au maximum devant, comme un lance-pierre. Pour qu'elles me frappent les yeux lorsqu'ils les relâchaient. Chacun s'y est mis, à tour de rôle. Parce que je n'avais pas mérité de gagner. Parce que je n'ai même pas un papa qui m'emmène à l'école ou qui me récupère après le cours de natation. Parce que mon papa est parti et que maman nous réveille, ses enfants, pour nous donner à manger au milieu de la nuit : des pâtes avec de la sauce tomate dans laquelle elle verse toutes les épices qu'elle trouve dans le placard. Même celles qui ont le goût de Noël.

Les autres enfants se sont moqués de moi. J'ai pleuré. Mais la douleur de cette journée n'était rien comparée à ce que c'est de vivre avec l'homme. Il a aussi trouvé mon bonnet de bain qu'il a examiné comme un objet très étrange.

— C'est pour quoi faire, ça ?

— Pour que les cheveux ne se mouillent pas.

— Et après, sous la douche ? Tu ne te mouilles pas les cheveux pour les laver ?

Et il a ri si fort que tout son ventre a tremblé.

— Pas besoin de ce genre de gadget ici. De la force et du courage, c'est tout ce dont on a besoin. Tu en as ?

J'ai haussé les épaules mais il m'a fait répéter bien fort :

— J'ai de la force et du courage. J'ai de la force et du courage ! J'ai de la force et du courage !

Et j'ai eu tellement peur que j'ai fait dans mon pantalon. Quand l'homme l'a senti, il a dit qu'il fallait qu'on le travaille, le truc de la force et du courage. Dans la forêt où j'habite maintenant, il y a beaucoup de lacs et de rivières qui se prêtent à cet entraînement. Ensuite, il m'a traîné jusqu'à des rivières plus rapides, des gorges et des torrents bouillonnants. Et nous voilà maintenant ici, à la mer.

Le fond est glissant. Des pierres et des coquillages se plantent dans mes pieds. La deuxième vague me renverse déjà. Je bats des jambes lorsque je ne sens plus le sol sous mes pieds, j'essaie de me maintenir à la surface tandis que la mer me tire vers elle. À côté de moi, le canoë de l'homme s'agite de haut en bas, de haut en bas, comme un cheval de bois hors de contrôle.

— Allez, vas-y !

Et il plante sa pagaie dans l'écume blanche que forment les vagues. J'essaie de rejoindre le canoë à la nage. Mais la mer n'a rien à voir avec un lac. Elle n'a rien à voir avec une piscine, ni même avec une rivière. Je gigote plus que je nage pour garder la tête hors de l'eau, et la mer m'entraîne simplement où elle veut. Les vagues me frappent le visage ou s'abattent sur moi sans arrêt. Je bats des paupières. L'eau salée me brûle les yeux.

— Qu'est-ce qu'il y a ?!

L'homme braille. Je l'entends à peine à cause de la tempête.

— L'… L'eau. Je n'y vois plus rien ! Les vagues sont trop hautes.

— Mais je suis juste à côté de toi, dans le canoë. C'est là-bas qu'on doit aller ! Là, jusqu'à l'île !

D'un geste impatient, il montre la direction du bout de sa pagaie, et j'essaie. Je nage de toutes mes forces pour rester à sa hauteur. Mais je n'en peux bientôt plus, et lorsque je vois enfin l'île, entre deux grosses vagues, elle est encore beaucoup trop loin. Je crie pour couvrir le tumulte :

— Je n'y arriverai pas !

J'espère que l'homme me hissera dans le canoë, reconnaîtra que je n'ai jamais nagé aussi loin de toute ma vie, mais il a brusquement disparu. Paniqué, je tourne la tête dans tous les sens dans l'eau écumeuse, couleur gris galet, je scrute l'horizon, dans une direction, puis une autre. Je suis complètement seul au milieu de la mer.

— À l'aide ! À l'aide !

Et je vois soudain la pointe jaune du canoë danser de bas en haut à quelques mètres de moi.

— C'est bien, ça !

J'entends la voix de l'homme jaillir de quelque part, ou peut-être est-ce le vent dans mes oreilles qui m'encourage. Et puis j'entends encore autre chose, une corne, et je tourne la tête à gauche. Il y a un bateau, tout près de moi. Il y a des gens. D'autres personnes ! Je tousse encore une fois, crache de l'eau, arrête mes mouvements. Indécis, je me laisse balancer ici et là au gré des vagues. Puis je me retourne et me dirige droit vers le bateau.

— Non ! Pas par là ! Ici ! Viens ici !

L'homme hurle, je sens qu'il est revenu plus près, quelque part derrière moi. Je plisse les yeux sous l'effort et continue de nager. Si je fais signe aux gens sur le bateau et qu'ils me voient, ça pourrait bien être mon salut ! Ils pourraient me protéger de l'homme ! Je rassemble toutes mes forces. Ce n'est que lorsque j'entends un nouveau coup de corne, assourdissant et furieux, que je lève la tête avec horreur. Le bateau est bien plus grand que je pensais. C'est un navire ! Je m'immobilise. Mes bras flottent sur l'eau, sans vie, comme des cordages coupés. J'ouvre grand les yeux, malgré l'eau salée qui les brûle. Le navire est à présent juste devant moi.

— Noooon !

L'homme pousse un cri désespéré, comme s'il avait peur pour moi. Moi aussi, j'ai peur, mais un instant seulement, puis un mur de métal noir se dresse sous mes yeux, un choc violent, une aspiration sous mes pieds. Mon corps est emporté, je veux crier, de l'eau entre dans mes poumons, ça me fait tousser et j'en avale encore plus. Et il n'y a plus que de la panique, pure et noire, et du métal qui pousse mon corps, l'entraîne vers le fond. Ça fait mal, mal dans les poumons, dans le thorax rempli d'eau salée. J'ai déjà failli me noyer, une fois, quand Jannes et Mario m'ont maintenu la tête sous l'eau à la piscine. Parce que je suis un "cas soc'". Parce que je ne mérite pas de médaille en natation. Voilà ce que j'ai ressenti quand je me suis presque noyé. Comme des couteaux dans mes poumons. J'entends résonner à nouveau la corne du navire. Et puis plus rien.

PREMIÈRE PARTIE

Il était une fois, dans une forêt sans fin,
sous des nuages noirs, l'orage battant son plein,
un petit enfant très fatigué
d'avoir marché toute la journée.

Cette journée était si longue,
la forêt si dense et le ciel si sombre,
l'enfant, seul et égaré,
marchait et pleurait sans arrêt.

Il pleurait : plus jamais
la demeure de mon père je ne reverrai ;
dans l'obscurité, la détresse et le froid,
seule la mort viendra à moi.*

* *Un Noël enchanteur*, Astrid Lindgren, Éditions Cambourakis, 2022, traduit du suédois par Catherine Renaud.

ROSA

Une pelletée de terre vole dans les airs. À la lueur du spot de chantier, elle s'écrase sur ma tente enroulée. Si jamais quelqu'un vient et me demande ce que je fais, je dirai que je veux passer la nuit ici et creuser un trou pour faire un feu. N'importe qui peut le faire dans la nature suédoise, on appelle ça l'*allemansrätt,* le droit de tout un chacun. Bien sûr, le trou est un peu plus profond que nécessaire pour un barbecue, mais je dirai que je craignais que les flammes atteignent les arbres. C'est une explication stupide, mais les gens partent toujours du principe que les jeunes femmes sont naïves. Je sais par expérience que je ne récolterais que des regards incrédules si je m'en tenais à la vérité en expliquant que je cherche des cadavres.

J'ai marqué hier à la craie jaune le frêne sous lequel je creuse le trou. Je dois observer les couleurs et la nature des feuilles en plein jour pour me faire une idée de l'endroit où se trouvent les cadavres. Ça ne marche pas en pleine nuit. Et parfois ça ne marche pas du tout. Les fouilles d'hier, par exemple, n'ont rien donné, pas le moindre petit os. Ça peut arriver. C'est grâce aux échecs que la science progresse.

Possible, d'ailleurs, que j'aie bien interprété les feuilles, mais que j'aie simplement creusé du mauvais côté de l'arbre et ainsi manqué de peu l'îlot de décomposition.

Quand je tombe sur des racines, je donne un coup de botte en caoutchouc sur le bord de la bêche et enfonce la pointe plus profondément dans le sol. Ça m'énerve de devoir creuser en cachette, la nuit. Comme si la science était un crime. Le sol forestier retourné dégage une odeur terreuse de moisi. Un parfum familier. Une chouette hulotte crie quelque part au-dessus de ma tête. Je m'abandonne au rythme fixé par le bruit tranchant de ma bêche – et par mon souffle court. J'extrais de la terre, je la jette, je replante la bêche. C'est une activité exténuante que j'ai gardée de mon stage au cimetière. Mais cela remonte à quelques années et mes bras souffrent déjà des courbatures des nuits précédentes.

Du dos de la main, j'essuie la sueur sur mon visage. Mon regard tombe sur de petites gaines blanches qui brillent dans le sol noir à la lueur du spot de chantier. J'en tire une délicatement de la terre grasse et l'écrase entre mes doigts. Des restes de pupes d'asticots. Bingo. Je sors mon journal et prends des notes : date. Coordonnées du lieu de la découverte. Traces entomologiques. Nature du sol. État de l'îlot de décomposition potentiel.

J'utilise toujours des journaux pour mes notes, en partie par habitude, et en partie en l'honneur d'Oskar, qui sera pour toujours immortalisé sous la date du 1er janvier 1997. Mon premier cadavre. Mon chaton. L'observer se décomposer a vraiment été une expérience particulière.

Ces derniers jours, j'ai trouvé et consigné une tête d'élan, un castor mort et un chevreuil. Leurs restes gisent maintenant derrière la grange de mon père, prêts à l'analyse métabolomique. Je veux déterminer quelle variation apporte la décomposition de différentes espèces animales dans le métabolisme des arbres. Les feuilles de ce frêne ont par exemple une couleur plus intense que celles des sites de fouilles précédents. En plein jour, elles éclatent d'un vert profond qui me rappelle le basilic frais. C'est pourquoi j'espère à présent tomber sur un carnivore. Peut-être un glouton, un lynx ou un petit renard. Les trois animaux des dernières nuits étaient tous des herbivores.

Je reprends mon travail, je continue de creuser tandis que la forêt autour de moi commence à s'éclaircir. Je n'ai plus beaucoup de temps. Même si cela fait déjà quelques semaines que la Midsommar est derrière nous, avec ces journées de juin qui semblent ne jamais vouloir finir, le laps de temps durant lequel je peux creuser en forêt sans être trahie par les rayons du soleil est encore court début août. Et le trou est si profond maintenant que plus personne n'avalera mon histoire de feu de camp, même si je me faisais passer pour une parfaite idiote. Est-ce que je vais encore trouver un animal mort à cette profondeur, tout compte fait ?

Probablement pas. Et pourtant j'étais si sûre de moi ! La couleur des feuilles. Le sol. Et les restes de pupes d'asticots en plus de ça !

Frustrée, je plante ma bêche dans le sol noir – et je ne bouge plus. Il y a eu un crissement. Un obstacle qui n'a cédé qu'avec réticence, trop souple pour une pierre. Comme si j'avais enfoncé la pointe de ma bêche dans du calcaire poreux. Ou dans un os. Je la ressors avec précaution, ça crisse à nouveau. Je me baisse et balaie un peu de terre de la main, mais le trou est tellement profond à présent que l'obscurité est totale en bas. Je suis obligée de me hisser à la surface et d'aller chercher le spot pour éclairer mes fouilles. Quelque chose de jaune sale luit dans la terre. Le cœur battant, je redescends dans le trou, m'accroupis et dégage ma découverte. C'est vraiment un os ! J'y vois d'abord la crête sternale d'un grand oiseau, mais ça pourrait aussi être l'omoplate d'un mammifère. Je souffle dessus, le libère de petites saletés. Oui, plutôt une omoplate. Je continue à écarter la terre et les cailloux, trouve des côtes, puis une deuxième omoplate. Je me mets à gratter la terre à mains nues. Un procédé peu scientifique, pour ainsi dire fébrile. Je mets ainsi au jour d'autres petits os, des vertèbres et des osselets, je place tout sur le bord, brûlant d'impatience d'accéder enfin au crâne de l'animal. Mes doigts effleurent une matière lisse et synthétique au toucher, semblable à une bâche en plastique, mais quand je tire dessus, il s'agit d'un fragment de tissu marron avec un œillet métallique, comme pour un cordon de capuche. Déconcertée, je m'interromps et m'écarte autant que possible dans le trou étroit pour ne pas me cacher à moi-même la lumière. Est-ce un lambeau de veste ? Un sifflement aigu résonne dans mes oreilles. Je laisse tomber le bout de tissu. Maintenant je vois aussi la calotte crânienne. L'os brille à la lueur de ma lampe, tel un œuf d'autruche à demi enterré. Jaune laiteux et couvert de taches. Je le saisis des deux mains. Le crâne est petit et léger lorsque je le libère de la terre. Comme celui d'un singe qu'il n'y a évidemment pas ici, en Suède. Ce n'est pas un singe. C'est le crâne d'une jeune personne. D'un adolescent peut-être. Ou d'un enfant.

Je fixe les orbites noires tandis que je prends conscience de la portée de ma découverte. Un crâne d'enfant. Une vieille capuche. Des os, des vertèbres et des omoplates. Qui diable ai-je bien pu déterrer ?

HENRIK

Je me demande pourquoi je ne lui ai pas simplement menti. Pourquoi je ne lui ai pas raconté qu'un acheteur s'était manifesté pour la maison au dernier moment, juste avant notre départ. Ce n'est pas faute d'y avoir pensé. Je suis doué pour déformer la vérité quand ça m'arrange.

J'appuie ma tête contre la vitre de la voiture. Partout où je pose les yeux, je peux voir mon grand-père, ici. Il se tient au bord de la route et m'adresse un clin d'œil, dans ce paysage qui défile, comme si on passait un film d'Astrid Lindgren. Il apparaît au milieu des hauts arbres fins et pose un doigt sur ses lèvres pour que je ne révèle pas sa présence à ma femme, qui tient le volant comme le gouvernail d'un navire, et m'enlève pour m'emmener à Boucan*.

— Ce sera super une fois qu'on aura aménagé la maison. Quand Fynn ira à l'école, on ne sera plus dépendants des

* Henrik fait allusion à un des célèbres romans d'Astrid Lindgren, paru initialement en France sous le titre *Nous, les enfants du village Boucan*. Boucan (Bullerbyn en suédois) est devenu en Allemagne le symbole de la vie suédoise idyllique : une communauté égalitaire, pacifique, dans une nature sauvage préservée. (Toutes les notes sont du traducteur.)

locations hors de prix pendant les vacances scolaires. Et tu pourras te retirer ici pour écrire dès qu'il t'en viendra l'envie ! Je veux dire, quel autre endroit que la Suède pourrait mieux se prêter à l'écriture du prochain best-seller de la littérature jeunesse ?

Nora se tourne vers Fynn en riant. Assis sur la banquette arrière, derrière moi, il pousse un soupir qui ne saurait mieux exprimer le fond de ma pensée.

La vérité – et c'est ironique que ce soit précisément moi qui le dise – la vérité, c'est que mes livres pour enfants n'ont pas grand-chose en commun avec ceux d'Astrid Lindgren. La plupart de mes histoires se déroulent dans des univers fantastiques. Elles comprennent toutes sortes d'êtres et de créatures que j'invente avec Fynn, et beaucoup de noirceur. Pas de monde idyllique comme ici. Ce sont des univers auxquels seuls les enfants ont accès et qui excluent les adultes, ce degré de fantaisie leur ayant échappé depuis longtemps.

Fynn se laisse à moitié glisser sous la ceinture de sécurité et tape du bout du pied contre mon siège. Il s'ennuie et me le fait comprendre. De Greifswald à notre maison de vacances dans le Norrland, il faut compter quinze heures de route et, au bout de dix minutes seulement, il avait déjà laissé tomber le recueil d'histoires d'Astrid Lindgren à ses pieds. Il râle :

— On peut écouter *Sam le pompier* ? Ou la *Pat' Patrouille* ?

Il ne connaît que le Småland* d'IKEA.

Je laisse à Nora le soin de répondre. J'observe par ma fenêtre, cherche mon grand-père entre les rangées d'arbres

* Le Småland est le nom de l'aire de jeux pour enfants dans les magasins IKEA, mais c'est aussi le nom d'une province du sud de la Suède.

interminables et le trouve sur la rive du lac suivant. Il me tourne le dos, debout, ses mains ridées croisées derrière lui, et il regarde l'eau. Avant, peu après sa disparition de l'hôpital, je rêvais souvent qu'il se tenait au bord d'un plan d'eau quelconque. À chaque fois, il voulait aller patauger et je criais pour le retenir, ce qui glaçait le sang de mes parents. Aujourd'hui, en revanche, je reste parfaitement calme et muet. J'ai pris de l'âge, et cela fait longtemps que sa mort ne me révolte plus.

Mon grand-père s'est noyé en Suède. Ça n'a rien d'une belle mort, et j'en veux toujours à mon père que cela se soit terminé de cette manière. Mais, avec le temps, je me dis aussi que c'était mieux pour mon papi de mourir dans un lieu qu'il avait lui-même choisi : en pleine nature plutôt que dans un hospice en Allemagne, où on l'aurait collé puisque ni mon père ni ma tante n'étaient prêts à s'occuper de lui.

Le système de navigation indique à Nora de prendre à gauche et, alors qu'il n'y a personne d'autre que nous sur la route, elle actionne le clignotant avant de tourner. Des maisonnettes rouges et blanches apparaissent ici et là au milieu des arbres. Tout cela me rappelle mon enfance, parce que moi aussi je sautais par-dessus les ruisseaux et je jouais avec des bâtons, comme un enfant du village Boucan. Mon Dieu, à quand cela remonte-t-il, déjà ?

La dernière fois que je suis passé par ici, j'étais assis sur la banquette arrière dans la voiture de mes parents, et nous suivions l'ambulance dans laquelle se trouvait mon papi. Je me souviens encore qu'il pleuvait, que je voulais dire je ne sais quoi à mes parents. Quelque chose en rapport avec l'obscurité des sapins, dehors. Mais mes parents se crêpaient le chignon, ils ne m'écoutaient pas.

Les circonstances dans lesquelles nous avons quitté la Suède n'étaient pas heureuses. Peut-être est-ce pour cette raison qu'aucun de nous n'a ressenti le besoin de revenir ici, dans la petite maison qui appartenait à mon grand-père. Qui nous appartient à présent.

Nous passons devant une île posée sur un lac étincelant. Et il me vient soudain à l'esprit l'une des nombreuses histoires qui tissent cet endroit et qui sont bien plus vieilles que *Zozo la tornade* ou *Fifi Brindacier*. Je tapote contre la vitre et dit :

— Fynn ! Vite ! Tu as vu ? Le loup ?

Fynn arrête aussitôt de donner des coups contre mon dossier et se redresse sur son siège-auto, colle le front et les mains sur sa vitre, derrière laquelle l'île a déjà disparu. Il écrase son nez contre la fenêtre.

— Où ça ?

— Sur l'île. C'était Fenrir, le loup géant.

Je roule les "r" pour rendre le nom plus effrayant encore, et ça ne manque pas de faire son effet.

— Un loup géant ?!

— Il y a bien des siècles, les forêts n'étaient plus sûres à cause de lui. Aucune chaîne ne pouvait le retenir, alors les dieux l'ont amené sur cette île.

— Pourquoi ?

Fynn tourne la tête vers la lunette arrière à présent, où le lac s'étend derrière nous.

— Parce qu'il dévorait les hommes. Et les dieux.

Nora hausse les sourcils. Ce n'est pas le genre d'histoire qui correspond à ses principes pédagogiques.

— Je veux dire, pourquoi ils l'ont amené sur l'île ? Il ne sait pas nager ?

— Bien sûr que non, c'est un loup. Ils ne peuvent pas nager.

Nora plisse le front et, cette fois, intervient :

— À vrai dire, ce n'est pas tout à fait exact ! Les loups peuvent même être d'excellents nageurs. J'ai lu il n'y a pas longtemps un article du *National Geographic* qui parlait de loups sur les côtes de la Colombie-Britannique. Ces bêtes vivent là-bas sur de minuscules îles et utilisent l'océan comme source de nourriture. Ils croquent des crabes, des coquillages et des cadavres de baleines, et parcourent de nombreux kilomètres à la nage pour chercher de quoi manger.

Je tourne les yeux vers la fenêtre pour que Nora ne voie pas le rictus sur mon visage. C'est typique d'elle de vouloir appâter Fynn avec des connaissances. Dès qu'il a su attraper une cuillère, elle a essayé de faire appel à sa raison. Quand il est au pied de notre lit, la nuit, parce qu'il a peur des fantômes et des revenants, elle ne repousse pas la couverture pour l'inviter à nous rejoindre, elle lui demande en détail la différence entre fantômes et revenants. Mais maintenant, Fynn veut savoir ce qu'est un cadavre de baleine et pourquoi ce loup géant n'a pas conscience qu'il peut nager. Le sourire aux lèvres, je laisse à Nora le soin de lui expliquer tout ça. S'il vient dans notre chambre cette nuit, effrayé que le loup puisse avoir traversé le lac, je lui rappellerai que c'est elle qui a raconté cette partie de l'histoire.

Le système de navigation nous invite à tourner encore une fois. Mais le sentier est si étroit et envahi par la végétation que nous le manquons et devons faire demi-tour.

— Là-dedans ?

Nora, décontenancée, quitte la route avec précaution. Nous cahotons sur un chemin de terre. Les branches de sapins effleurent la voiture tels des géants aveugles cherchant à deviner du bout des doigts qui vient se perdre ici après tant d'années.

Concentrée, Nora se penche en avant, vers la clairière qui s'ouvre à présent devant nous, et murmure :

— Il va falloir qu'on embauche quelqu'un pour dégager le passage.

J'entends l'incertitude dans sa voix, mais je ne dis rien. Réaménager la résidence d'été était son idée, pas la mienne. Je ne sais comment, la conversation entre elle et ma mère à propos des vacances de Pâques a dévié sur cette petite maison en Suède et, dès lors, les plans de Nora se sont élaborés d'eux-mêmes. Ma seule contribution a été de mentionner mon grand-père décédé, à qui tout ça a appartenu autrefois.

Nora gare la voiture dans les herbes hautes et coupe le moteur. Et les souvenirs me reviennent d'un coup. J'ai passé les plus beaux étés de ma vie dans cette petite maison en bois rouge au bord du lac. Je peux distinguer le bord de la vieille barque qui a coulé à côté du ponton. C'est ici que mon grand-père m'a appris la pêche à la ligne. C'est ici qu'il m'attendait avec une serviette quand je sortais de l'eau en soufflant fort, et qu'il m'enveloppait dedans dès que j'avais posé le pied en grelottant sur l'herbe trempée par la rosée. En y repensant, mon cœur se soulève.

— On est arrivés ?

Fynn s'appuie entre nos deux sièges. Il veut enfin sortir de la voiture, et nous aussi sommes raides et tendus après ce long trajet. Nous descendons et j'ouvre la portière bloquée par la sécurité enfant. Fynn est déjà détaché, il glisse en bas de son siège et court devant nous pour arriver le premier à la maison. Il s'accroche à la poignée de la porte et hurle :

— Ce n'est même pas fermé à clé ! Waouh ! Trop cool ! Et qu'est-ce que ça pue ! Tu crois que quelqu'un est mort ici, papa ?

Nora me jette un regard censé vouloir dire que notre fils tient bel et bien de moi. Puis nous suivons Fynn, sans sortir les valises de la voiture, et traversons la prairie à pas lourds vers la véranda. La maison accuse le poids des années. La peinture s'écaille des contrefiches devant les fenêtres condamnées. Le toit est bosselé par endroits, comme si un énorme poing le poussait de l'intérieur. Et le mât à côté de la porte, auquel flottait autrefois un fier petit drapeau suédois, n'est plus maintenant qu'un bras maigre affamé que la maison tend vers nous comme un appel à l'aide. Tout à coup, ça me fait de la peine qu'on ait laissé s'étioler cet endroit que mon grand-père aimait tant.

Tandis que nous passons la porte, Nora fait la moue.

— Fynn a raison. Ça pue. Il y a probablement une souris morte quelque part.

Nous nous mettons tout de suite à sa recherche, ouvrons en grand toutes les fenêtres pour faire entrer l'air estival, et je monte avec précaution à l'étage, où se trouvent les deux chambres et la salle de bains. Pas à pas, je vérifie le plancher qui craque, que l'un de nous ne traverse pas le plafond par-dessus le marché. Il est couvert de poussière et de crottes de souris, mais supporte mon poids. Les chambres sont de véritables capsules temporelles : des armoires ouvertes, un lit en pagaille. Un verre d'eau est même encore posé sur la table de chevet. Le sol grince tandis que je me dirige vers l'armoire de la chambre à coucher. Là aussi, le temps s'est arrêté. Les habits sont accrochés là, comme s'ils attendaient patiemment le retour de mon papi. Je reconnais le pull norvégien qui gratte, dans lequel j'aimais enfouir mon visage à l'époque, quand ses histoires étaient si captivantes que la peur me chatouillait la poitrine.

Je me penche en avant pour sentir une des manches, mais bondis en arrière lorsqu'une violente puanteur me prend à la gorge. Un oiseau mort est étendu sur le plancher de l'armoire.

— Pauvre petit bonhomme.

Je vais dans la salle de bains contiguë et trouve sur le tabouret, à côté de la baignoire, un journal jauni que je glisse sous l'oiseau pour le porter dehors.

Les recherches n'ont pas été vaines non plus pour Nora, à l'étage inférieur. Elle s'est débarrassée d'une souris morte et nettoie le sol constellé de crottes avec un balai, tandis que Fynn est assis sur la table, dans la cuisine, et bat des jambes avec impatience. Il attend le feu vert pour sa propre expédition et se plaint :

— Maman ne me laisse pas jouer à cause des crottes de souris.

Nora insiste, sans lever le nez de son balayage.

— Les souris propagent des maladies.

— Les autres enfants de maternelle transmettent aussi des maladies.

C'est exactement ce que Nora a expliqué à Fynn il y a peu, alors qu'il était au lit avec la varicelle.

— Viens, Fynn. Tu peux m'aider à enterrer l'oiseau dans le jardin.

— Il n'a pas besoin d'être enterré, enfin. Tu n'as qu'à le jeter dans la poubelle.

Nora reste pragmatique. Fynn me regarde, choqué, et je hausse les épaules d'un air navré avant de sortir et de jeter l'oiseau dans la forêt, derrière la maison. Je ne remarque pas Fynn glisser de la table et se diriger vers moi jusqu'à ce qu'il se tienne tout à coup dans mon dos.

— Qu'est-ce que tu en as fait ?

Je m'agenouille à côté de lui et désigne la cime d'un sapin :

— Je l'ai lancé très haut, et il a tout à coup senti le vent sous ses ailes et s'est envolé.

— C'est vrai ?

Fynn rejette la tête en arrière et suit mon index, là où un vrai oiseau se met par chance à gazouiller au même moment.

— Mais il était mort.

— Et maintenant, il est de nouveau vivant, tu le vois bien.

— Simplement parce que tu l'as jeté en l'air ?

Je hoche la tête d'un air connaisseur.

— À quelle hauteur ? Aussi haut que l'arbre ?

— Encore plus haut.

Je l'attrape pour lui montrer jusqu'où j'ai lancé l'oiseau et il pousse des cris de joie aigus. Mon merveilleux fils peut voler maintenant, et je l'envie encore une fois pour sa faculté à avoir tout le temps qu'il veut, à chaque instant.

Je jette de nouveau Fynn, qui rit à gorge déployée, en l'air et je sens soudain un regard dans mon dos. Je tourne alors la tête, intimement persuadé qu'il s'agit de Nora en train de nous observer. Mais il n'y a que la forêt et notre voiture. Nora est dans la maison. Je peux l'entendre s'affairer à l'intérieur. Et qu'irait-elle faire dans la forêt de toute façon, au milieu des arbres ?

— Papa !

Fynn pousse un glapissement mi-joyeux, mi-paniqué, et je le rattrape juste à temps. Il proteste lorsque je le repose sur ses pieds. Mais il remarque mon regard, toujours fixé sur la forêt.

— Qu'est-ce qu'il y a, là-bas, papa ? Dis, qu'est-ce qu'il y a là-bas, papa, papaaa !

Il tire sur mon bras comme sur la corde d'une cloche d'église, mais mon esprit est ailleurs. Je sens une agitation inquiète dans mon ventre, moins une sensation qu'une idée, très semblable au frisson que j'ai éprouvé tout à l'heure face aux pulls dans l'armoire. *Penche-toi vers moi*, me dit l'idée, *je veux te raconter quelque chose.*

Sans prêter attention à Fynn, je balaye du regard la maison, puis la forêt. Je cherche un mot qui correspondrait à ce que je ressens.

— Papa !

Fynn me tire encore une fois par la manche, plus fort, et la secousse brise le cours de ma pensée, comme un fil. Je pose les yeux sur mon fils, qui me regarde d'un air indigné. J'ébouriffe ses cheveux blonds d'été. J'ai sur le bout des lèvres un conte de trolls qui se passe ici, dans les bois. Fynn est encore à un âge où il écoute mes histoires, les yeux brillants. Mais il insisterait pour aller chercher le troll avec moi, et quelque chose me retient aujourd'hui. Peut-être un soupçon de mauvaise conscience envers Nora – mais c'est avant tout lié à la forêt elle-même. Une forêt d'où une histoire vient de se profiler et se faufiler derrière moi.

— Tu viens d'avoir une nouvelle idée, papa ?

Je cligne des yeux, déconcerté par la question de Fynn. Je dois encore m'habituer au fait qu'il comprenne tant de choses maintenant. Je lui passe la main dans les cheveux, du front jusqu'à l'arrière du crâne, de sorte qu'ils restent dressés telle une crête de dragon.

— Oui, peut-être.

— Pour un livre pour enfants ?

— Peut-être.

— Et mon nom sera de nouveau écrit tout au début ?

Depuis que Fynn est né, je lui ai dédié chacune de mes histoires. Même celles pour lesquelles il est encore trop petit.

— Sur la première page !

Et je le hisse sur mes épaules. Je me mets à trotter à travers la prairie, en renâclant comme un cheval. Je fais tout pour mon fils. Pour lui, je suis un cheval, un pilote, un magicien, un Viking et un pirate. J'invente des histoires et il n'existe aucun meilleur public que lui, Fynn, pour qui tout est encore possible et crédible. C'est la raison pour laquelle j'écris pour les enfants et non pour les adultes.

Je tiens fermement ses jambes, sans quoi il tomberait de rire. Il glousse et pousse des cris aigus à chaque saut. Ça me rend heureux de porter tant de joie sur mes épaules. Peut-être que Nora avait raison. C'était une bonne idée de venir ici. Les bois et le lac sombre devant notre maison sont un appel à écrire et à raconter des histoires. Une forêt et un lac, ce sont les meilleurs viviers pour les monstres et les angoisses de toutes sortes.

MARLA

Mon chez-moi est tout en haut, dans un arbre qu'on appelle frêne. Mais nous l'appelons Yggdrasil, comme l'arbre-monde des histoires anciennes. Les racines d'Yggdrasil s'enfoncent jusque dans les plus lointaines profondeurs de la Terre, et ses branches atteignent les cieux les plus élevés. Sous ses racines dort un dragon et, là-haut, dans les branches, je me blottis sous l'épaisse couverture en laine. La cabane dans les branches est mon nid. Mon nid de corbeau. Si je pouvais être un animal, j'aimerais être un corbeau. Les corbeaux sont des ombres silencieuses, ce sont des guetteurs. Quand des méchants rôdent parmi les arbres, ce sont les premiers à le savoir.

Je glisse ma main sous la couverture, vers la plume que j'ai trouvée hier dans la clairière. Elle est brillante et douce et grande et doit appartenir à un corbeau exceptionnel, peut-être Hugin ou Munin, c'est ainsi que s'appellent les deux corbeaux d'Odin.

Odin est le plus important de tous les dieux. C'est le dieu de la guerre et de la mort, et le père des hommes et de tous les autres dieux.

Il porte un casque et n'a qu'un œil parce qu'il s'est arraché le deuxième pour le jeter dans un puits magique. Pourquoi, j'ai oublié, mais je n'ose pas poser la question à l'homme.

Je me retourne sur le dos, tends la plume sous la lumière et chuchote le poème que nous avons appris par cœur ensemble, l'homme et moi :

Aux côtés du dieu du Nord, Odin,
Un couple de corbeaux se tenait,
Le premier était appelé Hugin,
Et le second, au nom de Munin répondait ;
La vigueur de leurs ailes noires
Les portait au-delà du temps et des carcans.
Munin était la mémoire,
Et Hugin, la pensée, naturellement…

Chaque jour, Odin fait voler ses corbeaux afin qu'ils espionnent le monde pour lui, et chaque soir ils reviennent pour lui rapporter ce qu'ils ont vu. Mais Odin a peur aussi. Peur, en effet, qu'un jour ils ne reviennent pas. Les corbeaux sont des animaux sauvages. Si on leur coupe les plumes, il leur en pousse de nouvelles, encore plus grandes. Ils ne se laissent ni apprivoiser ni enfermer.

La plume danse entre mes doigts. Le brouillard luit par la fenêtre. On peut disparaître en lui, tant il est aveuglant. Je murmure :

Même un bref instant, à être apprivoisé,
On ne pouvait les forcer ;
Même si l'on paralysait leurs ailes,
Il leur en poussait de nouvelles,
Et dans un envol triomphant,

Munin, la mémoire,
Et Hugin, la pensée,
*Fuyaient le service d'Odin et ses carcans.**

L'homme me l'a expliqué, le poème. Odin a peur pour Hugin, parce qu'il l'aime. Mais surtout, il s'inquiète pour Munin, le plus important à ses yeux. Nous ne sommes rien sans nos souvenirs.

Je tends la plume en direction du soleil laiteux. J'aimerais être un corbeau qui s'envole par la fenêtre et fend le brouillard, s'élevant vers le ciel. J'aimerais disparaître dans la brume aveuglante et ne plus jamais revenir. J'aimerais ne plus être prisonnière ici.

L'échelle grince. Ce sont les cordes qui frottent contre le bois. Je sursaute. C'est le bruit que l'homme produit quand il s'élance sur le premier barreau, en bas. Jusqu'à mon nid, il faut monter trente-deux échelons sur l'échelle de corde. Je compte toujours en même temps, même si le nombre ne change jamais. L'échelle annonce l'homme, trente-deux fois, et avec lui la douleur. Je cache la plume sous mon matelas, me roule en boule par terre et aimerait être morte. Je le déteste, ce bruit de l'échelle. Quand l'homme vient, ça ne signifie jamais rien de bon pour moi.

* Extraits traduits du poème de Friedrich von Bodenstedt, "Hugin und Munin".

NORA

La maison en bois rouge avec les fenêtres blanches. La forêt. La prairie. Le petit lac qui brille au soleil et à la surface duquel bruissent des nuées de moustiques. Même la cuisine revêtue de lambris ressemble à un décor du village Boucan. Il y a un fauteuil à oreilles qui fait penser au siège d'un conteur, et à côté un téléphone à fil beige, sur une table dédiée. Des peintures champêtres ornent le poêle rond dans le coin. J'entends Fynn et Henrik rire dehors dans le jardin, mes deux enfants – celui à qui j'ai donné la vie et l'autre que j'ai épousé –, et suis étonnée de l'émotion que cela éveille en moi. Je n'aurais pas cru qu'un lieu où je n'étais encore jamais venue puisse me rendre nostalgique. Que je puisse même être sensible à cette sorte de kitsch et de mélancolie.

Bullerbysyndromet. C'est ainsi qu'on appelle l'amour démesuré des Allemands pour le monde préservé et idyllique que serait la Suède. Une Suède qui se nourrit directement d'histoires pour enfants. Le "syndrome Boucan". J'ai lu des articles à ce sujet sur Internet. En Suède, il y a de véritables études scientifiques et des débats télévisés sur ce curieux comportement des Allemands qui cherchent

Boucan sur Google Maps, comme s'ils pouvaient aller y passer leurs vacances. Qui veulent partir en voyage dans un endroit qui n'existe pas.

Cela fait longtemps que je n'ai pas ressenti cette paix enfantine. Je l'ai simplement perdue à un moment donné, entre les soucis d'argent, liés aux dépenses en augmentation constante pour un foyer de trois personnes, les contraintes professionnelles – et les personnes que j'ai laissées entrer dans ma vie sans réfléchir. Je jette un regard nerveux par la fenêtre, puis m'attache les cheveux en chignon d'un geste agacé. Je ne suis pas venue jusqu'ici pour me laisser paralyser par la même peur.

La Suède doit devenir un havre de paix pour nous. Pas seulement pour moi, mais aussi pour Henrik. Nous avons toujours voulu avoir quelque chose à nous, une maisonnette qui nous appartienne. Jamais ça n'aurait été possible avec nos revenus, vu les prix de l'immobilier à Greifswald. Et voilà qu'on vient de s'en faire offrir une.

Avec cette maison, le grand-père de Henrik a réalisé un rêve avant sa retraite. La région se trouve en bordure du dernier espace de nature sauvage d'Europe, dans le Västernorrland. Au-dessus de nous, c'est déjà le début de la Laponie, et à l'ouest s'étend le Jämtland, avec la crête de montagnes qui sépare la Suède de la Norvège. En hiver, des troupeaux de rennes viendraient ici à la recherche de nourriture. Les forêts et les marais sont si grands et vastes qu'on peut marcher des heures sans jamais croiser le moindre être humain. C'est exactement ce dont j'ai besoin maintenant : personne d'autre que Henrik et Fynn. Je me suis même déconnectée des réseaux sociaux pour être introuvable quelque temps.

La côte ici est sauvage et déchiquetée. Les cours d'eau, purs comme du cristal. J'ai lu qu'au cœur de l'été des élans cherchent refuge dans les forêts locales et se rafraîchissent dans les lacs. Un élan d'ici peut plonger jusqu'à six mètres de profondeur pour fuir la chaleur de l'été. J'en aurais bien envie moi aussi. Cela fait une éternité que je n'ai pas plongé. Lorsque, au début de ma carrière, je branchais encore des éoliennes offshore en plongeant à quarante mètres de fond, je n'aurais jamais deviné qu'un jour je finirais par passer la majorité de mes journées assise devant un écran. Mais il y a eu quelques changements depuis la naissance de Fynn. Avant ma grossesse, j'allais souvent faire de l'apnée. C'est fascinant, tout ce que le corps est capable d'accomplir sans oxygène, et à quel point la tête devient légère quand on se prive de la plus élémentaire de toutes les facultés humaines. Tout devient doux et facile quand on ne respire plus, on est au bord de la perte de conscience et en même temps connecté à l'eau comme nulle part ailleurs. Cette époque me manque.

Je jette à nouveau un regard par la fenêtre, derrière laquelle s'étend notre lac. C'est réellement notre lac car il fait partie de la propriété. Je n'arrive toujours pas à comprendre pourquoi Henrik ne m'a pas parlé plus tôt de cet endroit.

Mon téléphone vibre et je sursaute si brusquement que le balai m'échappe presque des mains. Ça m'énerve, mais je ne peux rien y faire. Depuis qu'Eric Bleike s'est imposé dans ma vie, il suffit que je reçoive un seul message pour que je me fige sur place et que j'ose à peine regarder l'écran.

Je suis devant ta fenêtre, chérie.

Tu portes une jolie culotte, aujourd'hui.

Fais bien attention à Fynn. J'ai le pressentiment tout à fait idiot qu'il pourrait lui arriver quelque chose, aujourd'hui.

Le souffle coupé, je passe le doigt sur mon portable.

Tout va bien ? Tu devais nous prévenir quand vous seriez arrivés.

Je pousse un soupir de soulagement. Le message vient de ma mère. Je l'appelle et elle décroche tout de suite :

— Ah, enfin, Nora ! Je commençais à croire qu'il vous était arrivé quelque chose !

— Salut, maman. Que veux-tu qu'il nous soit arrivé ? On est seulement en Suède !

— Oui, mais ça fait quand même un long trajet. Combien de temps vous avez passé en voiture ?

— Dix-huit heures, à peu près. Avec une étape pour la nuit.

— Et Fynn ? Il a bien tenu le coup ?

— Oui, tout va bien. Henrik et lui sont en train de jouer dans le jardin.

— Ah, ce petit chou !

Je peux voir son sourire au son de sa voix.

— C'est sûrement quelque chose pour lui. On dit que la Suède est un vrai paradis pour les enfants. Et tu as vraiment de la chance que Henrik t'aide si bien avec Fynn.

— Je suis censée me réjouir que Henrik m'aide en s'occupant de son propre fils ?

— Oui, enfin, tu vois ce que je veux dire, Nora.

Je laisse tomber le sujet. Après notre rencontre, il n'a pas fallu beaucoup de temps à Henrik pour se mettre dans la poche ma famille et tout mon cercle d'amis. Dès qu'il a eu répondu à la question de son métier, ils m'ont jeté des regards approbateurs dans son dos. Pour je ne sais quelles raisons, Henrik, en tant qu'auteur, passe pour ma plus belle prise jusqu'ici, pas même dépassé par le pilote avec qui je suis sortie quelques mois. Et pourtant, Henrik ne remplit aucun des critères caractéristiques permettant en général de qualifier un métier de vraiment attirant. Il n'a pas beaucoup d'argent, ne porte pas d'uniforme et ne sauve pas des vies. Bien que, écrivain passionné, il me contredirait sans doute sur ce point.

— Quelque chose ne va pas ?

— Non, pourquoi ça n'irait pas ?

— Tu es si silencieuse.

— Je suis juste en train de faire le ménage, maman. Il y a tellement à faire ici.

Je chasse les toiles d'araignées avec le balai et donne un coup si maladroit contre le vieux plafonnier qu'il balance dangereusement, me faisant rentrer la tête dans les épaules.

Ma mère soupire, tandis que je tire une chaise d'une main :

— Avec toi, il y a toujours tellement à faire, Nora. Tu es comme ton père. Il est incapable de tenir en place. Tu ne vas pas accepter la mission en Islande, je suppose ?

— On ne m'a jamais proposé de mission en Islande.

Ce à quoi elle fait allusion est une offre de la Norvège, où il est prévu, dans les années à venir, la construction d'éoliennes offshore qui produiront environ trente gigawatts d'électricité par an. Mais il vaut mieux passer pour une cruche trente secondes et éviter une discussion qui durerait des heures.

— Tu vois ce que je veux dire.

— Et comment vous allez, sinon ? Comment va papa ?

— Je comprends que le monde te tienne à cœur, Nora. Mais on peut aussi s'en occuper depuis Greifswald. La protection de l'environnement existe ici aussi. Hier, en me promenant, j'ai encore vu un groupe de jeunes qui ramassaient des déchets sur la plage. Ils font aussi du bon travail.

— Hmm.

Ma mère fait partie de ces personnes qui trouvent qu'il serait préférable pour moi de vivre mon intérêt brûlant pour le changement climatique en l'adaptant à ma condition de mère. Par exemple en donnant à mon fils ses bâtonnets de carottes dans une boîte à goûter durable, ou en lui expliquant comment fonctionne le tri des déchets et pourquoi il doit éteindre la lumière dans la salle de bains après être allé aux toilettes.

La chaise vacille quand je grimpe dessus.

— Tu m'écoutes ou bien ?

— Oui, je retire juste quelques toiles d'araignées en même temps.

— C'est vraiment incroyable que la maison soit restée vide pendant tout ce temps ! Quand j'ai parlé à Doris et Christine de votre héritage inattendu dimanche, en prenant le café, elles étaient vertes de jalousie. Vous passez déjà la nuit là-bas ce soir ou vous allez à l'hôtel ?

Je me glace sur ma chaise lorsque la phrase s'insinue en moi. Ma mère a parlé de notre maison en Suède à Doris et Christine. Et en supposant qu'elles en aient parlé à leur tour…

— Nora ?

— Non, nous passons la nuit ici.

J'ai la gorge sèche et je dois me tenir un instant au dossier de la chaise branlante pour ne pas tomber.

— As-tu aussi raconté à Doris et Christine où se trouve exactement notre maison de vacances ?

— À Döljamåla, tu veux dire ? Je ne sais plus très bien. Pourquoi tu poses la question ?

— Dis-moi juste si vous en avez parlé.

— Il se peut que j'y aie fait allusion, oui… Ah, maintenant que tu demandes, bien sûr ! Christine a cherché le village sur son portable, parce qu'elle voulait savoir si c'était loin de Boucan. Dis, tu savais que Boucan n'existe pas, en fait ?

Je ne réponds pas.

— Une pure invention !

Je tends de nouveau le balai en direction des toiles d'araignées et louche sur la fenêtre. Une autre de mes mauvaises habitudes depuis que Bleike, les mains dans les poches, s'est tenu quelques fois derrière nos vitres pour m'observer.

— C'est fou ce que tu es bavarde aujourd'hui.

— Je me tiens en équilibre sur une chaise, maman. On peut se rappeler une autre fois ? Demain peut-être, quand on aura fini le plus gros ici ?

— Oui, oui, je t'en prie. Mais fais un bisou de ma part à Fynn, si déjà je ne peux pas l'avoir au téléphone.

— Ce sera fait.

— Et envoie quelques photos de vacances, plus tard !

Je manque de laisser échapper un rire à cette demande, tant l'ambiance n'est pas aux vacances pour le moment. Mais je le lui promets quand même.

Une fois que nous avons raccroché, mon regard s'attarde encore sur la fenêtre devant laquelle s'étend la prairie, verte et paisible. Je descends de la chaise, m'approche et jette un œil prudent à travers la vitre avant de l'ouvrir et de me pencher dehors. L'air est chaud. Pas un bruit dans le jardin si ce n'est le gazouillis des oiseaux. Je respire profondément. Je suis en Suède, et Bleike est à Greifswald. Lui non plus ne peut pas trouver Boucan. Il est temps de réapprendre à traîner au rez-de-chaussée sans avoir peur.

Je m'apprête à me retourner quand je perçois un bruissement sous mes doigts. Surprise, je soulève la main du rebord de fenêtre. Un petit papier de bonbon brillant, bleu turquoise aux rayures jaune fluo, colle dans ma paume. Je le détache de ma peau, et il me faut un moment pour réaliser ce que je trouve de bizarre à cet emballage : le plastique est trop neuf et brillant pour l'endroit. Troublée, je me mets à regarder autour de moi. Pour la première fois, il me vient à l'esprit que la maison n'a jamais été fermée à clé pendant toutes ces années.

J'attrape le balai d'un geste hésitant et me dirige vers la porte. Maintenant que je guette les signes, je les vois partout : poignées de portes de placards luisantes d'usure dans le salon et la cuisine, parties affaissées sur le canapé, coussins aplatis. Quelqu'un était dans la maison avant notre arrivée. Et peut-être est-il encore ici. La sensation de quiétude s'est envolée en un instant. Le manche à balai devant la poitrine, je tourne sur moi-même. Les cachettes ne manquent pas. L'espace derrière la vieille vitrine. Les rideaux lourds et longs. Le coin sombre sous l'escalier. Et les armoires ! Je me penche en avant, scrute chaque petite ouverture, tape avec le balai contre les rideaux du salon et, pendant ce temps, un film que je connais déjà se déroule dans ma tête. Se peut-il que Bleike ait eu vent de nos projets en Suède ? Est-il au courant pour cet endroit ?

— Bouh !

Je sursaute en criant et me retourne d'un coup. Henrik et Fynn sont entrés à pas de loup. Fynn ne peut plus s'arrêter de rire, il glousse :

— Tu as eu peur, maman !

Henrik sourit lui aussi. Ce n'est que lorsqu'il se rend compte que je tiens le balai comme une arme de combat, prête à me défendre, qu'il fronce les sourcils avec inquiétude.

— Tout va bien ?

— Bien sûr !

J'adopte un ton un peu trop joyeux et baisse le balai par terre, honteuse. J'ai l'impression d'être devenue paranoïaque. Les appels de Bleike, son harcèlement et ses menaces ont fait de moi quelqu'un d'autre. Je n'étais pas comme ça, avant. Je suis celle qui garde son calme et sait ce qu'il faut faire quand on est en panne sur l'autoroute. Je suis celle qui a en tête toutes nos assurances et les numéros d'urgence. C'est même moi qui aspire ces foutues araignées dans les coins du salon quand Henrik m'appelle. Je ne veux pas perdre les pédales à cause d'un seul pauvre idiot.

Le pire, c'est que je suis moi-même responsable de tout ça. J'ai donné à Bleike un aperçu de ma vie privée et de ma famille, d'un grand nombre de petites choses au fond anodines, mais significatives et intimes dès lors qu'elles sont utilisées contre soi. Quand j'ai voulu mettre fin à notre liaison et que les appels et les messages WhatsApp ont brusquement commencé. À je ne sais quel moment quand nous étions encore ensemble, son intérêt pour moi a viré à l'obsession. Quand je sortais de la douche, je trouvais soudain des messages sur mon portable disant qu'il trouvait mes cheveux mouillés et ma courte serviette sexy. Ça n'avait rien à voir avec ces attaques grossières qui m'étaient adressées par ailleurs sur les réseaux sociaux et qui tournaient principalement autour de mes organes sexuels, ma place supposée dans la société et, bien sûr, mon taux d'hormone apparemment à l'origine de tous les maux. Je n'ai jamais compris le rapport que devraient avoir mes règles avec la technique de construction métallique et le calcul de vitesse du courant, et j'ai appris à ignorer en partie ce genre d'attaques. Mais les messages de Bleike étaient différents. Dès le début, ils m'ont fait frémir.

À Greifswald, nous habitons un immeuble ancien avec de hautes fenêtres, et je savais qu'il devait se poster quelque part dans la rue pour m'observer. Mais au lieu de le signaler à la police, je me contentais de tirer rageusement les rideaux.

J'ai pensé que le mieux à faire était de ne plus réagir et qu'il finirait de lui-même par se désintéresser. Ce qu'il a fait de temps en temps.

— Qu'est-ce que tu faisais aux rideaux du salon ?

— Quoi ?

— Tu as tapé les rideaux du salon avec le bâton !

— Ah, c'est seulement à cause de la poussière.

Fynn me regarde d'un œil sceptique. Il sent bien que quelque chose ne colle pas avec mon air jovial. Notre fils capte toujours notre humeur instantanément, et l'aspire comme une éponge. Il faut faire attention à ce qu'on dit en sa présence. Alors je m'écrie, pour dissiper tout soupçon :

— Allez, qui vient avec moi au lac ?

Je me déshabille dans le salon en ne gardant que mes sous-vêtements, et je cours dehors et sur le ponton fragile d'où je saute dans le lac, frais et étincelant. L'eau m'enveloppe de bon cœur, comme si elle s'écriait : *Ah, enfin, Nora, où étais-tu passée ?* Je plonge. Je retiens l'air dans mes poumons. C'est merveilleux. C'est exactement ce dont j'avais besoin. Mes nerfs à vif, cette peur – tout cela venait de la chaleur accablante et du stress de deux longues journées en voiture. Je remonte à la surface et aperçois Fynn venir de la maison en courant. L'incrédulité se lit sur son visage quand il me voit faire la planche. Je suis donc devenue ce genre de femme. Mon fils de cinq ans ne me croit pas assez folle pour sauter en sous-vêtements dans un lac. Pour lui, je ne suis que la mère stressée qui travaille. Quand ai-je arrêté d'être toutes les autres personnes ? La baroudeuse ? La plongeuse en apnée ? Celle qui envoie valser tous ses projets pour faire le tour de l'Eurasie à moto pendant six mois ?

Henrik surgit à son tour de la véranda. Il hurle et attrape Fynn, qui pousse des cris d'orfraie, court avec lui jusqu'au ponton et le jette dans le lac dans un élan d'enthousiasme qui fige mon cœur une seconde. Fynn crie en volant haut dans le ciel avant d'atteindre l'eau. Il est encore tout habillé. Je nage dans sa direction, le rejoins quand sa tête réapparaît à la surface en soufflant fort. Il tousse, Henrik s'accroupit sur le ponton en riant et l'éclabousse un peu.

— Tout va bien, Fynn ?

Notre fils hoche la tête vaillamment et pagaye avec ses bras et ses jambes, comme un chien, pendant que je l'aide à rejoindre le ponton.

— J'ai faim, maman.

— On n'a rien acheté sur la route, chéri. Il faut qu'on aille faire un tour au supermarché le plus proche.

— Mais j'ai faim maintenant !

— Dans ce cas, on n'a pas d'autre choix que de se chercher une canne à pêche et d'attraper un gros poisson bien gras !

Henrik sort Fynn de l'eau en le tirant par les deux bras, comme si c'était lui le gros poisson dégoulinant. Je prends de l'élan et me hisse à côté d'eux.

— Qui conduit ?

Je pose la question en m'essorant les cheveux et en pensant de nouveau à ce qu'il nous reste à faire.

— Je m'en occupe. J'ai entendu dire qu'on trouvait ici des pains à la cannelle énooormes dans les boulangeries. Avec du sirop et du sucre en grains dessus ! Il faut absolument que je m'en achète un !

— Je t'accompagne !

Excité, Fynn fait des bonds sur le ponton, qui supporte ces secousses uniquement parce que notre fils est un poids plume.

Je les regarde aller à la voiture et chercher dans nos bagages une serviette et des habits secs pour Fynn et, à cet instant, tout me semble parfait. Nous sommes de nouveau une famille, et c'était bien la raison principale pour laquelle je voulais venir ici, non ? Je voulais un nouveau départ. Le voici : une maison, un ponton, un jardin qui ressemble déjà à la forêt vierge qui l'entoure, plein de promesses et énigmatique à la fois. Je frissonne sans très bien savoir pourquoi. Puis je tire mes cheveux mouillés en arrière, me lève et traverse les herbes hautes jusqu'à la maison pour ramasser les vêtements que j'ai jetés par terre.

ROSA

J'AI toujours aimé la compagnie des cadavres. Peut-être parce que je n'ai jamais eu beaucoup d'amis. Je veux dire, des amis vivants. Leurs centres d'intérêt ne m'intéressaient pas. Leurs jeux étaient ennuyeux. Et quand, par hasard, on m'invitait quand même à un anniversaire, je prétendais être malade. Je me l'imaginais d'ailleurs souvent, être très gravement malade ou morte. On peut y jouer très bien tout seul, simplement allongé dans un pré ou à moitié caché sous la terre en forêt. Pas besoin d'un autre enfant pour ça, et ça tue le temps. C'est important en Suède, de tuer le temps. En particulier l'été, où les journées sont si longues qu'on ne sait pas vraiment quoi en faire.

J'ai encore de la terre sous les ongles quand je pose la main sur la poignée de porte. Avant, mon frère ne m'autorisait jamais à entrer dans sa chambre, et j'aurais préféré aussi m'en abstenir aujourd'hui. Je suppose que nous aurions tous les deux préféré. Mais maintenant, il n'est plus capable d'exprimer ce qu'il veut.

J'ouvre la porte. Ça pue dans la chambre. C'est Ebbe, mon frère. Il a apporté avec lui l'odeur de l'hôpital dont on l'a laissé sortir il y a une semaine. Je fais le tour du lit et ouvre la fenêtre. Le parfum épicé de la forêt se cache derrière. J'aimerais tellement mieux poursuivre mes recherches dehors en ce moment.

Quand je me retourne, je vois que le regard d'Ebbe a suivi mon déplacement jusqu'à la fenêtre. Son souffle devient haletant et des veines sillonnent le blanc de ses yeux comme des racines rouges. Aucune idée de ce que ça signifie. Je n'ai jamais été forte pour lire les gens.

Je prends la liste en main sans rien dire et commence les tâches qui y sont prescrites: changement de position. Vidange de la poche urinaire. Contrôle du cathéter. Aide à l'alimentation. Gestion intestinale.

Gestion intestinale. Tu parles d'une expression. On dirait un titre professionnel. *Bonjour, je m'appelle Rosa Lundqvist, j'ai un diplôme universitaire en sciences médico-légales, mais en ce moment je suis la gestionnaire intestinale de mon frère*. Je laisse tomber la feuille et enfile les gants en caoutchouc.

Ça plaît aussi peu à Ebbe qu'à moi. Même moi je peux le voir. Notre mère travaillait autrefois dans un service de soins à domicile, mais je n'ai pas hérité de son talent pour le contact humain. De ses manières aimables, douces, réconfortantes. De son syndrome du sauveur. Le fait qu'Ebbe soit cloué au lit et que ce soit précisément moi son infirmière est un double coup du sort pour lui.

Les médecins disent qu'il a eu beaucoup de chance. Parce qu'il a fait une chute vertigineuse en escalade libre et qu'il a survécu malgré tout. Parce qu'il s'est seulement cassé la cinquième vertèbre cervicale et quelques autres vertèbres en dessous, ce qui lui permet de continuer à respirer et à déglutir sans aide extérieure. Une cervicale plus haut et il en aurait été incapable. Mais je connais mon frère. Il préférerait être mort que dans cet état. Une fois n'est pas coutume, nous sommes du même avis sur ce point.

Contrairement à la vie, on sait toujours ce qu'il en est avec la mort et ce qui suit : le trouble de la cornée, l'assèchement des lèvres, la liquéfaction des organes internes. Puis le ventre et la peau qui enflent et les ongles qui se détachent. Tout cela suit un déroulement bien défini, c'est un processus parfaitement naturel. En revanche, quand j'entre dans la chambre d'Ebbe, je ne sais jamais ce qui m'attend. Dans quel état est-il ? A-t-il de la fièvre ? Des douleurs ? Dans le dossier que nous a donné l'hôpital et qui sert maintenant de mode d'emploi pour mon frère, il y a un papier avec une liste entière de ce genre d'urgences. Je n'aime pas l'imprévisibilité de tout ça.

Point suivant : administration des médicaments. Je compte les pilules, les coince entre les lèvres d'Ebbe et ne remarque qu'à cet instant que je n'ai pas rempli d'eau sa tasse à bec. Le temps que je le fasse dans la salle de bains, les médicaments ont déjà fondu dans la bouche d'Ebbe, et sa mine s'est crispée, assombrie. Je peux voir qu'il veut dire quelque chose, mais le point communication ne vient qu'en toute fin de liste. Mon frère a eu durant des années le pouvoir de décider quand nous pouvions communiquer, autrement dit quand il voulait me hurler dessus ou m'humilier.

Peut-être est-ce pour cette raison qu'il a peur de moi. Peut-être est-ce pour cela qu'il ne me quitte pas des yeux. Parce qu'il se souvient qu'il a mis le feu à mes tresses blondes, autrefois, comme si j'étais un des lapins que lui et ses copains attrapaient en forêt. Ils mettaient le feu à leur queue et les regardaient courir. Quelle ironie que la montagne responsable du malheur de mon frère s'appelle justement Rösåsberget, la montagne de Rosa.

Je lui colle le bec de la tasse entre les lèvres et regarde par la fenêtre ouverte. Le soleil brille maintenant sur la forêt. C'est une belle journée d'été, et c'est un problème. Je me dis qu'un promeneur pourrait marcher sur les feuillages que j'ai répandus par-dessus la fosse. Je l'ai camouflée en plus avec des branches et de la terre. Mais c'est justement ce qui fait de ce trou un piège involontaire. J'aurais peut-être dû le reboucher. Et avant tout, je dois me soucier de ce qui va advenir du squelette. Dans la précipitation, je n'ai pu emporter les os que dans la remise, avant que mon père ne les découvre dans le coffre de la voiture.

Son point de vue sur ma passion de collectionneuse de choses mortes n'a pas évolué. Même six années d'études n'y changent rien.

Mon frère émet des bruits gutturaux et je retire à la hâte la tasse de sa bouche, avant de fouiller dans la commode et d'en sortir la pommade que je dois étaler sur les cicatrices de son opération.

Comme nous voilà finalement arrivés au dernier point sur la liste, je lui demande :

— Conversation ?

Ebbe m'adresse un regard haineux.

— Bien, c'est ce que je pense aussi.

Je me lève et éteins la lumière avant de quitter la chambre.

Tout en me dirigeant vers la remise pour examiner mes cadavres, je me projette déjà dans mes protocoles expérimentaux. Chez le castor, on commence à sentir légèrement les éléments du squelette sous la peau. De larges parties du crâne sont à nu. Le reste est encore couvert de couches de tissus. Des scarabées s'échappent du pelage troué. Là où il gisait, une jeune fougère d'un vert éclatant a poussé. Je reporte mes observations dans mon journal, puis m'attaque aux fragments de cadavre du chevreuil.

Chacun des éléments de mes fouilles est emballé à part dans des boîtes en plastique que j'entrepose sur des étagères. J'ai également rangé les os de la nuit dernière dans un de ces contenants, qui est encore posé sur l'établi. Je n'ose pas les étiqueter ni les trier car je doute de pouvoir vraiment les conserver. La manière de gérer une dépouille humaine est une affaire délicate. Non pas que l'homme se différencie de l'animal dans sa décomposition. Mais quand il s'agit des ossements de leurs semblables, les humains sont plutôt sensibles. Je dois respecter ça.

Dehors, j'entends les oiseaux chanter, et ici, dans la remise, ça sent le bois frais. Comme l'intérieur d'un nouveau cercueil. C'est si paisible que je ferme les yeux un instant et respire profondément. Le soleil traverse la vitre et tombe directement sur mon visage. Je saisis le crâne du chevreuil, décoloré et recouvert de lichen. C'est fascinant de voir une vie nouvelle se répandre partout où l'ancienne meurt. Pas seulement sur le sol de la forêt, mais sur les os eux-mêmes.

Je me plonge dans mon travail, je pèse, mesure et trie les os et note mes observations sur la constitution des feuilles d'arbre que j'ai photographiées de jour. Je ne me rends pas compte que le soleil se déplace et que c'est maintenant l'après-midi. Ce n'est que lorsque j'entends quelqu'un crier mon nom d'un ton excédé que je me redresse et regarde l'heure. Mais dès l'instant suivant, la porte s'ouvre en grand. Mon père se dresse devant moi, et le soulagement de m'avoir trouvée cède la place à une expression de stupeur totale. L'image de moi dans la remise, entourée de restes d'animaux aux os à nu et d'un castor à moitié décomposé doit être terriblement perturbant pour lui.

— Qu'est-ce que tu fais ici ? Et que fais-tu avec… avec… Est-ce que c'est un rituel ou quelque chose comme ça ?

— Ça fait partie de mes études.

Je suis heureuse de ne pas avoir en plus étalé le squelette d'enfant ici.

— Partie de tes… ?! Rosa, que… Tu es devenue complètement folle ou quoi ? Je pensais qu'on en avait fini avec cette phase !

Par "cette phase", il veut dire l'époque où, quand j'étais petite, j'avais amassé des cadavres derrière cette même remise et qu'il l'avait un jour découvert. Je reconnais la même stupéfaction qu'autrefois sur son visage. La même terreur. La colère. Ma mère, quant à elle, avait simplement pleuré.

Les médias venaient tout juste de rapporter l'histoire d'une fille de quatorze ans dans une école à Riihimäki, en Finlande méridionale, qui avait tiré avec un pistolet dans la tête d'un de ses camarades de classe. On parlait de signes avant-coureurs, et l'un d'eux était un enthousiasme précoce pour la torture et le meurtre d'animaux. J'eus beau soutenir n'avoir tué aucun de mes sujets d'expérimentation, n'être fascinée que par leur mort et leur décomposition, et trouver mignons les scarabées et les asticots quand d'autres enfants préféraient les lapins ou les petits chiens, rien n'y a fait.

Mon père avait gueulé :

— Qu'est-ce que tu vas faire de ta vie avec ce genre de passion ? Travailler dans les pompes funèbres ?

Et ma mère avait pleuré d'autant plus fort qu'elle s'imaginait d'autres carrières encore dans lesquelles je pourrais me fourvoyer. Elle veillait toujours à bien respecter toutes les règles. À être discrète et à ne pas se faire remarquer de manière négative. Ou à ne pas se faire remarquer de manière générale.

Que Ebbe ait eu une phase où il torturait des animaux n'a jamais fait débat à la maison. Mais que sa fille de sept ans, à qui elle tressait inlassablement chaque jour de mignonnes petites tresses, collectionne des cadavres, ça a failli la faire tomber en syncope.

— Mais les animaux étaient déjà morts.

— Oui ! C'est bien ça, le problème !

Je ne comprenais pas. Ils ne comprenaient pas. Et cette incompréhension a perduré entre nous jusqu'à aujourd'hui, après la mort de maman.

Je me demande si je dois dire à mon père que je peux aussi rentrer à Amsterdam s'il croit pouvoir s'adresser à moi sur le même ton qu'autrefois. Je ne suis plus une enfant et, en outre, c'est uniquement pour lui que je suis ici. Je mets ma carrière entre parenthèses seulement pour l'aider avec Ebbe. Mon père ne peut pas tout faire en même temps, gagner de l'argent, dont il manque toujours de toute façon, et s'occuper d'un fils dépendant.

— Qu'est-ce qu'il se passe avec ton frère ? Il est tout seul à l'intérieur !

— Je suis juste venue jeter un rapide coup d'œil à mes objets d'étude, papa.

— Dans l’atelier d’Ebbe ?

Et voilà que c’est l’atelier d’Ebbe, tiens donc. Je regarde autour de moi et remarque les nombreux meubles à peine commencés. Aussi peu commencés que n’importe quoi dans la vie d’Ebbe. Lorsqu’Ebbe a eu l’idée de devenir musicien, mon père a rangé sa remise pour la première fois, et ils y ont installé des instruments de musique et même une table de mixage qui a dû coûter une fortune. Plus tard, la remise a été transformée en chambre noire, c’était dans la phase où Ebbe déclarait vouloir être photographe. La phase menuiserie m’a échappée, j’étais déjà partie faire mes études à Amsterdam. Mais mon père a sans doute dû être particulièrement fier. Car cela prouvait combien son fils tenait de lui. Un père qui travaille dans l’industrie du bois et un fils qui crée des meubles. J’imagine à quel point ces quelques semaines ont été épanouissantes pour mon père avant qu’Ebbe perde tout intérêt pour ça aussi.

— Mais j’ose espérer que tu lui as au moins donné à manger !

— Bien sûr.

J’ai tout de même mauvaise conscience et ne précise pas qu’il s’agissait en fait du petit-déjeuner. Je me ressaisis, rassemble les fragments de cadavre et les redépose correctement dans leurs deux boîtes en plastique. Mon cœur manque de s’arrêter lorsque je me retourne et vois mon père devant l’atelier, où il se penche pour regarder à travers le plastique transparent de ma toute nouvelle caisse.

— Et qu’est-ce que c’est, ça ?

— Juste un carnivore. Je l’ai trouvé.

— Quoi ?!

— J’ai trouvé les os. En forêt.

Je répète plus fort ma réponse évasive et remets castor et chevreuil à leur place. Puis je fais quelques pas entre mon père et l'atelier, afin de cacher du mieux possible le contenu de la caisse.

— Je rentre tout de suite m'occuper d'Ebbe. Pars devant.

Il ne bouge pas. Son visage est livide.

— Je croyais que tout ça était terminé, répète-t-il, plus bas cette fois et avec de la déception dans la voix.

J'évite de poser les yeux sur lui et, au lieu de cela, laisse mon regard errer à travers la remise en feignant l'indifférence.

Il y a encore au mur les emballages d'œufs que lui et Ebbe y ont collés, à l'époque, pour l'insonorisation. Il y a encore des fils suspendus, sur lesquels Ebbe faisait sécher ses photos. Alors que mon frère changeait tous les mois de passe-temps et de projets d'avenir, je n'ai toujours eu qu'un seul centre d'intérêt, aussi loin que je me souvienne. Je suis la seule dans la famille à avoir vu une université de l'intérieur. J'ai fini major dans ma matière, j'ai fait une thèse. Et malgré tout, c'est moi qui déçois mon père.

— Ce carni-truc dégage. Comment ça a pu se retrouver en forêt ?

Je le fixe du regard. Est-il possible que, dans sa colère, il n'ait vraiment pas remarqué de quel genre de squelette il s'agissait ?

— Je t'ai posé une question !

— C'est probablement mort là-bas. C'est l'étape qui précède une décomposition, en général.

Il grimace. Puis il fait brusquement demi-tour et sort de la remise. La porte en bois claque derrière lui. Je pousse un soupir de soulagement et ouvre la caisse. Je me demande soudain si je ne me rends pas coupable d'un délit en gardant ces ossements. Devrais-je signaler ma découverte à la police ? Mais les os sont restés si longtemps sous terre. Si je ne les avais pas déterrés… Je tends la main, mais je la retire aussitôt et referme le couvercle d'un geste résolu. Je ne dois pas trop m'attacher à quelque chose que je ne pourrai peut-être pas garder finalement.

Et, tout à coup, je me rends compte que la question de papa n'était pas du tout infondée. Si je n'y ai pas prêté attention jusque-là, c'est parce que mon domaine de recherche va dans l'autre direction : comment l'enfant s'est-il retrouvé dans les bois, au juste ?

MARLA

Mon souffle forme des nuages dans le froid. Je crois que je me décompose. Le lac gémit sous mes pieds. Je peux l'entendre quand je pose mon oreille sur la glace et que j'écoute sans faire aucun bruit. L'hiver vient de commencer et la couche de glace se lézarde de fissures sur tout le lac, de mon corps à la lisière de la forêt, au loin. Et, à chaque fissure, le lac soupire comme s'il aspirait de l'air. Je suis couchée, mon ventre contre son ventre de glace, et sens comme il respire. Comme il se lève et s'affaisse sous mon corps, à chaque soupir.

Mais là au fond, sous la glace, il y a d'autres bruits encore. Des bruits inquiétants. Comme si de très vieilles créatures tapaient et poussaient des cris aigus parce qu'elles veulent sortir. Parce qu'elles ne veulent pas être enfermées sous l'épaisse couche de glace pendant tout un hiver long et sombre. Je peux les comprendre. L'hiver essaie de tous nous enfermer.

Je me redresse sur les genoux avec précaution. Si on ne fait pas attention et qu'on passe à travers une couche plus fine, alors les créatures vous attrapent de leurs doigts gelés et vous tirent au fond du lac, parce qu'elles sont seules et en colère. Car la solitude et la colère vont toujours ensemble.

La glace retient mon gant droit. Je crois qu'elle aussi se sent seule, ou alors elle sent que je veux lui faire mal. Je dois vraiment tirer fort sur ma main pour libérer le gant. La pioche est posée à côté de moi, avec la scie et la pince.

Je prends la pince, l'ouvre et la referme comme une gueule. Je n'ai aucune envie de faire ce pour quoi l'homme m'a amenée ici. Et, surtout, je ne veux pas descendre rejoindre les créatures dans le lac.

Je me tourne timidement vers la lisière de la forêt où les sapins sont couverts de givre blanc. Le soleil se tient au-dessus d'eux, pâle et rond comme une tasse de lait. Il ne grimpe pas plus haut maintenant. Tout semble un peu trempé dans le lait, car il n'y a plus vraiment de couleurs à présent, dans l'hiver nébuleux. Et dans le brouillard, sur la rive, l'homme se tient debout, enveloppé dans une fourrure épaisse, davantage forme qu'humain, et il m'observe. Je me dresse sur mes pieds en tremblant et saisis la pioche. Il ne faut pas que je traîne trop longtemps ici, sinon il va s'énerver.

La pioche est lourde, et la glace est dure et résiste. Je dois lever le bras et lever le bras et lever le bras. *Poc*, *poc*, *poc* fait la glace sous mes coups, et *pling* fait la tête de la pioche. En dessous, les créatures poussent leurs cris stridents. Je gémis tant c'est épuisant. Je perce cinq trous dans la glace, assez profonds pour laisser filtrer l'eau. Puis je laisse tomber la pioche. Mes bras et mes épaules me brûlent. Et je meurs de chaud. J'arrache le bonnet de ma tête, retire mon manteau, secoue les bras, jette à nouveau un œil vers la lisière de la forêt et prends la scie. Mais elle est presque aussi grande que moi et je n'ai plus de force. Je n'arrête pas de déraper. Et puis la scie se coince. Je tire dessus, mais elle ne bouge pas, ni dans un sens ni dans l'autre. Peut-être que les créatures la retiennent en dessous.

— Ça ne marche pas !

Je hurle en direction du bois, mais la forme noire ne réagit pas et ne répond pas non plus.

— Je n'en peux pluuus !

Je donne un coup de pied contre la scie et me mets à pleurer parce que tout est si difficile et fait si mal, et parce que je n'ai plus envie. Mais c'est alors que j'entends derrière moi un bruit métallique. Ça fait clic-clic, et je sursaute. Je sais ce que c'est. J'ai déjà entendu ce bruit plein de fois. Terrifiée, je me retourne, mais ça éclate déjà, et des morceaux de glace volent autour de moi. Je bondis sur le côté, attrape à toute vitesse la poignée de la scie et tire dessus, aussi fort que je peux, et je crie en même temps aux créatures de lâcher ! Je piétine cette foutue glace et mon pied dérape, je perds l'équilibre, tombe en arrière. Je me relève, essuie mes larmes, mes mains sont roses et écorchées. Mon dos me fait mal. Le soleil a déjà abandonné et le lac est plongé dans l'ombre. Mais moi, je dois continuer à scier. Je prends la pince pour sortir les blocs de glace que j'ai découpés. Mais ce n'est que lorsque je m'assois et pousse mes pieds contre le sol, serre les dents et fais "grrrrrr", qu'un bloc finit par bouger. Je fais pareil avec les autres. Je les empile autour de moi, comme des pierres de glace. Une forteresse dans laquelle j'aimerais me cacher.

L'homme se tient toujours à la lisière de la forêt. Si seulement il pouvait geler à force de rester debout à attendre.

— Et maintenant ?

Je lui pose la question, mais je le sais déjà. Je sais que je dois me déshabiller et descendre dans le trou. Tremblante, je retire d'abord mon pull, puis mes chaussures et enfin mon pantalon, jusqu'à me retrouver en maillot, chaussettes et culotte. Avant, le travail m'a donné chaud, maintenant, mon corps entier gèle. Je croise les bras et fais un pas vers le trou qui paraît noir dans la glace.

Je jette brièvement un œil par-dessus mon épaule, me penche en avant et murmure aux créatures :

— Je ne vous ferai rien, s'il vous plaît, ne me faites rien non plus.

Puis je plonge avec précaution l'extrémité de ma chaussette droite dans le trou et retire le pied aussitôt. Ce n'est pas de l'eau, c'est un couteau. Jamais de la vie j'arriverai à entrer dans ce trou !

Une détonation. Des éclats volent à nouveau. Je pousse un hurlement. Je prends ma respiration entre deux sanglots, fais un pas en avant et me laisse tomber.

Aussitôt, les créatures plantent leurs dents dans mon corps. J'avais raison, ce n'est pas de l'eau. Ce n'est que du froid et de la douleur. Mon cœur se fige. Je n'arrive plus à respirer, j'ouvre grand la bouche, j'avale le froid. Je veux remonter. Une lueur scintille au-dessus de moi. Je bats des jambes, mais je me cogne la tête contre quelque chose de dur. J'ai glissé sous la glace. Ça n'aurait pas dû arriver ! Ce genre de chose arrive uniquement quand on passe à travers la glace par mégarde, il a dit ! Il m'a fait marcher ! Il m'a… Je crie, bois la tasse, quelque chose m'a attrapée ! Une griffe glacée, grande et inflexible, elle me tire, j'agite les jambes et donne des coups autour de moi. Obscurité, froid, encore plus d'obscurité. Je ne sais plus où est le haut, où est le bas.

Et puis soudain, un vent froid souffle sur mon visage et fait tout geler instantanément. De l'air ! La griffe me hisse sur la glace. Je suis prise d'une toux profonde et caverneuse, et ça fait mal. Ce n'est pas une créature furieuse qui m'a attrapée pour m'entraîner sous l'eau. C'est l'homme qui est venu pour me sortir de là. Mais lui aussi est furieux.

— N'ai-je pas dit que tu dois y aller lentement ? Entrer lentement dans le trou et ne pas lâcher les bords !

Sa voix est aussi laiteuse que le soleil tout à l'heure, je peux à peine l'entendre. Ça bourdonne dans mes oreilles. Je crois qu'elles sont gelées.

Je veux prendre appui pour me relever. Mais mon corps en a assez de moi. Mes bras tremblent comme de la gelée, mes mains glissent, ma joue se cogne sur la glace. Je reste allongée en grelottant, l'oreille à nouveau écrasée contre la couche de glace. Mais je n'entends plus le lac, ni aucune des créatures. Je crois qu'elles retiennent toutes leur souffle car elles ont peur de l'homme. Nous avons toutes peur de lui. Encore plus maintenant qu'avant l'hiver.

Il me soulève comme un bout de bois gelé. Je tremble toujours quand il m'emmitoufle fermement dans son manteau. Il murmure :

— Petite enfant stupide et courageuse, nous n'avons fait que jouer un peu.

HENRIK

Le supermarché de Litenbro est petit, avec un parking tout simplement surdimensionné. Des colonies de cars de tourisme pourraient s'y garer. Mais il n'y a pas un autre véhicule à la ronde et je suis le seul client dans le magasin. Je regarde autour de moi d'un air perplexe. C'est un drôle de mélange qui est proposé ici. Nourriture en boîtes, boissons et snacks côtoient désherbants, coussins pour chaises de jardin et animaux empaillés sur les étagères des rayons. Au premier coup d'œil, je vois que je ne trouverai pour ainsi dire rien de ce qui figure sur la liste de courses de Nora. Trente minutes de voiture pour un choix de produits alimentaires moins riche que dans n'importe quelle boutique de station-service allemande.

Le magasin dispose cependant de ce qu'il y a de plus important aux yeux de Fynn :

— Du chocolat !

Il attrape un des paniers en plastique à l'entrée pour le traîner maladroitement jusqu'au premier rayon et y jeter de pleines poignées de sucreries. Je range la liste d'aliments “raisonnables” de Nora dans ma poche de veste et prends des chips, des pâtes, du pain de mie, de la confiture, du salami, du jambon blanc, des yaourts, du fromage à tartiner et plusieurs boîtes de petits pois, de haricots et d'ananas. J'y ajoute encore deux paquets de biscottes suédoises, dont il y a au moins un choix énorme. À la vue des petits pains à la cannelle, je me rends compte que je n'entends plus Fynn. Je me retourne. Au rayon des sucreries, il n'y a plus qu'un panier en plastique rempli à ras bord.

— Fynn ?

Je m'attends à l'entendre glousser de je ne sais où. Du coin près de la machine à café, peut-être, ou de derrière un rayon. Il est à l'âge où jouer à cache-cache lui procure une joie folle, et ça le met dans un tel état d'excitation qu'il est incapable de rester silencieux.

— Mon poussin, pépie voir !

Et je perçois effectivement un "pip". Je me retourne et je tombe sur un homme qui me colle comme une ombre. Proche des cinquante ans, blouson en cuir à franges et queue-de-rat sur la nuque. Il me faut quelques secondes de stupeur avant de comprendre que c'est lui qui a dit "pip".

Lorsqu'il se rend compte de ma confusion, il affiche un large sourire. Je décide de l'ignorer.

— Fynn ?

Je veux passer derrière le type. Et voilà soudain mon fils qui tourne sur lui-même derrière les jambes de l'inconnu avant de se diriger vers moi. Il a du chocolat autour de la bouche et au moment où il s'écrase contre moi en faisant des bruits de vaisseau spatial en plein atterrissage d'urgence, je l'attrape et le jette sur mes épaules. Il éclate de rire.

— Il faut d'abord payer les chocolats avant que tu puisses les manger, mon jeune ami.

Mais Fynn, qui pend sur mes épaules, la tête à l'envers, pointe l'homme du doigt.

— C'est lui qui m'en a donné.

L'inconnu tire de la poche de son blouson une vieille barre de Daim à moitié déballée, entamée et tout aussi répugnante que le type lui-même.

— Des petites douceurs pour les petits garçons.

Il parle allemand avec un accent scandinave. Je repose Fynn par terre. Fini de rire maintenant.

— En avant.

Fynn part en courant en s'écriant :

— Mon panier !

Je décide que ce n'est pas le moment de se lancer dans une des méthodes éducatives de Nora sur la question des sucreries mais de quitter le magasin. Ma nuque, mon dos entier me brûlent lorsque Queue-de-rat se place derrière nous à la caisse. Encore une fois si proche qu'il suffirait que je me retourne pour lui rentrer dedans. J'attrape fermement Fynn à l'épaule pour le garder près de moi pendant que la caissière enregistre nos achats. Elle est vieille et lente.

Mon regard nerveux tombe sur une planche métallique derrière la caisse. Il y est accroché toute une panoplie de verrous pour fenêtres et portes, dans des formes et des tailles les plus diverses. Un spectacle inattendu dans un pays connu pour le fait qu'on y laisse toujours les portes ouvertes. Pour quelle raison une petite supérette dans ce coin isolé a-t-elle besoin d'un tel choix de cadenas ? Mais après le numéro qui vient de se jouer, j'y vois comme un signe.

Je pointe la planche du doigt et rassemble les quelques bribes de suédois que je connais :

— J'en prends un aussi.

La vieille femme se retourne avec une lenteur infinie. Elle a de longs cheveux blancs et semble avoir largement l'âge de la retraite.

— Lequel ?

Je désigne une serrure couleur laiton de taille moyenne, qui paraît solide mais ne me fait pas non plus passer pour un paranoïaque. Puis mon regard glisse doucement vers le haut de la planche en métal. Au-dessus de la caisse se trouve également un animal empaillé. Un lièvre avec des ailes et une queue en plumes. La vieille dame suit mon regard.

— Tu le veux aussi ?

Ça me paraît toujours bizarre que tout le monde ici se tutoie. Un peu trop intime, d'une certaine manière.

— Non, merci. Je me demande seulement ce que c'est.

— Eh ben, un skvader.

Elle répond cela comme si on croisait tous les jours ce genre d'animal ici, dans la dernière région sauvage d'Europe. Elle va chercher un tabouret pour atteindre les serrures. Je résiste à l'envie de la soutenir, pour qu'elle ne tombe pas.

— Les animaux sont tous d'Olof. C'est le meilleur taxidermiste du pays. Il a même déjà gagné de nombreux prix. C'est pour ça qu'il reçoit des commandes de toute la Suède.

J'imagine ce que Nora dirait si je revenais à la maison avec un skvader. La femme redescend de son tabouret et me dévisage en plissant les yeux.

— Vous êtes de passage ?

— On a une maison de vacances.

— Juste ici, à Litenbro ?

Je murmure une réponse sans conséquence, car je ne veux rien dévoiler du lieu où nous vivons au type derrière moi, et je dis au revoir. Puis j'attrape nos sacs de courses et pousse Fynn devant moi hors du magasin.

Un vieux pick-up Saab est garé à gauche de notre voiture. Si près que c'en est de la pure provocation au vu de l'énorme parking vide. Je m'étais plutôt attendu à ce qu'un type comme Queue-de-rat soit à moto.

Je jette les courses dans le coffre et ferme le hayon d'un coup sec. Mon œil tombe alors sur l'autocollant qui y est collé et annonce joyeusement : FYNN À BORD ! Le type savait-il qu'un enfant se trouvait dans le magasin ? Avait-il seulement des courses quand il a pris place derrière nous à la caisse ?

Fynn n'arrive pas à se glisser dans le maigre entrebâillement de porte que je lui tiens ouvert à cause de la Saab garée trop près. Je l'aide à entrer dans la voiture par l'autre côté, et il crapahute sur son siège. Je suis obligé de me pencher en travers de la banquette arrière pour l'aider à s'attacher. Et tandis que je m'extrais tant bien que mal de la voiture, Queue-de-rat se tient devant la supérette et nous regarde d'un air satisfait. Je remarque qu'il n'a pas de sac de courses. Peut-être n'a-t-il acheté qu'un Daim qu'il a ensuite rangé dans sa poche, pour le prochain petit garçon qu'il rencontrera ?

Des petites douceurs pour les petits garçons.

Je claque la portière avec rage et fais le tour par l'arrière de la voiture pour rejoindre le côté conducteur. Si le type croit que je vais me donner en spectacle en passant par la portière passager pour grimper sur mon siège, il se trompe. J'aperçois quelque chose goutter de la surface de chargement bâchée de son pick-up, par un espace à l'arrière, au niveau du hayon. Un liquide sombre qui forme une flaque épaisse à côté de la roue. Est-ce que c'est… du sang ? Troublé, je ne fais plus un pas. Ma main frémit dans la tentation de relever la bâche, mais Fynn se met à cogner contre la vitre avec impatience, et je chasse cette pensée. Je me fraie un passage dans le maigre espace entre la Saab et notre voiture avant d'ouvrir la portière. Bien entendu, c'est trop étroit pour moi aussi. Tandis que j'essaie de me glisser sur le siège, le bord de la portière cogne contre le pick-up. Et je me demande soudain pourquoi je prends tant de précautions. J'ouvre la porte avec plus de vigueur, elle claque contre la tôle. Et simplement parce que ça fait du bien et que le type se décompose enfin, je l'enfonce encore deux fois de suite, jusqu'à ce qu'un creux apparaisse dans la carrosserie. Queue-de-rat en laisse tomber ses bras. Il s'élance, traverse le parking en courant, je me faufile sur mon siège et démarre le moteur aussi vite que je peux. Le type est déjà derrière le pare-chocs lorsque j'embraye et recule. La voiture bipe dans tous les sens, me prévient de la présence de l'homme derrière nous sans avoir conscience de l'ironie de cet avertissement. Queue-de-rat crie et fait un bond sur le côté, tandis que j'ignore tous les bips et appuie sur l'accélérateur, il frappe du plat de la main sur le coffre, pousse des hurlements furieux. Ma portière s'entrouvre un peu, dans la précipitation, je ne l'ai pas fermée correctement. Je passe la marche avant et appuie à nouveau sur l'accélérateur, je sors en trombe du parking avant de fermer la porte. Fynn est bouche bée derrière moi et, sous le coup du choc et de l'excitation, ne laisse échapper aucun son. Ce n'est qu'une fois que nous sommes sur la route qu'il lâche un “Boah.” Et encore un “Boah.” Son papa est un héros de film d'action avec crissements de pneus et course-poursuite. Et en bruit de fond les bips d'une Seat Alhambra soucieuse de la sécurité routière qui veut que j'attache enfin ma ceinture.

Pour notre première soirée en Suède, il y a des toasts Hawaï. Pas vraiment typique de la région, ni en phase avec le concept de durabilité de Nora car tous les ingrédients sont emballés dans du plastique : le pain de mie blanc caoutchouteux qui ne sent rien, le jambon, et même chacune des tranches de fromage d'une pâleur maladive. Mais la supérette de Litenbro n'avait rien de plus à proposer et nousavons tous faim à présent. La lampe à huile suspendue au-dessus de la table de la cuisine plonge la pièce dans une lumière jaune. Dehors, sous la fenêtre, les grillons donnent un concert de soir d'été et, à l'intérieur, Fynn grimpe sur une chaise pour nous aider à garnir les toasts. Puis il s'accroupit tout excité devant le fourneau à gaz parce que je lui ai dit qu'il fonctionnait avec du feu. J'enflamme un bout de papier déchiré avec des allumettes et le glisse dans le trou, au fond. Fynn reste assis là quand je ferme le clapet, pour regarder le fromage fondre. Ce qu'il ne fait pas. Il se contente de se pencher sur l'ananas en conserve et le jambon, tel un moulage en plastique jaune.

— Tu veux nous donner un coup de main en haut, dans les chambres ?

Mais Fynn secoue la tête et reste vissé devant le four comme devant une petite télé. Alors nous le laissons là et nous attaquons seuls à l'étage.

Le réveil à chiffres basculants dans la chambre a rendu l'âme depuis longtemps. Les chiffres sont demeurés suspendus à mi-parcours et ne bougent plus. Quelle image plus appropriée dans une pièce où le temps s'est figé lui aussi ?

Nora me demande de tendre le bout du drap-housse sur le vieux matelas taché.

— On n'aurait pas besoin d'un nouveau lit ? Celui-ci est vraiment très petit. Ton grand-père habitait seul ici ?

— Non, il s'est installé avec ma grand-mère. Cette maison était leur rêve à tous les deux.

J'insiste sur le mot "rêve" parce que j'aimerais que Nora puisse considérer avec un peu plus de respect les choses auxquelles mes grands-parents étaient autrefois attachés, mais elle rejette couverture et coussins sur le matelas, imperturbable, et déplie le mètre.

— Elle était comment, ta grand-mère ? Tu n'as toujours parlé que de ton grand-père.

— Je ne l'ai jamais connue.

Je fais un pas de côté au moment où le mètre déplié passe devant moi en se balançant.

— Avant qu'elle et mon grand-père viennent ici, elle travaillait au service d'aide sociale à l'enfance. Je n'en sais pas plus. Elle est morte avant que j'aie connu mon grand-père.

Nora ne m'écoute pas du tout.

— On devrait arriver à faire passer un lit d'un mètre quatre-vingts. Ce sera juste un peu étroit sur les côtés. Mais si on se débarrasse des petites commodes…

Ça ne me plaît pas, la façon qu'a Nora de tout démonter, de tout vouloir jeter, comme si mon grand-père n'avait jamais existé.

Tandis qu'elle continue à prendre ses mesures, impassible, je profite de l'occasion pour lui parler de la rencontre à la supérette :

— Nora, tout à l'heure au magasin, il y avait un mec flippant, et… je ne sais pas s'il m'a suivi.

Elle se fige soudain comme une pierre, et demande, alarmée :

— Suivi ?

— Oui, il a repéré Fynn et voulait lui offrir une barre chocolatée. “Des petites douceurs pour les petits garçons.” Voilà ce qu’il a dit. C’était vraiment répugnant. Et sur le parking, il nous a démoli la portière.

Elle me dévisage et crispe sa main si fort sur les arêtes du mètre que ses articulations blanchissent. Cette histoire la bouleverse plus que je l’aurais cru.

— Et tu me dis ça maintenant ?

— Je ne voulais pas en parler devant Fy…

— C’était quel genre de type ? À quoi il ressemblait ?

— Du genre motard. Il devait faire dans les un mètre quatre-vingt-quinze, cent vingt kilos, je dirais. Et il avait cette espèce de queue-de-rat hideuse, tu vois ce que je veux dire ? Comme celles qu’on portait dans les années quatre-vingt. Je l’ai trouvé vraiment bizarre ! Et il y avait même des gouttes qui tombaient de sa surface de chargement, ça ressemblait à du sang. Peut-être…

Je ne peux finir ma phrase car un bruit éclate soudain à l’étage inférieur. Cela ressemble à une porte qui claque. L’instant suivant, nous entendons Fynn crier. Nous échangeons un regard horrifié, quittons la pièce d’un bond et dévalons l’escalier.

— Fynn ?

Je l’appelle et trébuche alors que j’essaie de descendre cinq marches en même temps. Je tends la main vers la rampe, la rate de peu et, pendant ma chute, une image s’impose dans mon esprit. : une porte d’entrée ouverte, une cuisine vide. Je m'écrase brutalement et tombe encore trois marches plus bas.

— Henrik!

Nora pousse un cri de panique derrière moi. Mais je suis le cadet de mes soucis pour l'instant.

— Je n'ai rien!

Je me remets sur pied et me précipite dans la cuisine. Il n'y a personne devant le fourneau. Nora s'écrie:

— Oh, mon Dieu!

Et puis nous apercevons le panneau ouvert dans le coin droit de la pièce. Une trappe dans le sol dont j'avais repéré l'anneau en laiton peu auparavant sans lui prêter davantage d'attention. Nora atteint le trou la première et s'écrie avec soulagement:

— Il est ici! Fynn, tu nous as fait mourir de peur!

Notre fils se trouve dans une chambre sous le plancher, dans laquelle descend un escalier en bois.

— Regarde, papa.

Je m'avance à genoux au bord du trou et me penche profondément pour voir ce qu'il me montre. La cavité sous le sol fait peut-être deux mètres de large sur trois mètres de long et était sans doute utilisée comme garde-manger. Non, je me corrige, pas *était*, et j'ai un sursaut de recul à la vue et à l'odeur que je perçois. La pièce est utilisée comme garde-manger. Des animaux morts pendent au plafond. De la viande sous toutes ses formes: des corps découpés, des pattes, des oiseaux entiers. Ils ont été accrochés là pour sécher. Mais ils ne sont pas secs. Le trou pue la viande et le sang caillé. Les animaux ne pendent pas là depuis longtemps.

— Tu devrais voir ça, Nora.

Je lui laisse la place de s'agenouiller à côté de moi. Elle est tout aussi choquée.

— Qu'est-ce que c'est ? Ils sont vrais ?

Nous ne répondons pas à Fynn, alors il parle plus fort :

— Qui les a accrochés là ?

— Je ne sais pas, Fynn.

Quelqu'un d'autre a dû s'installer ici. Quelqu'un qui a supposé que plus personne ne reviendrait. Il a probablement utilisé la maison sans aucune mauvaise intention. Mais imaginer que cette personne, ce chasseur, puisse revenir et se tenir à tout moment au milieu de la pièce, pendant que nous dormons ou que Fynn est assis à table en train de manger ses céréales…

Nora attrape Fynn par le bras et lui dit sèchement :

— Sors de là !

Fynn lance un "aïe" tandis qu'elle le tire en haut de l'escalier. Il se dégage de sa prise et elle referme le panneau dans un claquement qui nous fait tous sursauter.

— Mais qu'est-ce que j'ai fait ?

— Ce qu'il y a en bas, ce sont des animaux morts, et je ne veux pas que tu les touches !

— Des vrais animaux morts ?

Fynn est stupéfait. Et Nora se corrige aussitôt :

— De la viande. C'est de la viande.

Nous savons tous les deux à quel point Fynn est sensible quand il est question d'animaux morts.

Je m'aperçois soudain que ça sent le fromage brûlé. Mais c'est Nora qui se jette sur le four et en ouvre la porte d'un coup. Elle agite la manique pour chasser la fumée épaisse.

— Et pourquoi elle est accrochée là ?

Fynn exige de savoir et ne se préoccupe pas des tentatives de Nora de sauver les toasts. Elle lui répond d'un ton brusque :

— Quelqu'un l'aura sans doute mise là.

— Mais qui ça ? Qui ça, papa ?

Comme je ne réponds pas tout de suite, il me tire par le bras et me hurle à l'oreille :

— Qui çaaaa ?

Et je me rends compte à nouveau que les enfants, au fond, ne font qu'exprimer à haute voix ce qui nous passe tous par la tête. Nora reprend la parole :

— J'ai une meilleure question encore : qu'est-ce qu'on fait maintenant ? Est-ce qu'on doit alerter quelqu'un ?

— Et qui ? La police ? Parce que de la viande est accrochée à la cave ?

— Eh bien parce que, de toute évidence, quelqu'un a utilisé la maison pendant notre absence ! Et parce que je suppose que cette personne va revenir !

— J'ai rapporté un verrou du supermarché.

Nora me regarde sans un mot. Je préférerais qu'elle me fasse comprendre, avec son esprit rationnel, que c'est totalement exagéré. Que personne ne ferme une porte à clé en Suède, c'est bien ce qu'on nous a promis. Mais elle ne dit rien.

Le dîner aussi se déroule en silence. Fynn fait l'avion avec un toast très noirci.

— Il s'envole pour Hawaï ?

J'essaie de ne pas lui montrer à quel point nous sommes contrariés. Autrefois, mon père nous faisait sentir chacun de ses sentiments négatifs, et je veux être un meilleur père pour Fynn. Nora explique, prosaïque, que le toast Hawaï est en réalité une invention d'Allemagne de l'Ouest et n'a rien à voir avec Hawaï. Et toc.

Nous débarrassons, tout en veillant à contourner la trappe comme si c'était une mine antipersonnel. Je me charge de mettre Fynn au lit et de lui inventer une histoire pour dormir. Après les expériences vécues aujourd'hui, il aurait peut-être fallu choisir quelque chose de plutôt léger en comparaison. Une nouvelle aventure du petit monstre chaussette, par exemple. Ou bien celle de l'épreuve de courage sur le pont du Diable parlant. Mais Fynn me demande ce qu'est la créature représentée sur l'image au-dessus de son lit. C'est la reproduction d'une peinture sombre qui montre la silhouette d'un être cornu sur une falaise, encerclé par un lac dans le brouillard. Je connais l'histoire qu'elle illustre, car le tableau était déjà accroché là quand je dormais dans ce lit. C'est la nixe suédoise, un génie doué du pouvoir de métamorphose, qui vit dans les eaux et attire à lui les femmes et les enfants pour les entraîner dans les profondeurs. Les forêts scandinaves sont pleines de ce genre de créatures. Plus on s'enfonce loin dans ces bois, plus elles deviennent dangereuses.

Comme Fynn ne se laisse pas dissuader, je lui raconte l'histoire, mais je suis interrompu au beau milieu par un bruit oppressant de bourdonnement s'élevant du rez-de-chaussée. Fynn se redresse dans son lit, droit comme un I, et me regarde d'un air apeuré.

Je lui chuchote en lui adressant un clin d'œil :

— C'est elle, c'est la nixe.

Parce que je ne veux pas expliquer à mon fils que sa mère est en train de s'affairer sur la porte à coups de perceuse et de verrou en laiton – et nous rappelle à tous les deux qu'il y a dehors des dangers plus réels que des monstres aquatiques.

ROSA

J'AVAIS imaginé que passer voir la police aurait été plus simple. J'avais pensé pouvoir déposer les os au guichet et poursuivre directement mon chemin vers la Haute Côte. C'est ce que j'avais prévu sur le trajet, et j'aime quand les choses se déroulent comme je l'ai prévu. Au lieu de ça, on me demande d'attendre. Ils ont des questions.

Alors j'attends d'abord sur une chaise dans le couloir, puis sur une autre dans un bureau. La policière qui arrive une bonne heure plus tard est jeune. Elle a un visage sympathique. Ses cheveux, blonds à la base, sont coupés court et – je le vois à leurs racines – teints d'une couleur plus sombre. Je comprends tout de suite pourquoi. Moi-même, je viens d'un milieu professionnel où je suis de loin la seule femme jeune.

Elle se présente sous le nom de Sara Hellström, et je répète ce que j'ai déjà dit au guichet. Une pure perte de temps. J'aurais préféré profiter autrement de mon samedi de congé. Sara m'écoute attentivement, mais fronce les sourcils et jette un œil par la fenêtre.

— Une virée en camping ? Avec cette pluie ?

— Pourquoi pas ? C'est joli comme ça, en forêt.

Elle me regarde comme si j'étais en train de me payer sa tête.

Bien entendu, j'ai dû modifier un peu mon histoire. Pour les os, ça ne change pas grand-chose que je les apporte deux jours plus tard ou plus tôt. Mais pour la police, si. C'est la raison pour laquelle j'ai préféré ne pas mentionner le fait que je les ai trouvés dès la nuit de jeudi. Je n'ai pas du tout pensé à cette maudite pluie.

— Avec qui es-tu allée camper ?

— Seule.

— Et tu as découvert les os en creusant un trou pour faire un feu…

Ça aussi, je l'ai déjà dit deux fois.

— Il était profond comment ?

— Un mètre. Peut-être un mètre et demi.

— Un mètre et demi ?!

— C'était un trou profond pour le feu de camp. À cause du vent.

Je pointe le doigt vers la fenêtre derrière laquelle la pluie balaie l'air presque à l'horizontale. Ce serait vraiment une belle journée pour aller se promener à la Haute Côte. J'y serais toute seule. Les touristes sont dans les musées, à la distillerie de Kramfors, dans des boutiques ou des cafés quelconques. Ils ne savent pas ce qu'ils ratent. Sur la Haute Côte, la forêt s'aventure jusque sur les falaises et les nuages sont si bas et lourds au-dessus de la mer qu'ils se faufilent entre les arbres. Ça donne un air mystique au paysage. À cela s'ajoute une mer grise impétueuse, avec des vagues si hautes qu'elles pourraient arracher les arbres des rochers et vous fouetter le visage. S'il y a bien une chose qui m'a manqué à Amsterdam, c'est l'humeur capricieuse et la rigueur de notre temps suédois, ici, dans le Norrland.

Sara interrompt le cours de mes pensées :

— Et il ne t'est pas venu à l'idée de nous appeler plutôt que d'emporter tout bonnement les os ?

En effet, ça ne m'est pas venu à l'idée. L'habitude, sans doute.

Elle me dévisage en plissant les yeux. À cet instant, je regrette déjà de ne pas avoir simplement déposé le squelette sur les marches du poste. De manière anonyme. Comme un enfant abandonné devant un hôpital.

— Alors, ne le prends pas mal, mais il y a quelque chose qui ne tourne pas rond dans cette histoire ! Tu creuses un trou sous une pluie battante, tu y trouves un crâne…

— Un os. Le crâne, je l'ai trouvé plus tard.

— Et ensuite, tu continues de fouiller jusqu'à avoir le squelette entier, tu nettoies les os et tu les emballes. Tu trouves ça normal ? Je veux dire, tu n'as pas été effrayée du tout ? Ce n'est quand même pas tous les jours qu'on déterre un squelette !

Je me demande si ce n'est pas le bon moment pour lui expliquer que c'est justement quelque chose de très banal pour moi, mais je crains que ça ne fasse qu'ouvrir la voie à d'autres questions encore. Je préfère dire :

— Si. J'étais choquée.

Sara hausse les sourcils, puis secoue la tête et note quelque chose.

— L'adresse. C'est celle de tes parents ? À quelle distance cela se trouve de ton lieu de "camping" ?

Elle dessine des guillemets dans les airs.

— À peu près une demi-heure en voiture.

— Et, une fois que tu as découvert les os, tu es venue ici directement ?

Je me balance sur la chaise, puis j'acquiesce en grognant un “Hmm.”

Sara pose de côté le stylo-bille. Elle ne croit pas un mot de ce que je dis. Je n'en croirais rien non plus à sa place.

— J'aimerais bien jeter un œil à ta voiture.

— Pourquoi ?

Mais elle se lève déjà, et il ne me reste pas d'autre choix que de la guider au combi Volvo gris de mon père, garé sur le parking visiteurs trempé par la pluie. Sara met sa veste sur sa tête. La Volvo a l'air encore plus misérable par ce temps. On l'avait déjà quand j'étais petite et que je m'asseyais dans un siège-auto sur la banquette arrière. Plus tard, le combi a dû servir pour transporter du bois et toutes sortes de choses possibles et imaginables. On lit sur elle le poids des années. Mon père l'a réparée et rafistolée un bon nombre de fois, mais les rayures discrètes dans la portière arrière droite s'y trouvent toujours. Elles proviennent d'un couteau de poche. Mon vieux siège-auto avait les mêmes rayures. Du côté où Ebbe était toujours assis, à droite derrière la place du passager.

Sara me demande d'ouvrir le coffre. Et, bien entendu, elle n'y voit pas de tente ni même un réchaud à gaz, mais, en revanche, une bêche, une pelle, des gants de caoutchouc, du ruban adhésif isolant, de petits sachets en plastique et un coupe-branches. Tout ce que j'emporte avec moi, au fond, quand je fais un tour en forêt.

Horrifiée, elle laisse tomber sa veste, qu'elle tenait encore sur sa tête, et se tourne vers moi.

— Une virée en camping, vraiment ?

Bien. C'est la dernière fois que je rapporte quelque chose à la police. Qu'ils trouvent donc leurs cadavres tout seuls, la prochaine fois.

Je retrousse la manche de mon imperméable et jette un œil sur ma montre. Je peux oublier pour de bon mon idée de prendre encore la route jusqu'à la Haute Côte. Vraiment dommage.

— Hé, je te parle !

— OK, j'ai trouvé les os la nuit d'avant-hier.

— Jeudi ? Et où diable étaient-ils pendant tout ce temps ?

— Chez moi, à la maison.

— Chez toi, à la maison ? Pourquoi tu ne nous as pas tout de suite prévenus ?

— Les os sont vieux. Je ne pensais pas que c'était une urgence.

— Que c'était une urgence ? Tu as dit tout à l'heure au guichet que tu croyais que c'était le squelette d'un enfant ! Explique-moi comment ça peut ne pas être une urgence ?

— C'est un vieux squelette.

Sara ouvre grand la bouche, puis la referme, et ne sait manifestement plus du tout quoi dire. Nous sommes trempées jusqu'aux os à présent.

— Je peux y aller maintenant ?

— Non, tu ne peux pas ! Maintenant, je te prie de guider l'équipe de police scientifique à l'endroit où tu as trouvé les os ! Ils vont être contents, tiens, que tu les aies déjà nettoyés et rapportés ! Mon Dieu. Et on va avoir besoin d'un échantillon de ton ADN aussi. À cause de la contamination du site et… d'autres choses.

En disant ces derniers mots, elle jette sur mon coffre un regard lourd de sens. J'essaie de ne pas trop m'inquiéter de tout ça. Mais lorsque nous retournons au poste, où on commence par photocopier ma carte d'identité, avant que quelqu'un m'enfonce un bâtonnet de test ADN dans la bouche, puis qu'on "m'accompagne" enfin à une voiture de police, j'ai bien moins l'impression d'être accompagnée que d'être embarquée sous surveillance.

C'est toujours la même chose quand on s'intéresse à ce qui est mort.

Je pousse un profond soupir tandis que la ville, grise et pluvieuse, défile devant ma fenêtre. Les gens trouvent mon intérêt morbide, et c'est un jugement car cela veut dire que c'est une maladie. Personne ne semble voir quoi que ce soit de positif à l'étude de la mort, ils pensent que c'est anormal, et je trouve ce simple fait très révélateur dans une société où l'on meurt chaque jour. J'aimerais bien savoir qui, ici, n'est pas normal.

La pluie a rempli le trou dans la forêt et l'a transformé en un puits de boue. Un des policiers avec lesquels je suis montée en voiture remonte la fermeture Éclair de sa veste et se secoue. Il est chargé de m'interroger sur les détails de ma découverte. Mais en réalité, il n'a pas l'air de vouloir vraiment s'imaginer un enfant dans ce trou boueux.

— Tu peux te rappeler comment étaient disposés les os ? À quelle profondeur exactement tu les as trouvés ? Tu peux nous montrer à peu près où étaient la tête et les pieds ?

Je me fais remettre par le policier un crayon et une feuille de papier, lui fais un dessin que je complète avec tous les marqueurs et données requis, et estime ainsi avoir plus que rempli ma part. Après tout, je ne suis venue ici que pour l'arbre, le frêne. Il est beau, en particulier maintenant, sous la pluie. Le feuillage dense, grand et robuste. Alors que la ville est simplement encore plus grise quand il pleut, une forêt sous la pluie est verte et éclatante. Je rends au policier le papier trempé, puis je renverse la tête en arrière et laisse les grosses gouttes me fouetter le visage tandis que je lève les yeux vers la cime de l'arbre. Dans le vent et la pluie, les petites branches là-haut vacillent comme des tentacules. Cela a quelque chose d'apaisant.

J'aime ces jours pluvieux en forêt. J'aime l'odeur de terre mouillée, de moisissure et de pourriture. À cet endroit précis, l'odeur est particulièrement intense, cela s'explique par la fosse. C'est ce que sent une tombe quand on l'ouvre. Lors de mon stage à l'agence de pompes funèbres locale, je suis parfois descendue dans les tombes fraîchement creusées juste pour respirer cette odeur et me rappeler la forêt.

À part ça, la période que j'ai passée au cimetière était une catastrophe. Personne ne m'avait prévenue qu'aux services funéraires on côtoyait plus les vivants que les morts : il faut soutenir les proches, organiser les obsèques, calculer les coûts de l'enterrement et prendre en charge toutes les formalités avec les églises et les autorités. Rien de tout ça ne me convient, si bien qu'on m'a collée plus tard à l'entretien du cimetière et des tombes. C'est vrai que le travail était tranquille, mais je me suis rendu compte que ça allait vite devenir ennuyeux, passer toute une vie uniquement à creuser et combler des tombes, à entretenir les espaces verts et veiller à ce que des cercueils flambant neufs soient descendus dans des fosses parfaitement symétriques.

Ce travail est très éloigné de ce qu'est la vraie mort. On ne voit pas les asticots et les vers, ni les scarabées chatoyants.

Au contraire. À l'aide du chêne plaqué, spécialement étanchéifié, poli et laqué, on essaie de maintenir les insectes à l'écart le plus longtemps possible. En outre, le trou doit être assez profond pour qu'aucun animal ne vienne grignoter la dépouille.

On pourrait penser qu'il n'y a rien de plus simple au monde que de déposer un mort dans la terre et de reboucher le trou. Mais au lieu de ça, on fait tout pour empêcher le corps de faire, au fond, ce qu'il fait le mieux : se transformer en compost. Et la moindre plante sauvage qui ose pousser sur la tombe est arrachée et remplacée par des fleurs artificielles en pot. Dans un cimetière, la mort n'a pas l'ombre d'une chance.

— Tu ne veux pas te mettre à l'abri ?

Je regarde en clignant des yeux l'agent derrière son col relevé. Son collègue et lui ont mis leur capuche et se sont placés au bord de la fosse, tout contre le tronc.

— On attend encore la police scientifique. Après, on rentre.

Je hoche la tête, mais reste où je suis. Je suis déjà trempée de toute façon, et je ne vais pas sécher davantage en les rejoignant sous l'arbre.

L'équipe de la police scientifique arrive, prend des échantillons du sol et barre l'accès à la fosse sur un large périmètre. J'envie un peu ces hommes et ces femmes qui peuvent se rendre dans un laboratoire avec leurs échantillons et procéder à des analyses soignées avec l'équipement adéquat : thermocycleur, appareil d'électrophorèse sur gel, transilluminateur UV, microscope électronique. Moi, il me manque non seulement tous ces outils, mais aussi la reconnaissance pour ce que je fais. De même que l'autorisation de le faire, malheureusement. Tant que cela ne changera pas, je ne pourrai avoir accès à aucun labo nulle part.

— OK, on rentre. L'équipe scientifique fait le reste toute seule. On te dépose quelque part en chemin ?

— Non, merci. Ma voiture est encore sur le parking devant le poste de police.

— Il se pourrait qu'on ait encore des questions à te poser dans les prochains jours. On a ton numéro de téléphone et ton adresse, je crois.

— Oui.

Je pense à la photocopie de ma carte d'identité et au test ADN, et j'aimerais qu'il en soit autrement.

Quand j'arrive enfin à la maison, c'est déjà le soir. Mon père est assis à la table de la cuisine, la tête enfouie dans ses mains, et ne dit rien quand j'entre dans la pièce. Il a l'air désespéré.

— Qu'est-ce qu'il s'est passé ?

Comme il ne dit toujours rien, j'accroche mon imperméable trempé au portemanteau et je m'approche de lui. Un bloc-notes, un crayon et le tableau que nous sommes censés utiliser pour communiquer avec Ebbe sont posés devant lui sur la table. Seulement Ebbe n'a jamais rien voulu nous dire jusqu'à présent. Pas un mot depuis qu'il est rentré chez nous.

— Il a dicté quelque chose ?

Le fait que papa ne réponde toujours pas et se contente de fixer le vide d'un œil désespéré commence à m'inquiéter. La dernière fois que je l'ai vu comme ça, c'était à la mort de maman.

— Mais qu'est-ce qu'il y a, papa ?

Il rompt le silence sans me regarder :

— Ça a duré une demi-heure. Une demi-heure pour une phrase. Je me suis donné tellement de mal. Je me suis concentré sur chaque clignement d'œil. J'étais tellement content qu'il veuille enfin nous parler. Et puis il m'a dicté ça.

Il ouvre le bloc-notes et le pousse vers moi. Je me penche dessus.

Colle-moi enfin une putain de balle dans la tête.

Il lui a fallu une demi-heure pour ça. Ça aurait été plus rapide s'il avait laissé tomber le gros mot.

Mon père se met soudain à pleurer et je ne sais pas comment réagir. Je lève une main pour la poser sur son épaule, mais la laisse finalement retomber d'un air gauche.

Il n'a jamais pleuré devant moi.

Tellement d'espoir. Et puis cette phrase.

Colle-moi enfin une putain de balle dans la tête.

Au fond, c'est une bonne phrase pour quelqu'un comme Ebbe, je trouve. Une phrase à travers laquelle il s'exprime de toutes les fibres de son être. Je peux presque l'entendre. Et c'est bien de ça qu'il s'agit, en quelque sorte. Quand on ne peut plus rien faire d'autre que cligner des yeux et respirer, alors il est sûrement important de garder au moins son propre langage.

Je pose tout de même avec prudence une main sur l'épaule de mon père, qui tressaille dans ses sanglots. Était-ce l'intention d'Ebbe ? Faire chavirer notre père, qui se plie en quatre et se crève à la tâche ?

— Je vais le voir.

Je monte l'escalier en bois, dont les marches craquent. La chambre d'Ebbe est plongée dans la pénombre. Un rayon de clair de lune passe à travers les rideaux tirés. Je ne saurais dire si Ebbe dort ou s'il regarde simplement dans le vide d'un air lugubre. La tête de son lit est cachée dans l'obscurité.

Je ne dis rien. Tout est comme avant. Nous sommes tous les deux restés les mêmes, même si les circonstances extérieures ont changé.

Je le sais, et il le sait, car ce n'est pas à moi qu'il a demandé de lui mettre une balle dans la tête. Peut-être a-t-il peur que je le prenne au mot.

NORA

J'AI à peine le droit d'en parler devant Henrik, mais *Ronya, fille de brigand* a toujours été mon histoire préférée. C'est une heureuse coïncidence que j'en trouve une première édition dans la bibliothèque du salon. L'adaptation du roman a été tournée ici, dans le parc national de Skuleskogen. Et après nous être promenés quelques fois en forêt, je peux dire qu'on n'aurait pas pu choisir meilleur cadre. Juste dernière notre maisonnette commence une véritable forêt vierge. Des bosquets sauvages, denses, sans la moindre trace de présence humaine. Sombre. Mystérieuse.

Henrik voit les livres de Lindgren comme une "transfiguration romantique de la réalité". Mais je trouve que ça foisonne simplement de personnages forts et insoumis. De filles fortes comme Ronya ou Fifi. Nous aurions besoin de tellement plus d'histoires de ce genre.

Il apparaît soudain dans la pièce. Il s'avance vers moi, me prend le livre des mains et le remet à sa place dans la bibliothèque. Quelque chose dans ce geste me dit qu'il avait peur que je puisse m'en débarrasser.

Il vient de se doucher et a encore un reste de mousse sur la tempe. Je la chasse d'une pichenette. Son regard tombe sur les sacs-poubelle à côté de la porte, que j'ai posés là-bas hier en faisant le tri.

— Qu'est-ce que c'est que ça ?

Il se dirige vers les sacs, ouvre le premier d'entre eux et me lance un regard horrifié.

— Est-ce que par hasard tu veux jeter tout ça ?

— À gauche, c'est des déchets, à droite, c'est à recycler.

Il sort du sac-poubelle un rouleau de fil de pêche, une vieille médaille, un pot en fer-blanc bosselé et un cheval de bois rouge dont les pattes arrière sont cassées.

— Mais ces affaires appartenaient à mon papi !

— Henrik, je t'en prie ! J'ai juste jeté ce qui était fichu ou vraiment inutilisable. Dans l'armoire, là, il y avait même encore quinze paquets de Chamallows périmés depuis longtemps !

— Papaaaaa ! Mamaaaan !

Henrik répond à Fynn, qui crie depuis l'étage :

— Oui, Fynn, j'arrive tout de suite ! Ce sont des souvenirs, Nora.

— Le pot en fer-blanc cabossé ?

— Papaaaaaa !!!

— Attends ! Maman a étalé de la glu partout, je suis collé au sol.

Henrik fait des bruits, comme s'il devait fournir des efforts extrêmes pour se libérer.

— Tu ne peux pas jeter comme ça des choses qui font partie de mon passé, Nora !

— Papaaaa ! Maintenant !

— De ton passé ? Combien de place prend donc ce passé dans ta vie ? En pourcentage ?

— En pourcentage ? Mais il ne s'agit pas ici de pourcentage ! Les vacances chez mon grand-père étaient les seules éclaircies que j'avais dans mon enfance. Dans ce pot en fer-blanc, on a fait cuire du riz au lait au-dessus d'un feu de camp, lui et moi. Et avec ce fil de pêche, on a attrapé des carpes ! Tu sais comment c'était, avec mon père. Il n'aurait jamais…

On entend un bruit sourd en haut et, peu après, Fynn descend l'escalier à pas lourds, d'un air furieux.

— Tu n'es même pas collé au sol !

— Je viens tout juste de me détacher.

Henrik presse le cheval de bois contre la poitrine de Fynn.

— Il y avait une sorcière à ma fenêtre.

— C'est bien, chéri.

Je croise les bras tandis que Henrik disparaît presque dans le sac-poubelle.

— Des éclaircies ? Tu ne voulais même pas venir, Henrik. Tu ne m'as même jamais dit que vous possédiez cette maison de vacances !

— Une sorcière comme dans l'histoire que tu m'as racontée, papa ! Vous voulez venir voir ?

— Oui, on arrive tout de suite, Fynn.

— Elle était dans la prairie, et puis elle a grimpé jusqu'à moi. Peut-être que vous pourrez encore la voir !

— Tout de suite, chéri. Dans tous les cas, il faut qu'on fasse du tri ici, Henrik, tu t'en rends compte, quand même. Que veux-tu qu'on fasse de cet horrible cheval de bois ?

— C'est mon cheval !

Fynn crie et le sert contre lui comme si c'était son bien le plus précieux. La sorcière est instantanément oubliée.

— Et il n'est pas horrible !

Je ne peux m'empêcher de lever les yeux au ciel.

— Bien, on n'a qu'à tout garder ! On le garde et on laisse tout comme c'est maintenant ! On est si bien ici ! Avec toutes ces saletés, la poussière et tout ! Il doit sûrement se cacher aussi des tas de souvenirs, là, dans cette poussière !

Je lève les mains en l'air pour montrer que j'en ai assez et donne un coup au balai qui se renverse et se fracasse sur le sol dans un bruit sec. Fynn me regarde avec effroi. Mais la commissure des lèvres de Henrik frémit. Je lui demande d'un ton vif :

— Quoi ?

— Tu l'as très bien formulé. Avec la poussière et les souvenirs, je veux dire.

Je souffle rageusement par le nez. Henrik vient vers moi et me prend dans ses bras.

— Je suis désolé.

La tête enfouie dans son T-shirt humide, je lui demande :

— Est-ce qu'il existe un groupe de soutien, au fait ? Pour les femmes d'écrivains ?

Il rit. Il est tout simplement impossible de lui en vouloir. Tout comme à cet endroit.

Dès notre deuxième jour, le verrou nouvellement acheté dénotait complètement avec le reste. C'est un système de fermeture beaucoup trop gros, métallique, sur une mignonne petite porte en bois dans un coin désert qui n'a que des petits pains à la cannelle, la nature sauvage, des côtes abruptes et de longues soirées estivales à offrir.

Il pleut pas mal ces derniers jours, mais c'est une pluie chaude qui sent l'été. Nous laissons la porte ouverte quand nous nous déshabillons sur la pelouse et courons en riant sous la bruine jusqu'au lac où nous nous baignons. L'eau a la même température tiède que l'air et la pluie. Nous nous éclaboussons et jetons Fynn en l'air, puis il tombe lourdement dans le lac en criant et en gloussant. Henrik le tire hors de l'eau par les bras et le soulève sur ses épaules. Puis une éclaircie perce les nuages et je les vois comme deux silhouettes sombres face au soleil bas. La revoilà : la paix. Un sentiment qui m'envahit jusque dans la pointe de mes pieds enfouis dans la vase. Peut-être resterons-nous ici. Tout ça pourrait me suffire, une vie simple, lente, douce. Sans ambitions ni envieux, et sans l'éternelle lutte pour aller plus haut, plus vite, plus loin. On pourrait réparer le ponton, Henrik et moi, et construire un sauna pour l'hiver sur la rive du lac. Pourquoi ça ne suffirait pas ? Je replie les orteils.

— Nora ! Nora ! Rejoins-nous !

Henrik rit et envoie de l'eau dans ma direction avant de se laisser tomber en arrière dans le lac avec Fynn, qui pousse des cris perçants, sur les épaules.

Henrik et moi pourrions aussi travailler quelque temps d'ici. Ou alors je pourrais accepter le job pour l'installation offshore en Norvège et faire la navette en Suède le week-end. Combien de temps vont-ils encore attendre ma réponse, en Norvège ? D'ailleurs, attendent-ils toujours ou ont-ils proposé le poste à quelqu'un d'autre depuis longtemps ?

— Fynn, tu es un crocodile, empare-toi de la maman.

Henrik pose Fynn sur l'eau et le pousse par les pieds dans ma direction.

— Ggggrrrr.

Fynn, le crocodile sur commande, gigote pour garder la tête hors de l'eau et essaie de m'attraper avec ses bras qui lui servent de pagaies. Henrik l'encourage :

— C'est bien, Fynn, tire-la sous l'eau, pense à ce que je t'ai appris sur le rouleau de la mort !

Puis il prend lui-même cette mission en main. Mon rire se noie sous l'eau dans un gargouillis lorsque Henrik plonge, me tire les jambes et me fait tourner plusieurs fois sur mon axe. Je lui donne des coups de pied, le pousse, essaie de remonter à la surface et avale toujours plus d'eau. Le rouleau de la mort est un des comportements les plus singuliers des crocodiles. Presque tous le maîtrisent. Mais Henrik va trop loin et je n'étais pas préparée. Je bois la tasse et bats des jambes plus violemment. Je n'arrive plus à respirer, mais il ne me lâche pas. Je bats des jambes, lui donne des coups de pied, touche quelque chose, peut-être son visage, et remonte à la surface en toussant et en crachant. Henrik se met debout à côté de moi et se frotte le nez, mais il sourit derrière sa main. Il a toujours tendance à exagérer. Et, bien entendu, il sait que je me suis déjà aventurée dans des profondeurs tout autres. Fynn pousse des cris de plaisir et frappe dans ses mains. Je saute sur Henrik et me venge en pressant sa tête sous l'eau, un instant seulement car je n'ai pas tendance à exagérer, tout au plus à être exagérément raisonnable. Il me reste encore de ces soupçons d'insouciance, mais ils sont courts et ensevelis sous les obligations. Voilà pourquoi je sais déjà que le job en Norvège n'est qu'un rêve. Je crois que ça s'appelle le monde des adultes, celui que Henrik sait si bien fuir. Je l'envie bien souvent de s'en tenir aussi éloigné.

Lorsque les moustiques arrivent et bourdonnent en nuées au-dessus du lac, on se frotte avec les serviettes que j'ai posées à l'avance sur les chaises de jardin et on allume le barbecue. Je m'enveloppe complètement dans la serviette épaisse, ôte mes pieds nus de l'herbe mouillée pour les hisser sur la chaise et continue de contempler le lac qui, comme toutes les étendues d'eau, possède un pouvoir d'attraction pour ainsi dire magnétique. Henrik me rejoint, s'installe derrière moi et pose le menton sur le haut de mon crâne, les bras autour de moi. Les idées bouillonnent dans sa tête. Je le vois sur son visage. Les voyages me rendent toujours muette, mais font de Henrik, au contraire, un conteur d'histoires.

Nous regardons ensemble Fynn jouer à la lisière de la forêt. Comme les journées sont encore inhabituellement longues, nous n'avons pas le cœur de le mettre au lit. Et je commence à croire que Boucan existe peut-être, au fond, quand Fynn revient soudain vers nous en courant, surexcité, et détruit le tableau idyllique en une seule phrase qu'il hurle :

— Maman, papa ! Il y a un homme au milieu des arbres !

Henrik se redresse d'un coup et mes doigts se crispent sur l'accoudoir de la chaise de camping. Fynn est à bout de souffle quand il arrive à notre hauteur. Henrik s'agenouille à côté de lui.

— Qu'est-ce que tu dis là, mon grand ?

— Il y avait un homme au milieu des arbres !

J'aurais préféré qu'il parle d'un monstre ou d'un tyrannosaure – ou à nouveau de la sorcière devant sa fenêtre. Un homme au milieu des arbres est trop inoffensif pour son imagination et en même temps tout sauf inoffensif dans la nôtre.

— Un homme ?

Nous échangeons un regard. Henrik saisit Fynn par les épaules.

— Il ressemblait à quoi, Fynn ? Est-ce que c'est le même qui t'a offert du chocolat à la supérette ?

Fynn hausse les épaules.

— Le jour où tu es parti faire des courses avec papa.

Je reviens à la charge, mais Fynn ne se souvient toujours pas et se dégage des mains de Henrik. C'est à cet instant seulement que je remarque qu'il tient quelque chose à la main. Une poupée. Henrik la lui prend. Fynn proteste :

— C'est la mienne !

— Je vais te la rendre.

Il tourne la chose dans ses mains. Ce n'est pas une poupée sans tête ou sans yeux, ce n'est pas une poupée avec une grimace peinte. C'est une poupée en plastique, nue, on ne peut plus normale, avec des bras et des jambes amovibles, comme on peut en acheter dans un magasin de jouets. Jamais la vue d'une poupée tout à fait ordinaire ne m'a fait autant frissonner d'effroi.

— D'où vient-elle, Fynn ?

— Il me l'a offerte.

Nos regards suivent son index qui pointe la lisière de la forêt.

— Il a dit qu'il l'a apportée exprès pour moi.

— Ça veut dire qu'il a parlé allemand ?

Je suis paniquée. Henrik se redresse.

— Rentre à la maison avec maman, je vais voir où est cet homme.

— Mais je veux venir avec toi ! Je peux te montrer où je l'ai vu !

Je dis d'un ton ferme :

— Peut-être qu'on devrait tous rentrer à la maison.

— Ou bien nous allons tous dans la forêt.

Henrik doit avoir perdu la raison.

— Il y a quelqu'un qui… épie notre fils, Henrik !

— Oui, et tu ne veux pas savoir qui c'est ? Si c'est le type du supermarché ?

— Non, j'aimerais juste savoir mes deux hommes en sécurité !

— C'est juste un pervers, Nora. Et quelqu'un doit lui dire qu'il a intérêt à se tenir éloigné de notre maison à l'avenir !

Henrik attrape la main de Fynn et me la donne comme un témoin de relais. Puis il se retourne et se dirige d'un pas décidé vers la forêt qui, au moment où il y pénètre, n'a plus rien de romantique mais est sombre et menaçante. Comme une silhouette noire découpée sur le ciel nocturne.

Cela fait une bonne heure que j'attends sur la véranda. Fynn est agité et surexcité. Il serait largement l'heure de le coucher maintenant, mais je n'ai pas la tête à ça et aucune envie du cirque que ça va déclencher. Car Henrik n'est pas là pour lui raconter une histoire. Henrik est dehors, dans la forêt. Peut-être aurais-je dû essayer de le retenir avec plus de véhémence.

Quand en plus il se met à pleuvoir, je serre les bras autour de moi en frissonnant. Tout me revient. L'impression d'être suivie. La peur pour Henrik et Fynn. Je cherche mon portable, essaie d'appeler Henrik, mais il ne décroche pas. Je réessaie. Je laisse sonner. Je ne tombe que sur sa messagerie.

— Qu'est-ce que tu fais maman ?

Fynn enroule ses bras autour de ma jambe.

— J'essaie de joindre papa.

— Pourquoi ?

— Rentre déjà enfiler ton pyjama, OK ?

— Non ! Je veux rester réveillé jusqu'à ce que papa revienne !

— Papa parle encore avec l'homme dans la forêt.

— Mais de quoi ?

Je me passe la main sur le front. Et si Henrik s'est fait assommer et gît quelque part dans les bois ? Bleike en serait-il capable ? À vrai dire, ni lui ni Henrik ne sont du genre à se bagarrer. Mais il m'est déjà arrivé de sous-estimer Bleike.

— MAIS-DE-QUOI-MA-MAN ?

Fynn tire sur ma jambe en chouinant.

Le type du supermarché en serait capable. D'après tout ce que Henrik m'a raconté, c'est une machine de guerre.

— MAMAAAN !

Fynn tire si violemment que je perds l'équilibre, trébuche sur le côté et manque de tomber sur lui. Il me regarde d'un air effrayé.

— Maintenant ça suffit ! Tu rentres et tu te mets en pyjama !

— Mais je veux pas !

— Je n'en ai absolument rien à faire, tu le fais quand même !

— NON !

Il frappe du pied par terre. Il est à un âge où sa voix ne connaît que deux volumes sonores, et celui pour "non" est toujours tourné au maximum. Je tâche de garder mon sang-froid.

— Fynn, à présent je compte jusqu'à trois.

À présent, je compte jusqu'à trois est le dernier recours quand rien d'autre ne marche. Je ne sais absolument pas pourquoi ça fonctionne à chaque fois ni ce que Fynn croit qu'il va se passer une fois le compte à rebours terminé. Mais pour l'instant, il n'a jamais pris le risque d'aller au bout.

— Un.

Il bougonne.

— Deux.

Il bougonne plus fort et frappe les pieds par terre. Il lutte contre lui-même, puis disparaît dans la maison en tapant des pieds et en pleurnichant. Je me tourne vers la forêt, épuisée, me laisse tomber sur les marches, où je reste assise, et enfouis la tête dans mes mains. Cela va devenir compliqué quand, en grandissant, Fynn sera capable de deviner ma détresse. Je murmure en direction de la forêt :

— À présent, je compte jusqu'à trois, Henrik. À présent, je compte jusqu'à trois, et si tu n'es pas de retour…

Mais Henrik ne revient pas, et mon estomac se tord d'inquiétude.

Je touche encore une fois l'écran du doigt, le laisse s'allumer, pas de message. Lorsque je rappelle, je compte les signaux de la tonalité, j'attends le répondeur. Mais la sonnerie s'arrête brusquement. Ça grésille et ça craque sur la ligne. Je me lève des marches d'un bond.

— Henrik ?

Encore ce grésillement. J'entends quelqu'un respirer.

— Henrik, tu es là ? Tu m'entends ? Où es-tu ?

Je presse le portable contre mon oreille. Peut-être a-t-il une mauvaise connexion. Peut-être est-il blessé. Peut-être n'est-ce pas Henrik mais…

— Allô ?

Une voix me perce l'oreille et ce n'est clairement pas celle de Henrik. Je tressaute. La voix répète :

— Allô ?

Je tourne sur moi-même, fixe la porte d'entrée légèrement entrouverte. Je suis tellement confuse que même mon esprit est comme paralysé un instant.

— Fynn ?! Fynn, comment… ?

Je m'interromps tandis qu'un pressentiment me gagne. Puis j'ouvre en grand la porte d'entrée, me précipite dans le couloir, jette un œil dans la cuisine vide et m'apprête à monter les marches vers la chambre lorsque mon regard se pose sur lui dans le salon. Fynn a grimpé sur une chaise et appuie sur son oreille le portable de Henrik, manifestement resté sur la table du salon. Je laisse tomber mon téléphone.

Henrik n'avait pas son portable sur lui quand il s'est enfoncé dans la forêt. Pourquoi ça ne m'est pas venu à l'idée ?

— Allô ! Allô !

Fynn continue de parler dans le portable de Henrik et se tourne vers moi.

— Maman, il faut que tu dises quelque chose, toi aussi !

Cédant à une impulsion, je marche droit vers lui, l'enlace et le presse contre moi jusqu'à ce que ses pieds décollent de la chaise.

— Maman, tu m'étouffes !

— On va se préparer à aller au lit tous les deux. Papa viendra plus tard.

— Mais papa doit me raconter une histoire avant de dormir !

— Il n'y en aura pas aujourd'hui. Je vais te lire quelque chose à la place, OK ?

— Et après je pourrais récupérer ma poupée ?

Je soupire. J'ai déjà mis l'ignoble poupée nue avec les déchets, hors de portée de Fynn.

— Peut-être. Si on lui fait prendre un bain d'abord.

Je le porte en haut. Fynn est chaud et lourd et fatigué, même s'il ne veut pas le montrer. Mais ça le rend lent et geignard. Et je suis tendue et impatiente, ce qui n'est pas une bonne combinaison. Le rituel du coucher est voué à l'échec et finit avec Fynn qui jette dans un coin le livre de la taupe à qui on avait fait sur la tête et hurle :

— Je ne veux pas cette histoire !

Pourtant, la taupe est son livre préféré. Mais maintenant, il repousse la couverture à coups de pied et réclame son père en criant. Je prends une profonde inspiration et regarde le plafond. Et, peut-être parce que je veux que Henrik entende son fils, parce que je veux, tout comme Fynn, qu'il rentre tout de suite, je me lève brutalement et ouvre grand la fenêtre. Je laisse Fynn brailler dans la nuit, chose que je ne ferai jamais à Greifswald. Les murs de notre appartement sont fins, là-bas. Dès qu'il se met à pleurer, je crains que les voisins puissent penser qu'on maltraite notre fils.

Ce soir cependant, je supporte ses cris et appuie les mains sur le rebord de la fenêtre.

Où es-tu, Henrik, bon sang ? Si Fynn n'était pas là, je serais dans les bois depuis longtemps pour le chercher. Si Fynn n'était pas là et si je ne devais pas tenir ma position ici.

Fynn est ma sirène, furieuse et harassée, qui rappelle Henrik à la maison.

HENRIK

J'ENTENDS les branches craquer sous mes pieds et tant d'autres bruits que je n'ai pas remarqués avant.

— Hé ho ?

Pour toute réponse, une série de coups s'interrompt, avant de reprendre peu après. Un pic tape quelque part contre un arbre. J'inspecte les lieux au milieu des buissons et des arbres, j'examine les brindilles cassées à la recherche de traces de pas. Mais il fait déjà plus sombre dans la forêt que dehors et, lorsque je jette un œil derrière moi, notre maison entre les arbres n'est plus qu'une silhouette noire laissant échapper une faible lueur. Un phare promettant une fausse sécurité. Je serre les poings.

Peu importe qui a épié mon fils – avec cette poupée, il ne lui a pas offert un jouet, il l'en a privé d'un. Il l'a privé de tout un terrain de jeu ! Dans ces forêts primitives aux nombreuses cachettes, les enfants devraient pouvoir s'amuser sans souci. Maintenant, c'est différent. Nora va insister pour ne plus quitter Fynn une seconde des yeux.

Je grogne dans les bois : "Fumier", je veux déjà reprendre le chemin de la maison, mais j'hésite malgré tout. Je ne veux pas avoir à penser à l'homme au milieu des arbres à chaque fois que je pose les yeux sur la forêt depuis notre fenêtre. Alors je reprends ma marche, j'arpente la forêt avec la même détermination avec laquelle Fynn et moi cherchons les monstres sous son lit quand il a fait un mauvais rêve.

"Tu vois, il n'y a rien, petit Indien."

Sans lampe de poche, il fait bientôt un noir d'encre si loin dans les bois. Je me tourne encore à plusieurs reprises vers la lueur toujours plus faible entre les arbres, j'essaie de m'éloigner de la maison en suivant une ligne plus ou moins droite. La forêt suédoise est aussi grande que l'Équateur, m'a raconté Nora avant notre départ, et cette idée me hante à présent, mais je continue tout de même à avancer. C'est un égarement annoncé. Un égarement dû à ma rage.

Lorsque je me retourne la fois suivante, la lumière entre les arbres n'est plus visible depuis longtemps. J'ai joué dans ces bois dans mon enfance, mais déjà à l'époque j'avais peur du labyrinthe que formaient les troncs. J'avais toujours l'impression qu'ils allaient se rapprocher les uns des autres et changer de place sitôt que je leur tournerais le dos. Des ronces me barrent le chemin, je les repousse et les piétine. Derrière s'étend une clairière qui m'est soudain familière. Un cri retentit au-dessus de moi. Je sursaute et lève la tête. C'est un oiseau perché sur la longue branche d'un frêne imposant. Je ne sais plus d'où je connais cet endroit, mais il me donne la chair de poule.

Tu vois, il n'y a rien, petit Indien…

Si, il y a quelque chose. Au-dessus de ma tête, bien haut, quelque chose de sombre est perché au milieu des branches du frêne dont le large tronc est planté comme une patte de dinosaure dans la clairière. Je plisse les yeux et m'approche un peu. C'est une cabane. Mais pas une petite maisonnette pour enfants joliment sciée comme on en trouve dans les magasins de bricolage. C'est un abri fait de lattes en bois, de bâches en plastique et de branchages. Les oiseaux construisent leur nid de la même manière, à partir de ce qu'ils trouvent, de déchets.

Je fais le tour de l'arbre et aperçois l'échelle de corde qui pend à une branche de l'autre côté, comme à une potence. Elle est longue. Je suis pris d'une subite envie enfantine d'y grimper pour observer la vue.

Je pose le pied droit sur le premier échelon, appuie dessus pour le tester et me tiens fermement des deux mains tandis que je hisse le deuxième pied dessus. Un craquement se fait entendre. Quel âge peut bien avoir cette cabane ? Je monte sur l'échelon suivant, puis sur un autre. Je ne suis pas assez haut pour risquer de me blesser sérieusement en tombant. Mais le gémissement des cordes résonne comme une protestation. Je ne suis pas le bienvenu ici. Je suis un intrus dans un monde réservé aux enfants.

Je jette un œil timide en bas. De là où je suis, le sol paraît sombre et très lointain. Mais ma curiosité est trop forte. Je grimpe sur l'échelon suivant. Il cède si brutalement sous mon poids que je ne peux même pas crier. Mes doigts glissent, j'arrive à attraper une des cordes rugueuses et m'ouvre la paume de la main alors que je chute en arrière, sans retenue. Mes pieds essaient de trouver un appui, mais il n'y en a pas. Rien que le vide, l'obscurité et, quelque part, le sol. J'atterris sur le dos. Le choc me coupe le souffle. Les étoiles sous mes paupières sont trop proches pour être dans le ciel. Je pousse un râle.

À l'aide, me dis-je, mais je n'ai pas d'air pour crier. Et, tout à coup, je crois voir du coin de l'œil un mouvement au milieu des arbres. Une ombre. Quelqu'un ou quelque chose se déplace à côté de moi dans la forêt ! Je bouge la tête par à-coups, je veux la tourner, mais une douleur me foudroie de la nuque à la poitrine, où le poumon flanche. Je presse les yeux tant la souffrance est vive. Qui est là au milieu des arbres ?

Nora, me dis-je. Nora, aide-moi ! Mais Nora est bien loin, dans la maison de vacances, et la panique m'envahit. Soudain, je ne veux rien d'autre que m'échapper de cet endroit.

Je me redresse et trébuche, je me dirige vers la lisière de la forêt en boitant. Comme ma cheville gauche me fait mal, je peux à peine poser le pied à terre. Et je mets surtout longtemps à enfin retrouver le chemin du retour. À enfin apercevoir la lueur entre les arbres.

— Henrik !

Nora se rue sur moi avec soulagement au moment où j'ouvre la porte, mais s'arrête brusquement.

— Qu'est-ce qui t'est arrivé ?

J'imagine le spectacle que je dois offrir. Les éraflures, les vêtements sales, trempés de pluie, la crasse dans les cheveux, une main en sang.

— Une petite bagarre.

Je tends le bras vers elle et elle me serre contre elle.

— Le type ne suivra plus jamais Fynn.

— Mais qu'est-ce que tu as fait ? Et pourquoi tu boites ? Il t'a frappé ?

Sa façon de demander ça me pince le cœur. C'est le même ton sur lequel elle disait tout à l'heure vouloir savoir ses deux hommes en sécurité. Quand on doit insister ainsi sur le mot “hommes” au pluriel, c’est qu’on doute qu’il y en ait même un seul. J’aimerais qu’elle me voie plus fort que je ne suis. Comme un homme parfaitement capable de mettre son poing dans la gueule d’un inconnu.

— Restons-en au fait qu’il nous laissera tranquilles à partir de maintenant, OK ?

Je lis la confusion sur son visage. Elle a d’autres questions, un millier de questions. Mais elle n’a pas l’occasion de les poser car Fynn apparaît en haut des marches. Il presse son oreiller contre sa poitrine et me regarde de ses yeux rougis d’avoir trop pleuré.

— Tu étais passé où, papa ?

— Papa a réglé leur compte à quelques méchants en forêt.

Je boite jusqu’à l’escalier tel un soldat blessé. Je peux être un héros pour mon fils. Pour lui au moins.

Nora, en revanche, se tient derrière moi les bras croisés, quelques minutes plus tard tandis que je me brosse les dents, et exige enfin des explications. Elle veut toujours tout savoir avec précision. Elle est comme ça.

— Bon, d’accord, je vais te donner tous les détails, si tu y tiens !

Je crache avec force le dentifrice dans le lavabo jaune ocre. Je dois me brosser les dents de la main gauche car l’écorchure dans la droite me brûle. J’ai recouché Fynn. À présent, tout ce que je veux, c’est me doucher et dormir enfin ! Au lieu de ça, je me tourne vers Nora et lui raconte que le type de la supérette était assis sur une branche et me souriait d’un air débile. Que j’ai attrapé son pied et l’ai tiré de son arbre. Qu’il m’est tombé dessus et m’a presque écrasé, que nous nous sommes battus dans la boue et que j'ai fini par réussir à agripper son horrible queue-de-rat et à lui frapper la tête contre le tronc, lui cassant ainsi le nez.

— Si je te revois encore une fois approcher de mon fils, je lui ai dit, alors on aura un plus gros problème, toi et moi, tu as compris ?

Je joue la scène à Nora, à l'aide du tapis de bain, par terre, la brosse à dents toujours dans la main. Nora est plantée là, les bras croisés, et semble sceptique.

— Son nez avait vraiment l'air mal en point, Nora. Il aurait presque pu me faire de la peine, mais à ce moment-là… Je ne sais pas pourquoi. Je n'ai pas pu m'empêcher de lui remettre mon poing dans sa figure affreuse !

Elle me tourne le dos, se frotte le front. Je reviens à la charge :

— Tu as eu ton compte de détails ?

Et je replante la brosse à dents dans ma bouche d'un geste maladroit. Il n'y a pas d'histoire héroïque qui ne contienne pas aussi une petite part de mensonge. Mais je me demande si le dernier coup n'était pas de trop.

— Franchement, je ne sais pas, Henrik.

— Il ne nous causera plus d'ennui, Nora, promis.

Et je crache une nouvelle fois dans le lavabo.

— Je n'arrive pas à croire que tu te sois vraiment battu.

Je ne dis rien, je me rince la bouche.

— Henrik ?

— Tu ne m'as pas écouté ?

— Si. C'est bien ça le problème.

— Et d'où crois-tu que je tiens mes écorchures ?

Je me retourne et lui présente mes blessures, les bras écartés.

— Je ne sais pas, Henrik. C'est pour ça que je demande !

— Et je t'ai répondu, non ?

Elle presse les lèvres et je passe devant elle sans un mot non plus. Même maintenant, au vu de toutes mes blessures, elle ne croit pas que j'aie pu me battre comme un vrai homme.

Cela dure ainsi jusqu'à ce qu'elle me suive et qu'on soit couchés tous les deux, chacun de son côté du lit. Je lui tourne le dos, mais je l'entends tout de même bouger d'un côté puis de l'autre avant de dire soudain, dans l'obscurité :

— On devrait partir demain.

Aussitôt quelque chose se hérisse en moi. J'ai un déjà-vu de quelqu'un en train de dire : "Demain, il faut qu'on parte d'ici." Il me faut un certain temps avant de me rappeler qu'il s'agissait de ma mère.

C'était mon dernier été en Suède, mais pas encore la fin des vacances. Papi était allé se baigner dans le lac pendant la nuit et mes parents se disputaient en se rejetant chacun la faute. Mon papi faisait parfois des choses stupides à cause de son Alzheimer. Mais ça n'avait jamais été aussi grave. J'étais assis sur la banquette arrière de la voiture et ne voulais pas rentrer en Allemagne.

— Tu n'as rien à dire à ça ?

Ma mère s'adressait à mon père, d'un ton furieux. Et j'ai ouvert la bouche car j'avais quelque chose à dire. J'avais quelque chose d'important à dire, mais ils ne m'écoutaient pas. Ils ne me croyaient pas. Ce sentiment ne m'a pas quitté depuis l'enfance. C'est ma blessure qui ne guérit pas. C'est la raison pour laquelle je ne supporte pas que Nora ne me croie pas.

— Henrik.

Je sursaute.

— Oui ?

— Je t'ai demandé si tu n'avais rien à dire à ça.

— Excuse-moi, je… je m'étais sans doute déjà endormi.

— Je commence à croire que tu avais raison. C'était une idée de merde de venir ici.

— Je n'ai jamais dit que c'était une idée de merde.

— Oui, bon, on ne peut pas dire non plus que tu étais heureux.

— Maintenant, je le suis.

— Maintenant ? Alors qu'un type a suivi notre fils d'abord à la supérette puis dans les bois ? Et que des animaux morts sont accrochés sous le plancher de notre cuisine ? *Maintenant*, tu es heureux ?

Elle laisse échapper un rire amer, puis reprend aussitôt un ton grave.

— Je me demande si nous ne nous sommes pas emballés avec cette maison. Oui, je voulais venir et je me suis réjouie à l'idée de voir la Suède, de tout ce qu'il y a ici. Mais maintenant…

— Nora…

Je l'interromps et cherche sa main sous la couette afin de l'arracher à ses ruminations .

— Pour quelle raison Fynn accepte-t-il ces choses dégoûtantes de quelqu'un d'autre, au juste ? Le chocolat ? La poupée ? On lui a pourtant rabâché qu'il ne fallait pas parler aux inconnus !

— C'est un enfant. Et il aime les barres chocolatées. Et, grâce à ton éducation non genrée, aussi les poupées.

— *Mon* éducation non genrée ?

— La nôtre. Bien sûr.

Je me corrige, bien que Nora soit la véritable instigatrice.

— Et si quelqu'un vient et invite Fynn à monter dans sa voiture, il le fera tout autant ? Après tout, il aime bien les trajets en voiture, aussi !

Je regrette soudain d'avoir à ce point monté mon histoire en épingle. J'avais pensé que cela rassurerait Nora de prétendre avoir réglé l'affaire de ce type au lieu de m'en tenir à la vérité : à savoir que je n'ai trouvé personne. Rien ni personne à part une cabane en haut d'un arbre dans les bois. Et que j'ai essayé, par pure bêtise, de grimper sur une vieille échelle de corde en piteux état. De la bêtise, pas de l'héroïsme. J'avais honte de l'admettre. Je préférerais l'avoir fait, maintenant.

Mes pensées s'attardent à nouveau sur la cabane. J'ai l'impression d'y être déjà allé. Je ne sais quand, pendant mes vacances d'été. Je me baladais avec d'autres enfants, un groupe d'amis. Nous nous étions enfoncés à l'endroit le plus dense de la forêt, que seuls les enfants et les animaux peuvent atteindre à travers l'épais entrelacs de branches. Derrière s'étendait une clairière – enchantée, arborée. Une cabane dans un arbre, une échelle de corde.

J'essaie de faire remonter des détails dans ma mémoire, mais les souvenirs restent flous, comme tout ce qui est lié à mon enfance, au fond. C'est à cause de mon père, qui me traînait chez le psychologue et me gavait de médicaments car il confondait mon imagination débordante avec de la folie.

Quand on reproche sans arrêt à un enfant de dire n'importe quoi, au bout d'un moment, il finit par le croire. Et une fois adulte, on ne sait tout à coup plus à quels souvenirs se fier. Mais je crois que j'ai joué dans cette cabane. Et qu'il y avait encore un autre enfant. D'autres scènes me reviennent, peut-être vraies ou pas. On faisait les fous dans la forêt. On cherchait des lézards entre les pierres chaudes et on marchait dans le ruisseau d'un pas mal assuré, pieds nus et main dans la main. C'était une période formidable. Le plus bel été de ma vie – je crois.

— Doit-on avertir la police ?

La question de Nora rompt le fil de mes pensées. Il me faut un petit instant pour revenir complètement à la réalité.

— À cause d'une poupée ?

— Il ne s'agit pas que d'une poupée ! C'est répugnant !

— Nora, le type est un gringalet et a probablement une ou deux cases en moins. Je ne le considère pas comme franchement dangereux.

— Tu as dit qu'il faisait une bonne tête de plus que toi. Quand tu l'as vu au supermarché.

— J'ai surestimé sa taille. De près, il était bien plus petit.

Nora se tait. J'aurais vraiment dû lui parler de la cabane. Mais je ne peux plus faire marche arrière maintenant, sinon elle va se fâcher.

— Allons, Nora. Le type a filé la queue entre les jambes en gémissant alors que je l'avais à peine touché. Si nous devons tenir Fynn éloigné de tous les endroits où se trouvent des fous, on ne pourrait rester nulle part.

Cette fois, le silence de Nora dure plus longtemps. Puis elle dit :

— C'est ma faute. C'est moi qui voulais absolument venir ici. Et si maintenant il arrive quelque chose à Fynn…

— Hé (je l'interromps et lui serre la main), c'était une décision commune, d'accord ? Notre propre petite maison au bord d'un lac, entourée de nature et de rien d'autre. C'est ce que nous avons toujours voulu !

Elle bougonne du bout des lèvres. Je me rapproche d'elle et caresse de ma main libre ses cheveux blonds, comme on fait ruisseler du sable entre ses doigts. Peu importe qui a offert la poupée à Fynn, je ne veux pas que cela change quoi que ce soit à l'idée que Nora se fait de cet endroit. Pas maintenant, alors que nous commençons à prendre nos marques. J'ajoute à voix basse :

— En plus, tu avais raison sur tout.

— Comment ça ?

— Je crois que je vais écrire mon prochain livre ici.

La couverture émet un bruissement lorsqu'elle se tourne vers moi, surprise. Peut-être parce que je le lui annonce de manière si peu spectaculaire. C'est toujours quelque chose de particulier pour moi, de parler pour la première fois d'un nouveau livre. Je couche mes mots dans un écrin à bijoux imaginaire que je pousse vers Nora sur la table du restaurant lors d'un dîner, ou bien je la surprends autour d'un verre de champagne : j'ai une idée de livre. Jamais je ne lui dirais une chose pareille entre deux portes. Mais ce moment me paraît approprié.

— J'en ai pris conscience dès le jour de notre arrivée. Quand je jouais dans la forêt avec Fynn. C'était une bonne chose de venir ici. Un bon lieu pour l'écriture. Et pour nous.

Nora garde le silence. Puis elle finit par dire :

— Et de quoi ça parlera ?

Je réfléchis un bref instant.

— Ce sera un livre d'aventure. La forêt s'y prête, tu ne trouves pas ? Ça parlera d'un garçon qui habite une cabane dans un arbre et vit des aventures.

Nora me demande, ses doigts doux dans ma main :

— Pourquoi ça ne peut pas être une fille pour une fois ? Le monde a besoin de plus de livres sur des filles fortes et courageuses.

MARLA

Le tissu autour de ma tête est serré et m'écrase les yeux. Mais quand je louche très fort vers le bas, j'arrive quand même à voir quelque chose. Une mince bande de neige qui brille à la lueur de la lune, et mes jambes enfoncées profondément dans cette neige lunaire. Comme deux fines branches sans pieds. Je ne sens plus mes orteils. Je ne sens plus rien, à part la peur. J'entends les arbres dont les cimes grincent dans le vent au-dessus de moi. Et une chouette qui crie si fort qu'elle me fait sursauter.

Mais il ne faut pas avoir peur, en réalité, du moins pas au point que tout devienne sombre dans la tête. Avec tant d'obscurité et de brume dans la tête, on est une proie, dit l'homme. *Et nous, on veut être des carnivores, pas vrai, mon enfant ? On – veut – être – des – carnivores.*

Quelque chose craque derrière moi. Je laisse échapper un bruit d'effroi en inspirant et je presse mes mains contre ma bouche. Il ne faut pas céder à la panique, car elle fait faire des choses idiotes, sans réfléchir du tout. Et je veux survivre, moi.

Je sais qu'il faudrait que je me rappelle certaines choses à présent, mais ma tête est pleine de pensées que je ne devrais pas avoir : je n'en suis pas capable. Je suis trop faible. Je ne lui arrive qu'au nombril. Et il a un fusil.

De la neige crisse soudain derrière moi. Des pas. Ses bottes, les chaudes et lourdes. Je presse mon dos contre l'arbre et mes mains plus fort encore sur ma bouche. Mais il sait que je suis là. Je peux bien être silencieuse autant que je veux, il sait toujours où je suis. Il n'a qu'à suivre mes traces de toute façon. La neige l'aide. La neige est sa délatrice. Une détonation éclate. La balle frôle mon bras, je crie, trébuche en avant, essaie de m'arracher le bandeau des yeux et m'étale sur le ventre dans la neige en battant des jambes. Il gueule :

— Utilise tes foutues oreilles, mon enfant.

La peur prend le dessus. Je me lève d'un bond, cours, mais je ne sais pas dans quelle direction, voilà pourquoi quelque chose me frappe au visage avec une telle violence que je tombe sur le dos. C'est une branche. Je crois que ma tête est ouverte, ou ma bouche. Un bref instant, des couleurs s'embrasent dans l'obscurité, comme des aurores boréales. Mais elles ne sont pas là en vrai. Ce ne sont que mes aurores boréales, et elles veulent me berner. Ce n'est pas dans le nord qu'elles apparaissent, mais toujours et seulement dans la douleur.

J'ai le goût du sang dans la bouche et je serre les lèvres. Quand on laisse une trace de sang derrière soi, on montre à l'autre qu'on est blessé et faible, et il ne faut pas que je le sois. Je me retourne sur le ventre. Il y a sans doute un énorme ange de neige là où j'étais couchée à l'instant. J'ai encore une fois tout fait de travers.

Un nouveau tir éclate. Des oiseaux, des corbeaux poussent des cris au-dessus de ma tête, puis quelque chose tombe soudain dans un “pouf” sourd près de moi, dans la neige. Je me redresse avec effroi, cherche l’objet à tâtons. Mes doigts gelés touchent un amas de plumes. Le corps en dessous est encore chaud, je sens un cœur palpiter – poumpoumpoumpoum –, puis plus lentement. Poum… poum. Et puis plus rien.

Je me lève d’un bond et cours. Les arbres me frappent de leurs branches. L’homme dit que les arbres sont mes amis parce qu’ils peuvent m’aider à me cacher. Mais je n’en ai pas du tout l’impression. Les arbres veulent me faire mal tout autant que lui. Ils m’écorchent les bras et me tirent les cheveux.

Le tir suivant passe tout contre mon visage. Un feu s’embrase sur ma tête. Je pousse un cri et me tiens l’oreille. Il y a quelque chose de chaud, de collant sous mes doigts. Du sang. Il m’a arraché l’oreille ! Je reste pétrifiée, sous le choc, tremblante, et j’essaie de ne pas me faire avoir par les aurores boréales qui sont de retour. Dans ma poitrine, mon cœur bat aussi vite que celui du corbeau. Poumpoumpoumpoum. Il ne faut pas que je perde conscience. Celui qui perd conscience est pour ainsi dire déjà mort.

Je touche encore une fois l’endroit au niveau de mon oreille, mais ça fait mal et je retire vite mes doigts. Je guette la présence de l’homme, mais je crois que je ne pourrais même plus l’entendre s’il se tenait à côté de moi. Je l’imagine, debout en train de gueuler : “Utilise tes foutues oreilles, mon enfant !” Et je lui crierai à mon tour : “Et comment veux-tu que je fasse, si tu me les arraches ?” Et ça me rend furieuse.

Je boite jusqu’à ne plus pouvoir avancer. Jusqu’à ce que mes pieds soient tellement engourdis qu’ils se cognent partout et restent accrochés, et que je tombe en avant. Mes dents s'entrechoquent.

La forêt en hiver est un lieu hostile. On n'en réchappe pas, peu importe à quel point on se bat. Celui qui n'en est pas sorti avant la tombée de la nuit n'en sortira plus, car c'est alors le froid, le grand frère de la mort, qui est à l'affût entre les arbres. Il est capable de faire s'arrêter un cœur, aussi simplement que ça. Comme celui du corbeau mort.

L'homme ne tarde pas à me trouver. Il claque la langue car il n'est pas content de moi. Puis il fait un tas de branches et de brindilles et les allume. Pour finir, il me soulève de la neige et me dépose près du feu. Il me retire le bandeau puisque nous avons fini de jouer, maintenant. Mais c'est dur de garder les yeux ouverts alors je les laisse fermés. Une fois que le feu produit des crépitements bien chauds, j'arrive à cligner un peu des paupières. Je vois le feu consumer la neige et la glace. Faire fondre un rond dans le paysage où je dégèle moi aussi. La chaleur des flammes me caresse. Je ferme les yeux à nouveau et imagine qu'il s'agit de ma mère.

L'homme fait griller des pommes de terre au bout d'un bâton. Il ne dit rien, mais soudain quelque chose atterrit à côté de ma tête. Cela fait le même bruit que le corbeau tombé mort du ciel, *pouf*, et j'ouvre grand les yeux. Il y a une pomme de terre près de mon visage. Marron foncé et ronde et fumante comme une crotte d'élan fraîche. Sans même me redresser, je tends la main vers elle, joue avec sa peau rugueuse puis la casse en deux. La pomme de terre est dorée à l'intérieur, et si chaude qu'elle me brûle la bouche. Ça me donne chaud à l'estomac, c'est pourquoi je murmure : "Merci." Mais l'homme ne dit rien.

Mon dernier papa, un de ceux que ma maman s'est trouvés, tenait toujours à ce qu'on dise s'il vous plaît et merci quand on reçoit quelque chose. Mais, pour l'homme, ce n'est pas important. Il trouve que ce ne sont que des "chichis matraqués par l'éducation".

Le feu crépite et danse jusqu'aux premières lueurs de l'aube et, alors seulement, se couche dans les bûches pour dormir, fatigué. Je crois que je me suis endormie, moi aussi, car tout ce que je sais ensuite, c'est que l'homme me soulève et me porte jusqu'à la maison. Il fait de grands pas qui crissent dans la neige. On peut maintenant voir à l'horizon une large bande rose, où se mêle un peu de doré, comme l'intérieur de la pomme de terre.

Le fusil de l'homme est lourd et pend sur son épaule. Il peut nous porter tous les deux, l'arme derrière et moi devant, car il est fort, et j'espère être aussi forte un jour. J'aimerais que ça arrive vite. Peut-être alors que je pourrai sortir de la forêt.

— Tu es réveillée.

Je me hâte de serrer les paupières, mais il s'en est rendu compte et me pose par terre.

— La dernière partie, tu la parcours toi-même.

Je me lève en grelottant, pieds nus, pour le suivre.

Quand nous arrivons à l'échelle de la cabane, l'homme me fait comprendre d'un geste de la main que je dois grimper devant. Une fois en haut, il m'enveloppe dans la grande couverture en laine marron.

— La cabane est ton nid. Imagine que nous sommes deux corbeaux dans un nid de corbeaux.

Il pousse un croassement et rit. Dehors, le ciel est déjà entièrement rose clair et la neige tombe à nouveau, mais l'homme les empêche tous les deux d'entrer avec le drap qu'on accroche à la fenêtre l'hiver, pour se protéger du froid.

Je sors mes doigts de sous la couverture, ils sont rouge vif et c'est bon signe. Noir, ce serait mauvais. Noir, ça veut dire la nécrose. Je tremble toujours. Le froid s'est installé en moi comme dans une maison.

L'homme me caresse la tête. Ses mains effleurent par mégarde mon oreille gauche et je tressaute, mais sans émettre un son. L'homme n'aime pas quand je crie ou pleure. Il trouve que ça casse tout le jeu.

Je chuchote : “Désolée” et plisse les yeux. Mais il me donne juste deux petites claques sur la joue et dit :

— Il va falloir mettre de l'iode là-dessus, plus tard.

Puis il se lève et pose la lanterne chauffante devant mon lit. Il me donne le comprimé qui fait faire des rêves rigolos.

— Pour que tu sois protégée de ceux qui sont tapis dans l'ombre.

Et il désigne d'un clin d'œil les coins de la cabane. Puis il s'en va et me laisse seule, avec les coins et les ombres.

Il ne dort jamais avec moi, dans la cabane. Il va et vient comme ça lui chante. Je crois qu'il ne sait vraiment pas à quel point c'est sinistre ici. La cabane est sombre et pleine de courants d'air, derrière les planches ça criaille et glapit et grogne et gémit dans la forêt. Et en bas, sous les racines, c'est là que logent les morts. Un véritable royaume des morts.

ROSA

Ebbe est de nouveau muet. Quand je vais chercher le tableau de l'alphabet après les soins corporels quotidiens, il détourne le regard ou ferme complètement les yeux – comme la couverture d'un livre qui n'a plus d'information à nous donner. Le truc avec la "putain" de balle dans sa tête était la seule chose qu'il avait à dire. Une histoire très courte. Une tragédie. Ça lui va bien.

Lundi, mon père appelle l'hôpital où on nous recommande de laisser le temps à Ebbe et peut-être de lui faire un peu la lecture. C'est important de lui parler, même s'il a décidé de ne pas répondre pour l'instant. Tandis que je jette discrètement le journal d'aujourd'hui à la poubelle car papa ne doit pas voir le gros titre sur la découverte de certains ossements dans la forêt, j'entends la médecin dire dans le combiné :

— Il n'y a pas grand-chose qu'il puisse décider seul pour le moment.

Et je comprends ce qu'elle veut dire. C'est ironique, mais j'arrive mieux qu'avant à saisir ce qui anime mon frère maintenant qu'il est réduit à l'immobilité.

J'ajoute donc “faire la lecture” à la liste des tâches liées aux soins d'Ebbe, mais ça me paraît tout de même une mauvaise idée d'entrer dans sa chambre avec mon livre serré contre ma poitrine. Aussi bien mon livre que moi sommes des intrus dans cette pièce. Comme je n'ai jamais vu mon frère lire, je ne sais pas ce qui l'intéresse et j'ai simplement apporté ma lecture du moment : *De la réparation des injustices – Dispositions relatives à la pratique des autopsies*. Rédigé par le médecin et juge chinois Song Ci au XIIIe siècle.

Je tire la chaise devant la fenêtre et tente d'ignorer la manière démonstrative dont Ebbe maintient les yeux fermés. La situation est nouvelle pour nous deux. Nous allons devoir nous y habituer.

Je tourne les pages jusqu'au passage où Song Ci explique comment il a recouru aux insectes pour résoudre une enquête, car c'est un cas intéressant et Song Ci a été le premier à avoir cette idée : dans un village chinois, un habitant avait été retrouvé mort à coups de lame. Pour élucider le meurtre, Song Ci a d'abord frappé un cadavre avec une multitude d'outils différents. Il a comparé les incisions avec les blessures sur le corps du villageois et ainsi constaté que l'arme utilisée avait dû être une faucille. En conséquence, il a prié tous les villageois d'apporter leurs faucilles sur la place du marché. C'était le cœur de l'été, il y avait donc beaucoup de mouches et celles-ci se sont posées presque exclusivement sur une faucille en particulier. Le sang n'était plus visible, mais les mouches l'avaient perçu grâce à leurs organes sensoriels délicats. C'est ainsi que Song Ci a su laquelle de ces faucilles était l'arme du crime.

De mon côté, je chasse de la main une mouche qui s'est égarée vers nous par la fenêtre ouverte et je regarde Ebbe. Il n'a plus les yeux fermés et me dévisage. Avec un dégoût qui surpasse même celui qu'il manifestait à mon égard dans mon enfance. Je soutiens calmement son regard.

Au moins, on dirait que j'ai réussi à éveiller quelque chose en lui. Cependant, je doute qu'il ait conscience de la pertinence de ce texte.

— Le prochain ouvrage sur l'entomologie forensique n'a été publié que bien des siècles après. En Europe, ce n'est pas avant les Lumières qu'on a commencé à déterrer les corps pour les examiner systématiquement. Et ici, en Suède, le premier projet officiel en entomologie forensique ne date que de 1998 ! Tu imagines un peu ?

Je n'évoque pas le fait que le premier projet inofficiel de ce genre a eu lieu plus tôt en réalité, et ce, derrière la remise de papa.

À en juger l'expression d'horreur sur le visage d'Ebbe, je dirais de toute façon qu'il lui faut un peu de temps pour digérer ce qu'il vient d'entendre.

Je referme le livre.

— Je reprendrai la lecture demain. Je viendrai m'asseoir ici et lire le temps qu'il faudra pour que tu te décides à nous parler. Moi, je m'en moque complètement, comme tu peux l'imaginer. Mais c'est important pour papa. Il n'y peut rien si tu es allé faire de l'escalade et as fait une chute. Alors n'essaie pas de le punir.

Je me lève, pose le livre sur la chaise, mais l'emporte tout de même finalement en sortant de la pièce. Une simple habitude. Avant, mes effets personnels survivaient rarement à la présence d'Ebbe.

Dans la cuisine, je sors un yaourt du frigo et le journal de la poubelle. La découverte en forêt est le gros titre du jour.

Il ne s'est même pas écoulé quarante-huit heures depuis que j'ai apporté les os à la police. Et la presse a déjà eu vent de l'affaire.

Ce n'est donc pas très étonnant que mon père soit déjà au courant quand il rentre le soir à la maison. Tandis qu'il accroche sa veste au portemanteau, il me dit en me tournant le dos :

— À la scierie, aujourd'hui, on ne parlait que d'une chose. En campant en forêt, une jeune femme a trouvé le cadavre d'un enfant. Pas très loin d'ici. Je t'en prie, dis-moi que tu n'as rien à voir avec ça.

Malheureusement, je ne peux pas lui faire cette faveur. De toute façon, je crois qu'il le sait déjà. Pour la forme, je corrige tout de même :

— C'était un squelette.

— Quoi ?

Il se tourne vers moi.

— Par cadavre, on entend le corps d'un mort dont la cohésion tissulaire n'est pas encore dissoute par la putréfaction ou d'autres processus physico-chimiques. Les squelettes ou les parties d'un squelette ne sont plus considérés comme des cadavres.

Dès qu'il est question de mort, mon père devient toujours bizarre. Il se frotte les yeux, sans doute pour se protéger de ce qu'il ne veut pas voir. Puis il passe devant moi d'un pas raide pour rejoindre la cuisine. Il ouvre le tiroir sous le four et en sort un rouleau de sacs-poubelle noirs.

— Sois discrète, s'il te plaît.

Il me tend le rouleau avec le même air gêné que ma mère, dans mon adolescence, lorsqu'elle m'a mis dans la main un paquet de tampons la première fois que j'ai eu mes règles. Je ne comprendrai jamais ce qu'il peut y avoir de honteux dans les menstruations et les cadavres. Finalement, il n'y a rien de plus normal au monde que d'avoir ses règles et de mourir.

Je lui prends le rouleau et l'informe :

— Les matières organiques ne peuvent pas être jetées là-dedans.

— Rosa. Contente-toi de débarrasser la remise de tout ton fourbi, d'accord ? Avant que la presse à scandale me tombe dessus en plus de ça !

Je crois que mon retour subit à la maison enchante mon père aussi peu que moi.

— Ce n'est pas du fourbi, c'est de la science.

— C'est déjà ce que tu prétendais à dix ans.

— C'était déjà le cas à l'époque. Et ne me traite pas comme une enfant qu'on envoie ranger sa chambre, s'il te plaît.

— Jamais on ne t'a envoyée ranger ta chambre.

Il a raison. J'étais une enfant ordonnée, une enfant méticuleuse. L'ordre qui régnait dans ma chambre effrayait tous ceux qui y entraient. Quand des amis ou des proches venaient me rendre visite pour mon anniversaire, maman poussait légèrement du pied mes chaussures alignées ou passait la main, comme par accident, sur mes crayons de couleur classés soigneusement sur ma table à dessin pour simuler un peu de bazar. Il était toujours important pour mes parents de ne pas se faire remarquer. Dans le lieu idyllique où j'ai grandi, on ne se rendait invisible qu'en menant une vie simple et normale, et une enfant modérément désordonnée en faisait partie. Pas une fille qui, depuis l'école primaire, exploitait une ferme de cadavres derrière la remise et triait ses cornflakes par taille.

— Il faut bien que je poursuive mes études quelque part, papa. Je ne peux quand même pas croupir ici sans rien faire !

— Quelques mois ! Tout ce qu'on te demande, c'est de t'occuper de ton frère quelques mois, jusqu'à ce qu'il aille mieux !

— Mais peut-être qu'il n'ira pas mieux. Ni dans quelques mois, ni même dans quelques années ! Ebbe n'a pas un rhume, il s'est brisé la nuque !

— Il y a de nombreux tétraplégiques qui réapprennent à bouger ! Qui peuvent à nouveau être autonomes au bout de quelques années !

— Et il y en a aussi beaucoup pour qui ce n'est pas le cas ! Je n'ai pas de formation d'infirmière. J'ai trouvé une chose en laquelle je suis vraiment bonne, et…

— En mort ? En mort, tu es bonne ? Déterrer des corps en forêt et les enfouir dans l'atelier ? Bon sang, Rosa, ce n'est pas un talent, ça, c'est le travail d'un foutu chien détecteur de cadavres !

Je réponds le plus calmement possible :

— J'étudie les effets des processus de décomposition sur les sols. Quand un corps se putréfie, il libère certaines substances qui…

— Et c'est censé apporter quoi ? Ces espèces d'études sur des corps qu'on devrait en réalité laisser sous terre ? L'humanité s'en est très bien sortie comme ça pendant des siècles !

— Qu'est-ce que tu veux dire ? Avant le XIIIe siècle ?

Il grimace.

— En tout cas, je ne vois pas l'intérêt.

— C'est justement ce que j'essaie de t'expliquer ! Dans la recherche…

— Mais ce n'est pas de la recherche, Rosa !

Il tend la main en direction de la fenêtre de la cuisine. Je remarque qu'elle a vieilli et est plus ridée.

— Ce sont des animaux morts dans un atelier de menuiserie !

Je ne supporte pas quand il crie. Je ne supporte pas quand qui que ce soit crie. Le contact avec les autres est suffisamment pénible en soi sans que quelqu'un se mette en plus à hausser la voix.

Alors j'attrape les sacs-poubelle, j'enfile mes bottes en caoutchouc et sors de la maison par la porte de la cuisine menant au potager, qui ne mérite plus ce nom depuis longtemps. La terre est dure dans les platebandes. Depuis la mort de ma mère, tout est envahi par les mauvaises herbes. Mon père n'a ni le temps ni le savoir-faire pour entretenir un tel jardin. Il fait déjà des heures supplémentaires à la scierie et remplace chacun de ses collègues pour faire en sorte de ne pas manquer d'argent. Mais lorsque j'ai proposé à mon arrivée d'arracher tout le potager et de niveler les platebandes pour qu'il ne lui rappelle pas constamment maman, il m'a simplement regardé d'un air horrifié. Mon père est de ceux qui doivent absolument garder et préserver toute chose du passé, au-delà de sa propre mort. Une habitude largement répandue. Tout un marché du secteur funéraire en vit.

Arrivée au fond du jardin, j'enjambe la clôture en bois. La pluie goutte dans mes bottes et dégouline des sacs-poubelle dans lesquels je dois enterrer mes objets d'études.

Je m'apprête à poursuivre mon chemin vers la remise quand une voiture s'arrête devant la maison. Je ne l'aperçois qu'une fraction de seconde entre le cerisier et l'allée, mais la couleur vive m'arrête dans mon mouvement. La police est là. Et il ne fait aucun doute pour moi que ce n'est pas à mon père, si respectueux des règles, que les agents souhaitent parler.

NORA

Je n'évoque plus l'idée de partir d'ici. Mais c'en est fini du sentiment de sécurité et de liberté que j'avais espéré trouver en Suède.

Au matin, je me débarrasse discrètement de la poupée et suis le moindre pas de Fynn comme une mère poule tandis que Henrik commence à écrire. Je l'envie d'être simplement inspiré par des événements qui, de mon côté, me bouleversent complètement. Lorsque nous avons dû faire un atterrissage d'urgence lors d'une excursion en montgolfière il y a quelques années, il en a écrit un roman pour ados avec pour thème la chute d'un ballon sur une île magique. Moi, je nous ai souscrit une assurance-vie.

Henrik s'éloigne toujours un petit peu de moi quand il plonge à la recherche des mots justes dans son monde à lui. Mais cette fois, il est pour ainsi dire hors de portée. Même Fynn n'arrive pas à l'arracher à l'ordinateur portable devant lequel il est assis, le regard fixé tantôt sur la fenêtre, tantôt sur le curseur clignotant, hypnotique. Je pense que son comportement absent doit avoir un lien avec l'histoire de la forêt, quoi qu'il ait pu s'y passer en réalité.

— Maman, regarde !

Fynn renverse la tête par-dessus le dossier de sa chaise afin de tenir en équilibre sur son nez le Froot Loop qu'il a pêché dans son bol de céréales.

— Je suis une otarie !

— Super, mon chéri.

Je lui réponds d'un air absent avant de me replonger dans le croquis technique que je griffonne sur le meuble de la cuisine, perdue dans mes pensées. Si jamais je propose tout de même ma candidature en Norvège…

Je perçois un mouvement du coin de l'œil et lève la tête. C'est Henrik qui va à la porte d'entrée et enfile sa veste d'été.

— Tu sors ?

Il sursaute, comme s'il avait complètement oublié que j'étais toujours dans la maison.

— Oui, je vais me balader en forêt.

Fynn crie :

— Je viens avec toi !

Dans sa précipitation, il tape sur sa cuillère en bondissant de sa chaise. Du lait et des Froot Loops giclent sur la table et le sol. Fynn sort de la cuisine en courant, essaie de décrocher sa veste du portemanteau avec ses bras trop courts.

Mais, à ma grande stupéfaction, Henrik lui pose la main sur la tête et dit :

— Pas aujourd'hui, mon grand. Cet après-midi, on ira se baigner un peu dans le lac, qu'est-ce que tu en dis ?

Fynn est tout aussi déconcerté que moi par cette réaction, il en oublie même de pleurnicher et de taper du pied, et regarde, bouche bée, son père refermer la porte derrière lui.

Je me lève, vais à la fenêtre et le vois aller à la remise puis, peu après, marcher à pas lourds vers la forêt, sous la bruine, une échelle sur l'épaule. Je fronce les sourcils. Fynn crie, sidéré :

— Maman, papa ne m'a pas emmené !

Je hausse les épaules et dis :

— Je sais. Il ne m'a pas emmenée non plus.

Au moins, ça le perturbe suffisamment pour l'empêcher de piquer une colère. On nettoie les céréales, puis Fynn installe dans le salon *La Potion de la frousse*, le jeu qu'on lui a offert à son dernier anniversaire.

— Tu viens, maman ?

Je pose mon carnet de côté en soupirant et me sers un autre café.

Quand j'entre dans le salon, mon regard tombe sur l'ordinateur portable de Henrik, sur lequel est apparu l'économiseur d'écran.

— J'ai déjà tout monté !

Fynn secoue fièrement près de son oreille le saupoudreur magique qui cliquette, la véritable attraction du jeu.

— Hmm, bien.

Je passe la tasse de café de la main gauche à la droite. Mes doigts tressautent du côté de la souris d'ordinateur. Henrik n'aime pas qu'on lise par-dessus son épaule quand il est en train d'écrire. C'est à contrecœur qu'il laisse même le lecteur de sa maison d'édition mettre le nez dans son texte tant qu'il n'est pas fin prêt. Mais je suis curieuse de lire sur quoi Henrik travaille avec tant d'application. C'est bien la moindre des choses, pour moi qui m'occupe de Fynn toute la journée sans jamais me plaindre ! J'hésite et finis par donner une pichenette à la souris. L'écran devient noir un bref instant, puis le logiciel de traitement de texte s'ouvre. Le curseur clignote, en attente. Henrik a laissé l'ordinateur au milieu d'une phrase :

Au cœur de la forêt, un secret est accroché entre les branches, profond et soudé comme une épine dans la chair. Un réduit si…

Je suis surprise. C'est tout ce qu'il a écrit pendant la matinée ? Je fais défiler la page en cherchant davantage de texte, mais la véranda craque soudain devant l'entrée, et je sursaute avec un tel effroi que du café se renverse sur le clavier.

Prise sur le fait, je murmure : "merde", et tamponne à la hâte le liquide avec ma manche. Fynn s'est levé d'un bond de la table du salon et court à la porte. Tandis que j'essaie encore de faire disparaître les traces de ma curiosité, je l'entends ouvrir en grand. Je me tourne. Peut-être que je peux masquer l'écran assez longtemps pour que la veille se remette en marche.

— Salut.

Je sais déjà au son de la voix de Fynn que quelque chose ne va pas, que ce n'est pas Henrik, avant même d'entendre la voix d'homme inconnue. Je suis comme pétrifiée sur place lorsque Fynn glisse sa tête dans le salon.

— Maman, c'est l'homme qui m'a offert la poupée !

Mon cœur sombre dans mon estomac.

HENRIK

Il s'arrête enfin de pleuvoir quand je reviens à la maison de vacances. Je range l'échelle. Puis, je monte les marches de la véranda en boitant, ouvre la porte et me débarrasse de ma veste complètement trempée. Ma main reste accrochée dans la manche tandis que mes pensées sont restées dans la forêt. Cette forêt dense, impénétrable. Je croyais avoir suivi exactement le même chemin qu'hier, mais finalement, je n'ai fait que trimbaler l'échelle en vain, sans trouver la cabane. Je me demande s'il y avait des points de repère dont j'aurais dû me souvenir. Où j'aurais pu tourner au mauvais endroit. Si seulement cette foutue pluie n'était pas…

— Henrik.

La voix de Nora me fait sursauter. Je n'avais pas remarqué qu'il y avait quelqu'un d'autre dans le salon. Nora s'est levée de sa chaise. Du côté de la table face à elle sont assis Fynn et un homme que je n'ai encore jamais vu. Elle fronce les sourcils, peut-être à cause de ma distraction ou de la manche de ma veste dans laquelle je suis encore coincé. *La Potion de la frousse* est posé au milieu de la table. Interloqué, je regarde tour à tour Fynn, Nora et l'inconnu. Il doit avoir au moins soixante-cinq ans. Il a les cheveux dégarnis, la barbe en broussaille et un visage tanné par le soleil, qui brille à la lueur du plafonnier. Malgré sa posture recroquevillée au-dessus de la table, je devine qu'il doit être grand.

— Henrik, je te présente Olof.

Cela me rappelle quelque chose. Où donc ai-je déjà entendu ce nom ? Fynn s'écrie joyeusement :

— On a joué à *La Potion de la frousse* et gagné deux fois contre Hilde la Laide !

Dans le visage ridé de l'homme, une commissure des lèvres se lève. Nora poursuit :

— Olof vient lui aussi d'Allemagne. Et il est taxidermiste. C'est fascinant, non ?

Ça fait tilt dans ma tête. Olof est le nom que la vieille dame a cité au supermarché. Le taxidermiste primé qui crée même des créatures fantastiques. Je repense au lièvre avec des ailes sur la planche au-dessus de la caisse. Quel truc affreux.

J'apprends qu'Olof est tombé sous le charme des contrées suédoises sauvages qui nous entourent il y a déjà de nombreuses années, et a échangé son ancienne vie contre une autre plus simple, plus modeste. Une vie en retrait, plus proche de la nature. Il habite de l'autre côté de la forêt, même si je ne vois pas bien ce que ça peut signifier tant la forêt me paraît immense. Et il connaîtrait des histoires sur la région que personne d'autre ne connaît. Il a déjà raconté l'une d'elles on ne peut mieux en mon absence : elle parle d'un hippopotame qui voulait aller en Afrique, mais qui s'est retrouvé dans le lac devant la maison d'Olof. Fynn lui demande de recommencer son récit pour que je puisse l'écouter à mon tour, et il est pendu à ses lèvres, les yeux brillants. Nora sourit aussi, enchantée.

Mon regard erre sur la table, où Nora a posé du café et des petits gâteaux à côté du plateau de jeu. Comme on le fait en Suède quand passe un voisin qui veut un peu parler. On appelle ça *fika* ici. Mais cet Olof ne veut pas seulement un peu parler. Il veut raconter des histoires et remplit ainsi tout l'espace avec ses gestes et sa voix puissante. Une fois qu'il a fini, Fynn demande, tout excité :

— Je peux voir l'hippopotame ?

— Si tu viens me rendre visite, ça peut se faire.

— Voilà une belle idée.

Nora jette un œil par la fenêtre et ajoute :

— Le soleil commence justement à percer. On pourrait tous y aller et en profiter pour faire une petite promenade, qu'en penses-tu, Henrik ?

— Je suis déjà allé me promener.

J'accroche ma veste dégoulinante sur la chaise de mon bureau. L'envie de me remettre à écrire me démange les doigts. Fynn, qu'on ne fait pas vraiment rêver avec des promenades, quémande :

— Tu nous racontes encore une histoire ? Peut-être une avec un dragon ?

Les dragons ont la cote en ce moment chez Fynn. Un soir sur deux, il aimerait écouter une histoire de dragons. Et les autres soirs, il demande une histoire de sorcières. Je m'assois et regarde Olof avec impatience.

— Si je connais une histoire sur un dragon ? Je connais même un dragon personnellement ! On l'appelle Njord, le Minus, et il vit ici, dans la forêt.

Les yeux de Fynn brillent :

— Pourquoi Minus ? Il est si petit que ça ?

— Pas plus grand qu'un lézard.

Olof montre sa taille avec son pouce et son index.

— Et Njord est malheureusement né sans ailes. Il passait son temps assis devant son terrier à observer les corbeaux et les aigles qui tournaient en rond dans le ciel au-dessus de lui, et il était très triste car lui-même ne pouvait pas voler.

Je fais la moue et commente cette histoire peu passionnante :

— C'est bien un lézard, et pas un dragon.

Je me sers du café dans la tasse de Nora. Elle me jette un regard bizarre.

— Bien sûr que non, car il sait cracher du feu. Et c'est aussi ce qu'il faisait quand il était particulièrement furieux et triste de son sort. Il brûlait toute la mousse autour de son terrier. Comme ça…

Olof inspire profondément et gonfle les joues avant de se pencher et de souffler son feu imaginaire sur la table. Fynn pousse des cris stridents de plaisir.

— Et un jour, Njord finit par réaliser son rêve et s'élève dans les airs, grâce à l'aide du corbeau Orvar. En effet, Njord trouva le corbeau empêtré dans un collet qui faisait tellement de tours, de détours et de nœuds que personne ne pouvait venir en aide au pauvre Orvar. Mais Njord brûla la corde avec son feu et le sauva. Pour lui prouver sa reconnaissance, Orvar invita Njord chez lui et ils firent griller des *hasselbackspotatis* au-dessus des flammes.

— Des *hasselbackspotatis* ?

— Ne me dis pas que tu ne connais pas les *hasselbackspotatis* ? (Olof frappe du poing sur la table, si fort que les tasses vibrent.) Mais ce n'est pas possible ! Un garçon qui ne connaît pas les *hasselbackspotatis* ! Dans ce cas, il faut absolument que vous veniez me rendre visite. Je fais les meilleures *hasselbackspotatis* du monde !

Fynn regarde Nora avec exaltation. Elle sourit. Je me demande quand j'ai vu ma femme sourire autant pour la dernière fois.

Fynn demande :

— Comment se termine l'histoire du dragon ?

— Eh bien, Njord et Orvar devinrent amis, bien entendu. Il est impossible de s'asseoir la nuit dans la forêt suédoise autour de *hasselbackspotatis* sans finir par être amis. Et quand les ailes d'Orvar furent rétablies et qu'il eut vent du souhait de Njord de pouvoir voler, il le laissa grimper sur son dos et vouuuuchhh…

Olof bondit de sa chaise et déploie les bras.

— … On les vit tous les deux faire des ronds dans le ciel.

Fynn applaudit. Ses yeux étincellent de joie et je cache ma mauvaise humeur dans la tasse à café de Nora. J'ai percé Olof à jour. Je connais cette histoire et, en réalité, elle ne finit pas du tout comme ça. Cet Olof n'est pas quelqu'un qui invente des histoires, il ne fait que les tronquer et les dénaturer. Tout à coup, je m'entends dire :

— C'était un lutin. Ce n'était pas un dragon, mais un lutin, et son nom était Snar. Il a trouvé le corbeau mort dans le piège. Mort, pas blessé ! Il lui a arraché toutes ses plumes et s'en est fabriqué des ailes avec lesquelles il a pu voler. Ça lui a permis de se venger de tous les autres oiseaux dans le ciel qui se moquaient de lui avant et le tournaient en ridicule.

Il pèse à table un silence gêné. Contrairement à la version de l'histoire contée par Olof, ma correction ne déclenche ni applaudissement ni sourire. Nora est embarrassée par la situation. D'une voix hésitante, elle dit :

— Henrik est écrivain.

Cela sonne comme des excuses. Olof boit une gorgée de sa tasse et hoche la tête.

— Ça n'a rien à voir avec mon métier, seulement l'histoire originale est différente.

— Moi, elle m'a plu, l'histoire du dragon.

Fynn a posé sa tête sur son bras et fait danser Hilde la Laide sur la table. Je n'arrive pas à croire qu'il me plante un couteau dans le dos.

— Eh bien, je ne suis peut-être pas écrivain, mais dans la vieille tradition du conte, il est tout à fait normal que l'histoire change un peu à chaque fois. Vous êtes-vous déjà demandé pourquoi on s'est toujours raconté des histoires assis en cercle ? C'est lié au fait que les histoires sont une expérience commune. Elles rapprochent les hommes, bien plus qu'un livre que chacun ne peut lire que pour soi-même. Un bon conteur écoute davantage qu'il raconte, écoute ce que son public veut entendre. Malheureusement, on a perdu beaucoup de cette tradition aujourd'hui.

— C'est censé être le sens des histoires ? Dire au public ce qu'il veut entendre ?

— Le soleil est de sortie !

Nora se lève pour ranger les tasses à café et ajoute :

— Alors, ça vous dit, une balade ?

— Comme je l'ai dit, je suis déjà allé me promener. Mais allez-y, il n'y a pas de problème.

Personne ne me contredit. Il règne de toute façon une atmosphère tendue jusqu'à ce qu'ils sortent de la maison et referment la porte derrière eux. Je les vois tous les trois par la fenêtre s'éloigner dans la prairie d'un pas léger. J'entends Nora rire. Un rire clair et joyeux, et ça me fait un petit pincement au cœur.

ROSA

Ce n'est que lorsque le regard de Sara s'attarde sur mon bras que je me rends compte que je tiens encore les sacs-poubelle noirs à la main. L'eau de pluie goutte du plastique sur le sol de la cuisine. J'ai retiré mes bottes en caoutchouc sur le pas de la porte, mais ma veste aussi dégouline.

Je connais aussi le collègue avec qui Sara est venue. Il était avec moi dans la forêt.

— Salut, Rosa.

Contrairement à lui, je ne me rappelle plus son prénom. Je suis partie du principe que je ne le reverrai plus jamais. C'était une idée bien naïve, lui qui était si content d'avoir mes coordonnées au moment de nous séparer.

Mon père est visiblement mal à l'aise d'avoir la police chez lui. Mais il se charge à ma place de tout ce qui est bonnes manières. Il invite les agents à s'asseoir dans la cuisine et prépare du café. La porcelaine s'entrechoque lorsqu'il sort les tasses du placard. Il est aussi nerveux que si nous avions quelque chose à cacher.

J'accroche mon imperméable au dossier de ma chaise et prends place face aux agents. Sara fixe les gouttes qui s'accumulent sur le sol.

— Tu es de nouveau partie te balader en forêt ?

— Juste dans le fond du jardin.

Je murmure ma réponse tout bas car je ne veux pas qu'elle s'imagine que je déterre des cadavres sous la pluie tous les jours. Pourtant, il s'avère bientôt que c'est justement ce qu'elle espère.

— Rosa, je me suis renseignée sur toi à l'Université d'Amsterdam. Tu as fait une thèse sur…

Elle sort un papier de sa chemise et lit ce qui y est écrit :

— … ce qu'on appelle la botanique forensique ?

Elle lève les yeux vers moi, pleine d'espoir. Je reconnais la feuille imprimée dans sa main. C'est le résumé de ma thèse de doctorat.

— C'est pour cette raison que tu as creusé là-bas, n'est-ce pas ?

La réponse à cette question est écrite noir sur blanc, au sens propre du terme.

Le collègue s'éclaircit la gorge. Il semble impatient et, de toute évidence, veut vite poursuivre l'interrogatoire. Du moins, je suppose qu'il s'agit d'un interrogatoire.

— Je dois avouer que je n'ai encore jamais entendu parler de cette méthode que tu présentes là-bas. Déterminer le site d'un cadavre à l'aide des arbres.

— La méthode n'est pas encore au point. C'est une idée de recherche.

Ils échangent un regard, tous les deux.

— Mais ça a fonctionné. Peux-tu nous expliquer un peu plus précisément cette histoire d'azote, Rosa ?

— Il n'est pas seulement question d'azote. C'est juste que l'azote joue le plus grand rôle dans la production de chlorophylle dans les feuilles. Et, par conséquent, dans leur couleur et leur capacité de réflexion. Mais j'étudie différentes substances. Au fond, toutes celles qui sont libérées pendant la décomposition et métabolisées par l'arbre.

Je me rends compte que mon père a arrêté de faire s'entrechoquer les assiettes. Il ne m'a jamais posé de question sur ma thèse de doctorat et aurait sans doute préféré, encore maintenant, se passer de ces détails.

— Dans cette perspective, tu dis que la connaissance de ces liens de cause à effet pourrait aider à retrouver des cadavres dans des zones forestières peu praticables.

— Un jour ou l'autre. La méthode n'est pas encore assez avancée. Et ce n'est pas non plus l'objectif de ma recherche.

— Quel est l'objectif de ta recherche, alors ?

— Les effets de la décomposition organique sur la végétation.

— Mais par décomposition organique… tu parles bien de cadavres ?

Et son collègue précise :

— Le gouvernement suédois n'a pas autorisé ces études.

— Il ne les a pas rejetées non plus.

— Il n'en a pas besoin ; pour obtenir une autorisation, le requérant doit attendre que…

Sara l'interrompt :

— Je n'en ai absolument rien à faire.

Je suis étonnée. Je pensais que le fait que mes recherches ne soient pas autorisées était justement le sujet de cette conversation. Sara poursuit :

— J'aimerais comprendre cette méthode ! Comment ça se passe, Rosa : les hommes et les animaux se décomposent-ils différemment ? Est-ce qu'on pourrait, par exemple, définir à partir des feuilles si le corps enfoui est celui d'un homme ou d'un animal ?

— En théorie, oui… Les métabolites de décomposition dépendent du mode de vie et de l'alimentation de l'être vivant en question. Et de sa taille. Un homme de taille moyenne libère par exemple deux à trois kilos d'azote quand il se décompose.

— Et c'est beaucoup ?

Elle ne comprend manifestement que la moitié de mes explications.

— Cela suffit pour un îlot de décomposition d'environ trois mètres carrés et se manifesterait par un vert chlorophylle particulièrement vif.

Tous deux échangent à nouveau un regard. Au cas où ils ne l'auraient pas compris non plus, je me répète :

— Mais je n'ai pas creusé pour chercher des dépouilles humaines. J'étudie les cadavres d'animaux.

— Eh bien, vois-tu, c'est justement là où on veut en venir.

L'agent de police se penche en avant sur la table.

— Nous ne cherchons pas des cadavres d'animaux.

Il fait une pause significative dont je suis censée tirer je ne sais quelle conclusion. Sara explique :

— Nous faisons face à une situation délicate. Chez nous, dans la région, beaucoup de cas de disparitions restent non élucidés. Les zones boisées sont vraiment trop grandes et souvent impraticables. Cela peut déjà s'avérer ardu de trouver un cadavre dans de petits sites naturels bien plus dégagés. Mais chez nous, c'est presque impossible, même avec des chiens renifleurs à nos côtés. Avec ta méthode – cela pourrait être un enrichissement pour notre travail de police ! C'est la raison de notre présence ici. J'ai réussi à éveiller l'enthousiasme du commissariat pour cette idée et on aimerait, en quelque sorte, te proposer un job ! À l'essai.

Quelque chose se brise derrière nous. Une tasse a glissé des mains de mon père. Cela doit lui faire un choc qu'on puisse gagner de l'argent avec quelque chose qui, selon lui, ne fait que troubler le repos des morts. Il bredouille :

— C'est rien.

Et pourtant ce n'est pas rien du tout. Sara semble exaltée. Elle ne peut pas savoir que c'est tout sauf un plaisir de travailler avec moi. J'ouvre grand la bouche et la referme, cherche une manière polie de décliner la proposition :

— Pas question.

Elle échange un nouveau regard embarrassé avec son collègue. Peut-être s'attendait-elle à ce que je saute de joie sur ma chaise. Peut-être est-ce ce que feraient les gens normaux. La plupart de mes collègues étudiants voudraient travailler dans la criminalistique après leur diplôme. La recherche médico-légale. Confondre des criminels, résoudre des enquêtes, ce genre de choses. Mais pas moi. Je me suis renseignée. Tout en haut de la liste des compétences requises, il y a le travail en équipe, et je ne fonctionne pas en équipe. Trop de gens, trop de discussions et trop d'interactions sociales qui m'empêchent de faire mon travail. Et pour finir, on est continuellement occupé à ignorer l'opinion des idiots et à réparer leurs erreurs. Je ne me fais pas d'illusion.

— Rosa, écoute. Nous sommes vraiment intéressés par cette méthode.

Sara se rapproche, ses mains glissent vers moi sur la table de la cuisine, comme si elles voulaient me tirer de son côté.

— Imagine un peu si on pouvait envoyer des drones survoler des zones forestières à la recherche de feuillages aux couleurs spécifiques. On a chaque année des milliers de cas de disparition en Suède !

— Ce n'est pas aussi simple. Il faut avoir une sensibilité particulière pour les arbres et les feuilles. Je ne peux pas programmer des drones pour ça.

— Mais peut-être que tu le pourras un jour.

— Un énorme travail de recherche est encore nécessaire pour y parvenir.

— Mais ce que nous te proposons ressemble beaucoup à ça, justement !

— Non. J'analyse les effets de la décomposition des corps sur le monde végétal. Vous aimeriez que je vous trouve des cadavres.

— Cela pourrait pourtant être bénéfique des deux côtés. Jusqu'à présent, tu n'as pas de légitimation pour tes fouilles, et nous t'en donnons une, pour ainsi dire. Peut-être même que ça pourrait t'aider à être prise au sérieux dans ton travail si le ministère voit que tu prêtes main-forte à la police avec ton projet !

Elle tente de m'appâter, je le vois bien.

Sara ne lâche rien :

— On avait d'abord pensé à un contrat à durée déterminée. Tu pourrais faire un essai, voir si le job te convient ! Et tu travaillerais directement sur la jonction entre notre service et le National Forensic Center.

— Le NFC est à presque six cents kilomètres d'ici et ne possède même pas de spectromètre proche infrarouge.

Cela laisse Sara un moment sans voix. La commissure des lèvres de son collègue tressaille.

— De plus, je dois m'occuper de mon frère malade. Il a eu un accident d'escalade.

— Oh, je suis désolée.

Apparemment, il y a tout de même une chose dans ma vie sur laquelle elle ne s'est pas renseignée. Elle dirige d'abord son regard sur moi, puis sur mon père, qui dit, l'air tourmenté :

— Oui, il est… temporairement tétraplégique et requiert des soins.

— C'est la seule raison pour laquelle je suis revenue en Suède.

Mon père se gratte la barbe.

— Cependant… il serait possible, bien entendu, que je m'occupe de lui à la place de Rosa pendant qu'elle essaie ce travail de police.

Stupéfaite, je pivote sur ma chaise dans sa direction. Je crois avoir mal entendu.

— Ce serait une très bonne solution !

Sara répond à ma place car la surprise me rend incapable d'émettre le moindre son. Pourquoi mon père soutiendrait-il quoi que ce soit qui ait un rapport avec la recherche de cadavres ?

Soudain, Sara et son collègue se lèvent. J'ai l'impression d'avoir raté quelque chose. Ils serrent la main de mon père, comme si un accord avait été conclu dans mon dos. Puis ils me tendent la main à mon tour.

J'ouvre la bouche pour réaffirmer mon refus. Pour leur dire que je ne suis pas faite pour le travail en équipe, encore moins dans la police. Que résoudre des affaires de meurtres ne m'intéresse absolument pas. Je veux juste voir les corps et les cadavres.

— Tu y réfléchis encore tranquillement et puis tu nous tiens au courant demain ?

Le ton aimable de Sara ne peut dissimuler le fait que "réfléchir tranquillement" et "tenir au courant demain" constituent deux opposés que je ne parviens pas à associer dans mon esprit.

Elle sourit, son collègue nous salue d'un signe de tête, puis ils s'en vont. Et mon père a le regard d'un père d'une autre époque, qui, après de nombreux essais infructueux, a enfin réussi à trouver un parti à sa fille.

NORA

QUAND Fynn et moi rentrons de notre visite chez Olof, Henrik est toujours assis devant l'ordinateur. Je beurre vite quelques tartines pour Fynn, mais je suis déjà en train de penser aux choses que je veux jeter à la face de Henrik. Je bouillonne intérieurement. Je dois prendre sur moi pour ne pas claquer l'assiette de tartines devant Fynn avant de l'approcher de la table en même temps que sa chaise. Puis je vais dans le salon.

— Henrik.

— Hmm.

Il ne lève pas les yeux de l'écran.

— Regarde-moi, je te prie.

— Je veux juste finir ça.

— Il faut qu'on parle de cette visite.

— Hmm, intéressante, la visite.

— Et ce qui était particulièrement intéressant, c'est qu'Olof est l'homme qui a offert la poupée à Fynn.

Il s'interrompt. Enfin il lève les yeux vers moi.

— La poupée ?

Il demande ça comme s'il ne savait pas de quoi je parlais. Cette fois, j'en ai assez. Je rejoins son bureau à grandes enjambées et referme son portable dans un claquement sec.

— Nora !

— Où est-ce que tu as disparu tout à l'heure, en forêt ?

— Je te l'ai dit, je suis allé me promener !

— Avec une échelle sur l'épaule ?

Il recule devant l'agressivité de mon ton. Puis il pousse un soupir résigné et baisse les épaules.

— Bon, d'accord. J'ai trouvé une cabane dans un arbre.

— Une cabane. Oui. Et ? Nous sommes dans une forêt ! J'imagine qu'il arrive aux gens d'ici de construire une cabane, parfois !

— Mais celle-ci est vraiment loin dans les bois. Cela ressemble plus à une cachette ! Et… je crois que je la connais d'avant. J'ai joué avec quelqu'un dans cette cabane !

— Henrik, où veux-tu en venir ?

— À rien du tout ! Tu as demandé ce que j'ai fait avec l'échelle. Je voulais monter dans la cabane !

— Et qu'est-ce que ça a à voir avec le fait que tu prétends avoir mis une raclée au type du supermarché ?

— Mais c'est vrai !

— Je t'en prie, Henrik, c'est Olof qui a offert la poupée à Fynn ! Fynn l'a reconnu et Olof a lui aussi confirmé l'histoire. Il l'a apportée à Fynn parce qu'il avait découvert depuis quelques jours qu'un petit garçon passait ses vacances ici !

— Et tu le crois ? Olof lui-même a dit qu'il changeait ses histoires selon ce que son public voulait entendre !

— C'est toi qui changes les histoires, Henrik !

— Pas du tout !

Je mets les mains sur mes hanches et demande d'une voix forte :

— Qui as-tu rencontré en forêt ?

— Écoute, je n'ai pas demandé au type s'il avait offert la poupée à Fynn ! Je l'ai juste déduit !

Fynn sort de la cuisine. Il tient sa tartine entamée dans la main, marche vers nous et s'accroche à mon bras planté sur le côté comme une anse. Il implore :

— Pas de dispute !

— Tu veux me faire croire que tu es allé en forêt, que tu es tombé sur quelqu'un par hasard et puis que vous vous êtes bagarrés sans savoir pourquoi ?

— Pas n'importe qui, Nora. C'était le type du supermarché ! Rien que pour le coup de la barre chocolatée, il l'avait mérité.

— PAS DE DISPUTE !

Fynn tire sur mon bras avec insistance et je me détourne de lui, épuisée.

— Est-ce que, au moins, tu lui as demandé de s'expliquer ?

Je ne réponds pas. L'espace d'un instant, je ne sais même pas de qui il parle.

— Moi, tu me colles au mur. Mais Olof, non ? Qu'est-ce qu'un vieil homme vient faire au milieu des buissons devant notre maison, même si c'est un voisin ? Et en plus de ça, il a une poupée sur lui, comme par hasard ?

— Je t'ai déjà dit qu'il l'avait apportée parce qu'il savait que Fynn était ici.

— Et tu ne trouves pas du tout ça flippant ?

— Ce n'est qu'un vieil homme seul, Henrik. Il y a la photo d'un enfant dans sa maison. Peut-être un petit-fils ou un neveu, la poupée lui appartenait sûrement. Il voulait juste faire plaisir à Fynn.

Henrik ajoute, comme s'il ne m'avait pas écoutée :

— Et en plus de ça, il est taxidermiste ! Je veux dire, le tout réuni, Nora… Peut-être est-ce lui qui a accroché les animaux dans notre cave ! Tu lui as posé la question ?

Je l'arrête d'un signe de la main. J'en ai vraiment assez de cette discussion stérile. Et que Henrik fuie une fois encore le sujet de départ. Qui sait ce qui lui est réellement arrivé dans la forêt. Peut-être qu'il a simplement trébuché sur une racine ou qu'il est tombé dans un trou. Je n'ai plus envie de creuser davantage. J'emmène Fynn dans la cuisine, mais, ce faisant, il laisse tomber son goûter par terre puis braille qu'il ne veut plus de tartine mais du sucré. Il veut des crêpes. Je craque. J'ouvre brusquement le placard des casseroles.

— Tiens, voilà une poêle ! Quand tu atteindras la cuisinière un jour, tu n'auras qu'à t'en faire toi-même !

Fynn éclate en sanglots. Il hurle et balance par terre la poêle que je lui ai mise dans la main. J'ai très envie de faire pareil avec les autres casseroles. Je peine à me contrôler. Et Henrik est assis là-bas, dans le salon, comme si rien de tout ça ne le concernait. C'en est trop.

Je peux être patiente quand il s'agit de choses qui sollicitent ma concentration et ma tête, mais pas pour ce cinéma avec Fynn. Henrik n'a qu'à nettoyer la confiture sur le sol et raisonner son fils buté et surexcité. Il le voulait, cet enfant. Maintenant, il peut bien se débrouiller pour le calmer.

Je laisse Fynn crier, retourne dans le salon et annonce :

— Il faut que je fasse un tour en voiture. Tu veux bien t'occuper du singe hurleur dans la cuisine ?

— Mais où est-ce que tu veux aller ?

— À IKEA.

C'est le seul magasin qui me vient à l'esprit et qui est assez loin pour que je sois partie pendant quelques heures.

— Pourquoi n'emmènes-tu pas Fynn avec toi ?

Je n'arrive pas à croire qu'il pose cette question. Au lieu de répondre, je prends la clé de la voiture sur la commode et dis, assez fort pour couvrir le raffut de Fynn :

— Ne le laisse pas seul dans la forêt, du moins pour le moment, d'accord ? Et s'il veut jouer dans le jardin, reste dans les parages, s'il te plaît.

Henrik ne réagit pas. Je demande en haussant le ton :

— D'accord ?

Il lève enfin les yeux, émerge brièvement de son texte et me regarde d'un air confus. Je prends ça pour une confirmation. Je n'ai pas à dire à Henrik comment veiller sur notre fils, de toute façon. À Greifswald, c'est lui qui l'emmène à la plage et au terrain de jeu pendant que je fais des heures supplémentaires. C'est un partage des tâches qui nous convient à tous les deux.

— À plus tard, alors !

Et je ferme la porte d'entrée derrière moi en poussant un soupir de soulagement. La paix et la quiétude règnent dehors. Je me laisse tomber sur le siège du conducteur et démarre le moteur. Je ne sais pas du tout où je vais aller. Certainement pas à IKEA en tout cas. Je n'ai pas besoin de meuble, j'ai besoin de temps pour respirer. Sans Fynn et sans les chansons pour enfants qu'il veut écouter en long et en large à chaque trajet en voiture.

J'aime Fynn. Mais parfois je pense que je ne suis simplement pas née pour être mère. C'est aussi ce que j'ai dit à Henrik la première fois que la question de fonder une famille est venue sur le tapis. Et pourtant j'ai essayé. Je me suis assise avec d'autres mères sur le banc à côté du bac à sable, des bâtonnets de carottes dans des Tupperware posés sur mes genoux. J'ai nourri Fynn et ses amis de l'aire de jeu avec des biscuits secs en forme d'animaux achetés au magasin de produits diététiques, comme s'ils étaient des canards sur un étang. J'ai essayé de ne pas avoir l'esprit constamment envahi par des centrales marémotrices et des technologies d'exploitation du marnage, et de m'intéresser au contraire aux bébés nageurs et aux diarrhées – et ça m'a rendu malheureuse. Ce que nous ne sommes pas constitue une partie importante de nous-mêmes. Il vaut mieux le découvrir vite plutôt que toujours essayer de répondre à des exigences qui nous sont éloignées.

HENRIK

QUAND Nora et Fynn sont à deux doigts de s'étriper, c'est toujours le moment pour moi d'entrer en scène. Dans cette famille, je suis le médiateur. Le clown. Au moins quelque chose où je suis bon. Je propose à Fynn un jeu qui consiste à jeter depuis la porte de la cuisine des grains de raisin dans la poêle laissée par terre. Il en oublie ses cris. Il va chercher d'autres objets dans sa chambre pour s'entraîner à viser. Des pions, des crayons de couleur, des pièces de puzzle et les rouleaux de papier toilette vides sur lesquels on a dessiné des visages de monstres il y a quelques jours. Puis il veut aller dehors, et j'ai encore le temps de me consacrer un peu à l'écriture.

Il est tard quand je referme enfin l'ordinateur et m'étire. À chaque fois, je perds la notion du temps quand j'écris. Je me rends compte alors seulement du silence qui règne ici.

— Fynn ?

Je fais d'abord le tour de la maison sans le trouver. Dans la cuisine, il y a toujours ses jouets et une tartine par terre. Il n'est pas non plus dans sa chambre. Je fouille toute la maison et le jardin avant de le trouver dehors dans le hangar, où il se bat contre la tondeuse manuelle avec son épée en bois.

— Attention, papa ! C'est un dragon !

— Bon sang ! Mais d'où sort-il donc ?

Je reste à bonne distance au niveau de la porte en attendant que Fynn me libère le passage une fois son combat remporté. Il montre du doigt un verre rempli d'un épais liquide marron, posé sur le rebord de fenêtre devant une vitre poussiéreuse.

— Regarde, papa, est-ce que c'est un cerveau décomposé ?

— Non, c'est un piège à mouches.

Je me réjouis de son imagination débordante, qu'il tient de moi, de toute évidence. Je le soulève et l'assois sur l'atelier devant la fenêtre afin qu'il puisse voir à l'intérieur du verre. De petits corps noirs dérivent à la surface. Dans le fond du verre s'amassent des restes de mouches que le vinaigre a déjà dissoutes.

— Nous devons libérer les pauvres mouches.

Pour répondre à cette décision de Fynn, nous sortons le piège et le vidons dans le buisson derrière le hangar, où il regarde les mouches s'agiter et tressaillir sans pouvoir voler. Ce spectacle me fait penser à quelque chose que je n'arrive pas à saisir dans un premier temps. Puis une image se détache peu à peu des insectes frémissants. Quelqu'un pique la mouche avec une aiguille, la transperce. Une main vive comme l'éclair qui se précipite et enfonce l'aiguille dans le petit corps noir. La mouche fait bzzzzzz. Elle a peur de mourir. Mais la main fait tranquillement glisser l'insecte sur un fil. D'autres encore y sont accrochées. Un véritable collier de mouches. Mais Fynn m'arrache à mes pensées :

— On joue à “C'est cet arbre !” ?

Je le regarde. Je suis comme sonné pendant un moment. Puis je réponds :

— Bien sûr, mon grand.

“C’est cet arbre !” est un jeu où Fynn doit retrouver dans la forêt un arbre qu’il a seulement eu le droit de toucher avant, les yeux bandés. Il a rapporté ce jeu du jardin d’enfants, où ils passent tous les mercredis la journée en forêt. Par tous les temps, les enfants jouent au milieu des arbres, découvrent des bêtes et des plantes dans la mousse, ramassent des pierres et pataugent dans la gadoue. Fynn revient rarement avec les yeux plus brillants que ces jours-là. Et je peux le comprendre.

Il court chercher le foulard de pirate que je lui noue autour des yeux. Puis je le guide dans la forêt. Il tâte l’arbre que j’ai choisi, le fait avec précision, touche les brindilles et les feuilles, les trous dans l’écorce. Mais la forêt est grande et dès que j’enlève le foulard de ses yeux, tous les arbres se ressemblent pour lui. Il parcourt la forêt dans tous les sens et crie : “C’est cet arbre !”, en pointant son petit doigt ici et là, pleinement convaincu de son choix à chaque fois. Quand il finit par désigner un vieil épicéa tordu, il tombe juste et décide que c’est à mon tour.

— Tu es sûr ?

On n’a encore jamais joué à ce jeu en inversant les rôles. Je m’accroupis à côté de lui pour qu’il puisse attacher le foulard de pirate autour de ma tête.

— Tu sais comment j’ai retrouvé l’arbre, papa ? Je l’ai senti avec mon nez !

— Eh bien, on va voir si je peux faire aussi bien.

Fynn tire et serre le nœud pour qu’il tienne fermement en place, et pendant un instant je me sens mal à l’aise.

J'essaie de distendre le foulard, mais Fynn gémit sous l'effort pour le serrer plus fort encore et je ne veux pas jouer les rabat-joie, même si je ne sais pas d'où vient ce sentiment soudain d'exiguïté. Le foulard m'appuie sur les yeux, mais j'ai l'impression qu'il comprime mon thorax en même temps. Je me relève en chancelant. Fynn me fait tourner en rond frénétiquement, puis il me prend la main et me tire dans la forêt. Je trébuche plusieurs fois sur des branches et des racines avant qu'il comprenne qu'il doit marcher plus lentement et aussi faire attention à mes pieds. Après cela, il me dit à chaque nouvelle racine :

— Attention, papa ! Lève les pieds !

Il me donne tellement envie de lui faire un câlin.

Il est surexcité, ne veut pas me rendre la tâche facile, c'est pourquoi il m'emmène vraiment loin avant de lâcher enfin ma main. Je m'imagine son visage rouge d'excitation, son souffle qu'il retient en me regardant palper l'arbre. Je m'accroupis, commence en bas, par les racines. Mes mains effleurent de la mousse et des champignons, une écorce large et dure jusqu'en haut, aussi loin que mes bras puissent l'atteindre. Je cherche des nœuds dans le bois et, pour faire plaisir à Fynn, je finis en collant aussi mon nez contre l'écorce. Puis je me retourne.

— Voilà, j'ai tout noté.

Je tends la main et attends que Fynn la prenne et me ramène. Je pensais qu'il était juste derrière moi. Ma main s'aventure sur le côté, mais ne rencontre là aussi que le vide. Je tends l'oreille et n'entends rien. Il se cache sans doute derrière un arbre et appuie ses deux mains sur sa bouche pour que je ne l'entende pas pouffer.

Je change ma voix et dis, d'un ton aigu :

— Au secours, Hansel, je crois que nos parents nous ont abandonnés en forêt. Comment va-t-on sortir de là maintenant ?

Normalement, Fynn glousse de plaisir quand je contrefais ma voix. Cette fois encore, cependant, je n'entends rien, et cette sensation désagréable dans mon ventre est tout à coup de retour.

— Fynn ?

Je tire sur le tissu. Je vais lui gâcher son jeu si je l'interromps prématurément, mais je dois me débarrasser de ce foulard qui déclenche soudain en moi une crise de claustrophobie, de phobie de la perte ou de je ne sais quelle sorte de peur que je ne sais pas identifier.

— Fynn ?

J'arrache enfin le foulard en poussant un juron. Mon visage me paraît brûlant, mes cheveux sont ébouriffés et trempés de sueur.

— Fynn ?!

Je tourne sur moi-même. Des arbres, des arbres, des arbres, mais je ne vois mon fils nulle part.

— Ce n'est plus drôle, mon grand. Viens, maintenant !

Puis je me mets tout à coup à hurler :

— FYNN !

J'essaie de calmer ma respiration et mes pensées, qui se déchaînent dans ma tête, comme prises dans une tempête brutale. Fynn s'est caché. Je connais mon fils. Je sais qu'il aime nous faire peur, à Nora et moi. Je l'ai cherché et trouvé si souvent cette année. Où pourrait-il être sinon caché derrière un arbre ? Il se tenait juste à côté de moi il y a encore un instant, et nous sommes seuls dans la forêt ! Nous le sommes, n'est-ce pas ? Je cherche derrière les troncs d'arbre et les buissons, paniqué. Et plus je cherche, plus l'inquiétude monte.

— FYNN !

Je tourne en rond, hurle encore et encore son nom dans la forêt, derrière laquelle le soleil est déjà bas. Je cherche et hurle et continue de chercher, et j'entends soudain une voix qui appelle :

— Henrik ?!

C'est Nora qui est de retour et a dû m'entendre dans les bois. Elle a suivi le son de ma voix et veut savoir où je suis. Elle veut savoir où est notre fils.

Je plisse les yeux. La première pensée qui me vient est de me cacher moi-même dans la forêt. Ne plus jamais en sortir tant que je n'aurai pas trouvé Fynn. C'est une idée puérile, une envie de fuir, mais comment dire à Nora que j'ai perdu notre fils ? J'ai perdu Fynn !

— Henrik, qu'est-ce qui s'est passé ?

J'entends Nora se frayer un chemin dans les broussailles. Des branches craquent sous ses pieds. Qu'est-ce que je vais lui dire ? Comment lui dire la vérité, qui n'est pas nécessairement la vérité, mais juste un scénario que je me projette dans mon angoisse ? Rien ne sert de jouer les oiseaux de mauvais augure et de paniquer Nora sans raison. Personne n'a besoin de céder à la panique.

— Tout va bien !

Je crie plus fort que nécessaire et me réjouis d'entendre les craquements cesser. Elle s'est arrêtée au milieu des arbres.

— On joue juste à cache-cache, Nora !

Elle attend, ne bouge pas. Comme un animal qui guette la présence d'un danger.

— Tout va bien ! Tu peux rentrer à la maison. On arrive tout de suite !

Je vais trouver Fynn. Je ne rentrerai pas sans lui.

Pourtant, une heure et demie plus tard, je suis obligé de m'avouer que c'est un mensonge. Personne ne reste pour toujours en forêt, même pas quand on cherche son propre fils. On ne se décompose pas, même si on en a l'impression au fond de soi. On appelle la police. On attend son arrivée devant la maison, abattu par l'inquiétude et les reproches.

Il fait nuit quand Nora et moi apercevons le scintillement des gyrophares. Les voitures de police passent deux fois en trombe devant le chemin envahi par la végétation avant de trouver l'accès. Nous n'avons jamais dégagé l'entrée. Nous sommes enfouis dans la forêt. Et maintenant, la forêt a avalé notre fils.

DEUXIÈME PARTIE

Elle avait entendu parler de la forêt. Mais c'est en la voyant si sombre et si imposante, avec tous ses arbres bruissants, que Ronya comprit vraiment ce qu'était la forêt.*

* *Ronya, fille de brigand,* Astrid Lindgren, Le Livre de Poche, 1984, traduit du suédois par Agneta Ségol et Brigitte Duval.

MARLA

CELA fait déjà six mois que je suis dans la cabane. C'est ce que me dit l'homme aujourd'hui après avoir grimpé en haut de l'échelle. Il me lance d'un air joyeux :

— Voilà déjà un sacré bout de temps que nous sommes amis !

Ça fait *crra*, *crra*, *crra* sous ses pieds. Je cligne des yeux vers l'endroit, au-dessus mon genou, où sa tête émerge de la plateforme. Sa grosse tête avec ses cheveux en bataille. Il sourit. Je ne vois pas ce qu'il y a de joyeux là-dedans. L'homme n'est pas mon ami. Et son sourire, il n'est pas vrai non plus. Il me rappelle toujours le sourire maléfique du chat dans *Alice au Pays des merveilles*. Quand l'homme se réjouit comme ça, j'ai peur. Les seules choses qui lui font plaisir, elles ne m'amusent pas du tout, moi.

Je recroqueville encore plus mes jambes contre mon corps et me fait toute petite dans mon coin. Je préférerais disparaître à travers le trou dans le bois à côté de moi. Derrière, j'entends s'agiter les abeilles et les oiseaux et, derrière, ça ressemble drôlement à l'été. Encore un été à attendre, c'est ce qu'ils ont dit au jardin d'enfants, au groupe de la Dent qui bouge, ceux de la dernière année. Après, on ira à l'école.

L'homme demande :

— Qu'est-ce qu'il y a ?

Je tâte machinalement le trou.

— Alors, quoi ?

Je murmure :

— Après les vacances d'été, je rentre à l'école.

— Quoi ?

— Au jardin d'enfants, on a déjà fabriqué nos cornets d'entrée à l'école. Le mien est bleu avec des étoiles vertes et rouges, et le jour de la rentrée, ma maman le remplira de bonbons et de crayons et d'autres trucs.

Je me mords les lèvres, mon cœur bat très vite. Jamais je n'ai parlé autant. L'homme n'aime pas quand je raconte des choses de mon ancienne vie. Parce qu'on veut tout laisser derrière nous, il dit toujours. Même nos noms. Ils sont secrets ici, en forêt. Comme tout le reste.

— Je vais te dire quelque chose sur ta maman, maintenant : elle t'a oubliée. Pas seulement le jour où elle ne t'a pas récupérée au jardin d'enfants, mais vraiment oubliée. Elle a d'autres choses à faire que de te remplir ton cornet pour l'école ! Je l'ai vue il n'y a pas longtemps en compagnie d'un nouvel homme avec qui elle est allée au restaurant. Elle avait l'air très heureuse. Est-ce qu'elle avait l'air heureuse quand tu habitais encore chez elle ?

Pour qu'il ne voie pas que je pleure, je continue de trifouiller le trou et pose mon menton tremblant sur mes genoux. C'est vrai, ma maman n'a encore jamais rempli quoi que ce soit de friandises pour moi, même pas une chaussure pour la Saint-Nicolas. Elle oublie pas mal de choses quand ça a un rapport avec moi, même si elle ne le fait pas exprès. Elle doit toujours travailler pour deux et a plein de trucs importants en tête.

— Viens !

L'homme tend une main et essuie une larme au bord de mon œil.

— J'ai une surprise pour toi.

Il a une manière de dire ça, comme si c'était mon anniversaire aujourd'hui. Il détache la corde de mon pied. La peau en dessous est rougie et écorchée.

— Tu rentres à l'école dès aujourd'hui. À mon école. Aujourd'hui, on est des Vikings et on va à la chasse à l'ours.

Je le suis à travers la forêt jusqu'à sa maison, avec le pick-up devant et le hangar où il garde les armes. Il choisit une hache, quelques grands couteaux et un fusil. Je ne savais pas que les Vikings chassaient avec des fusils.

— On va écorcher l'ours. Il faut que ce soit un petit ours, bien sûr, pour que sa peau soit à ta taille. Mais c'est justement ça qui est dangereux. Les mamans ourses entrent dans une colère noire quand on leur vole leurs enfants. C'est pour ça qu'il est très important que tu restes calme et près de moi. Tu as compris ?

Je hoche la tête, hésitante, et ma main se lève jusqu'à mon oreille. Je touche l'endroit où il m'a tiré dessus cet hiver. Le moignon est charnu au toucher, encore un peu écorché, et ne ressemble plus du tout à une oreille. Il fait plutôt penser à un champignon sous mes doigts. Je n'ai aucune envie de jouer encore à la chasse.

— Tiens. Tu veux bien tenir ça ?

Mes genoux plient sous le poids du fusil quand il me le pose sur les bras. L'homme m'ébouriffe les cheveux en riant.

Puis il me reprend l'arme et la jette sur la surface de chargement du pick-up comme si elle ne pesait rien. Il sort aussi des munitions et deux sacs de couchage du hangar. Puis il traîne enfin une boîte en métal et la fixe sur la plateforme avec des sangles.

— Allez, monte.

Il ouvre le couvercle de la boîte. Il me faut un petit moment pour comprendre ce qu'il attend de moi.

— Là-dedans ?

Il confirme d'un signe de tête et je me penche prudemment en avant pour regarder à l'intérieur de la caisse. Elle est sombre et petite. Je demande d'un ton craintif :

— Pourquoi je ne peux pas m'asseoir sur le siège à côté de toi ? Il y a encore une place libre.

Il rit.

— Entre à présent ! L'aventure nous attend.

Je reste debout et balaie du bout du pied un peu de sable et de poussière sur la surface de chargement. Je n'aime pas les aventures.

— Allons, viens maintenant.

Il perd patience, m'attrape par la nuque et me force à monter dans la caisse.

Je me fais toute petite, me roule en boule, et il referme le couvercle. Ça fait *clac* et *clac* deux fois, juste à côté de mon oreille, puis de nouveau à côté de mon pied, qui pousse contre l'intérieur de la caisse, tordu je ne sais comment, et commence déjà à faire mal. J'ai très chaud. Je panique et on n'est même pas encore partis. J'entends la portière de la voiture claquer et l'homme démarrer le moteur. Le pick-up fait un bond en avant et part en vrombissant. Sur les sols accidentés de la forêt, jusqu'à ce qu'on atteigne la route.

Ensuite, on prend un premier virage et je me sens mal. Il faut que je sorte d'ici! Je pousse du coude contre le couvercle, mais l'homme l'a verrouillé, *clac* et *clac*. Le moteur s'emballe. L'homme accélère, je me cogne contre la paroi avant de la caisse à présent. Je presse fort les lèvres, mais ne peux plus me retenir et vomis la semoule du petit déjeuner. Je m'en mets partout, et ça pue et c'est acide dans la gorge, et je ne peux pas m'empêcher de pleurer car je sais déjà ce que l'homme va dire.

Ça dure longtemps avant qu'on finisse par s'arrêter. Je crois qu'on est déjà arrivés, que la chasse à l'ours va commencer et que je vais peut-être me faire gronder à cause du vomi, mais quelque chose claque fort à côté du pick-up. J'essaie de jeter un œil à travers une fente dans la caisse, mais bien évidemment je ne vois rien. Je ne peux qu'entendre des pas et une voix inconnue. Il y a un autre homme et une troisième voix, claire et pure comme une clochette. C'est un petit garçon. Un autre enfant! Soudain, je suis tellement excitée que j'oublie le couvercle au-dessus de ma tête et me cogne dessus quand je veux me relever. Ça fait *boum!* Les voix dehors s'interrompent un bref instant, et je suis si terrifiée que je me fige aussi et retiens mon souffle. Puis des portières de voiture claquent, l'enfant crie quelque chose et je prends conscience que ça pourrait bien être ma chance. Je hurle: "À l'aiiide!", et je frappe du poing contre la caisse qui ne s'ouvre pas. Un moteur démarre à côté de nous. Je me tourne sur le dos pour taper des pieds contre le couvercle, car taper des pieds est la chose la plus bruyante qui me vient à l'esprit. Mais la grosse patte de l'homme cogne brusquement la caisse et je m'immobilise. Maintenant, il est fâché. Je me tiens tranquille, écoute la voiture à côté de nous s'éloigner.

Je tends l'oreille. Mon cœur bat très vite. La portière claque. La surface de chargement tremble sous mon dos quand l'homme redémarre. Cette fois, nous n'allons pas loin. La caisse bouge lorsque l'homme saute sur la plateforme. Il ouvre brusquement le couvercle et me sort en me tenant par la nuque. On a tourné je ne sais où dans un chemin forestier. L'homme me secoue et rugit :

— Tu as perdu la tête ? Je ne t'ai pas dit mille fois de rester tranquille ? Si quelqu'un te découvre, ils vont t'emmener loin de moi ! C'est vraiment ce que tu veux, sale gosse ingrate ?

C'est ce que je veux, c'est ce que je veux plus que tout ! Mais je n'ose pas le dire. Tout ce que je peux, c'est pleurer. De la morve goutte de mon nez. Et à cet instant l'homme aperçoit le vomi. Il me lâche et dit :

— Tu nettoies ça et on repart.

On roule longtemps avant qu'il me fasse enfin sortir de la caisse. Pendant la chasse, je dois me tenir tout contre son dos parce que les ours sont dangereux. Mais, finalement, je suis trop collée à lui lorsqu'il s'agenouille et tire sur une ourse et son petit. L'arrière du fusil me cogne le visage. L'homme dit qu'on appelle ça le recul et qu'il n'a pas vu que ma tête était sur la trajectoire quand il a visé. Il dit aussi que les dents repoussent, parce que chaque enfant a mérité une deuxième chance. Il ne peut pas savoir qu'il a touché la mauvaise dent. Une de celles qui ont déjà repoussé.

— Il y a encore plein de petites blessures de guerres qui vont s'ajouter à celles-ci.

Il me tapote la joue.

— Mais tu auras bientôt une belle peau d'ours pour te tenir chaud l'hiver.

Je ne veux pas de peau d'ours. Je veux ma dent.

— Une grande peau pour moi et une petite pour toi.

L'homme regarde les deux ours qu'il a abattus. Il a l'air fier et heureux. Je ne comprends pas comment on peut être aussi joyeux quand le sol de la forêt se colore de rouge.

Je m'accroupis à côté de l'ourson et tends la main vers sa patte, qui a cinq orteils. Je ravale mes larmes. On a tellement de points communs, le petit ours et moi. Les pieds noirs, la maman perdue. Et puis, j'ai aussi perdu une dent, et le petit ours, la vie. Tous les deux, on n'a pas eu de deuxième chance, et si l'homme dit le contraire, alors c'est un mensonge.

— Allez, on se lève. Cours suivant.

Je me rappelle que, depuis aujourd'hui, je suis dans son école.

— À présent, on va apprendre à écorcher un ours.

Je déteste l'homme et son idée du plaisir et de l'école. Et je crois que j'ai aussi ça en commun avec le petit ours.

NORA

La forêt est remplie d'appels et de faisceaux de lampes de poche qui la balayent. On crie le nom de Fynn, encore et encore. Ce n'est pas un canon très mélodieux et j'attends que quelqu'un hurle enfin : "Ici ! Je l'ai ! Il s'était juste caché !"

"Il s'était juste caché", nous nous accrochons toujours à cette idée, car l'alternative est tout simplement inconcevable. Mais personne ne trouve Fynn. Tout ce que j'entends, c'est l'écho de son nom qui n'en finit pas, et les cris des animaux que nous effrayons pendant nos recherches. J'évite de me demander lesquels d'entre eux pourraient devenir dangereux pour un petit garçon dans les bois.

Les lumières stroboscopiques me donnent la nausée. J'ai le vertige. Le policier qui marche à mes côtés attrape ma main lorsque je trébuche d'un seul coup. J'ai oublié son nom, mais c'est lui qui nous a assuré avant le début des recherches qu'il avait jusqu'ici retrouvé sains et saufs et avant la fin de la nuit tous les enfants qui avaient fugué. Et qu'il n'y avait que très rarement des ours dans cette région. Je me demande combien d'enfants il a ramenés indemnes chez eux. Et si ce genre de choses devait vraiment arriver au village de Boucan – des enfants qui disparaissent.

— *Are you okay ?*

J'acquiesce d'un hochement de tête, bien que tout soit évidemment très loin d'être "okay". Henrik a été saisi de la même panique que moi. Il agite sa lampe de poche avec fébrilité en parcourant la forêt, sa voix porte plus que toutes les autres. Et je me dis tout le temps que tout ça ne peut pas être vrai. Que ça ne peut pas être notre Fynn qui a disparu.

Le policier m'assure encore une fois qu'on va sûrement bientôt le retrouver, et je lui suis reconnaissante de sa confiance. Grâce à ses mots, la fin de la nuit m'apparaît comme un délai, une échéance au bout de laquelle Fynn nous sera ramené au plus tard. Mais ce n'est pas vrai. Au bout d'un moment, le ciel devient plus clair et nos voix plus rauques, et Fynn n'est toujours pas de retour. Pour je ne sais quelle raison irrationnelle, je suis fâchée contre ce policier alors qu'il n'a évidemment rien fait d'autre que nourrir un espoir qui nous a fait tenir toute la nuit. C'est Henrik et moi qui aurions dû faire plus attention à Fynn. Henrik et moi sommes responsables. Surtout moi.

Car c'est moi qui suis partie me cacher dans un café. Me commander une part de gâteau et ouvrir mon ordinateur en toute quiétude, avec un plaisir égoïste. C'est avec la même joie maligne que je me suis spontanément arrêtée dans un restaurant sur le chemin du retour, pour manger toute seule. Un gratin de pommes de terre et poisson et une salade. Des serviettes au lieu de bavoirs. Et pour une fois ne pas avoir à nettoyer les pâtes alphabet au pied de la chaise de Fynn. Je pensais alors : "Il faut être mère pour pouvoir apprécier ces petites choses." À présent, tout ça me paraît pitoyable.

— On a fait une demande de renforts pour les recherches. Ils vont venir avec des chiens.

J'entends quelqu'un dire ça, le même policier qu'avant ou un autre, tous les visages sont flous à présent. Et quoi qu'il en soit, ils ont presque tous été remplacés une fois le service de nuit terminé. Henrik et moi sommes restés et continuons de chercher. Je ne sais pas du tout depuis combien d'heures. L'homme me prend délicatement par le coude. Tout le monde ici pense devoir me retenir et me soutenir en permanence. Il me propose de faire une courte pause, de boire un café avant de reprendre les recherches. Je ne réponds pas. Mon estomac est crispé et trop acide, et j'ai déjà bu un café, au moment de la disparition de Fynn.

Ma voix est désormais si enrouée que je fais penser à un des corbeaux qui décrivent des cercles dans le ciel au-dessus de nous.

Et puis ils amènent les chiens.

La vue des bêtes, leurs aboiements ne font qu'empirer les choses. Des scènes de chasse à courre me viennent à l'esprit. Tout devient beaucoup trop réel d'un seul coup. Henrik part en courant chercher un vêtement de Fynn afin que les chiens puissent suivre sa trace. Mais même eux ne trouvent rien.

— La police dit qu'on devrait rentrer à la maison se reposer. Ils ont encore quelques questions à nous poser.

Mais je secoue la tête sans regarder Henrik, je me détache de lui.

— Je ne veux pas me reposer.

— Ça fait plus de trente heures qu'on est debout.

— Alors tu n'as qu'à rentrer. Moi, je continue à chercher.

— La police veut savoir s'il y a quelqu'un dans notre entourage que nous croyons capable de commettre un enlèvement.

Je ferme les yeux. Bien sûr qu'il y a une personne que je crois capable de cela. J'ai seulement repoussé tout ce temps cette idée, car c'est dur de devoir m'avouer jusqu'où va ma responsabilité. Qu'elle remonte à des années, à cette histoire avec Eric Bleike. Je n'ai jamais porté plainte contre lui. Même pas quand il a menacé ma famille. Quand il a menacé à plusieurs reprises de m'enlever Fynn.

Je me suis imaginé pouvoir mener ce combat seule, comme toujours. J'ai pensé qu'il suffirait de mettre le plus de distance possible entre lui et nous : 1270 kilomètres. Ça n'était pas suffisant ?

— J'avais pensé au type du supermarché.

J'entends la fébrilité dans la voix de Henrik. Henrik qui ne sait rien de Bleike. Qui ne sait rien des menaces, car j'aurais dû alors lui confesser tout le reste. Que je l'ai trompé. Que je suis allée voir ailleurs. Mon Dieu, mais qu'est-ce qui m'est passé par la tête ?

— Et Olof. Que penser de lui ? La police doit absolument l'interroger !

Henrik est à bout de souffle. Je me détourne de lui. C'en est trop pour moi. L'aboiement des chiens. Les cris des bêtes dans la forêt. Cette spéculation subite sur des suspects potentiels. Ne disait-on pas à l'instant encore que Fynn s'était simplement enfui et perdu ?

Henrik m'attrape l'épaule, je le chasse d'une secousse, exaspérée. Il demande d'une voix inquiète :

— Tu m'en veux ?

Il ne se doute pas à quel point il est loin de la vérité.

— Henrik, je…

— On a juste joué à “C’est cet arbre!” ! Ce n’était qu’un jeu!

— Mon harceleur.

Je murmure si bas qu’il ne m’entend pas et que je dois me répéter :

— Un homme me harcèle, Henrik. C’était lui ! J’en suis sûre.

Henrik me regarde, décontenancé.

— Attends un peu, Nora. Un homme te harcèle ? Pourquoi… je ne suis pas au courant ?

Je me mets à crier maintenant.

— Il a menacé de le faire ! Il a menacé de m’enlever Fynn !

— Quoi ?!

— Henrik, je suis tellement désolée, j’aurais dû t’en parler bien avant…

— Oui, pourquoi tu ne l’as pas fait ?!

Je serre les lèvres. Et puis ça sort d’un coup :

— J’ai eu une liaison, Henrik.

Il fait trois pas en arrière, son visage se fige au milieu des lumières qui dansent dans l’obscurité. Je lis dans ses yeux que c’est plus qu’il ne peut supporter.

— Je suis tellement désolée.

Je tends le bras pour lui prendre la main. Je veux au moins avoir une chance de m’expliquer, de lui expliquer que tout ça était une énorme erreur et ne signifie rien, mais il rejette mon geste. Il finit par bredouiller :

— Nous devons signaler ce… ce type ainsi qu’Olof comme suspects.

Puis il tourne les talons et me laisse en plan.

ROSA

Depuis que mon père a fait cette comparaison avec le chien détecteur de cadavres, l'image ne me sort plus de la tête : Rosa, le nez collé au sol, Rosa qui renifle les feuilles mortes et cherche des cadavres pour la police. Eh oui, c'est vraiment mon travail maintenant.

"Essaie, au moins, Rosa", a dit mon père, comme à cet anniversaire, quand j'étais petite, lorsque mes parents voulaient me convaincre d'aller faire des bonds avec d'autres enfants sur un trampoline géant. "Essaie, au moins !"

Je m'en souviens très bien. C'était un parc de jeux couvert. Trop de bruit, trop de monde, trop d'enfants criards, hors de contrôle. Il n'y a pas grand-chose à essayer quand on cherche l'équilibre sur un sol à ressorts et que tous les autres ont l'exact contraire à l'esprit.

Pour moi, le travail en équipe, c'est la même chose. Rien qu'un tas d'agitations idiotes dans tous les sens. Plus il y a de gens, plus le projet est impossible.

Je ne peux m'empêcher d'y penser en franchissant la porte d'entrée du poste de police et en m'annonçant à l'accueil. Je suis là uniquement parce que j'étais à court d'arguments face à mon père. Il avait raison quand il disait qu'il serait peut-être plus apte que moi à s'occuper d'Ebbe. Et il avait probablement raison aussi sur le fait qu'un salaire de base à la police nous permettrait de mieux nous en sortir que le maigre revenu qu'il touche après plus de trente ans à la scierie.

Mais je crois que la raison principale du revirement soudain de mon père réside encore ailleurs : il s'accroche à l'espoir que je pourrais à présent rejoindre le côté des "bons". Un boulot à la police, c'est quelque chose qu'on peut afficher devant ses voisins. Ce serait la preuve que sa Rosa, la petite originale, a fini par faire son trou.

Sara est tout sourire quand elle vient me chercher à la porte. Elle me fait visiter, me présente des collègues dont j'oublie tout de suite le nom.

Après avoir frappé à la porte du sixième bureau, elle me dit :

— L'ambiance est très familiale, ici. Une sacrée bande de comiques. Ça va te plaire.

Cette femme a fait tellement de recherches sur moi. Et pourtant elle n'a aucune idée de qui je suis.

Quelque chose frôle mes jambes. Un chien nous bouscule en passant devant nous dans le couloir, et poursuit son chemin avec détermination. Sara se retourne et dit d'une voix enjouée :

— Lasse, c'est justement toi qu'on allait voir. Je voulais te présenter Rosa, la chercheuse dont je t'ai parlé. Rosa, voici Lasse, notre policier maître-chien. C'est principalement avec lui que tu vas travailler.

Lasse tend la main pour me saluer. Sa main est menue, comme son visage. Et ses sourcils sont d'un blond si pâle qu'il faut y regarder à deux fois pour se rendre compte qu'il en a. Un homme à la peau très claire, presque cadavérique, en somme. Je hoche la tête et lui serre la main. Le chien revient et renifle ma jambe. Lasse dit :

— Voici Kaja.

— Ma collègue.

Lasse et Sara rient, comme si j'avais fait une plaisanterie.

— Si j'ai bien compris, tu cherches des cadavres en observant les feuilles des arbres ?

— En fait, j'étudie la corrélation entre les processus de décomposition et les caractéristiques phénotypiques des feuilles.

— Cool.

Lasse tourne la tête.

— Sara, tu veux quelque chose chez le Libanais ? On vient de m'envoyer acheter des falafels pour les autres.

— En fait, je venais te demander si tu voulais déjeuner avec Rosa et moi.

— Malheureusement, je n'ai pas tellement de temps, on ne va pas tarder à repartir. On cherche toujours ce gamin dans la forêt, Fynn Saunders.

— Et le squelette ? Les experts en criminalistique ont plus d'infos à nous donner ?

— Pas que je sache. Tout ce qu'on m'a dit, c'est qu'on va chercher d'autres fosses éventuelles à proximité.

— Avec l'aide de Rosa.

Et Sara fait un geste, comme si elle présentait une pièce montée d'anniversaire. Je commence à avoir la désagréable impression que ma présence la réjouit sincèrement.

— Le mieux serait que tu l'emmènes tout de suite avec toi, comme ça elle fera connaissance avec les collègues sur place.

— À la recherche du petit garçon ?

Lasse m'examine avec attention et écarte les cheveux blonds de son front. Quelque chose dans ce geste me paraît soudain familier, mais je n'arrive pas à savoir où je l'ai déjà vu.

— Elle ne cherche pas des cadavres sur lesquels des arbres poussent déjà ? Le gamin n'a été porté disparu que depuis peu.

— Plus vous avez d'yeux pour chercher, mieux c'est, non ?

L'arrière de l'habitacle de la voiture de police est séparé de la cabine du conducteur par des barreaux. Kaja aboie dès que je monte. Le raffut dans ma nuque est désagréable. En plus, ça sent l'ail, le graillon et les épices relevées.

— Bon courage !

Sara prend en souriant la boîte de falafels que Lasse lui tend par la fenêtre. Il pose une autre boîte sur mes genoux.

— J'espère que tu aimes le libanais ? Je suis parti du principe que oui.

Je regarde la boîte en carton. Le fond est gorgé de gras qui suinte sur mon pantalon.

— Un chien peut-il encore sentir quelque chose quand on anesthésie sa truffe avec de l'ail et du cumin ?

Ma question était tout à fait sérieuse, mais, pour je ne sais quelle raison, je n'obtiens pas de réponse. Lasse se renfrogne et tourne le volant pour emprunter la Storgatan en direction du nord.

Une demi-heure plus tard, on parcourt la forêt à pas lourds, côte à côte, lui le regard braqué au sol, et moi, dans les arbres. Kaja renifle mousses et feuilles mortes à côté de nous. Lasse attend un signe de sa part, mais la chienne me donne plutôt l'impression de faire une simple balade agréable.

— Au fait, je ne crois pas que le gamin disparu soit perché dans un arbre.

Il me faut un petit moment pour comprendre ce que Lasse veut dire par là. Puis je détourne le regard de la cime des arbres.

— J'ai été embauchée pour chercher des particularités marquantes dans les feuilles.

— Mais pour l'instant, on cherche un garçon disparu. Dans ce métier, il faut être un peu flexible.

Je me mords la lèvre inférieure et observe Kaja, qui, tout en reniflant le sol, ne cesse de jeter des regards soumis à Lasse et attend de nouveaux ordres ou une approbation. Je suppose que c'est ça, la forme de collaboration que Lasse apprécie.

— Et sinon, tu as d'autres centres d'intérêt ? Je veux dire, à part… les arbres ?

— J'aime bien les insectes.

Il émet un bruit, entre un ébrouement et une toux, que j'ai du mal à interpréter.

— Et puis je lis.

— Tu lis, OK. Et quoi, par exemple ?

— Un peu de tout. Surtout de la littérature spécialisée.

— Spécialisée sur… ?

Je hausse les épaules.

— Sur les processus de décomposition, les méthodes morphologiques et histologiques pour définir l'âge de pupes de mouches exploitables en médecine légale… En ce moment, je lis à mon frère des écrits anciens de Song Ci sur la pratique des autopsies.

— Tu lui lis ça ? Quel âge à ton frère ?

— Quarante et un ans

Troublé, Lasse s'arrête et me regarde. Je n'ai pas envie de lui expliquer. Je trouve une coloration sombre sur le sol et m'accroupis pour l'examiner.

— Tu as trouvé quelque chose ?

— Peut-être.

Kaja me bouscule et me fait tomber en venant renifler autour de moi avec fébrilité. Et voilà comment on est censé travailler.

— Une trace du garçon ou… ?

Lasse ne va pas au bout de sa question lorsque Kaja change de direction et lui livre ainsi la réponse. Elle s'assoit sagement à côté de lui. Je m'enfonce plus loin dans les buissons.

— Il y a un piège.

— Et ?

— Une bécasse y est morte.

Je pousse un peu plus les branches et ramasse délicatement le corps. Un lourd piège à mâchoires y est accroché.

— Rosa ! Ne touche pas à ça.

J'écarte les mâchoires du piège. Il est rongé par la rouille et très ancien.

— Tu as entendu ce que j'ai dit ?

Je sors du buisson en rampant à reculons. Je prends avec moi l'objet en fer et la bécasse.

— Quelqu'un a installé un piège à mâchoires. A-t-on encore le droit de chasser avec ce genre de chose, au fait ?

Lasse fronce les sourcils et répond :

— Ça fait longtemps qu'on n'en a plus le droit, non.

— Je vais le jeter.

— Et qu'est-ce que tu comptes faire de l'oiseau ?

Je hausse les épaules. En fait, j'ai pris le cadavre par simple habitude. Ce n'est que lorsque Lasse me regarde avec insistance que je le redépose dans les buissons d'un geste hésitant. Puis nous continuons à chercher jusqu'à ce que le soleil soit bas et que Lasse reçoive l'ordre par radio de revenir. Alors que nous atteignons la voiture, il me dit :

— Tu t'es choisi un premier jour de travail palpitant. Et, dès le départ, tu as été affectée à la meilleure équipe. Pas vrai, Kaja ?

Il la fait monter dans le coffre et lui donne une tape sur le dos.

— Ce ne sera pas toujours comme ça. Alors ne t'y habitue pas.

— Non.

Et je monte en voiture.

Il fait déjà nuit quand je rentre chez moi. Mon père a posé des pommes de terre de la veille et du saumon fumé sur la table.

— Et voilà notre jeune inspectrice ! Comment c'était ?

Il est de bonne humeur. C'est rare. Ebbe aussi a passé une meilleure journée aujourd'hui. Il a même daigné communiquer avec papa, ce dont celui-ci est très fier. On semble profiter de mon absence, à la maison.

Je m'affale sur la chaise de la cuisine

— Ça allait.

— Qu'est-ce que tu as fait ?

— J'ai fait le tour du commissariat. Et j'ai cherché un garçon mort dans la forêt.

Le visage de mon père tressaille nerveusement. Il espère sûrement que je blague. Je prends la cuillère et me sers en pommes de terre.

— Et les gens sont sympas ?

— C'est des gens, quoi.

La communication forcée ne nous ressemble pas. Toute cette cohabitation forcée, sous un seul toit. Jusqu'ici, ça a toujours été ma mère qui essayait de sauver les apparences d'une famille au fonctionnement normal. Et on n'a jamais été bons là-dedans.

— En tout cas, je trouve ça super que tu aies trouvé un truc dans lequel tu peux faire quelque chose de tes études.

— Ce n'est que temporaire. Je retournerai à Amsterdam dès qu'on aura trouvé une solution pour Ebbe.

— Attends de voir, quand même.

Mon regard tombe sur le tableau de l'alphabet posé à côté du beurrier sur la table. Avec un bloc-notes.

— Qu'est-ce que Ebbe a dit aujourd'hui ?

— Oh, on a juste bavardé un peu. Entre hommes.

Je fronce les sourcils. Pas seulement parce que je m'imagine mal comment on peut vraiment "bavarder" avec ses paupières – c'est aussi une expression qui ne va pas du tout à l'Ebbe que je connais. Mon père poursuit :

— Je crois que pour lui aussi c'est une bonne solution, Rosa. Que son père s'occupe de lui au lieu de sa sœur. C'est très intime après tout, avec la toilette et tous les soins.

J'incline la tête pour déchiffrer les lettres sur le bloc-notes. Mon père le recouvre en toute hâte avec son journal. Mais trop tard.

Éloigne la folle de moi.

La folle. C'est donc ce que je suis toujours pour lui. Intéressant. Je reste impassible et prends le journal, dont la une montre une nouvelle photo de la fosse que j'ai creusée en forêt, avant de monter. Je n'ai pas encore fait la lecture à mon frère. Il faut que je me rattrape. Au nom de l'amour fraternel.

— Rosa ?

Mon père me rappelle dans mon dos. Il semble nerveux.

— Il… Il s'est passé quelque chose entre vous ?

Je m'arrête. Je n'arrive pas à croire qu'il pose vraiment cette question. Après toutes ces années où il a fermé les yeux.

Ebbe qui scie mon siège pour enfants. Ebbe qui met le feu à mes tresses. Qui me pousse en haut du talus dans la carrière de pierres, si bien que je me casse le bras. Qui me brûle les fesses nues avec des pièces de monnaie chauffées à blanc parce que c'est de cette manière qu'on marque les porcelets à la campagne. Mon père ne les a jamais vues, ces cicatrices rondes cachées sous ma culotte. Quelques centimètres de coton pour la quiétude familiale.

Ma main se crispe sur la rampe de l'escalier. Je dois me concentrer pour la relâcher. Je sais comment ça marche. Je sais comment détendre le corps au point de croire qu'il n'existe plus. Je peux oublier que je vis, si je le souhaite.

— Rosa ?

La voix de mon père. Mal assurée. Il a peur que je puisse faire quelque chose à son fils sans défense. Mon frère sans défense. Que je lui aie peut-être déjà fait quelque chose.

Aux yeux de mes parents, ça a toujours été moi, la bizarre. J'étais celle qu'ils craignaient de voir mal tourner un jour. Ebbe n'était rien d'autre qu'un "garçon typique" qui se cherchait. Les garçons sont turbulents, c'est comme ça. Pas les filles.

Il fut un temps où je vénérais mon frère. Je voulais être comme lui. Faire ce qu'il faisait. Je l'aurais suivi partout, mon grand frère. Et j'aurais espéré qu'il me défende face aux enfants des voisins, lorsqu'ils me désignèrent comme leur toute nouvelle victime. Mais il ne l'a pas fait. Sa place dans le groupe était plus importante pour lui. Et il ne prenait pas seulement part à leurs jeux. Il devint le pire de tous.

— Qu'est-ce que tu as derrière la tête, Rosa ?

Je laisse mon père avec ses états d'âme en bas des marches et je monte à l'étage. Chacun de mes pas résonne comme un coup de marteau sur le vieil escalier en bois creux. Poc. Poc. Poc. Comme si on clouait un cercueil. Je sais ce que ça fait, d'être à l'intérieur d'un cercueil. Mon frère doit encore le découvrir.

HENRIK

Il n'y a pas longtemps, j'avais encore un fils et une femme. Maintenant, je n'ai même plus le sol sous mes pieds.

On a sauté tous les repas entre la disparition de Fynn et notre retour, abattus, de la forêt. On a sauté la nuit, on a sauté la journée, et on aurait sans doute continué ainsi si on l'avait pu. Mais le corps ne suit pas. Ne veut plus chercher, ne peut plus marcher. Mais il ne peut pas dormir non plus.

Le lit fait penser à un piège pour animaux, un de ces pièges qui ne tuent pas les bêtes tout de suite, mais les obligent simplement à attendre le retour du chasseur, transies de peur. Notre chasseur est le matin suivant. Un matin qui, après presque six ans, recommencera soudain sans Fynn.

Nous versons des cornflakes dans deux bols, ne les mangeons finalement pas et buvons à la place du café noir, debout. Ce serait mal de s'asseoir à une table de cuisine où la chaise de Fynn reste vide. Manger des cornflakes alors que Fynn meurt de faim dehors, quelque part dans la forêt.

Nous nous tournons autour sans rien dire. L'inquiétude pour Fynn et l'aveu de Nora ont englouti nos paroles. J'aurais presque préféré qu'elle ne me dise rien. Il y a des moments où il faut y réfléchir à deux fois avant de déballer la vérité. Nora ne l'a jamais compris. Pour couronner le tout, elle a aussi essayé de s'expliquer. Comme quoi ce type l'a aidée à se sentir à nouveau femme après la naissance de Fynn. Je ne comprends pas. Je suis son mari. Pourquoi ne pouvais-je pas l'aider à se sentir à nouveau femme ?

Je tourne mon alliance à mon doigt dans un geste nerveux, je la tourne comme une bague à exaucer les souhaits. Je souhaite que Fynn revienne. Je souhaite que ma femme n'ait pas eu de liaison. Je souhaite récupérer ma famille.

Nous avons appris par le journal qu'un cadavre d'enfant a été découvert ici, dans le parc national de Skuleskogen. La police nous a assuré que les deux affaires n'étaient pas liées, mais ça ne nous aide pas à nous calmer.

Nora est dans le salon. J'ai peur qu'au fond d'elle, elle me tienne responsable de la disparition de Fynn. Parce que je n'ai pas assez fait attention à lui. Je le vois à son regard qui s'éloigne de plus en plus de moi, qui fixe la fenêtre, toujours plus désespéré. Ses yeux ne croisent plus les miens.

— Il faut que je voie cette tombe. Il faut que je vérifie que ça n'a rien à voir avec Fynn.

— Nora…

Mais rien ne peut l'arrêter. Elle enfile ses chaussures et sa veste, résolument déterminée, et ne jette même pas un œil en arrière quand elle referme la porte d'entrée derrière elle. Je suis tenté un instant de la suivre. Mais j'abandonne finalement cette idée. Je ne vois pas les choses comme Nora, de manière distante et analytique. Je sais déjà ce qu'une telle visite à la fosse ferait à ma tête.

Sans Nora, la maison paraît tout à coup encore plus vide. Je tourne sans but dans le salon, comme un lion en cage.

Puis je n'en peux plus. Fynn est quelque part dehors, ma femme m'a trompé et abandonné. Seule sa dernière phrase est, d'une certaine manière, restée en suspens dans la pièce, comme le parfum d'une inconnue. Il faut que je vérifie que ça n'a rien à voir avec Fynn. Elle m'obsède, mais il me faut un peu de temps avant de comprendre que ce n'est pas à la fosse que je pense en premier lieu, mais à cette maudite cabane.

Une cabane dans un arbre dans la même forêt où un enfant a disparu et un autre a été retrouvé mort. Je n'ai pas d'explication logique, rien qu'une vague impression qu'il pourrait y avoir un lien. Mais je suis arrivé à un tel degré de désespoir que cela suffit. Tout est mieux qu'attendre seul à la maison sans rien faire.

Cette fois, je laisse l'échelle dans le hangar et charge à la place un sac à dos de randonnée de planches et d'outils. La dernière fois que j'ai essayé de retrouver la cabane, je me suis accroché à tous les buissons et branches possibles et imaginables. Aujourd'hui, je veux m'y prendre plus intelligemment.

Le sac est lourd quand je le jette sur mon épaule, mais malgré tout plus maniable que l'échelle. Je le porte avec peine sur le dos à travers la forêt, m'enfonce dans des fourrés et des bosquets et suis à chaque fois persuadé qu'elle doit être dans la clairière qui se cache derrière. Mais je ne trouve que des cimes d'arbres nues et, de temps à autre, j'effraie un animal qui me fuit en courant. Peut-être que je n'ai fait que l'imaginer, après tout. Ce ne serait pas la première fois dans ma vie que je ne pourrais pas me fier à ma propre perception. Mon père m'a assez souvent reproché d'être un menteur, et un idiot par-dessus le marché car je croyais à mes mensonges. Et s'il avait raison au moins sur ce point ?

— *Papa, tu ne croiras jamais ce que j'ai découvert dans la forêt ! Une cabane ! Et un enfant y habite !*

— *Tu veux bien arrêter enfin avec tes histoires, Henrik !*

— *Mais ce n'est pas une histoire ! C'est vrai ! On est amis maintenant et…*

— *Bon sang, Henrik ! Je ne veux plus entendre ça. Agnes ! Est-ce que Henrik a pris ses cachets aujourd'hui ?*

Est-ce que j'avais pris mes cachets ? Je ne sais plus. Je ne sais pas non plus si cet enfant dont je voulais parler à mon père existait vraiment… La forêt devient de plus en plus impénétrable. J'ai l'impression que les arbres se sont multipliés. Les ronces déchirent ma veste. Je commence déjà à douter de mon projet. Mais soudain elle est là. Elle apparaît brusquement au-dessus de moi, comme si elle avait juste voulu voir jusqu'où elle pouvait pousser ce jeu de cache-cache avec moi. Je penche la tête en arrière. La sensation de soulagement s'envole aussitôt.

De jour, la cabane est encore plus affreuse et inquiétante que de nuit, quand l'obscurité cache au moins quelques-unes de ses difformités. C'est une cabane délabrée faite de bâches et de vieilles planches. L'horreur me prend à la gorge à l'idée que des enfants jouent dans un tel endroit. Les cordes de l'échelle sont noires, les échelons, pourris. Rien d'étonnant qu'ils n'aient pas résisté sous mon poids. Je pose le sac à dos en soufflant bruyamment, en sors le marteau et le sachet de clous. La forêt fait silence et m'observe comme un intrus tandis que j'appose la première planche. Je frappe si fort que je ne tarde pas à transpirer. Lorsque la longueur de mon bras ne suffit plus pour fixer la latte suivante, je grimpe sur la première planche clouée. Toute l'entreprise est plus difficile que je ne l'imaginais et, maintenant, je regrette tout de même notre échelle dans le hangar. Je n'ai pas réalisé à quel point il était compliqué de se tenir tout en clouant les planches. Mais l'effort m'octroie une pause dans mes pensées qui ne cessent de tourner en rond. Le calme revient enfin dans mon esprit. Je fixe les six planches que j'ai apportées, toutes plus de travers les unes que les autres. Mais au moins, elles tiennent. Et la cabane est tout sauf une beauté, telle qu'elle est perchée là-haut entre les branches noueuses, tordue et bancale.

Lorsqu'une goutte me touche, je lève les yeux. Le ciel du soir s'assombrit à vue d'œil et des nuages noirs ont dévoré le soleil. Il va pleuvoir, une fois de plus. J'accorde une courte pause à mon corps endolori et positionne la lampe de poche. Elle a quatre spots LED. Quand on cherche un enfant disparu, une lampe n'éclaire jamais assez.

Penser à Fynn me ramène les pieds sur terre. Dans le faisceau de la lampe, je grimpe sur l'échelle que j'ai fabriquée. Elle n'est pas assez haute, mais, de là-haut, je peux atteindre les branches. J'en choisis une particulièrement épaisse et stable et me penche sur le côté. Mais ça aussi, j'avais imaginé que ce serait plus simple, car mes pieds perdent aussitôt appui. Effrayé, je m'agrippe à la branche, bats des jambes en panique et parviens à me hisser dessus, je ne sais comment. Elle craque sous mon poids, l'écorce rugueuse de l'arbre tire des fils de mon pull. Quand j'atteins le tronc, je me tiens fermement à lui et me dresse sur mes pieds en tremblant. Je suis pris de vertige en regardant en bas. La lampe de poche m'éclaire depuis le sol, comme un projecteur dirigé vers un artiste de cirque en manque d'assurance. Mes genoux fléchissent.

Je grimpe encore un peu avec précaution. Puis j'attrape le bord de la plateforme sur laquelle se tient la cabane. Je ne me suis pas demandé une seconde si le sol en bois était assez solide pour me porter ou s'il n'était pas plutôt aussi pourri que l'échelle. Mais, tout comme l'existence soudaine de Fynn m'a rendu plus prudent dans de nombreux domaines après sa naissance, son absence me fait agir, au contraire, de manière plus impulsive. Je saute, me soulève en m'appuyant sur mes bras, bats des jambes pour me donner de l'élan. D'ici, je peux déjà voir à travers la fente qui doit être la porte. Je distingue des silhouettes à l'intérieur, une étagère, une caisse retournée. Et il y a encore autre chose près de la porte. Un matelas, sur lequel est couché quelque chose. Ou quelqu'un ? J'appelle, le souffle court :

— Fynn ?

Déstabilisé par la peur, je glisse du bord de la plateforme.

MARLA

Je me presse contre le mur et fixe le visage qui est apparu au bord de ma cabane et me regarde, tout aussi effrayé.

Ce doit être l'ennemi dont l'homme parle toujours. L'homme a dit qu'un ennemi peut prendre plusieurs formes. Et je me suis imaginé ces formes, très nombreuses d'ailleurs. Mais un garçon n'en faisait pas partie.

Il a des taches de rousseur et les cheveux clairs et est un peu plus âgé que moi, mais sûrement pas de beaucoup. On dirait que lui aussi a été, il y a peu encore, un enfant avec un cornet d'entrée à l'école.

Et si l'homme avait enlevé d'autres enfants qui vivraient maintenant ici, dans la forêt ? Peut-être que ce garçon s'est libéré parce qu'il a faim, comme moi. Mais il n'a pas du tout l'air affamé, en réalité. Il a les joues roses et la peau douce, charnue. En plus, la faim se lit dans les yeux. Et dans les yeux de ce garçon, il n'y a que de la surprise et un peu de peur. Aucun de nous ne bouge.

Il regarde par-dessus le rebord du plancher comme un alligator. L'homme m'a raconté un jour une histoire sur un alligator et un singe. Ils étaient amis, mais l'alligator avait une femme qui voulait à tout prix manger le singe, c'est pourquoi l'alligator a tendu un piège à son ami et a voulu l'entraîner sous l'eau. L'homme dit que, ce qu'on appelle les amis, ça n'existe pas, en vrai. Qu'en fin de compte, chacun ne lutte que pour sa propre vie. Et qu'on peut tirer un enseignement de cette histoire.

Il s'agit probablement d'une astuce encore, d'un exercice, d'une épreuve. Peut-être que le garçon a une arme cachée sur lui et que je dois me battre avec lui.

Je raidis mes muscles. La faim me fait frissonner, et le garçon est plus lourd que moi. Mais si je lui saute dessus, j'arriverai peut-être quand même à le faire tomber avant qu'il ne grimpe par-dessus le rebord. Il ne peut pas se servir de sa force tant qu'il se tient sur l'échelle de corde. Je bondis avant qu'il puisse le faire. Il voit bien ce que j'ai en tête car sa bouche s'ouvre pour protester, mais je l'ai déjà rejoint et attrape ses doigts cramponnés dans le bois.

— Non ! Qu'est-ce que tu fais ?

Il essaie de vite monter à côté de moi, à l'intérieur, avant que je le pousse en bas. Alors je lui écrase les mains de mes pieds nus. Le garçon crie et jette un œil paniqué par-dessus son épaule. Quand je m'apprête à lui remarcher dessus, il retire sa main et descend vite d'un échelon. Je ne peux pas le suivre à cause de la corde à mon pied, je n'atteins que le bord, mais je peux cracher. Alors je lui crache dessus, au visage qu'il tend vers moi d'un air sidéré. Il me hurle après, avant d'essuyer le crachat.

— Mais tu es complètement cinglée ! Qu'est-ce qui ne va pas chez toi ? Je ne veux pas te la prendre, ta cabane !

Mais il en a sa claque. Il descend l'échelle, saute du dernier échelon puis s'enfuit dans la forêt en courant. Ce faisant, il jette encore quelques coups d'œil derrière lui, comme on lève des yeux inquiets vers un orage dont on n'est pas sûr qu'il nous suive et qu'on puisse encore arriver à temps chez soi avant qu'il éclate. Mais lorsque je regarde le ciel, il est bleu et sans le moindre nuage. Je suis sidérée quand je me rends compte que c'est moi, l'orage.

Le garçon revient le jour suivant. Il arrive du même endroit par où il a disparu hier. D'abord il court. Puis il marche les derniers mètres sur la pointe des pieds. Il ne peut pas savoir que je l'ai déjà repéré et observé chacun de ses pas. Je me blottis contre le mur sous le trou de la fenêtre.

Je me tiens sur mes gardes, mais lui aussi. Il grimpe sur l'échelle avec autant de précautions que s'il s'attendait à trouver une bête sauvage dans la cabane. Et c'est peut-être ce que je suis pour lui. Une bête sauvage qui va lui sauter dessus dès qu'il pointera le bout de son nez au bord de la plateforme.

Comme la dernière fois, il n'ose pas faire plus que lever les yeux vers moi avant de reculer sa tête au plus vite. Je dessine des motifs sur le plancher avec mon doigt, en faisant mine de ne pas m'intéresser à lui. Je vois du coin de l'œil sa main glisser avec une extrême prudence sur la plateforme et se retirer aussitôt. J'arrête de dessiner et lève la tête. Il a déposé quelque chose. Quelque chose qui est enveloppé dans du papier sulfurisé et qui suffit à me faire saliver. Est-ce un piège ?

La curiosité et la faim sont de dangereux amis qui peuvent te faire mourir de plus d'une manière, mon enfant.

Ça doit être un appât. L'homme et moi attrapons des renards comme ça, ensuite, on les écorche. Les animaux affamés sont les plus faciles à attraper. Et je suis affamée.

Je tends l'oreille. Je ne le vois pas, c'est vrai, mais le garçon doit encore se tenir sur l'échelle, autrement je l'entendrais grincer. L'échelle est bruyante et vous trahit quand on y monte et qu'on y descend. C'est pour ça qu'il n'est pas possible de monter dans l'arbre sans se faire remarquer. Mais le garçon ne le sait pas. Il ne sait rien du tout. Il est comme un bébé qui pense être invisible quand il plisse les yeux. Moi, au contraire, je suis habile et maline, l'homme le dit souvent.

Je rampe prudemment jusqu'au petit paquet, l'attrape et retourne vite à quatre pattes contre le mur. Le visage du garçon réapparaît, mais j'arrache déjà le papier sulfurisé. C'est un sandwich ! Deux épaisses tranches de pain blanc, garnies de quelque chose de jaune. Je le fourre dans ma bouche. C'est du beurre de cacahuète avec du miel. Mon estomac gargouille et bondit et éclate de joie, et ma tête devient légère. J'engloutis et je mâche et j'avale, j'engouffre tout jusqu'à la dernière miette et me lèche les doigts. J'essaie de me rappeler d'où je connais ce goût. Les bouches ont leur propre mémoire, j'en suis sûre. Mais c'est comme pour les deux corbeaux du poème que j'ai appris par cœur. Munin, la mémoire, s'est envolé.

Le garçon m'observe comme si j'étais un animal qu'il nourrit. Je le déteste pour ça. Je le déteste presque autant que je déteste l'homme. Mais on ne mord pas la main qui nous nourrit. C'est ce que m'a expliqué l'homme un jour.

Le garçon attend que j'aie fini de manger, puis il se risque à gravir un échelon de plus. Je grogne pour le mettre en garde et lui montrer que je suis une carnivore. Il ne bouge plus.

— Je ne vais rien te faire. Je t'ai même apporté quelque chose à manger !

Il attend, mais comme je ne dis rien, il se montre du doigt et dit lentement :

— Henrik.

Puis son index pointe dans ma direction. Il mime l'interrogation avec sa tête. Je crois qu'il est un peu bête ou fou ou les deux.

— Tu comprends ce que je dis ?

Il articule exagérément. Je me mords la lèvre inférieure. Puis je hoche lentement la tête.

— OK, bien. Comment tu t'appelles ?

Je hausse les épaules.

— Tu ne sais pas comment tu t'appelles ?

Je continue de me mordiller. Ma lèvre a encore un peu le goût de miel.

— Mais tout le monde a un nom ! Tes parents ne t'en ont pas donné ? Ou est-ce que tu l'as oublié ?

Comme je ne réponds toujours pas, il devient tout excité.

— Je peux peut-être t'en donner un nouveau ? J'adore tellement inventer des noms !

J'hésite d'abord, mais puisque cette idée l'enthousiasme autant et qu'il m'a apporté un sandwich exprès, ce serait bien d'avoir un nom à nouveau et de ne plus m'appeler simplement “mon enfant” ou “ma chérie”. Le garçon réfléchit un peu, il tapote son index contre son menton. Enfin il dit :

— Marla ! Je vais t'appeler Marla. Ça te plaît ?

Je hoche la tête avec hésitation, et il rayonne encore plus. Il ose même monter un autre échelon et plisse les yeux pour regarder dans ma cabane.

— C'est ta maison ?

Je tripote mes orteils. Son regard suit le mien et s'arrête sur la corde.

— Quelqu'un t'a enfermée ici ? Je peux peut-être t'aider. Je veux dire, est-ce que je dois te libérer ou autre chose ? Te détacher ?

Mes dents glissent de mes lèvres. Libérer. Cela commence à battre dans ma poitrine. Le garçon connaît peut-être le chemin pour partir de la forêt. Il pourrait me faire sortir d'ici. Je hoche la tête lentement, avec prudence. Je me tiens toujours sur mes gardes.

— Oui ? Tu veux que je t'emmène ? OK, bien, OK, d'accord.

Il hoche la tête à son tour, beaucoup plus vigoureusement que moi, et s'apprête à nouveau à enjamber le bord de la plateforme. Mais au même instant on entend un coup de feu qui nous pétrifie tous les deux.

— C'était quoi, ça ?

Henrik regarde autour de lui, en alerte. Ça craque et crie et stridule dans la forêt. Je ne réponds pas. Je dois tendre l'oreille. Peut-être était-ce le fusil de l'homme. Je me précipite à la fenêtre. Des bruissements dans les rameaux. Un mouvement à peine perceptible dans la forêt, le craquement des branches. Quelqu'un se dirige à pas lourds vers la cabane. Je connais ces pas. Et peut-être que Henrik les connaît aussi car son regard va et vient dans tous les sens. Il a peur, sacrément peur. Peut-être connaît-il l'homme aussi bien que moi. Peut-être a-t-il lui aussi déjà dû jouer avec lui. Mais Henrik a des yeux d'herbivore. Il n'aurait aucune chance dans cette forêt.

— Alors, je… je vais te chercher de l'aide, d'accord ? Je reviens, promis.

Et il court rejoindre l'échelle. Mon cœur se serre. Je rampe un peu vers lui car je veux qu'il m'emmène maintenant, tout de suite, avant que l'homme revienne.

— Je reviens et je t'emmène avec moi.

Et sa voix siffle dans les aigus.

— Promis. OK ?

Je secoue la tête, mais il ne me voit déjà plus car il se concentre sur les barreaux de l'échelle de corde. Un deuxième coup de feu éclate et nous fait tressaillir. Henrik glisse d'effroi et, à la fin, saute dans l'herbe pour partir d'ici à toutes jambes. Ça tire dans ma poitrine. Moi aussi, je veux courir comme ce garçon qui peut simplement disparaître au milieu des buissons. Je n'en veux plus de ce terrain d'aventures, je veux rentrer à la maison ! Mais si je ne sais plus à quoi ressemble ma maison, si au bout d'un moment je ne sais plus à quoi ressemble ma maman, comment pourrais-je un jour revenir chez moi ? Mes yeux se remplissent de larmes, mais je les essuie.

Henrik a promis qu'il reviendrait.

L'homme siffle. Comme s'il appelait un chat. Il ne sait pas que j'ai de nouveau un nom à présent. Que j'ai un ami qui m'a donné un nom.

— Marla.

Je le murmure et me replie à la hâte sur mon matelas.

— Henrik va te sortir d'ici. Promis, Marla.

HENRIK

La pluie crépite dans un vacarme assourdissant sur le minuscule toit en bois de la cabane. Elle s'infiltre à travers toutes les fentes, s'accumule dans les bâches en plastique qui pendent entre les planches tels des bassins de réception. Je suis accroupi sur le sol, le souffle court. J'ai le cœur qui bat la chamade d'avoir failli chuter. Seule la large branche m'a retenu. Si je m'étais écrasé par terre depuis cette hauteur – je préfère ne pas penser combien de temps il aurait fallu avant qu'on me trouve ici. Ce que j'ai pris pour mon fils de l'extérieur, dans l'obscurité du réduit, n'était en réalité qu'une montagne de couvertures sales. Elles puent, et je ne peux pas décrocher les yeux du matelas d'où émergent des ressorts en spirale, comme des arbres qui auraient poussé de travers. Encore plus d'arbres. Et tant d'obscurité.

Je me souviens avec précision maintenant. Il y avait vraiment une petite fille ici. Pas une que j'avais inventée, comme mon père a toujours essayé de me le faire croire, mais une vraie fille avec qui j'ai joué. C'était une amie. Mais quelque chose dans ce souvenir ne colle pas. Pourquoi est-ce que j'éprouve tant de culpabilité quand je pense à elle ?

Pourquoi y a-t-il tant d'ombre ici ? Je me presse les poings contre les yeux. Une voix résonne dans mes oreilles.

Un dingue. Tu es et resteras toujours un dingue, fils. Tu n'as jamais eu d'amis !

Je m'essuie le visage. Ne surtout pas penser à mon père maintenant. Ma seule chance est de me concentrer sur ce que je trouve ici et de reconstituer les événements du passé.

Je me mets debout avec difficulté. La cabane est si petite que je dois courber le dos, et j'aurais aimé avoir emporté la lampe de poche. Mais elle est toujours couchée sur le sol de la forêt et projette son faisceau à travers les fentes du plancher. Ça ne semble pas naturel. La lumière et les ombres rendent l'endroit beaucoup plus irréel encore.

Sur l'étagère à côté de moi sont posés une assiette, un bol, une cuillère. Il y a aussi une caisse de vin retournée qui fait office de table. Je me souviens de tout ça. Tandis que je tourne sur moi-même, mon pied bute contre quelque chose de dur. Il y a un anneau de fer par terre, entre l'étagère et le matelas. Je me mets à genoux pour l'examiner de plus près. On dirait qu'une ancienne trappe a été aménagée au sol, une porte de cave. Je tire sur l'anneau, mais il est comme scellé au plancher, et je réalise d'un seul coup qu'il ne s'agit pas d'une issue de secours, mais de l'exact contraire : un anneau de fer où passait une corde au bout de laquelle la fillette… était attachée. Je lâche l'anneau, il me paraît soudain brûlant. Mon visage, mes oreilles – tout me brûle d'effroi.

Voilà ce qui ne colle pas dans le tableau, dans cet endroit. L'anneau de fer. La corde.

Nous n'avons pas joué ici. La cabane n'a jamais été construite pour jouer. Elle servait à enfermer une enfant.

Je la revois dans mon esprit : la petite fille. Attachée comme un chien. Son rayon de déplacement assez grand pour atteindre les moindres recoins de la cabane, mais pas plus. Je voulais la libérer, aller chercher de l'aide, tout raconter à mes parents. Mais ensuite…

Tu as pris tes cachets aujourd'hui, Henrik ?

La voix de mon père.

Tout ce que tu vas t'imaginer encore, fils ! Surtout ne raconte pas ça à maman. Tu l'as déjà tellement déçue avec tes mensonges.

Un cachet était posé à côté de ma cuillère pour les céréales. Je voulais apprendre la magie pour le faire disparaître. Comme mon grand-père. À chaque fois que mon père ne regardait pas, il faisait disparaître le cachet dans un tour de passe-passe. Il me faisait un clin d'œil et posait le doigt sur ses lèvres. Mon grand-père savait que je n'étais pas fou, mais seulement un garçon à l'imagination débordante. Et, cette fois, j'avais dit la vérité.

Une goutte de pluie me tombe dans la nuque, je sursaute. Je m'accroche désespérément à l'image de la petite fille blottie dans ce coin entre le mur et l'étagère, sale, amaigrie, les cheveux courts en broussaille. J'ai dit la vérité, mais personne ne m'a cru. Ils m'ont pris pour un dingue.

Je me revois soudain, assis dans la voiture de mes parents. La scène reprend simplement là où elle m'avait échappée la dernière fois. Comme un film qu'on a mis sur pause.

Ma mère crie :

— Tu n'as vraiment rien à dire à ça ?

La pluie ruisselle en bas de la vitre. La forêt s'étend derrière nous.

— Et qu'est-ce que j'aurais dû faire ? Tu dormais tout autant que moi !

Mon père en colère crie aussi et ne regarde pas la route pendant un moment.

— Je ne te fais pas de reproche, Leif! On aurait dû tous les deux faire attention!

— Et comment? On aurait dû l'attacher, peut-être?

Mon père, encore, d'un ton railleur. Attacher. Je me dis que la petite fille, mon amie, est attachée dans la cabane par ce temps et qu'elle doit être frigorifiée.

Je dis, tout bas:

— Maman.

Elle, au contraire, hurle presque:

— Ce n'est quand même pas possible qu'il aille se baigner dans le lac la nuit, pendant qu'on dort paisiblement! Tu ne te reproches donc pas qu'on n'ait rien remarqué?

— On n'est pas ses gardiens, Agnes!

La pluie forme de longs colliers de perles sur la vitre. Je les suis avec mon index. J'ai un collier dans mon sac à dos, dans le coffre. Un collier de mouches enfilées.

Je répète, cette fois un peu plus fort:

— Maman!

— Si, quand quelqu'un est vieux et malade, alors il faut aussi jouer les gardiens, parfois, Leif. C'est notre responsabilité.

— MAMAN!

— Hmm?

Elle se retourne enfin. Une ambulance roule devant nous et plonge la voiture dans une lueur bleue, à intervalles réguliers. La lumière donne à ma mère un air de Schtroumpf clignotant.

— Il y avait une petite fille!

La confusion se lit sur son visage.

— Où y avait-il une petite fille, chéri?

— Dans la forêt ! Il y avait une petite fille, et elle…

Mon père aboie :

— HENRIK ! Ne commence pas, bon sang ! On a vraiment d'autres soucis en ce moment !

— Il faut qu'on rentre, maman ! On doit la libérer.

Mon père lâche un rire moqueur. Ma mère, le Schtroumpf clignotant, nous regarde à tour de rôle, d'un air embarrassé. Elle se range du côté de mon père. Elle ne me croit pas.

— Malheureusement, ce n'est pas possible, chéri.

— Si, il le faut ! Je lui ai promis !

— On doit d'abord emmener ton papi à l'hôpital. Il est malade. Tu aimerais que papi guérisse, n'est-ce pas ?

Mon père nous coupe :

— Tu as pris tes cachets, Henrik ?

J'appuie mon doigt plus fort contre la vitre, sans pouvoir arrêter les gouttes de pluie derrière elle. Je souhaiterais pouvoir les arrêter. Je souhaiterais pouvoir faire disparaître les cachets posés à côté de ma cuillère pour les céréales, comme mon papi. Avec son tour de passe-passe.

— Tu les as pris ?

Je murmure :

— Oui.

Un mensonge ? Je crois que c'était un mensonge.

Mon père se tourne à nouveau vers ma mère.

— Nous ne sommes pas responsables, Agnes.

Nous ne sommes pas responsables, Agnes.

Qui est responsable dans ce cas ? Moi ? Mais je n'étais qu'un garçon à qui on a rabâché qu'il était dingue. Si quelqu'un n'était pas responsable, c'est bien moi. Une fille n'en était pas moins enfermée ici il y a de nombreuses années. Et maintenant, un squelette d'enfant a été découvert dans une fosse au milieu de la forêt. Quelqu'un, qui que ce soit, est responsable.

Je me relève car je n'en peux plus. La cabane est trop sombre, trop petite. J'ai besoin d'une lampe pour chasser les ombres qui habitent ici maintenant, à la place de la petite fille. Les ombres me font peur. Il faut que je sorte. Je me cogne la tête en me redressant. Je chancelle jusqu'au bout de la plateforme où je me laisse glisser sur le bord. Je lâche un petit cri lorsque je revois soudain la fillette sur le matelas. Sa bouche remue. Elle crie quelque chose, mais, à cause de la pluie battante, je ne peux pas entendre ce qu'elle dit. Ou je ne veux pas entendre. Parfois, il vaut mieux ne rien entendre. Quelques centimètres seulement me séparent de la branche, mais elle est maintenant trempée et glissante. Je dérape, en percute une autre plus bas, un souffle s'échappe de ma poitrine, j'agite les bras autour de moi, parviens je ne sais comment à me cramponner à l'arbre et à stopper ma chute. Lorsque je retrouve enfin l'équilibre, je n'ose plus lâcher. Ni la branche, ni les souvenirs. Car je sais ce que la petite fille m'a crié. Je le sais.

Tu me l'as promis, Henrik !

Je le lui ai promis.

Un mensonge ? Je ne crois pas.

ROSA

Le lendemain matin, je reste longtemps couchée. J'aime être couchée, ce qui est sans doute le cas de la plupart des gens. Mais une minorité seulement en profite pour s'imaginer mort. Je souhaiterais un enterrement vert. Pas de cimetière, pas de formaldéhyde pompé dans mon corps, pas de cercueil doublement isolé.

Je ferme les yeux, joins les mains sur mon ventre, tends les jambes. Ça pourrait être très paisible si mon père ne passait pas sa tête pour la deuxième fois dans ma chambre.

— Tu es toujours au lit. Tu ne dois pas aller au travail ? Ou est-ce que tu ne vas pas bien ?

Je ne trouve pas qu'il faille aller mal pour pouvoir rester couché. C'est un lieu très reposant, un lit. Mais pas pour mon père, toujours nerveux. Il approche des soixante-dix ans et fait ses flexions des genoux chaque matin parce qu'il pense que ça va prolonger sa vie. Peut-être est-ce pour cela que j'ai aussi peu peur de côtoyer la mort, contrairement à lui. Ceux qui aiment être couchés sans rien faire n'ont finalement rien à craindre.

— Je vais y aller. Ferme la porte, s'il te plaît.

Il ferme la porte. Ses pas s'éloignent. Puis il ouvre la porte de la chambre d'Ebbe. Ebbe n'aime pas quand on entre dans sa chambre. Mais Ebbe ne peut plus crier sur qui que ce soit. C'est une sensation tout à fait nouvelle d'habiter avec lui sous le même toit sans être constamment tourmentée ni martyrisée. Cette tranquillité. J'entends même les oiseaux venus à mon enterrement.

Mon portable sonne sur la table de nuit. Je soupire, l'attrape. C'est le poste. Ça commence bien.

Je laisse le téléphone sonner, m'arrache à ma rigidité cadavérique méditative et m'habille. Quelle ironie que je veuille tellement rester couchée alors qu'Ebbe, dans la pièce voisine, ne peut pas bouger et en crèverait presque. Précisément mon frère qui, comme mon père, était incapable de rester en place, toujours en mouvement. Escalader, courir, tenter des sauts à vélo sur un tremplin. Il a toujours été le plus turbulent du voisinage. C'est comme ça, quand le karma vous tend son majeur.

Le portable sonne à nouveau. Je décroche enfin.

— Je suis en route.

— Rosa ?

C'est Lasse.

— Elle-même.

— Regarde, je viens de tomber sur ça. Tu crois que ça pourrait être un arbre suspect ?

Lasse lance une demande d'appel vidéo. J'accepte, d'un geste agacé. La caméra montre les feuilles floues d'un tilleul.

— Qu'est-ce que tu entends par "suspect" ?

— Eh bien, est-ce que cet arbre n'est pas plus vert que les autres ? Il a une couleur si intense ! Je trouve qu'il brille.

— C'est un tilleul à grandes feuilles. Ils ont une couleur vive de nature.

— Ah, OK.

Lasse a l'air déçu.

— À cette distance, je ne peux pas analyser la constitution des feuilles, de toute façon. Pourquoi tu me demandes ça ?

— Oh, je viens juste de passer devant avec Kaja et j'ai pensé à toi et à tes études. Est-il possible que cet arbre soit très vert parce qu'il pousse près de l'enceinte du cimetière ?

— Il est plus probable que cet arbre soit très vert parce que c'est un tilleul à grandes feuilles.

— C'est juste. Tu l'as dit.

— Par ailleurs, un cimetière ne libère pas tellement de nutriments.

— Ah bon ?

— Non. Au fond, c'est une forteresse enfouie dans le sol.

Il se tait, déconcerté. Il m'arrive souvent que les gens croient que je plaisante alors que je suis on ne peut plus sérieuse dans la plupart des cas.

— Bon, peu importe. On se voit tout à l'heure.

Ça ne semble même pas l'énerver, au son de sa voix.

— Oui. Salut.

Ce Lasse est vraiment un peu bizarre.

Dans le couloir, j'entends mon père tenter de remonter le moral d'Ebbe, et je sais déjà que mon frère déteste ça. Un matin de plus dans l'inertie. Un matin de plus, tout court. Et un père qui gazouille aussi joyeusement qu'un oiseau à la fenêtre, sans qu'on ne lui ait rien demandé.

Je dévale l'escalier, me prends une brique de *filmjölk* dans le frigo et me rends au poste de police dans la voiture de mon père. Lasse et Kaja sont déjà impatients.

— Dès le deuxième jour, Madame est en retard. Ça va être gai !

Je ne savais pas qu'il s'attendait à de la gaieté. En ce qui me concerne, je ne me fais pas d'illusion.

J'étais très contente dans mon sous-sol, à Amsterdam. On pouvait bien se moquer de moi parce que je vivais comme un cloporte, mais j'avais tout ce qu'il me fallait. Du moins, c'est ce que je pensais. J'avais oublié comme il est agréable de marcher sur le sol boueux de la forêt dans des bottes en caoutchouc. Et je ne savais pas qu'il peut aussi être agréable d'avoir avec soi un chien qui sent le mouillé et le méthylbutanal. Seul Lasse perturbe cette ambiance idyllique avec ses efforts pour engager la conversation. Sa simple présence me distrait. Ça m'agace.

Je cueille une feuille, la fais tourner entre mes doigts et essaie de me concentrer. Sa couleur est d'un vert particulièrement saturé. Je cherche sur le tronc d'autres singularités, des changements de couleur.

Lasse s'arrête de marcher pour me laisser le temps de faire mes examens. Il est enfin arrivé à la même conclusion que moi : il cherche des disparus, moi, des morts. Il n'y a aucune raison que chacun entrave le travail de l'autre simplement parce qu'on nous a désignés collègues contre notre gré.

Kaja se presse contre mes jambes pour renifler le pied du tronc. Mais son odorat est focalisé sur le garçon disparu, c'est pourquoi elle se contente d'éternuer avant de faire demi-tour.

— Et qu'a donné l'analyse au carbone 14 de cette reine ?

Il vient de m'interroger sur ma lecture actuelle : *Études archéoentomologiques des pupes de mouches recueillies dans le sarcophage de la reine Édith d'Angleterre.* Je réponds d'un air absent :

— Que la reine Édith d'Angleterre aimait manger du poisson.

Lasse éclate de rire, comme si j'avais à nouveau raconté une blague. J'enregistre l'endroit où se tient l'arbre avec mon traceur GPS.

— À propos, tu n'aurais pas envie d'aller manger quelque chose, un de ces jours ?

— Mais on mange tout le temps.

— Non, je veux dire – en dehors du service.

— En dehors du service ?

— C'est bon, pas besoin d'avoir l'air si dégoûtée.

Je cueille une poignée de feuilles pour les glisser dans un sachet en plastique. Je ressens soudain le besoin impérieux de le refermer bien soigneusement.

— Je préfère manger chez moi. Tu ne trouves pas qu'on passe déjà suffisamment de temps ensemble pendant nos heures de service ?

J'enjambe une grosse racine en revenant vers lui et Kaja. Il secoue la tête, mais n'insiste pas, heureusement.

— Qu'est-ce que tu as trouvé ? Une autre tombe ?

— Je ne peux pas encore dire.

— Mais, pourtant, tu as (il agite la main) lu dans les branches ou les feuilles.

À l'entendre parler, on a l'impression que j'ai lu l'avenir dans du marc de café.

— Il faut que je revienne creuser. Avant, je ne peux pas me prononcer.

Il me prend le sachet des mains.

— Où vois-tu des différences ? Pour moi, ces feuilles ressemblent à toutes les autres.

— Comment Kaja peut-elle sentir une personne à un lieu précis plusieurs jours après ? Et même après qu'il a plu ? Pour toi, n'importe quelle parcelle de terre serait pareille à une autre.

— La muqueuse nasale de Kaja compte environ 220 millions de cellules olfactives. L'homme en a à peine cinq millions.

— J'ai grandi à côté d'une forêt. Peut-être que j'ai vu 220 millions d'arbres, et toi seulement cinq.

— Moi aussi, j'ai grandi près d'une forêt. Mais ça ne m'a jamais intéressé. Regarder par la fenêtre et n'avoir que des arbres sous le nez… Je trouvais ça déprimant. Ennuyeux. Je voulais plutôt aller en ville. Faire la fête. Rencontrer des gens.

— Tu vois, et ça, ça ne m'a jamais intéressée.

— Mais la mort ? Est-ce qu'elle t'a toujours fascinée ? Les tombes ? Les inhumations et ce genre de trucs ?

— Je suis fascinée par la façon dont les organismes vivants se décomposent. J'ai essayé les inhumations, ce n'était pas pour moi.

— Oh, mon Dieu.

Par chance, sa radio se met à sonner et l'empêche de continuer à me harceler sur mes goûts. Il s'arrête et je m'accroupis à côté de Kaja pour lui masser les oreilles. Je ne sais pas du tout pourquoi, mais ça me plaît. Ça nous plaît à toutes les deux, d'une certaine manière. Ça a quelque chose de reposant à quoi je pourrais m'habituer. Pourtant, je ne me suis jamais spécialement intéressée aux chiens vivants auparavant.

— C'était le chef de l'équipe de recherche. Il dit qu'on a terminé avec cette zone-ci, au nord de la tombe. Demain, on doit reprendre les recherches dans le secteur B4. C'est fini pour aujourd'hui.

— Ça veut dire qu'on rentre ?

— On dirait.

Nous retournons à l'endroit où nous avons garé la voiture.

— Bien, revenons-en à cette reine Éditha.

— Édith.

— Pourquoi analyse-t-on les pupes de mouches ?

— Cela permet de découvrir où on l'a enterrée. Si elle a été déplacée après l'inhumation. Ce genre de choses. Quand on a trouvé le sarcophage, on n'était même pas sûr qu'il s'agisse vraiment d'elle. Cela faisait des dizaines d'années que sa relique était considérée comme disparue.

— Mais tu n'as pas dit qu'ils avaient examiné l'ADN des dents ou je ne sais quoi ? Ça ne devrait pas être plus clair ?

— Pas l'ADN. Ils ont analysé les isotopes de strontium dans l'émail dentaire. De cette manière, on peut définir ses différents lieux de résidence jusqu'à sa quatorzième année. Imagine ça comme les cernes des arbres. Chaque cerne de la dent correspond à un lieu précis. Les chercheurs ont ainsi découvert que la morte avait passé son enfance dans de nombreux endroits différents du sud de l'Angleterre, mais s'était sédentarisée à ses neuf ans. Cela concordait avec la biographie d'Édith d'Angleterre : dans les premières années de sa vie, elle avait été continuellement en déplacement dans la suite qui accompagnait son père. À l'âge de neuf ou dix ans, par contre, elle était restée auprès de sa mère dans un couvent.

— Dément. Qu'on puisse lire tout ça dans l'émail d'une dent.

Je l'observe du coin de l'œil. Sa manière de marcher, les mains dans les poches, son air apparemment impressionné.

Je ne suis pas habituée à ce que d'autres s'intéressent à ce que je lis. Et même que d'autres s'intéressent tout simplement à ce qui m'intéresse. Je regarde vraiment Lasse pour la première fois – et le souvenir me revient brusquement. Lasse. Un garçon aux cheveux blonds très clairs, aux traits aussi fins que prononcés. Les mains enfoncées dans les poches comme s'il voulait les y enterrer. Il s'est toujours tenu un peu en retrait, mais il faisait partie de la bande d'Ebbe, un des garçons du voisinage qui ont déménagé plus tard. Voilà pourquoi son visage m'a paru si familier dès le premier jour…

— Tu sais quoi, je t'aime bien, Rosa. Tu es un drôle d'oiseau, mais je t'aime vraiment bien.

Il tourne la tête vers moi. Nos regards se percutent, comme par accident.

— Tu as tué mon chat.

— Quoi ?

Lasse s'arrête.

— Oskar !

Je précise son nom, comme s'il devait s'en souvenir.

— Tu étais un des enfants de nos voisins qui lui ont pris la queue et l'ont a…

Un coup de feu interrompt ma phrase. Je sursaute, la douleur me traverse le bras. Lasse crie et me plaque au sol au moment où un autre tir me frôle, si près que le souffle de la balle effleure mes cheveux. Tout va si vite que je ne comprends pas du tout ce qui se passe. Je ne comprends pas que je suis touchée jusqu'à ce que je sente la brûlure. D'un geste automatique, ma main se porte sur mon bras gauche. Du sang colle à ma veste. Puis je remarque Lasse qui se tord par terre à côté de moi, le visage grimaçant de douleur, et se tient l'épaule en jurant. Le coup de feu n'a fait que m'effleurer. Lui a vraiment été touché. Je me redresse. Kaja aboie. Lasse hurle :

— Reste couchée !

Effrayée, j'attrape le collier de Kaja et la tire par terre avec moi. Nous nous aplatissons dans la mousse, le souffle court, et tendons l'oreille. Mais il n'y a plus rien à entendre que les bruits de la forêt.

Je lève le visage et relâche Kaja, qui couine. Une tache rouge s'étend sous la main de Lasse, à son épaule. Kaja gémit plus fort encore et renifle la blessure. Le visage déformé par la douleur, Lasse la repousse. Puis il hurle dans la forêt :

— Hé ! Hé, des équipes de recherches sont là ! Cessez de chasser tout de suite !

On écoute avec attention. Personne en vue à la ronde. Pas même les équipes de recherche. On a dû beaucoup s'éloigner des autres.

— Tu crois que c'était une balle perdue ?

J'aide Lasse à se redresser. Je le débarrasse de sa veste pour qu'on puisse examiner son épaule. Ça a l'air grave. Kaja tourne autour de lui en gémissant. Le coup de feu et le sang l'ont déconcentrée, et l'idée me traverse un instant que c'était peut-être précisément le but. Je plisse les yeux, scanne encore une fois les alentours. Examine les arbres, le sous-bois.

— Saletés de chasseurs ! On ne va quand même pas devoir se balader en forêt avec des gilets pare-balles maintenant !

Lasse appuie sa main sur la plaie, mais la blessure par balle doit être profonde, le sang jaillit sous ses doigts. Il goutte sur son pantalon, par terre.

— Il nous faut un secouriste.

Et je cherche à nouveau en vain les équipes de recherche autour de nous.

— J'ai des pansements dans la voiture.

Le visage de Lasse est livide et il titube quand j'essaie de l'aider à se remettre sur ses pieds.

— Donne-moi ta radio, j'appelle une ambulance.

J'ignore le sang sur mon propre bras, contacte les urgences et retourne en courant à la voiture de service pour aller chercher les compresses. Nous nous sommes vraiment beaucoup éloignés de l'endroit où nous nous sommes garés. Arrivée à la voiture, je récupère la mallette de premiers secours dans le coffre et me dépêche de revenir sur mes pas. Il me faut deux essais pour appliquer les bandages sur l'épaule de Lasse.

— Désolée. Ma mère a travaillé comme infirmière à domicile, mais on ne peut pas dire que j'ai hérité de ses mains.

Il attrape les doigts de ma main droite pour les tenir en place et les observer.

— C'est vrai. Tu n'as pas les mains d'une infirmière. Mais peut-être qu'elles sont adaptées à un travail de police.

Mes doigts fourmillent encore longtemps après qu'il me les a lâchés. Ça doit venir de l'éraflure à mon propre bras, dont je ne reprends conscience que maintenant.

Et lorsque l'équipe de secours arrive et que je leur laisse le champ libre, je réalise autre chose. Quelque chose à quoi je n'ai pensé qu'un instant fugace dans toute cette agitation : il y a eu deux coups de feu, pas un. Pas très probable que deux balles se soient perdues dans notre direction. Et si quelqu'un nous avait visés délibérément ?

NORA

Je me redresse brusquement dans mon lit. Il y a eu un bruit dans la maison !

J'allume la lampe de chevet. L'autre côté du lit est toujours vide, Henrik n'est pas rentré. Il n'était déjà pas là hier soir, quand je suis revenue de la tombe dans la forêt. Je tends l'oreille pour savoir si c'est lui que j'ai entendu. Mais le silence est revenu. Le bruit venait peut-être de dehors ? Je me glisse hors du lit, me faufile jusqu'à la fenêtre et guette à travers le rideau sans voir quoi que ce soit. Il n'y a rien que les grillons qui grésillent dans la prairie et les oiseaux nocturnes qui crient et tapent dans la forêt. Tout est comme toujours. J'ouvre la porte de la chambre, avance dans le couloir, tends une oreille en bas. Par habitude, je jette un œil en passant dans la chambre de Fynn, qui est vide, froide et sombre. L'escalier craque sous mes pieds nus. Arrivée en bas, j'allume le couloir et sursaute.

— Henrik ! Où diable étais-tu passé ? Qu'est-ce que tu fais dans le noir ?

La veste de Henrik est trempée et couverte de crasse, son pantalon et ses chaussures tout autant. Il bafouille :

— Il y avait… Il y avait une petite fille. Il y avait une petite fille et je ne l'ai pas inventée !

— Quelle petite fille ? Mais de quoi parles-tu ?

— Je ne l'ai pas inventée !

Henrik parle de plus en plus fort et, effrayée, je recule lorsqu'il frappe soudain sur le bureau. Je ne l'ai jamais vu comme ça. L'idée qu'il ait été dehors, aussi tard dans la nuit, et qu'il ait vu une petite fille dans la forêt, sous la pluie, me met mal à l'aise.

— Henrik, je ne sais vraiment pas…

— Ils ont dit que je mentais ! Que tout ça était un mensonge !

— Qui a dit que tout était…

— Tout le monde ! Mon père. Mon sale père de merde ! Je lui ai promis, mais je n'ai pas pu l'aider, et maintenant elle est morte !

Henrik se met à pleurer et je suis désemparée, je soupçonne une crise de nerfs. Je m'approche de lui d'un pas hésitant et le prends dans mes bras.

— Explique-moi. S'il te plaît, je ne comprends pas un mot.

Je peux voir par-dessus son épaule l'écran de l'ordinateur portable. Le moteur de recherche est ouvert. Henrik a consulté des avis de disparition de jeunes filles datant de 1997. Tout ça m'inquiète de plus en plus. Est-ce que ça a quelque chose à voir avec le squelette ?

Henrik sanglote :

— Je l'ai retrouvée.

— Qu'est-ce que tu as retrouvé ? La petite fille ?

Cette simple question me donne la chair de poule.

— La cabane dans l'arbre. Mon père a essayé de me persuader que je me l'étais imaginée.

Impuissante, je jette un œil sur l'ordinateur et les résultats de sa recherche :

Vrais crimes : Où est Maike T. ?

Petite fille de 7 ans disparue depuis 1997 – Le suspect en détention provisoire

Meurtre de Luisa Weimar

Jugement dans l'affaire Karola Thiel : c'était un meurtre !

Affaire Vanessa : Cadavre à l'état de squelette sept ans après.

Le nombre impressionnant des résultats de la recherche est accablant. Ce n'est pas exactement ce qu'on devrait lire quand son propre enfant a disparu.

— Il y avait une petite fille, Nora. Dans la cabane ! Dans la forêt ! Attachée.

J'ai brusquement l'impression de devoir prendre de la distance. Mais ce n'est plus moi qui serre Henrik dans mes bras, c'est l'inverse. Il se cramponne à moi. Très fort.

— Tu me fais mal, Henrik.

— Elle est morte !

J'essaie de le repousser, mais il s'agrippe à moi comme s'il se noyait.

— Henrik, qu'est-ce qu'il te prend, lâche-moi ! Tu me fais vraiment peur avec tes histoires !

— Ce ne sont pas des histoires ! Je dis la vérité. Déjà à l'époque j'ai…

— Henrik, je n'arrive plus à respirer !

— Toi, tu me crois, Nora, n'est-ce pas ? Toi, au moins, tu me crois !

Je ne réponds pas, j'étouffe dans son étreinte. Je n'en ai jamais fait un vrai sujet de préoccupation, ses petits et grands mensonges. Je les ai acceptés comme une de ses particularités, de la même manière qu'on accepte une obsession pour les chaussures ou l'habitude de ne pas reboucher le tube de dentifrice. Mais à cet instant précis, je ne peux supporter ni ses mensonges ni sa proximité excessive.

Je le repousse avec violence. Il me jette un regard troublé et revient à la charge, presque suppliant :

— Tu me crois, n'est-ce pas ? Toi, crois-moi au moins, même si personne d'autre ne le fait !

J'éclate de rire. Cela peut paraître dur et méchant, mais je ne peux pas m'en empêcher.

— Henrik, je t'en prie ! Tu racontes constamment n'importe quoi ! On ne sait jamais à quoi s'en tenir avec toi ! Un jour tu prétends avoir cassé la figure à un type dans la forêt, alors qu'il n'y a jamais été, maintenant il y a une petite fille dans je ne sais quelle cabane dans un arbre. Tout chez toi se mélange avec une espèce de conte inquiétant – même la nuit où notre fils a disparu, tu n'as pas été honnête en prétendant que vous étiez en train de jouer à cache-cache ! As-tu seulement réfléchi à toutes ces précieuses minutes perdues pendant ce temps ? Et voilà que tu as le culot de te dresser devant moi et de te plaindre qu'on doute de la véracité de tes histoires ?!

Je ne me suis pas rendu compte à quel point la colère s'est accumulée en moi. À quel point j'en ai assez des mensonges de Henrik, et comme ça fait du bien, pour changer, de ne pas être compréhensive, mais de crier toute ma frustration, ma tension et mon angoisse. Henrik devient livide, puis détourne le regard, abasourdi, passe à côté de moi en trombe, attrape la rampe de l'escalier et monte les marches quatre à quatre.

— Où est-ce que tu vas maintenant ?

Il ne répond pas. Mon mari se comporte comme un adolescent indocile incapable de contrôler ses émotions.

— Henrik !

Une porte claque à l'étage. Je dois respirer profondément pour ne pas à nouveau perdre contenance. Moi-même, je suis à bout émotionnellement. Notre fils a disparu et j'aimerais que Henrik puisse pour une fois faire face à la situation comme un adulte et non comme un enfant en pleine puberté ! Mon regard fixe l'escalier vide, je bouillonne de rage.

— Henrik ?

Je l'appelle en vain. Ça m'inquiète. Ça m'énerve.

Je monte. La porte de la chambre de Fynn est la seule fermée. Quand j'appuie sur la poignée, je me rends compte qu'elle est verrouillée. Henrik doit avoir pris la clé sur l'encadrement de la porte, cachée hors de portée d'enfant.

— Henrik ?

Je frappe à la porte. Je n'arrive pas à croire qu'il se soit vraiment enfermé dans la chambre de notre fils ! Je secoue plus fort la poignée.

— Ouvre cette foutue porte ! C'est quoi, ce cirque ?

Et alors que je m'apprête à l'envoyer au diable et à tourner les talons, à sortir de la maison ou, encore mieux, de ce mariage, quelque chose bouge de l'autre côté. La clé tourne, la porte s'entrouvre. Lorsque j'entre dans la chambre,

Henrik s'est réfugié sur le lit de Fynn. En le voyant ainsi, assis au milieu des draps d'enfant lissés, il me paraît plus immature que jamais. Absolument pas l'homme qu'on aimerait avoir à ses côtés en période de crise. Le dinosaure en peluche de Fynn gît par terre, devant le lit. Henrik a dû le jeter du matelas pour offrir un exutoire à sa frustration. Je préférerais quitter cette pièce au plus vite. Au lieu de ça, je ramasse le dinosaure et le pose sur mes genoux en m'asseyant au bord du lit à côté de Henrik. On reste un moment, recroquevillés là, sans rien dire.

Henrik finit par murmurer :

— Je suis tellement désolé pour tout, Nora.

Je hoche la tête, triture les pattes du dinosaure dans mes mains crispées, et attends. Je me prépare déjà intérieurement à de nouveaux mensonges et ça m'effraie. Je n'espère absolument rien d'autre de lui.

C'est alors qu'il se met à pleurer, et ça m'effraie encore plus. Il saisit ma main, toujours fermée sur le pied de la peluche, celle-ci complètement écrasée par notre double étreinte.

— J'ai la petite fille sur la conscience, Nora. Je crois que c'est ma faute si elle est morte !

Je reste figée là, ne sais pas quoi penser ou croire. Quand Henrik raconte ses histoires, c'est normalement lui le héros. Il n'est jamais responsable. Ce sont toujours les autres, toujours les circonstances extérieures. Soit il dit la vérité cette fois, soit il y a encore autre chose à venir.

Et c'est le cas.

— La petite fille était attachée à un anneau en fer, Nora ! Je l'ai vue et j'ai vu l'anneau. C'était horrible ! Quelqu'un la retenait là-haut comme une bête ! Je crois… je crois que j'ai même essayé de la sauver à l'époque. Mais le ravisseur est venu et j'ai dû fuir dans la forêt. Et mon père ne m'a pas cru. Il ne voulait même pas que j'en parle à maman ! Il a prétendu que j'étais dingue et que mes mensonges rendaient maman triste, et ensuite… on a dû partir et…

Je ferme les yeux et prends une vive inspiration. Tout à coup, je ne sais plus comment j'ai pu endurer ça toutes ces années. Comment je supporte de rester assise là et d'écouter tout ça.

— Et si l'homme qui a kidnappé la petite fille à l'époque était le même que celui qui a enlevé Fynn aujourd'hui ? J'aurais pu le stopper si seulement quelqu'un m'avait cru !

Je garde les yeux fermés un peu plus longtemps. Cette histoire est tellement absurde. Il doit pourtant se rendre compte à quel point elle est absurde ! Je dégage délicatement mes mains de son étreinte et me lève.

— Qu'y a-t-il ?

J'entends à sa voix que Henrik est bouleversé, et si la situation n'était pas aussi triste, j'aurais pu rire de sa question. Je me frotte le front. Je ne sais pas quoi faire de mes mains, je ne sais pas quoi faire de cette relation.

Au fond, je ne voulais pas me lancer dans une deuxième dispute, mais je ne peux pas faire autrement à présent :

— Tu sais ce que je n'arrive vraiment pas à croire, Henrik ? C'est que tu te débrouilles toujours pour retourner les histoires de manière à ce que quelqu'un d'autre soit responsable de tous tes malheurs. Aujourd'hui c'est ton père ! Parce qu'il ne t'a pas cru, ce pour quoi, excuse-moi, il avait sans doute de bonnes raisons. Et ce que je trouve également difficile à croire, c'est à quel point tu dois me trouver naïve pour penser pouvoir me faire avaler toutes tes histoires à faire peur ! Tu veux entendre une vraie histoire à faire peur ? Ces prochains jours, la police va envoyer des plongeurs pour chercher notre fils ! *Des plongeurs !*

Je lui tourne le dos et quitte la pièce avant que Henrik puisse répondre quoi que ce soit. Avant qu'il puisse détruire davantage de choses encore.

— Nora !

Henrik se lève d'un bond, mais je lui claque la porte au nez.

Peut-être était-ce ça, le but de Bleike. Même la plus parfaite des unions serait brisée par l'enlèvement d'un enfant – et pour être tout à fait honnête, Henrik et moi n'avons peut-être jamais formé la plus parfaite des unions. L'un ment, l'autre est infidèle, quel super couple nous sommes !

Je vais dans la chambre et ferme violemment la porte derrière moi. Pourtant, je ne suis pas du genre à claquer les portes. Mais je suis furieuse. Contre moi, contre Henrik, contre la police et contre Bleike. Je suis maintenant sûre à cent pour cent qu'il se cache derrière l'enlèvement de Fynn. Si je l'avais entre les mains, je serais capable de l'étrangler. Comment ai-je pu un jour avoir une aventure avec cette pourriture ?

Il m'avait impressionnée quand je ne savais pas encore quel malade il était. Sa confiance en lui, son éloquence, sa façon de captiver une pièce entière. Je me souviens avoir été plus ou moins projetée sous les feux de la rampe quand un magazine a écrit un portrait de moi. Une technicienne plongeuse en mer sur une plateforme lointaine, entourée exclusivement de collègues masculins, ça avait fasciné la journaliste. Et c'était pour moi l'occasion de défendre des sujets qui m'intéressaient : l'environnement et la durabilité, et les possibilités d'exploitation d'une puissance monumentale comme la mer pour produire de l'énergie. D'autres journaux m'ont contactée, il y a même eu un documentaire télévisé à la fin. J'étais demandée pour des interviews, des colloques et des conférences TED. C'est à l'une d'elles que j'ai rencontré Bleike. Trois ans plus tard, je l'ai recroisé à une autre conférence à Paris. Je venais de devenir mère et étais à la recherche de quelque chose que je croyais avoir perdu. Bleike a pu me le redonner, pendant un temps. C'est le genre d'homme prêt à réaliser le moindre de vos désirs si vous le lui demandez. Ça n'a été problématique qu'à partir du moment où j'ai voulu dire non. C'est là qu'il a commencé à me détruire.

Je m'assois sur le lit, débranche mon portable de son chargeur et ouvre le fil de conversation, qui n'est en réalité plus une vraie conversation depuis longtemps, dès lors que j'ai arrêté de répondre à Bleike. L'historique du chat se lit plutôt comme le monologue numérique d'un fou. Je fais défiler les messages vers le haut jusqu'à trouver celui qui ne me sort pas de la tête depuis la disparition de Fynn :

> Fais attention à ton fils. Il peut si vite arriver quelque chose aux enfants quand on les laisse seuls.

Je n'ai pas pris ses menaces au sérieux, ce qui était stupide. Bleike avait des phases où il m'écrivait plusieurs fois par jour, puis il ne se manifestait pas pendant des mois, jusqu'à ce que je finisse par penser être débarrassée de lui. Mais je ne l'étais jamais, en définitive. Son dernier message remonte à quatre mois :

> Je te vois partout.

Je me souviens exactement du jour où il m'a envoyé ça, car c'était celui où j'ai appris l'existence de cette maison de vacances en Suède. Henrik et moi rendions visite à sa mère, un rôti trônait sur la table et je me rappelle encore l'appréhension avec laquelle j'ai jeté un œil par les fenêtres avant de faire disparaître à la hâte mon portable dans ma poche. *Je te vois partout*. Était-ce à comprendre dans le sens métaphorique ? Une menace ou du pur désespoir ? Je ne crois pas au destin, mais comment expliquer autrement que la mère de Henrik ait reçu précisément ce jour-là un courrier du fisc suédois ? Elle a dit :

— Ah, mince, c'est de nouveau la taxe foncière annuelle. À chaque fois que je fais suivre ces lettres à Leif, je me rappelle que ça fait déjà des années qu'on voulait vendre la maison en Suède. Mais qui peut bien vouloir acheter une maison perdue en forêt, à moitié en ruine ? Et, très franchement, je n'ai aucune envie d'avoir une discussion avec Leif à ce sujet.

Je m'étais tournée, surprise, vers Henrik, qui avait enfoncé les mains dans ses poches et haussé les épaules, comme s'il n'y avait pas de quoi faire toute une histoire de cette maison de vacances en Suède. Mais c'était toute une histoire pour moi. C'était la possibilité de fuir au moment où j'en avais le plus besoin.

Je clique dans le champ de réponse et laisse le curseur clignoter et clignoter et clignoter, sans rien écrire. La police m'a expressément demandé de continuer à ignorer Bleike, de changer de numéro, de préférence, mais quelque chose en moi me pousse à prendre enfin les choses en main. La police a dit qu'elle allait s'occuper de tout. Mais de quoi s'occupe-t-elle, au juste ? Qu'est-ce que j'attends ici ? Je secoue la tête avec frustration et, sur une impulsion, tape “Salut, tête de nœud” dans le champ du message. Je n’ai pas l’intention de l’envoyer, pas vraiment. Mais je sursaute en voyant le statut changer tout à coup sous le nom de Bleike. Il est écrit *Eric Bleike – En ligne*, et je laisse tomber mon portable. En ligne. Je fixe le statut et il semble me fixer lui aussi, comme dans le jeu avec Fynn où le premier qui cligne des yeux a perdu. Fynn. Mon ventre se crispe. Le statut de Bleike change à nouveau. Il écrit. Je retiens mon souffle. Puis son message apparaît avec un “plop” sur mon portable :

Encore réveillée, ma chérie ?

Il a dû voir que j’étais en train de lui écrire. *Ma chérie*. Je me sens mal. Son statut revient à *En ligne*, attendant ma réponse. Je presse une main sur mon ventre. La nausée me terrasse. Bleike cligne des yeux le premier :

Je te manque ?

Je ne bouge pas. Il attend un instant. Puis écrit :

Il ne faut pas. Je suis juste devant chez toi.

L’horreur me glace jusqu’à la pointe des orteils. Il est toujours là. J’avais raison ! Je me précipite à la fenêtre, ouvre d’un coup les rideaux fermés. D’abord, je ne vois rien à part les arbres noirs et le lac qui scintille au clair de lune. Puis je perçois un mouvement en bas. Une ombre glisse rapidement dans la prairie vers la lisière de la forêt. Il devait se tenir juste sous ma fenêtre. Il est ici ! Il m’a suivie. Je secoue la poignée de la fenêtre, qui se grippe sans cesse, avant de réussir enfin à l'ouvrir.

— Bleike !

La silhouette a disparu.

Derrière moi, la porte de la chambre s'ouvre d'un coup et Henrik se rue à l'intérieur.

— Qu'est-ce qui s'est passé ?

— Bleike ! Dans le jardin !

Henrik m'écarte pour regarder dehors. Il ne dit pas "Tu es sûre ?" ou "Ça doit être le fruit de ton imagination !" Quand on a perdu son enfant, tout devient soudain possible.

— Où ?

— Il a couru vers la forêt !

Henrik pousse sur le rebord de la fenêtre pour s'en éloigner, court hors de la chambre et je lui emboîte le pas. Je ne m'aperçois que je suis pieds nus et en chemise de nuit qu'une fois dans la forêt, quand les aiguilles de sapin, les branches et les cailloux me piquent la plante des pieds. J'ignore la douleur et continue de courir.

— Fynn ?

Nous l'appelons en canon, sûrement pour la millième fois ces derniers jours. Et, comme à chaque fois, la forêt ne répond que par le léger bourdonnement de ses moustiques et le croassement des oiseaux. Des bruits qui font sûrement peur à un enfant de cinq ans seul par ici.

— Je vais chercher les lampes de poche et on refouille partout, OK ?

Henrik me parle sans détacher les yeux de l'obscurité entre les arbres.

— Et on devrait aussi prévenir la police. Je les appelle depuis la maison.

Je hoche la tête. Le fait que Henrik me croie sans poser de question, qu'il ne remette pas en doute mes paroles une seconde, et ce, après la discussion qu'on a eue avant, fait naître en moi un sentiment de culpabilité.

Il court vers la maison et je reste debout dans l'herbe. Je dois avoir l'air d'une folle. Pieds nus, au milieu de la nuit, avec les cheveux ébouriffés et en chemise de nuit. Une mère folle, désespérée, à qui son enfant manque. Qu'est-ce que j'ai fait ?

Je serre mes bras autour de moi, me sens soudain nue et observée. Exposée au regard de Bleike, qui me voit bien que je ne puisse pas le voir. Je me suis persuadée pendant si longtemps que ses messages n'avaient aucune importance, je voulais rester imperméable à ses tentatives de rapprochement. Mais en réalité, elles m'ont imprégnée jusqu'à la moelle.

Je me tiens toujours enlacée dans ma propre étreinte lorsque Henrik revient, deux lampes de poche dans son sac, il a même pensé à mes chaussures. Pour la centième fois, nous passons la forêt au peigne fin, sans succès.

HENRIK

Nora a l'air choquée lorsque je prétends à la police avoir vu moi aussi la silhouette dans le jardin. Pourtant, chacun sait qu'il est toujours important de confirmer le témoignage d'un individu seul pour que la police vous croie. Qu'allaient penser les agents sinon, si ce n'est que Nora est une mère si inquiète pour son fils qu'elle en perd la tête ? Cela n'aurait pas aidé la recherche de Fynn.

L'inspecteur dans notre cuisine a les cheveux gris et paraît au moins aussi fatigué que nous. Il s'appelle Sandin. Peut-être a-t-il déjà enregistré de nombreuses plaintes cette nuit et veut enfin se coucher. Peut-être a-t-il des enfants qu'il aimerait retrouver, car ils vous réveillent tôt le matin avec leurs piétinements joyeux et tout leur bruit, qu'importe que vous soyez de service de nuit ou pas. Je suppose qu'un travail à la police judiciaire vous rappelle régulièrement à quel point on peut s'estimer heureux d'avoir un enfant en bonne santé chez soi.

Nora décrit la situation à Sandin et lui traduit le message qu'elle a reçu de Bleike peu auparavant. D'*Eric*. Je remarque que Nora appelle Bleike par son prénom, comme s'ils étaient toujours bons amis. Ça me blesse plus que ça ne devrait. Pourquoi se sont-ils écrit, au juste, tous les deux ?

Sandin prend des notes, puis se tourne vers moi. Il demande en anglais :

— Tu dis avoir vu aussi l'individu dans le jardin. Tu peux le décrire ?

Je ne regarde pas Nora, pour ne pas nous trahir. Je ne sais pas du tout à quoi ressemble Bleike et ne veux pas le savoir non plus. Imaginer ce que lui et Nora ont pu faire ensemble me fait suffisamment souffrir comme ça.

— Comme ma femme l'a déjà dit, il faisait très sombre dans le jardin. Tout ce que je sais, c'est que l'homme était grand, plutôt grand. Il portait des habits sombres, des bottes et… je crois qu'il avait une barbe. Il se tenait légèrement penché en avant. Et il avait une arme sur lui.

— Une arme ?

— Un fusil. Sur l'épaule.

Sandin me regarde d'un air surpris.

— Ce n'était pas votre voisin, par hasard ? Le garde forestier ?

— Le garde forestier ?

— Olof Isakson

— Ah. Il est garde forestier ? Je croyais qu'il était taxidermiste.

J'ignore Nora qui, à côté de moi, me fusille du regard.

— Je ne peux pas l'affirmer à cent pour cent. Comme je l'ai dit, il faisait très sombre.

— Mais ce serait possible ?

— Possible, oui. Mais que viendrait faire Olof devant chez nous au milieu de la nuit ?

— La description correspond-elle à Eric Bleike ? (Cette fois, Sandin se retourne vers Nora.) La barbe ? La taille ?

Nora répond non d'un air fatigué et enfouit son visage dans ses mains. Une fois Sandin parti, le silence s'installe entre nous. Je sens que ça bouillonne en elle. Mais j'ai aussi toutes les raisons d'être furieux :

— Alors tu lui écris toujours ?

Elle ne s'attendait pas à ça.

— Henrik… non ! C'est lui qui m'a écrit !

— Comme ça ? À cette heure-ci ?

— Il écrit quand il veut ! Tu ne crois quand même pas… Tu n'as qu'à regarder le fil des messages, si tu veux ! Je n'ai sûrement pas…

— Lire votre conversation ne m'intéresse absolument pas.

Elle inspire, puis se souvient que c'était elle, au fond, qui voulait me faire des reproches :

— Pourquoi as-tu menti à la police ?

— Mais je n'ai pas menti !

— Tu as prétendu avoir vu quelqu'un dans le jardin ! À ce que je sache, je suis la seule à avoir vu quelqu'un dans le jardin !

— Dans ce cas, tu dois être contente que j'aie confirmé ton témoignage, non ?

— Mais tu as décrit Olof. Pourquoi, au nom du ciel ? Parce que tu ne l'aimes pas ?!

— Je n'ai pas confiance en lui, Nora. Pourquoi a-t-il offert à Fynn cette poupée ignoble ? Et en plus de ça, il est taxidermiste ! Ça ne te dérange pas, ça ?

— Non. Il empaille des animaux morts, et alors ?

— Et alors ? Nora, tout ça est vraiment inquiétant ! Je ne veux pas que nous nous obstinions trop dans l'idée que ce soit forcément Bleike et qu'il soit ainsi l'arbre qui cache la forêt !

— Mais c'était Bleike !

— J'essaie juste d'aider ! Tu as vu quelqu'un. Et je te crois. Contrairement à toi, je ne mets pas en doute ce que tu dis. Jamais ! Je te fais tellement confiance que je vais jusqu'à mentir pour toi !

— Mais ce n'est pas ce que je veux, Henrik ! Ça n'aide personne si tu envoies la police sur une fausse piste ! Alors une fois pour toutes : garde tes mensonges et tes histoires pour tes livres. On cherche notre fils, bordel !

Ma nuque s'embrase. Une brûlure insupportable, qui dévore tout, se fait tout à coup sentir. Voilà encore ce vieux sujet de retour. Henrik le menteur, Henrik qu'on ne peut jamais croire. Même quand il voit juste.

— Je ne crois pas que ce soit une fausse piste.

— Quoi ?!

Je hausse la voix :

— Peut-être qu'Olof n'est pas une fausse piste. Et si tu ne m'avais pas autant déstabilisé tout à l'heure, j'aurais aussi parlé de la petite fille disparue à ce Sandin. Je l'aurais envoyé tout droit vers la cabane. Je suis certain qu'on y trouverait des indices qui relieraient toutes les affaires entre elles : la tombe de l'enfant, les ossements et aussi la disparition de Fynn. Nora, ces choses ne peuvent pas arriver dans une seule et même forêt sans qu'il y ait le moindre rapport entre elles !

Nora laisse échapper un gémissement désespéré. Elle ne veut pas voir les connexions. Elle s'est enferrée dans sa théorie avec Bleike et refuse d'admettre qu'il se passe ici quelque chose de bien plus grand. Qu'il doit y avoir quelqu'un qui sévit dans cette forêt depuis de nombreuses années.

— Je n'en peux plus, Henrik.

J'hésite avant de m'approcher et de refermer mes bras sur elle au ralenti. Il se pourrait qu'elle me repousse. Qu'elle ne veuille plus de moi, ne veuille plus de cette relation. Cette idée me fait peur. Je chuchote :

— Je suis désolé.

Je la tire vers moi délicatement. Elle ne répond pas à mon étreinte, n'y résiste pas non plus. Elle murmure contre ma poitrine :

— Plus de mensonges, Henrik. S'il te plaît !

Le ton semble définitif et n'est pas du tout celui d'une question, mais je sais qu'elle attend une réponse malgré tout. Une promesse.

Tu me l'as promis, Henrik.

ROSA

Les hôpitaux sont des lieux tellement indécis. Ils n'appartiennent ni vraiment aux vivants, ni vraiment aux morts. J'avais déjà du mal à le supporter quand ma mère allait et venait ici, et nous avec elle. Les hauts et les bas de son état. À chaque chimio, ils empoisonnaient une autre petite partie d'elle, ma mère ressemblait de plus en plus à la mort elle-même. Jusqu'à ce qu'il ne reste plus rien d'elle. Ça n'a pas été une mort facile. Ma mère s'est trop accrochée à la vie. Elle ne savait pas comment se laisser partir. Lâcher prise. Simplement s'allonger et fermer les yeux.

Comme les projectiles qui nous ont touchés étaient ce qu'on appelle des balles dum-dum, les médecins veulent nous garder en observation pour la nuit. Même moi, alors que je n'ai qu'une égratignure. Lasse a été atteint plus gravement. Les balles dum-dum se brisent dans le corps, c'est pourquoi ils ont dû l'opérer pour retirer un par un les éclats de plomb dans son épaule. Ils ont recousu la plaie et lui ont donné de puissants antidouleurs et des antibiotiques. Ils me demandent si moi aussi j'ai besoin de quelque chose. Pour la douleur ou pour dormir peut-être ? Un hôpital est une grande plaque tournante de la drogue.

On frappe à ma porte et Lasse entre. Il dit d'un air grave :

— Je suis venu te demander pardon.

Je me redresse dans mon lit.

— Demander pardon ?

— Pour ce qu'on a fait à l'époque, la bande de voisins et moi.

Je suis étonnée qu'il vienne me parler de ça maintenant, après tout ce qui s'est passé ces dernières heures.

— Tu veux parler d'Oskar ?

— Non, de toi !

Son ton est insistant. Je vois sur son visage qu'il ne comprend pas pourquoi je ne suis pas furieuse contre lui maintenant que je sais qui il est. Mais je ne suis pas furieuse. Je ne nourris aucune rancune. Pas contre lui.

— C'était juste un truc de groupes, tu vois ? De jeunes garçons qui veulent jouer les durs et, par pur ennui, cherchent les problèmes dans le voisinage. Des choses qu'ils peuvent casser. Mais tu n'étais qu'une petite fille ! Ce n'était pas juste, peu importe à quel point on s'ennuyait ou… comment tu étais.

Comment tu étais. Bien sûr, je sais ce qu'il entend par là. J'étais différente. Je l'ai toujours été.

Lasse se tord les mains.

— Je ne savais pas que c'était ta chatte !

— Mon chat. Oskar était un chat.

— Ton chat, oui. En plus, je ne te connaissais même pas ! Qui sait, peut-être qu'on aurait pu déjà devenir amis à l'époque.

— Improbable.

Il rit.

On frappe de nouveau à la porte. Dans ces chambres d'hôpital, c'est un va-et-vient permanent. Impossible d'imaginer vouloir se reposer vraiment, ici. Cette fois, c'est un soignant avec un chariot. Il y a des boulettes de viande grises trop cuites et de la purée de pommes de terre pâle. Accompagnées d'un yaourt aux fruits en dessert. Nous attendons sans rien dire que le soignant pose le tout et ressorte. Puis Lasse se lève de la chaise avec peine. Il souffre, on le lit sur ses traits.

— Laisse-moi t'inviter à dîner. En compensation. Il y a une pizzeria dans le coin, à un quart d'heure à pied environ.

— Une pizza contre la vie d'un chat ?

— J'ajoute une bouteille de vin en bonus.

— Je crois que tu es bourré de médicaments.

— Ça n'en sera que plus amusant.

Je pose mon regard sur le plat de pommes de terre malingre et évalue mes différentes options. En réalité, manger ne m'intéresse pas particulièrement. À Amsterdam, il m'est déjà arrivé de me nourrir exclusivement de cornflakes et de soupes en sachet. On peut très bien survivre comme ça.

— Allez, Rosa, un petit effort !

— Bon, d'accord.

J'enfile mes chaussures rangées soigneusement au pied du lit.

La soirée s'avère beaucoup moins terrible que ce que je craignais. À part un moment où je mets Lasse mal à l'aise avec certains détails sur la nymphose des asticots, il n'y a pas de défaillance notable de ma part dans la communication.

D'habitude, quand je mange avec d'autres personnes, il y a toujours un moment où un silence gêné se crée à cause de moi. Mais Lasse remplit ce silence comme si de rien n'était. Je commence réellement à me sentir bien.

Nos pizzas sont si grandes qu'elles débordent des assiettes, et le vin rouge est servi dans des verres à eau. Pendant que nous mangeons, nous évoquons les souvenirs de notre enfance. À quel point nous souhaitions voir arriver l'été durant les nuits d'hiver interminables. Le fait que nous devions emporter des lampes de poche pour parcourir à pas lourds, en bottes de neige, les cinq kilomètres qui nous séparaient de l'école. Nos nuits d'hiver dans le Norrland font partie des plus sombres et des plus longues de toute l'Europe. Ils sont difficiles pour nous tous, ces mois. Pour moi, ils signifiaient que je ne pouvais pas échapper à Ebbe. Pour Lasse, ils étaient une raison de prendre ses jambes à son cou dès qu'il le pouvait.

Il me raconte les voyages à travers l'Asie et l'Amérique du Sud qu'il a entrepris pour compenser son enfance dans ce coin perdu. Et qu'il n'avait pas l'intention de revenir ici, en vérité.

— Pourquoi tu l'as fait quand même ?

Il hausse les épaules.

— La Suède manque de maîtres-chiens. Et il y avait un poste libre ici. L'offre était bonne et… c'est juste que, d'une certaine manière, on n'arrive pas à échapper à cette région, tu ne crois pas ? Et toi ?

— Je suis revenue pour m'occuper d'Ebbe.

— Ebbe, oui. J'ai entendu parler de son accident. Comment ça se passe au juste, à la maison ? Vous devez pouvoir solliciter une aide, non ? C'est sûrement couvert par l'assurance maladie ?

— On pourrait laisser Ebbe dans un hospice, mais mon père ne veut pas. Il dit qu'Ebbe est trop jeune pour ça. Que, là-bas, il se laisserait partir. On le laisserait partir. Et depuis que ma mère est morte il y a quelques années au service oncologie, mon père ne fait plus confiance aux hôpitaux.

— Mais… Il ne peut quand même pas attendre de toi que, à cause de ça…

— Ce n'est que temporaire. Ensuite, je repartirai et poursuivrai mes recherches.

Il fronce les sourcils.

— Tu sais bien que c'est ce que disent tous ceux qui sont partis d'ici et sont finalement revenus.

— Je vais vraiment repartir.

Il ne dit plus rien. Puis il se met à former de petites ruelles avec les miettes tombées autour de son assiette. Je peux voir à travers la fenêtre embuée derrière lui qu'il a recommencé à pleuvoir. Il reprend soudain la parole :

— Ton frère devait sûrement savoir que c'était ton chat qu'on a battu à mort.

— C'est bien pour ça qu'il y a pris tant de plaisir.

— Mais qu'est-ce qu'il avait contre toi ?

— Au début, rien du tout. Je le vénérais, il veillait sur moi. Mais à un moment, quand il est entré dans la puberté et qu'il a voulu rejoindre votre groupe…

Je hausse les épaules, impuissante. La voilà, la sensation d'être blessée que je n'éprouve pas vis-à-vis de Lasse. Lasse ne comptait pas. Il n'était qu'un des enfants du voisinage dont il fallait se méfier, de la même façon que d'un orage ou de courants forts dans la mer. Personne n'en voudrait à un courant d'être ce qu'il est. Ebbe, en revanche… Je lui faisais confiance. Il était mon modèle. J'aurais tout fait pour lui. Et il m'a trahie.

— La vache. On se prenait vraiment pour un gang. Ici, dans l'arrière-pays le plus reculé de Suède. Franchement ridicule, non ? Je veux dire, il n'y avait même pas de vraie route goudronnée !

— Ils sont toujours comme ça aujourd'hui ? Tes amis ?

— Je ne sais pas. Pour tout dire, je n'ai plus rien à voir avec eux. D'après ce que je sais, tout le groupe s'est dissous et dispersé. J'ai entendu dire que l'un d'eux a maintenant une famille et habite à Timrå. Un autre travaille chez MAX Burgers à Övik, je lui ai rendu visite une ou deux fois, puis on a de nouveau perdu contact. On mène des vies trop différentes. Parmi les deux filles de la bande, l'une travaille maintenant dans un magasin d'électronique à Övik et a elle aussi des enfants. L'autre dirige un gîte touristique avec son mari. On s'est donné rendez-vous à plusieurs reprises, mais les dates ne convenaient jamais. Il y en a un du groupe que je n'ai jamais réussi à dénicher, je pense qu'il n'habitait pas ici, mais venait uniquement par intermittence l'été. Et puis il y a ton frère. Et trois d'entre nous sont morts depuis.

— Trois ! Sur un groupe de dix ?

— Oui, incroyable, non ? L'un d'eux était propriétaire d'un camping près de Skuleskogen et s'est pendu dans la forêt, une nuit. Ça m'a vraiment fait un choc quand j'ai appris ça. Il avait sûrement des problèmes d'argent et d'alcool aussi… aucune idée. Il n'a laissé aucune lettre d'adieu et, d'après ce que j'ai lu dans son dossier, il n'y avait personne non plus dans sa vie à qui il aurait pu écrire. Un autre s'est noyé dans un torrent en faisant du canoë. Et le dernier a eu un accident de chasse en forêt. Une balle perdue. On sait à quel point ça peut arriver vite.

Lasse montre son épaule d'un geste qui en dit long et fait une grimace

— Il faut dire qu'on avait de vrais casse-cous dans la bande. Ton frère, en particulier. Les voies d'escalade qu'il a pu emprunter à un moment, c'était de la folie. Tu es déjà allée dans le canyon de Slåttdalsskrevan ? Ce sont d'immenses falaises abruptes d'une quarantaine de mètres. À la verticale vers le ciel. Et, entre elles, un passage étroit où poussent des fougères et je ne sais quelles plantes primitives. Jonne aussi, celui qui s'est noyé, il a parcouru toute la Laponie suédoise en kayak. Il faut passer par des ravins, de vastes étendues arctiques et des marais. Franchement, je me demande comment on peut avoir l'idée de traverser tout ça seul en kayak.

Lasse attrape la bouteille de vin rouge entre nous, mais elle est vide. On l'a finie plus vite que nos pizzas géantes, que nous sommes toujours en train de manger.

— C'est fou, la manière dont les choses ont tourné, non ? Si, à l'époque, un type était venu et nous avait pointés du doigt : "Toi et toi et toi, vous trois, vous ne verrez pas vos quarante ans…"

— Qui aurait bien pu venir ?

— C'est juste une idée, Rosa ! Moi, en tout cas, je ne peux m'empêcher d'y penser régulièrement. En particulier aujourd'hui, après la balle perdue. Ce que ça peut aller vite. J'aurais pu mourir, exactement comme l'un d'eux. Et au lieu de ça, je suis assis ici, avec toi. C'est purement arbitraire. Tu ne te dis pas, parfois, que ton frère pourrait aussi bien être mort ?

— On pourrait tous être morts, à tout moment, les occasions de mourir ne manquent pas. Sinon, la pizza est bonne. Tu ne trouves pas que la pizza est bonne ?

Je fourre le dernier bout de croûte dans ma bouche et le grignote. Il a un goût de feu de bois et d'herbes. Lasse me regarde avec des yeux brillants.

— Tu es vraiment un phénomène, Rosa, tu sais ça ?

Je sors de l'hôpital le lendemain, un vendredi. Je suis à peine arrivée à la maison que Lasse m'appelle, et je suis surprise un instant de l'agitation que son nom sur l'écran fait naître dans ma poitrine.

— Rosa ?

— Elle-même.

Il rit doucement, puis demande :

— Comment tu vas ?

— Bien. Merci.

Il s'écoule une courte pause durant laquelle il me vient trop tard à l'esprit qu'il attend sans doute que je lui retourne la question.

— Je viens de sortir aussi. En fait, ils voulaient me garder plus longtemps en observation. Mais j'ai pu convaincre le médecin que je pouvais tout aussi bien me reposer à la maison. Je serai de retour au poste lundi.

Une autre pause s'installe. Est-ce que ça veut dire qu'il attend de moi que je vienne aussi travailler dès lundi ?

— Et puisqu'on en est à nos plannings, tu n'aurais pas envie qu'on fasse quelque chose ensemble, ce week-end ?

— Je croyais que tu devais te reposer. Et moi aussi, d'ailleurs.

— On pourrait faire quelque chose de tranquille. Un ciné ? Aller manger ? Ou… une promenade en forêt ?

— On se promène ensemble en forêt tout le temps.

— Tu as raison. Qu'est-ce que tu aimerais faire alors ?

— Rester au lit.

Ma réponse est tout à fait sincère. Cette fois, la pause est encore plus longue.

— OK. Dans deux heures, je suis chez toi.

Et il raccroche.

Je jette un œil confus à mon portable. Il devait plaisanter. J'en suis sûre ! Je repose mon téléphone sur la table de chevet, me retourne et tire la couverture sur mon épaule. Et même quand quelqu'un sonne à la porte, je ne m'attends pas à ce que ce soit vraiment Lasse. Ce n'est qu'une fois qu'on frappe à la porte de ma chambre et qu'il se tient soudain devant moi que je me redresse brusquement dans mon lit.

— Ton père m'a laissé entrer.

Je suis tellement abasourdie de le voir là que je ne sais pas du tout quoi dire.

— Je pensais que tu me faisais une blague.

— Je ne fais jamais de blague.

— Si. Tout le temps.

Son rire a quelque chose d'espiègle. Il regarde autour de lui, mon ancienne chambre d'enfant, dont seule la taille de certains meubles témoigne encore de cette époque. Un bureau minuscule et un lit étroit. À côté, il y a encore une armoire à vêtements et une étagère où sont maintenant rangés mes manuels. Ma mère m'a dit une fois que ma chambre ressemblait à la cellule d'un couvent. Elle m'a proposé d'acheter quelques posters. Ou au moins des rideaux de couleur. Quelque chose de chaleureux. Ce qu'elle voulait vraiment dire était : quelque chose de normal. D'enfantin. Peut-être de rose. Le genre de rose qu'elle imaginait pour sa fille.

J'attends de voir si Lasse va lui aussi faire un commentaire sur ma chambre spartiate, mais il se contente de tout observer avec intérêt. Avec le même intérêt qu'il trouve pour mes recherches. Si jamais il est rebuté par mon rangement méticuleux, il ne laisse en tout cas rien paraître. Pour finir, son regard se pose sur moi. Je remonte un peu plus la couverture.

— Je suis encore en pyjama.

— Je vois ça. J'ai aussi apporté le mien.

Il montre du doigt son sac à dos et sourit d'un air moqueur.

— On aurait pu laisser les choses se faire plus lentement. Mais tu voulais à tout prix qu'on se retrouve au lit.

— Mais je n'ai jamais…

— Chhhut.

Il s'approche de moi, s'assoit sur le rebord du lit, et je suis littéralement muette de peur.

— Tu ne me facilites vraiment pas les choses, Rosa Lundqvist.

Et alors, sans prévenir, il prend mon visage entre ses mains et m'embrasse.

Mon lit est à peine plus large qu'un cercueil, et pourtant nous passons tout le reste du vendredi dedans. Nous sommes simplement allongés l'un à côté de l'autre et observons le ballet des nuages par la fenêtre. La lumière du soleil se déplacer du pied du lit au milieu de la pièce avant de disparaître. On est couchés et on rêvasse, ou on parle de tout et de rien. Je parle à Lasse de mon idée d'enterrement vert. Du fait que j'imagine transformer les cimetières en forêt et réformer l'industrie de la mort. Avec des cercueils biodégradables. Là où il ne se dresse d'ordinaire que des croix et des pierres tombales, des arbres pousseront des dépouilles des morts.

Lasse ne se moque pas, mais trouve au contraire que je devrais monter une start-up pour mettre en œuvre mon idée. Des inhumations dans des cercueils compostables, avec des coussins de graines végétales pour la tête. Avec des boutures d'arbres intégrés. Un arbre par mort. C'est un beau projet. On développe l'idée pendant des heures.

J'entends une ou deux fois le pas traînant de mon père dans le couloir quand il va s'occuper d'Ebbe. À l'ombre de ses chaussures sous le seuil, je devine qu'il s'arrête aussi un bref instant devant ma porte. Peut-être pour tendre une oreille. Cela doit lui faire une drôle d'impression, qu'un homme me rende visite.

À un moment, Lasse me prend la main. Il pose mes doigts sur sa poitrine et les maintient là. Je m'étonne moi-même que sa proximité ne me soit pas désagréable. Un jour, à Amsterdam, j'ai repoussé les tentatives de rapprochement d'un autre étudiant avec un scalpel. Mais Lasse est différent. Même si j'avais un scalpel en main, je ne l'utiliserais pas contre lui. Je demande :

— On refait ça demain ?

— Tout le week-end jusqu'à lundi, si tu veux.

Il grimace en essayant d'adopter une autre position pour son épaule, coincée par le manque d'espace. Le matelas est si étroit que nos corps se chevauchent.

— Mais peut-être qu'on pourrait aller chez moi pour ça. J'ai un lit adulte. Et mon propre appartement.

Nous tombons d'accord sur ce point et convenons que Lasse rende d'abord visite à Ebbe. Après tout, ils étaient amis auparavant. Ce serait bizarre que Lasse ne passe pas au moins le saluer. Je vais chercher le tableau de l'alphabet dans la cuisine et lui montre comment s'en servir. Puis je frappe à la porte d'Ebbe et l'ouvre pour Lasse. Les rideaux sont fermés à l'intérieur. Mon frère est couché dans le noir. Je sens d'ici, dans le couloir, les médicaments qu'il exhale, et je suis contente de ne pas être celle qui doit entrer dans cette chambre aujourd'hui.

— Je t'attends en bas.

Je les laisse seuls tous les deux.

Mon père est assis à la table de la cuisine. Je me prends un *filmjölk* dans le frigo et sens que mon père a quelque chose à me demander. Mais il hésite un moment avant de lâcher enfin le morceau :

— Alors comme ça, c'est ton collègue de la police ? Et un camarade de classe d'Ebbe ? Je ne me souviens pas du tout de lui. Comment il s'appelle, déjà ?

— Lasse.

Je porte le *filmjölk* à mes lèvres et bois directement à la brique.

— Lasse, Lasse… Ce n'était pas un des enfants Olsson ? Qui vivaient dans la ferme aménagée à Skokstig ?… C'est ça ! Le gentil petit garçon aux cheveux blond clair. Toujours si pâle qu'on croyait qu'il était malade !

Le lait caillé a soudain un goût aigre. Je le repose et regarde la date de péremption. Mais il est encore consommable plus d'une semaine.

Le gentil petit garçon.

Briquets, couteaux pliants. Leurs brimades et tortures. Les empreintes de leurs chaussures sur mes vêtements. Parce que j'étais une originale. La petite sœur pénible d'Ebbe. Ma mère enfouissait les vêtements dans la machine sans rien dire.

Ça craque derrière moi. Lasse descend l'escalier. Et brusquement je suis tendue. Inquiète. Comme si un peu de la méchanceté d'Ebbe avait pu déteindre sur lui. Il a déjà fait ce qu'Ebbe lui demandait de faire par le passé. Qui sait ce qu'ils ont manigancé, tous les deux. C'est irrationnel, mais j'éprouve d'un seul coup le besoin de courir dans la forêt.

Mon père se lève quand il entre dans la cuisine.

— Ebbe a dit quelque chose ?

— Oui, nous avons parlé. Il était surpris de me voir.

— Je veux bien le croire. Ça fait combien d'années que vous aviez perdu le contact ?

— Pfiou, ça doit faire presque vingt ans. Depuis que je suis parti d'ici.

— En tout cas, je trouve ça super qu'un ancien camarade de classe lui rende visite. Il en a besoin, vraiment. Peut-être que tu pourrais repasser à l'occasion.

— Bien sûr. Oui. Je n'y manquerai pas. On y va, Rosa ?

Je ferme les yeux. Respire profondément. Il s'est écoulé tant d'années depuis cette époque, Lasse n'est plus le même qu'avant. Il s'intéresse à moi. Je ne veux pas avoir à me rappeler qui il était à l'époque. Je vais partir avec lui et passer le week-end dans son lit, et ce sera tout à fait naturel, comme aujourd'hui.

Je jette la brique dans la poubelle et prends le sac à dos de Lasse parce qu'il grimace déjà de douleur en essayant de le mettre sur ses épaules. J'annonce, sans appel :

— Je conduis.

— La voiture a une boîte automatique.

— Boîte automatique et pilote automatique, ce n'est pas la même chose.

Une fois en voiture, tandis que j'aide Lasse à attacher sa ceinture, je demande, d'un ton innocent :

— Vous avez parlé de quoi, Ebbe et toi ?

— Je voulais d'abord lui rappeler une ou deux choses qui me trottent dans la tête depuis des années. Mais quand je l'ai vu allongé là… Mon Dieu. Les dommages qu'un accident peut causer. J'étais tellement sous le choc que je n'ai pu que balbutier.

— Et Ebbe n'a rien dit ensuite ?

— Il a voulu savoir si on était ensemble.

Il me jette un regard en coin.

— Ça ne lui a pas plu du tout.

Le chaud me monte au visage. Je démarre et tire comme je peux sur le levier de vitesses, mais la marche arrière ne veut pas s'enclencher.

— Ah oui ? Qu'est-ce qu'il a dit ?

— Tu n'aimerais pas le savoir dans ses termes précis.

— Si, j'aimerais vraiment. Dans ses termes précis.

— Si tu poses un seul doigt sur ma sœur, je te taillerai en pièces et te jetterai aux chiens.

— Il a dicté tout ça ? Avec ses yeux ?

— Il devait y tenir.

— C'est sacrément présomptueux de sa part. Vu sa situation.

Les commissures des lèvres de Lasse tressaillent. Il pose sa main gauche sur la mienne, qui est toujours en train de secouer le levier. Et d'un seul coup, le calme revient en moi.

C'est comme face aux cadavres, autrefois, quand j'ai su : c'est ça. Je reste ici. Auprès du corps en décomposition d'Oskar. Auprès de Lasse, sa main sur la mienne. Je reste, simplement, et verrai ce qu'il se passe ensuite. Je me demande un instant si je peux faire part de cette pensée à Lasse. Mais je suppose qu'il y a trop de risques que la comparaison donne lieu à des malentendus.

NORA

JE pensais qu'avec les chiens, on avait touché le fond dans les recherches. Mais maintenant, les plongeurs sont là. Je me tiens seule sur la rive tandis que leurs têtes enveloppées de noir surgissent à la surface et disparaissent à nouveau, surgissent et disparaissent, comme des poules d'eau en chasse. Je suis à deux doigts de les rejoindre pour les aider. À quoi bon avoir une formation de plongeuse ? Je pourrais entrer dans l'eau ici et maintenant. Mais l'horreur à l'idée de trouver quelque chose m'en empêche. Mieux vaut ne pas imaginer ce que ça ferait de voir le visage de mon fils dans l'obscurité verte des profondeurs.

Jusqu'à présent, on a cherché Fynn avec une équipe de dix policiers, avec des chiens, des hélicoptères, des bénévoles du voisinage. À la fin, ils nous ont même donné pour instructions de regarder dans les terriers vides et les troncs d'arbres creux. J'ai alors compris que la recherche de notre Fynn vivant, plein de vie, avait pris un autre tournant : la recherche d'un cadavre d'enfant.

C'est pourquoi, désormais, je ne cherche plus Fynn quand je vais en forêt. J'essaie de ne pas le trouver. Je suis soulagée quand un autre tronc creux est vide et quand les plongeurs reviennent et disent que, cette fois encore, ils n'ont pas eu de chance. De chance. Quel mot dans le cadre de ces recherches.

Il y a tellement de lacs dans lesquels Fynn aurait pu tomber. Tellement de rivières et de ruisseaux torrentiels. En y regardant de plus près, ce Boucan n'est qu'un paradis illusoire. En réalité, c'est une région sauvage. Un endroit dangereux, surtout pour un enfant.

J'essaie de respirer. Même ça, je n'en suis plus capable. Les fonctions élémentaires de mon corps ne fonctionnent plus. Pourquoi dois-je tout surmonter seule ? Ce matin, Henrik a quitté la maison, comme ça, sans dire où il allait. Je n'attends pas de lui qu'il justifie ses faits et gestes. Pas après ce que j'ai fait. Mais ça, là, je ne devrais pas avoir à le faire seule.

Mes mains se crispent, les têtes des hommes émergent à nouveau. Je retiens mon souffle. Un des plongeurs retire son embout. Mon cœur bat si fort que je crains de m'évanouir.

— Rien.

Je ferme les yeux, soulagée par cette annonce.

J'accompagne ces hommes jusqu'à un autre lac, puis dois retourner à la maison pour faire entrer l'équipe chargée du relevé des traces et empreintes. On a fini par les informer à propos de la pièce sous le plancher de notre cuisine, utilisée par un chasseur inconnu. Maintenant que Fynn a disparu et que nous n'avons toujours aucun indice, ce genre de chose est pris au sérieux.

Il commence à faire nuit et les agents du relevé des empreintes sont dans la maison, j'en conclus donc que

Henrik est de retour et les a laissés entrer. Malgré les lumières allumées dans la cuisine, la maison de vacances ne paraît plus du tout accueillante. Ce n'est plus un lieu de villégiature, mais uniquement un endroit où dormir que nous utilisons pour nos recherches.

Au moment où j'entre dans la pièce, des hommes en combinaisons blanches sont en train de descendre dans le trou. Ils décrochent des morceaux de viande et les emportent à l'extérieur. Une étrange scène d'abattoir dans notre petite cuisine idyllique. Je n'aperçois Henrik nulle part. Sa veste n'est pas non plus accrochée au portemanteau.

— Pourquoi emportez-vous la viande ?

Je colle le dos au réfrigérateur pour ne pas rester dans le passage.

— C'est une simple mesure de routine.

L'agent me dit ça comme s'ils faisaient tous les jours une saisie d'animaux morts dans un trou creusé dans le sol.

— On va faire vérifier par le labo s'il s'agit bien exclusivement de viande d'animaux.

Je m'avance jusqu'à la chaise et m'agrippe au dossier tandis que la monstruosité de ces paroles s'insinue lentement en moi et que les hommes poursuivent leur travail. Nous sommes toujours partis du principe que notre intrus indésirable était un simple chasseur. Les mots de l'agent, en revanche, laissent entendre quelque chose que, en rapport avec la disparition de Fynn, on ne peut imaginer jusqu'au bout.

— Est-ce que par hasard mon mari a dit où il allait ?

L'agent de police s'arrête et me regarde d'un air surpris.

— On n'a croisé personne. La porte d'entrée était ouverte quand on est arrivés.

Je reconnais des traits familiers dans son visage. Il a probablement participé à une des recherches en forêt. Le fait que ces hommes soient entrés d'eux-mêmes dans la maison pour mettre tout sens dessus dessous et tout passer au peigne fin me met mal à l'aise.

— Vous devriez fermer votre porte à clé. De manière générale, je veux dire.

Il retire ses gants en caoutchouc. Manifestement, ils ont fini, ici.

— Nous n'avons plus rien à perdre, de toute façon. Et qu'est devenu le concept suédois des portes ouvertes, au juste ?

Il hausse les sourcils, comme s'il trouvait ma question naïve.

— Dans cette région ? Et puis, la Suède n'est plus ce qu'elle était.

— Sans blague !

Ces mots m'échappent car je suis soudain furieuse que personne ne me l'ait dit avant. Que chacun n'ait eu pour la Suède qu'un enthousiasme délirant. Le fait qu'en réalité des milliers d'enfants disparaissent chaque année et que tous ne soient pas retrouvés, on ne l'apprend que lorsqu'on est soi-même concerné.

— La serrure ne nous a servi à rien non plus quand Fynn a été enlevé dans la forêt.

Je regrette aussitôt mon commentaire. L'agent ne fait que son travail.

J'ai toujours les mains cramponnées à la chaise de la cuisine une fois les hommes partis. Le silence est total, maintenant, dans la maison. Fynn manque pour remplir les pièces de son rire et je regrette même le cliquetis du clavier de

Henrik. Où donc est-il passé ? Je me rends compte que, parmi ses chaussures dans l'entrée, je ne vois pas les bottes qu'il chausse toujours en forêt. Il est sans doute reparti chercher Fynn. Il ne nous reste plus rien d'autre à faire de toute façon. Pas une pensée que nous n'ayons déjà tournée et retournée dans notre tête, pas un suspect sur lequel la police n'ait pas encore enquêté – à part peut-être le chasseur inconnu. Ils ont interrogé tous ceux qu'il y a à interroger dans les alentours, même Olof et le type que Henrik a croisé au supermarché le premier jour. Car il existe, sur ce point, j'ai été injuste avec Henrik. Il s'appelle Bengt Wallen et habite dans un pavillon de chasse à une trentaine de kilomètres de chez nous. Les policiers n'ont eu qu'à entendre la description de Henrik sur la coiffure en queue-de-rat pour savoir de qui il parlait. Il a un alibi pour le soir où Fynn a disparu et ne veut rien savoir d'une bagarre avec Henrik dans les bois. Je ne sais pas qui des deux dit la vérité. J'aimerais pouvoir affirmer que dans le doute, je crois toujours Henrik. Mais ce n'est plus le cas. La seule chose sur laquelle on peut s'accorder, c'est que Bengt Wallen est un gros dégueulasse qui voulait refiler à Fynn une barre chocolatée. C'est Olof qui a offert la poupée à notre fils. Quant aux blessures de Henrik – ma foi, Dieu seul le sait. Pour moi, il n'y a qu'une personne en cause, encore et toujours. Bleike. Lui aussi aurait soi-disant un alibi pour le soir en question. Mais je l'emmerde, cet alibi. N'importe qui peut avoir un alibi, il suffit d'un ou deux amis assez loyaux pour mentir pour vous.

Je déambule dans la maison, allume toutes les lumières, comme si ça pouvait chasser le silence sinistre. Mais le silence persiste malgré tout, et je ne sais pas quoi faire. Je suis aussi vide que cette maison.

Je retourne dans la cuisine et reste plantée devant la trappe ouverte. Les hommes du relevé des empreintes ont tendu une rubalise jaune devant. Ce n'est plus une cuisine, mais une scène de crime et soudain je n'en peux plus. De tout, du silence dans notre petite maison de vacances, de l'absence de tout ceux et de tout ce que j'aime. Je referme la trappe avec fracas et sursaute quand, au même moment, un son perçant retentit derrière moi, dans le salon. Le vieux téléphone fixe ! Je me précipite dans la pièce voisine et arrache le combiné de son socle.

— Allô ? Eric ? C'est toi ? Bon Dieu de merde, je…

Mais il n'y a personne au bout du fil. Le signal mort me transperce tout le corps d'une manière insoutenable. Je tiens le combiné à l'oreille quand, à cet instant, quelque chose claque contre la vitre dans mon dos et je me retourne en poussant un cri.

Il y a quelque chose sur la vitre, des traces sales. Est-ce que c'est une empreinte de main ? La trace d'un front ? Mon pouls bat à tout rompre. C'est forcément Bleike. Bleike est dehors, devant la maison. Il a dû m'observer par la fenêtre quand il a appelé. Et ensuite, il a tapé dessus. Il veut me faire peur. Il veut me montrer qu'il est là et qu'il m'observe toujours. Qu'il peut tout faire – même enlever notre fils. En pensant à Fynn, la peur cède la place à une colère noire qui m'envahit tout entière en une seconde.

Je laisse tomber le combiné et sors de la maison en courant, la contourne jusqu'à l'extérieur de la cuisine. Je hurle : "Eric !" au-delà de la prairie, vers la forêt. Mais il n'y a personne.

Je serre les bras contre moi. Je remarque alors seulement l'oiseau noir qui gît dans l'herbe sombre sous la fenêtre de notre cuisine. Un corbeau, un spécimen énorme. Je regarde tour à tour l'animal et la fenêtre. L'empreinte qu'a laissée l'oiseau se voit nettement d'ici. Épuisée, je m'accroupis et presse les mains contre mon visage.

Malgré tout, je ne parviens pas à me chasser de l'esprit que le corbeau n'a pas volé par hasard contre notre fenêtre. Je murmure :

— Qu'est-ce que tu veux de moi ?

Et cette fois encore, je reste sans réponse.

L'agent de police allemand que j'ai au téléphone peu après s'appelle Helge Bruckmann et, dès le début de notre conversation, il me donne l'impression d'être un crétin.

— Donc vous croyez que ce corbeau est un message de ce… Eric Bleike, contre qui vous avez porté plainte auprès de mes collègues il y a quelques jours ?

Je prends une profonde inspiration.

— Ce n'est pas ce que j'ai dit. Je vous ai simplement demandé de vérifier si Bleike est bien à Greifswald.

Il se racle la gorge.

— Mais la raison de votre demande est qu'un corbeau s'est écrasé contre votre fenêtre à la tombée du jour. Vous vous imaginez bien que je ne vais pas envoyer quelqu'un pour ça au milieu de la nuit…

— Je sais bien qu'une connerie de corbeau n'est pas un motif de suspicion ! Mais voudriez-vous bien tout de même vérifier simplement où se trouve Eric Bleike en ce moment ? J'ai tout de même reçu un appel téléphonique, juste avant le corbeau !

Je me déteste de me laisser submerger par mes émotions alors que je voulais surtout éviter ça. Quand on est une femme, il ne faut pas être émotive dans les conversations. Ça vous ôte toute crédibilité. Ça confirme tous les clichés. Je respire profondément.

— Excusez-moi. Ce n'est pas du tout le corbeau qui me préoccupe, c'est mon fils.

— Oui, je comprends que c'est une situation difficile pour vous, Frau Saunders. Mais comme vous le savez déjà, Eric Bleike n'est plus considéré comme suspect de l'éventuel enlèvement de – je l'entends taper sur le clavier – Fynn. Il se trouvait à Greifswald au moment des faits.

— Il se trouvait à Greifswald quand vous y êtes allés ! C'était plus de quarante-huit heures après que Fynn a disparu !

— Et pour le soir en question, il a un alibi.

— Et est-ce qu'il a un alibi pour aujourd'hui ?

Bruckmann soupire. Je hais ce soupir.

— Je vous recommanderais d'attendre que les collègues en Suède aient vérifié le numéro de téléphone depuis lequel vous avez été appelée.

— Mais je ne veux plus attendre ! Tout ça dure depuis beaucoup trop longtemps !

— Je comprends votre situation, Frau Saunders. Mais nous ne pouvons vraiment pas envoyer une patrouille chez Herr Bleike à cause de cet oiseau. Qu'est-ce que vous imaginez, au juste ? Vous pensez que cet homme a vaillamment parcouru la longue distance entre l'Allemagne et la Suède, aller-retour pour… pour quoi, au juste ? Jeter un corbeau contre votre vitre ?

Je m'effondre sur la chaise de cuisine et enfouis mon front dans ma main. Dans la bouche de Bruckmann, toute l'histoire paraît vraiment beaucoup plus absurde encore que ce qu'elle me semblait.

— Oubliez le corbeau. Je crois que ce que je voulais savoir, au fond, c'est à quel point l'alibi d'Eric Bleike est en béton.

— Vous pouvez être assurée que nous avons bien vérifié…

Je raccroche avant qu'il puisse finir sa phrase et jette le portable sur la table d'un geste frustré. Je ramène une jambe contre mon corps et serre mon genou dans mes bras. Une seule fois j'ai essayé de parler de Bleike à quelqu'un avant la plainte déposée à la police. L'initiative n'est pas venue de moi, c'est mon chef qui m'a prise à part et demandé pourquoi j'étais si tendue et confuse ces derniers temps. Pourquoi des erreurs que je n'aurais jamais laissé passer dans des circonstances normales m'échappaient. Alors je lui ai expliqué. Pas tout, bien entendu. Pas les détails honteux, pas mon propre rôle stupide dans cette histoire. J'ai essayé de lui expliquer de la manière la plus objective possible le problème avec les appels, les messages et les menaces.

Il m'a regardée d'un air incrédule et, un bref instant, je me suis sentie comprise. Jusqu'à ce qu'il ouvre la bouche et anéantisse tout mon soulagement :

— Oui, eh bien, tu t'attendais à quoi, Nora ? Tu es une femme séduisante et tu t'aventures dans un domaine purement masculin. Non seulement ça, mais tu le cries sur tous les toits avec tes interviews et ce documentaire sur ton activisme ! Si tu n'es pas capable d'endurer quelques idiots qui font des commentaires débiles ou veulent te mettre la main au panier, tu aurais peut-être dû te trouver un autre boulot. Je pensais que tu avais le cuir plus solide.

Je ne pense pas que mon chef ait dit un jour à un de mes collègues masculins qu'il le trouvait séduisant. Ou qu'il lui ait parlé de son cuir.

Je lève les yeux de mon genou. La fenêtre est encore marquée par l'empreinte du corbeau, maintenant couché sur un journal déplié sur la table de la cuisine, comme sur une table d'autopsie. J'ai enfilé les gants en caoutchouc et l'ai rentré quand il a commencé à pleuvoir, comme une pièce à conviction. Qu'est-ce qui m'est passé par la tête ?

Mes jambes sont en plomb quand je me lève, attrape les deux côtés du journal et porte l'animal dehors pour le jeter dans la prairie.

Je m'apprête à faire demi-tour et à rentrer dans la maison lorsque j'aperçois une lueur s'échapper de sous le seuil de porte de notre hangar.

HENRIK

Je me retourne, surpris, lorsque la porte s'ouvre derrière moi. J'étais tellement plongé dans l'assemblage de mes preuves que je n'ai pas du tout remarqué à quel point il était tard.

— Henrik ! Qu'est-ce que… tu fais ici ?

Nora observe, bouche bée, les articles de journaux que j'ai imprimés cet après-midi et dispersés sur les murs et le sol de la remise.

— Nora.

Je la tire à l'intérieur. Elle tente sans succès de ne pas marcher sur les feuilles imprimées. Il y en a trop. Des douzaines.

— On peut aller à la police, maintenant, Nora ! J'avais raison ! Tout a un lien avec la cabane et je peux le prouver ! J'ai passé toute la journée à chercher les connexions et à monter un édifice de preuves imparable. C'était Olof !

Elle me dévisage, horrifiée.

— Henrik, pendant tout ce temps tu étais là-dedans ?

Je m'agenouille avec fébrilité et étale les impressions à ses pieds, comme un tapis. Je veux lui montrer ce que j'ai trouvé. Qu'elle comprenne ce que j'ai compris :

— Il y a une affaire sur un tueur à la cabane en Allemagne. Dans les années quatre-vingt, il a enlevé deux élèves de primaire l'un après l'autre, les a gardés prisonniers dans sa cabane dans un arbre, puis les a pendus. Depuis qu'il a purgé sa peine de prison, on ne sait pas où il vit. Je crois qu'il est allé en Suède, Nora. Je crois que c'est lui qui a retenu la petite fille prisonnière qu'il a assassinée plus tard. Lis donc !

Elle examine un moment sans rien dire ma disposition au sol. Puis elle se penche sur le titre le plus proche et le ramasse :

Meurtre atroce dans une cabane dans les arbres: L'affaire qui choque Nuremberg

J'attends avec impatience qu'elle finisse de lire. Mais lorsqu'elle laisse retomber la feuille, elle a l'air tout sauf convaincue.

— Mais c'était en 1983. Et à Nuremberg. Henrik, je ne sais pas…

Je bondis sur mes pieds, lui arrache l'article des mains et le tends si près de son visage que, apeurée, elle fait un pas en arrière.

— Tout concorde ! Le procès s'est ouvert en 1984, le coupable a été condamné à dix ans d'emprisonnement. Ça veut dire qu'il a dû être libéré au plus tard en 1994, à vingt-cinq ans. Nora, combien de criminels vivent leurs délires morbides dans une cabane dans les arbres ?

— Y a-t-il au moins quelque part une photo de ce… tueur à la cabane ?

Je fouille parmi les articles jusqu'à trouver la photo en noir et blanc qui montre trois agents en uniforme et un adolescent boutonneux sous une cabane perchée dans un arbre. Celle-ci ressemble horriblement à celle dans notre forêt. Une espèce de caisse sinistre faite de planches de bois dans un arbre nu, qui paraît mort. Les agents sont dos à la caméra, mais le jeune homme se tourne vers l'un d'eux, si bien qu'on peut voir son profil. Il a un nez large et droit, et des sourcils broussailleux. Cette ressemblance aussi est frappante. Nora doit reconnaître de qui il s'agit, et je veux qu'elle le voie elle-même avant qu'elle prétende une fois de plus, finalement, que tout ça n'est que le fruit de mon imagination. Mais elle reste aveugle à la preuve sous ses yeux. Elle me rend la feuille et me soutient avec obstination :

— Ça pourrait être n'importe qui.

Elle ne veut pas le voir.

— Tu n'es pas sérieuse, Nora ! Ce type est clairement Olof ! Quand il était jeune. Tu imagines à quel point ce serait un hasard énorme ? 1994. C'était trois ans avant qu'on passe nos vacances ici et que je découvre la petite fille enfermée dans la cabane ! Puis c'est nous qui venons ici et, peu après, notre fils disparaît – précisément après qu'Olof l'a rencontré et a montré un vif intérêt pour lui !

— On ne reconnaît absolument rien sur la photo, Henrik ! C'est beaucoup trop pixelisé. Je comprends que, bricolé de cette manière, le tout puisse prendre un sens bizarre, mais…

— *Bricolé ?*

Je suis sidéré. Elle ne me croit pas. Une fois de plus.

— Ce ne sont que des articles de journaux, Henrik. Rien qui pourrait prouver un rapport.

— Mais la cabane !

Nora se frotte le front en soupirant. Et je me rends compte tout à coup qu'elle ne me croit pas pour ça non plus. Elle prend la cabane dans l'arbre pour une de mes inventions.

— Je peux t'y emmener !

Elle me regarde longuement. Dubitative. Elle en a assez que je lui mente et que je la déçoive. Ça lui fait peur. Je comprends. C'est justement pour ça que je dois lui prouver que la cabane existe. J'attrape sa main.

— S'il te plaît, Nora.

Elle accepte enfin, d'un hochement de tête réticent.

— C'est d'accord. On y va.

La forêt se joue de moi aujourd'hui encore. On cherche si longtemps la cabane que je commence à redouter de ne pas avoir pris la bonne direction dans l'obscurité et de finir par perdre pour de bon la confiance de Nora. Mais je reconnais enfin les buissons qui bordent la clairière. Nous nous frayons un chemin à travers. Lorsque Nora voit le nid de bois et de bâches en plastique affreusement fabriqué, elle porte la main à sa bouche.

Elle répète plusieurs fois :

— Mon Dieu, mon Dieu.

Rien d'autre.

Nous y grimpons. Elle veut tout voir à présent. Tout savoir. Elle est comme ça. Elle passe devant. Elle est plus adroite que moi au moment d'utiliser la grande branche comme marche supplémentaire. En haut, je lui montre l'anneau en fer. Le matelas sale. Mais Nora le voit d'elle-même. Quiconque baisse la tête pour entrer dans la petite cabane répugnante ne peut que comprendre qu'il s'y est passé des horreurs. Elle peut aussi se l'imaginer maintenant, et ça me soulage tellement que j'éprouve une gratitude immense. Je saisis sa main. Nous nous tenons dans la cabane tels deux adultes dans une maison de poupée, courbés et démesurés, déplacés. Mais au moins, nous sommes ensemble. C'est important.

La forêt qui nous entoure est bruyante. Ça craque et grésille et glapit et tape. En plus de cela, la cabane grince comme si elle avait sa propre vie. Je n'arrive pas à concevoir comment un enfant a pu supporter ça. Combien de temps la petite fille a-t-elle été enfermée ici avant que ça se termine enfin ? À quel point a-t-il dû faire froid et sombre ? Est-ce qu'au moins elle avait une lampe de poche ? Je ne m'en souviens plus. Je lui ai rendu visite et puis je suis reparti. Dans la sécurité de mon propre lit bien chaud. Elle n'avait que le matelas que nous fixons maintenant tous les deux.

Nora est la première à détourner les yeux. On ne peut supporter cet endroit qu'un certain temps avant qu'il commence à nous étouffer.

— Partons, Henrik.

C'est presque une supplication.

Elle passe à nouveau devant. Une fois arrivés en bas, nous rentrons en courant, le faisceau de la lampe de poche tremble sur le sol devant nous.

Une fois à la maison, je me prépare un café fort et, pour Nora, une tisane apaisante, ce qui est à peu près aussi adapté à notre situation que si on voulait éteindre un incendie de forêt avec un pistolet à eau.

Épuisés, nous nous asseyons avec nos tasses sur le perron et fixons la forêt comme on regarderait un ennemi dans les yeux. Nous sommes tous les deux à la fois tendus et vidés. Mais nous sommes côte à côte, et je suis surpris que le fait de connaître tous deux l'existence de cette cabane nous rapproche d'un seul coup. Que la vérité ait ce pouvoir. J'aurais dû tout raconter à Nora bien avant. Pourquoi ne l'ai-je pas fait ? Je pose un bras sur ses épaules.

Plus de mensonge. C'est l'objectif que je me fixe. Je l'ai souvent fait. Mais cette fois, je le pense sincèrement.

— Tu te souviens de la petite fille ?

— Pas avec précision. Parfois un visage refait surface, mais il est flou. Elle avait les cheveux châtains. Ou noirs.

Je secoue la tête.

— Je n'avais que dix ans.

— Et elle ?

— Plus jeune. Je ne sais pas exactement. Cinq ou six ans peut-être ?

Nora remarque d'une voix blanche :

— Comme Fynn.

Et je sais qu'elle pense maintenant la même chose que moi.

— Tu crois qu'on devrait alerter la police ?

— Je n'arrête pas d'y penser. Mais on n'a rien en main.

— Les articles de journaux.

— On ne nous croira pas, Henrik. Une cabane dans un arbre en forêt.

— Mais tu l'as senti, toi aussi. Une fois qu'on est à l'intérieur. Et l'anneau en fer !

— Il leur faut des preuves.

— Peut-être y a-t-il des traces ADN.

— De qui ? De la petite fille ? Après toutes ces années ?

— Peut-être y en a-t-il eu d'autres après elle. D'autres cas de disparitions.

Nous nous taisons tous les deux, car il est impossible de se livrer à des spéculations sans présumer du sort de Fynn.

ROSA

En chemin vers l'appartement de Lasse, nous passons chez un collègue récupérer Kaja. Dès qu'elle voit son maître, elle est excitée et impossible à maîtriser.

— Oui, toi aussi, tu m'as manqué.

Elle couine et remue la queue comme si elle ne l'avait pas vu depuis des semaines. On la laisse bondir dans la voiture, car elle va passer le week-end avec nous. Mais notre programme tombe brusquement à l'eau lorsque le téléphone de Lasse sonne peu après, tandis que nous sommes sur l'autoroute. C'est Sara. Lasse jette un regard surpris sur l'écran et décroche.

Après un long silence, il dit :

— Non, vraiment, il n'y a pas de problème ! Non, je vais déjà beaucoup mieux, je voulais reprendre lundi, de toute façon ! Rosa va mieux aussi, au fait. On vient juste de récupérer Kaja, tu nous as ratés de peu… Oui, c'est ça. Rosa est dans la voiture avec moi, oui.

Il me sourit.

— Sara te dit salut.

Je ne souris pas en retour.

— Rosa te dit salut aussi. Oui, on y passe !

Lasse dit au revoir et raccroche.

— Petit changement de programme. Il faut juste qu'on aille interroger une nouvelle fois le voisin de la famille Saunders au sujet de la disparition de Fynn.

— Un vendredi soir ?

— Ça nous fait juste faire un petit détour. Sara sait que j'habite pratiquement à côté.

— Et elle sait aussi que tu es blessé ?

— On parle toujours d'un enfant disparu, Rosa.

— Mais je ne le connais pas, ce garçon ! Je ne connais ni ses parents, ni ce voisin.

— C'est vrai. Parce qu'on ne propose nos services de policiers qu'aux gens qu'on connaît, bien entendu.

Il attend une réaction qui ne vient pas, et poursuit :

— En plus, ce voisin est taxidermiste. Qui sait, peut-être que tu trouveras en lui une âme sœur.

— Pourquoi ça devrait nous rapprocher ?

— Eh bien, ça tombe sous le sens, non ? Il est taxidermiste. Tu déterres des cadavres. Vous êtes tous les deux intéressés par la mort !

— Les taxidermistes ne sont pas intéressés par la mort. Ils veulent conserver la vie. C'est l'exact contraire qui m'intéresse.

Lasse souffle par le nez d'un air amusé et un message sur son portable détourne son attention.

— Ah, voilà. Sara vient d'envoyer les coordonnées de l'endroit où nous garer. On dirait que, de là, on aura encore un bon bout de chemin à faire à pied. Ça peut être romantique. Toi, Kaja et moi, une promenade le soir, dans les bois…

— Je ne crois pas que quelqu'un ait jamais qualifié ma compagnie de romantique.

Il confirme en souriant :

— Non, je ne crois pas non plus. Au fait, c'est là que tu dois tourner.

Il tape du doigt contre la vitre et j'active le clignotant en poussant un soupir. J'aurais dû rester au lit. Seule. Je sais bien pourquoi je me suis toujours appliquée à ne laisser personne me détourner de la solitude.

Nous découvrons à quel point ce taxidermiste vit isolé du monde quand, trois quarts d'heure plus tard, nous cahotons avec la voiture sur des terrains accidentés et nous enfonçons toujours plus loin dans la forêt sur des sentiers sinueux. Nous nous garons à l'endroit que Sara nous a indiqué et continuons ensuite à nous frayer un chemin à pied. De vieilles ornières creusées dans le sol de la forêt nous laissent déduire qu'Olof a autrefois possédé un van ou un pick-up. Mais depuis, la nature s'est réapproprié la voie et en a fait un parcours de randonnée. Des mauvaises herbes, des buissons et même de jeunes arbres poussent entre les sillons des pneus.

Lorsque nous arrivons devant la maison, Kaja devient nerveuse. Elle flaire tous les coins, en particulier la porte d'entrée. Lasse l'observe en fronçant les sourcils, se baisse et pose une main sur sa nuque, à la suite de quoi elle lance de légers couinements et flaire tout ce qu'elle peut avec plus d'agitation encore. À cet instant, la porte s'ouvre. Le grand homme barbu qui apparaît nous a manifestement vus arriver.

Sans plus de question, mais sans grande amabilité non plus, il nous fait entrer. Lasse observe Kaja avec attention lorsque nous traversons le couloir étroit et en désordre. Où que l'œil se pose, où qu'Olof ait trouvé une place, il y a des animaux naturalisés : des castors, des rats musqués, des hirondelles, des pics, des buses, des balbuzards, des chauves-souris, des hermines, des lynx, des lièvres… j'aperçois même des poissons. Mes yeux passent en revue cette collection chaotique. Les animaux sont installés sur des panneaux en bois poli. De petites étiquettes y sont collées avec leurs noms et l'année de leur conservation. Comme on le ferait avec des pots de confiture maison, et quelque chose me semble bizarre. Mais je n'arrive pas à savoir quoi.

— Rosa ?

Je n'ai même pas remarqué que Lasse et Olof avaient continué d'avancer. Ils se tiennent à la porte de la cuisine. Je remarque le regard méfiant d'Olof et me dépêche de les rejoindre. Dans la cuisine, il y a une vieille gazinière et une table en bois bancale à laquelle nous nous asseyons. Olof nous sert un café qui a le même aspect que si on avait plongé la cafetière dans le lac trouble et brunâtre sous sa fenêtre.

— Tu dois savoir pourquoi on est ici, n'est-ce pas ?

— Je suppose que c'est encore au sujet de Fynn ?

— Où étais-tu le soir où il a disparu dans la forêt ?

— Ça fait déjà longtemps que j'ai répondu à tes collègues sur toutes ces questions !

— Tu ne m'as pas répondu, à moi.

— J'étais ici.

— Sans témoin, j'imagine.

— Je vis seul, qui pourrait bien être mon témoin ?

Lasse hoche la tête et regarde Kaja, toujours en train de flairer la cuisine. Il dit sans détour :

— Elle a une piste. Le garçon est venu ici ?

— Oui. Quelques jours avant sa disparition. Avec sa mère. Ça aussi, je l'ai déjà dit à tes collègues.

— Dans quelles pièces êtes-vous allés ?

— Seulement dans la cuisine, pas longtemps. Dans le couloir. Et dehors, au bord du lac, près de la barque.

Lasse jette un œil par la fenêtre.

— La barque à côté du hangar, là-bas ?

— Oui.

— On peut aller voir ?

Olof acquiesce d'un signe de tête. Nous nous levons et il nous conduit à l'arrière de la maison, où se trouve un vieux hangar à bateau sur la rive du lac. Les grillons donnent un concert vespéral dans les herbes hautes. Les corbeaux crient au-dessus de nous.

— Mais vous avez déjà regardé le hangar.

— Je ne l'ai pas encore vu, moi. Et Kaja non plus.

Nos yeux se tournent vers la chienne qui furète dans l'herbe. Olof pousse le verrou et ouvre la porte grinçante. Le hangar est plongé dans l'obscurité, à l'exception de la lumière que laisse passer une petite vitre trouble sur le côté, et qui tombe sur un atelier en bois – et sur le mur opposé, complètement recouvert d'armes.

Lasse siffle entre ses dents.

— Tu es sûr que les collègues sont déjà entrés là-dedans ?

Olof ne répond pas.

— Si jamais je te demande ton permis de port d'armes, tu pourrais me le montrer, n'est-ce pas ?

— En Suède, chaque propriétaire ayant un terrain d'au moins cinq hectares a automatiquement un droit de chasse.

— Un droit de chasse, peut-être, mais pas un permis de port d'armes.

— Et comment aller à la chasse sans arme ?

— C'est pour ça que tu es venu en Suède ? À cause de la chasse ? Tu es originaire d'Allemagne, non ?

Lasse détache Kaja, qui franchit aussitôt d'un bond le seuil du hangar.

— On peut mettre un peu de lumière ici ?

— C'est pour la liberté que je suis venu.

Olof allume une lampe à huile. Ce n'est que lorsqu'elle diffuse sa lumière que nous voyons toute l'ampleur de sa collection. Elle foisonne de fusils, de collets et de haches. À côté de l'atelier sont fixées des planches en bois auxquelles sont accrochés des couteaux de toutes les formes et tailles possibles et imaginables. Une belette au ventre à moitié recousu est couchée sur le banc de bois. L'atelier d'un taxidermiste avec une passion obsessionnelle pour les armes.

Kaja pousse des gémissements. Elle a l'air plus excitée que jamais tandis qu'elle flaire la pièce dans tous les sens et en explore le moindre centimètre. Les poils de sa nuque sont hérissés tant elle est stimulée. Je ne peux m'empêcher de penser à ce que Lasse a dit sur la muqueuse nasale des chiens. Et de me demander s'il est possible qu'elle soit aussi répugnée que moi par la conservation de la mort dans cette pièce.

— Tu n'as pas montré ta collection au petit ? Les garçons aiment bien les armes pourtant.

— Sa mère était là. Je ne crois pas qu'elle aurait aimé.

Les aboiements de Kaja font taire les deux hommes. Elle a atteint le mur du fond du hangar. Je vois à présent qu'une deuxième porte y est enchâssée.

Lasse exige de savoir :

— Qu'y a-t-il derrière ?

— C'est juste la porte du fond. Ça donne sur le lac.

Olof contourne Kaja, qui est toujours en train d'aboyer, et tire le verrou. Il est rouillé. Olof doit donner quelques coups d'épaule contre la porte avant qu'elle s'ouvre. Kaja couine et le bouscule pour passer, saute sur la rampe, flaire le sol jusqu'à l'eau puis retourne sur ses pas, sans heurt cette fois. Lasse l'observe en fronçant les sourcils. Il est maintenant aussi tendu qu'elle.

— Ton hangar reste ouvert. N'importe qui peut entrer. Tu crois que c'est une bonne idée ?

— Personne ne passe par ici. C'est un coin perdu. Ma maison aussi reste ouverte.

— C'est encore pire. Il suffit qu'un fou aille chercher un de tes fusils dans le hangar et entre chez toi. Combien de temps ça mettra, tu penses, avant qu'on te retrouve ?

— Vu la fréquence où la police se présente à ma porte ces derniers temps, probablement pas très longtemps.

Lasse tourne les talons, contrarié. Il rappelle Kaja pour quitter le hangar. En sortant, mon regard tombe sur une lame courbée avec deux poignées en bois aux extrémités, un peu comme un hachoir berceuse surdimensionné pour couper les herbes aromatiques.

— Ça sert à quoi, ça ?

Les deux hommes s'arrêtent et me regardent comme si j'étais sortie de nulle part au milieu du hangar. Jusque-là, ils m'avaient prêté encore moins d'attention qu'au chien. Mais maintenant, Olof me dévisage comme s'il étudiait un texte écrit trop petit.

— C'est un vieux couteau à écharner. Ça permet de retirer les chairs des peaux.

— Des peaux animales ?

Olof n'écoute pas Lasse. Ses yeux sont posés sur moi, et son regard commence à me mettre mal à l'aise. Lasse doit répéter la question avant qu'Olof se tourne vers lui.

— Bien entendu, des peaux animales ! Quoi d'autre ?

— Et ça, là ? Qu'est-ce que c'est ?

— Un vieil épieu de chasse à l'ours.

— Tu vas à la chasse à l'ours avec ça ?

— Il faudrait que je sois fatigué de vivre. On a des fusils pour ça, aujourd'hui. C'est une vieille pièce de collection. Comme tout ici, à vrai dire. Les pièges à mâchoires aussi. C'est des antiquités, tout ça.

— Raison de plus pour fermer le hangar à clé.

— J'ai dit que c'était des antiquités, je n'ai pas dit que ça avait de la valeur. Ça n'en a que pour moi.

— On dirait que tu t'opposes vraiment à fermer à clé. Pourquoi tu ne peux pas juste acheter une foutue serrure ?

— Comme je l'ai déjà dit, c'est pour la liberté que je suis ici. Des serrures, j'en ai assez vu dans ma vie.

Il dirige à nouveau le regard vers moi. Son intensité est désagréable. Lasse l'a remarqué aussi et demande, les mains sur ses hanches :

— Il y a un problème ?

Sans détacher son regard de mon visage, Olof dit :

— Tu es la fille d'Ester Lundqvist.

Je suis surprise. Pas tant par le fait que ma mère ait pu connaître quelqu'un que je ne connais pas, même ici, dans le coin le plus reculé du parc national de Skuleskogen. Mais par la façon dont Olof prononce cette phrase. Sans poser de question. Lasse nous regarde à tour de rôle, Olof et moi, mais comme je ne semble pas disposée à confirmer le lien de parenté, il se détourne.

— Très bien, on va repartir. Merci pour ta disponibilité.

Kaja est dehors avant nous. Elle franchit la porte d'un bond, flaire à nouveau le sol alentour, et part droit vers la barque. Elle se remet à gémir, et Lasse a un moment d'hésitation. Puis il se dirige à grandes enjambées déterminées vers le bateau amarré et repousse la bâche d'un geste vif. Kaja saute dans la barque, en renifle chaque recoin et agite la queue nerveusement. Je suis restée près d'Olof. Je peux voir ainsi à quel point sa mâchoire est crispée. Et ses mains qui pétrissent ses pouces. Son regard ne cesse de glisser vers moi. Il a une question sur le bout de la langue, mais n'ose pas la poser. Lasse l'interpelle.

— Le garçon a été là-dedans ?

— J'ai déjà dit oui, je leur ai montré la barque, à lui et à sa mère.

— Seulement montré ou vous avez fait un tour ?

— J'ai laissé Fynn faire un petit tour à la rame. On était tous dans la barque. Ça l'a amusé, c'est un enfant !

— Et après ? Là aussi, ça l'a amusé ?

— Je ne sais pas de quoi tu parles.

Une fois à la voiture et hors de portée de voix, je demande :

— Qu'est-ce que tu voulais dire quand tu as demandé à Olof si, plus tard, ça avait aussi amusé le garçon ?

— Je voulais juste voir comment il réagissait à la provocation.

— Tu le soupçonnes ?

Lasse répond d'un air grave :

— Disons que je peux tout à fait m'imaginer que ce n'était pas la seule fois où Fynn est monté dans cette barque. Par ailleurs, il a été dans le hangar. Olof peut bien prétendre le contraire, mais Kaja l'a senti et me l'a dit. Même si ça peut sembler bizarre pour les non-initiés.

— Pas pour moi.

Lasse m'examine du regard.

— La plupart des gens ne croient pas que les chiens puissent avoir autant de nuances dans la communication.

— La plupart des gens ne peuvent pas eux-mêmes faire preuve de nuance dans la communication. Et puis, je vis la même chose avec les arbres.

— Les arbres te parlent ?

— Ils se laissent lire du moins, quand on les examine en détail. Comme pour Kaja. Et… moi aussi, j'ai remarqué.

— Quoi ?

— Qu'Olof a quelque chose à cacher. Je ne saurais pas l'expliquer exactement, mais ça a un rapport avec sa collection d'animaux.

— Tu ne trouves pas ça bizarre, au fait, qu'il t'ait parlé de ta mère ? C'était bien ta mère ?

— Oui. Mais ça m'étonne moins. Ce n'est pas impossible qu'ils se soient connus. Ma mère a travaillé comme infirmière à domicile et était beaucoup à droite, à gauche.

Je cherche toujours à identifier cette vague impression de menace, mais je ne parviens pas à mettre le doigt dessus. Au lieu de cela, je lui demande :

— Toi aussi, tu as remarqué les vieux pièges à mâchoires ?

— Les pièges à mâchoires ?

— Accrochés au mur, dans le hangar. Olof a prétendu que ce n'était que des antiquités et qu'ils n'étaient plus utilisés. Mais tu te souviens du piège dans lequel on a trouvé la bécasse ? C'était exactement le même genre de ferraille.

— Je me souviens.

Il dodeline de la tête.

— Ça n'a évidemment aucun lien avec l'enquête. Mais si Olof chasse avec des pièges illégaux, il faudrait tout de même procéder à des vérifications.

— Ce qui m'interpelle plutôt, c'est que je ne trouve pas ça cohérent. Un homme qui chasse pour faire de la taxidermie n'utiliserait pas de pièges qui mutilent les bêtes à ce point. Les animaux seraient complètement inutilisables pour lui.

Lasse me regarde du coin de l'œil.

— Je n'ai pas dit que tu avais le potentiel pour devenir enquêtrice ?

— Non, tu ne l'as pas dit.

— Alors je le dis maintenant ! Tu as un sens de l'observation formidable !

— Je ne serais absolument pas compétente. Toutes ces questions, ces interrogatoires – ce ne serait pas pour moi.

— Dans ce cas, c'est une bonne chose que nous travaillions en équipe ! Je m'occupe de parler, toi, d'observer.

— Tu n'es que partiellement compétent aussi. En interrogatoire, je veux dire.

Lasse éclate de rire, comme si j'avais fait une blague. Manifestement, c'est la première fois qu'il entend une estimation réaliste de ses capacités. Les gens comme Lasse sont toujours sûrs d'eux-mêmes. C'est une confiance en soi qui s'est développée avec les années, comme un tronc vigoureux.

Je me demande ce que ça fait de grandir avec autant de confiance. Avec de l'estime qui coule dans votre sang. Toutes mes facultés sont nées par nécessité. Je ne l'ai pas dit à Lasse, mais le piège à mâchoires et la collection de trophées n'étaient pas les seules raisons pour lesquelles je sais qu'Olof a quelque chose à cacher. Je peux le sentir jusque dans les blessures qu'Ebbe m'a infligées. Mon corps réagit aux menaces, comme d'autres perçoivent dans leurs cicatrices un changement de temps imminent. J'en ai eu besoin pour me protéger dans mon enfance. Et ce sens ne m'a jamais quittée.

MARLA

De petites bêtes me rongent l'estomac. C'est l'impression que donne la faim. Je me demande si j'ai fait quelque chose de mal. Pourquoi Henrik ne revient pas. On ne donne quand même pas un nouveau nom à quelqu'un si c'est pour le laisser tomber après.

Même l'homme ne revient pas. Ça fait déjà des jours.

J'ai souvent souhaité qu'il disparaisse, simplement, et me laisse tranquille. Mais c'était un souhait stupide, je le vois maintenant. Je n'ai plus que lui. Et c'est lui qui me donne de quoi manger.

Ma bouche est sèche. Une mouche bourdonne autour et se pose sur mes lèvres rêches, crevassées. Je suis trop fatiguée pour la chasser. Trop fatiguée pour l'attraper et la piquer sur un fil. Dans le coin, il y a un beau collier de mouches, le plus long de tous jusqu'à présent. Les corps dodus qui y sont accrochés brillent comme des perles noires. J'en ai déjà offert quelques-uns à Henrik. Je ne peux quand même pas manger à chaque fois ses tartines sans rien lui donner en retour.

Ma maman avait un collier de perles dans son tiroir, un très long, mais elle ne l'a jamais porté parce que c'était un souvenir de mamie et qu'elle ne voulait pas le perdre. Comme Odin avec ses corbeaux.

Je me souviens encore très bien à quoi ressemblaient les perles. Comme elles étaient sombres et brillantes. Je les ai parfois sorties de la commode de maman quand elle n'était pas là, me suis assise sur son lit et les ai laissées glisser entre mes doigts comme du sable. Du sable de perles. J'arrive mieux à me rappeler ce collier que le visage de maman. Ça me rend triste.

Le collier de mouches pour Henrik est presque aussi joli. Je me suis donné beaucoup de mal. Pas seulement à cause des tartines, mais aussi parce que Henrik est mon ami maintenant. Mais Henrik ne vient pas. Et je commence peu à peu à me faire du souci. La forêt est pleine de dangers quand on est un herbivore. Peut-être que l'homme l'a trouvé et a joué avec lui. Henrik n'a pas l'air du genre à survivre aux jeux de l'homme.

Je me couche sur le plancher, me recroqueville et tire la fourrure sur moi. Elle est devenue trop petite pour que je puisse la porter comme une cape. Quand je la mets sur mes épaules et pose le museau d'ours sur mon front, elle ne m'arrive plus qu'au creux du genou. Il n'y a pas longtemps, l'homme a dit :

— Tu pousses comme des lentilles d'eau.

Les lentilles d'eau, ce sont les petites feuilles qui colorent les lacs et les étangs en vert, l'été. Elles ressemblent à des lentilles vertes, et si un jour on ne voit qu'une poignée d'entre elles, tout le lac peut en être recouvert deux jours plus tard.

Je me blottis sous ma fourrure et j'observe la corde à mon pied. Je me plie en deux jusqu'à ce que mes mains atteignent le nœud et le triture un peu. Puis je le laisse. Bouger est épuisant. Et même si j'arrive à défaire le nœud – où est-ce que j'irais ? L'homme dit que la forêt est interminable de tous les côtés, et ensuite il écarte les bras, mais même eux ne suffisent pas à montrer à quel point c'est vaste. À chaque fois, ils ne s'étendent que d'un tronc d'arbre à un autre. Mais la forêt a un nombre incalculable d'espaces entre les arbres comme ça. Assez pour se perdre parmi eux si je me libère et m'enfuis en courant.

Le frêne grince. Des mouches bourdonnent au-dessus de mes taches de pipi. Des corbeaux croassent. Mon estomac gargouille. L'homme dit que, quand les bêtes de la faim me rongent, il faut les combattre avec de belles pensées. Il ne peut pas toujours y avoir à manger. Je cherche une belle pensée dans ma tête, mais je n'en trouve pas. Tout ce qui me vient à l'esprit, c'est la tartine de beurre de cacahuète avec du miel. Et une tartine de confiture. N'importe quelle tartine. Je plisse un œil et imagine que le grognement de mon estomac est un grondement de tonnerre pour mieux le supporter. Il y a aussi du gâteau dans ma tête, une autre belle pensée. Il n'y en avait jamais à la maison. Mais au jardin d'enfants, les autres en apportaient parfois quand c'était leur anniversaire. Des gâteaux Fanta, des gâteaux au chocolat et des muffins posés sur des nappes colorées. Il y avait aussi des serpentins et de petites bougies. On s'asseyait tous en rond autour des tables décorées de toutes les couleurs et on chantait à l'enfant une chanson d'anniversaire pour avoir le droit de recevoir une part. Le gâteau Fanta est mon gâteau préféré. Il est plat et jaune avec un glaçage blanc, avec parfois des Smarties par-dessus. Les Smarties, c'est le meilleur. Je tends les mains quand on me sert ma part et je mâche bruyamment en mordant dedans. Mais je ne sens pas du tout le goût du gâteau, il devrait pourtant être bien sucré et collant.

Dehors, le cri des corbeaux est de plus en plus fort. En colère, je me secoue et serre le gâteau contre moi pour que les corbeaux ne puissent pas me le prendre. C'est mon gâteau ! Mais les corbeaux sont partout à présent. Ils sont entrés dans la cabane. Ils volent autour de moi en poussant des cris perçants et se jettent sur moi, piquent ma peau et essaient de s'accrocher à mon ventre avec leurs grandes serres. Je crie et bats des bras autour de moi pour les chasser, mais je dois lâcher le gâteau dans la lutte, tout à coup il n'est plus là. Les corbeaux l'ont pris. Je veux le récupérer, cherche à tâtons sur le sol tandis qu'ils donnent des coups de bec sur mes mains. Et puis j'ouvre grand les yeux et regarde mes mains vides. Les corbeaux ont disparu, mais mon gâteau aussi, jusqu'à la dernière miette. Peut-être qu'un de ces oiseaux tout gras l'a attrapé avec son bec et emporté avec lui. Ou alors ils se le sont partagé entre eux. Les corbeaux volent en nuée, parce qu'ils ont des amis. Moi, au contraire, je suis seule parce que je n'en ai plus. Je me roule en boule sur le sol et pleure un peu, de faim et de solitude.

Si Henrik n'est pas mort, alors il reviendra sûrement et me sortira d'ici. On ne fait pas une promesse pareille si c'est pour filer ensuite. Il faut juste que je tienne encore un tout petit peu plus longtemps et il viendra. Il me sortira d'ici et m'emmènera dans sa famille.

ROSA

Malgré la visite chez Olof, le week-end se passe tout de même tranquillement. On alterne entre le lit et le canapé et on se fait livrer à manger de temps en temps. Lasse sort quelquefois promener Kaja, mais ne se plaint pas que je reste couchée. Il ne me reconduit chez moi que le dimanche soir.

Le lundi matin, je me réveille très tôt par rapport à mes habitudes. En réalité, je n'avais pas l'intention de reprendre le travail aujourd'hui. Mais le coup d'œil par la fenêtre, la forêt sous la pluie, l'idée de mes bottes en caoutchouc, de la boue et d'un chien en train de fouiner est soudain séduisante. L'arbre particulier que j'ai découvert en forêt, peu avant qu'on nous tire dessus, sur Lasse et moi, me revient à l'esprit. Où est passé le sachet avec ses feuilles, d'ailleurs ? Dans l'agitation qui a suivi, je l'ai presque oublié. Je m'habille, descends l'escalier et trouve ce que je cherche dans la poche de ma veste. L'envie me démange de retourner sur les lieux et de creuser.

En allant à la voiture, j'envoie un message à Lasse, dans lequel j'écris que j'aimerais procéder à un sondage du sol au pied de l'arbre. Il a probablement mieux à faire que de rester planté à côté d'un trou dans la terre que je fouille à la recherche d'os. Ce garçon est toujours porté disparu. Mais qui sait. Lorsque j'arrive sur place deux bonnes heures plus tard, le ciel de nuages noirs se dégage. Je secoue les gouttes de pluie de ma capuche. Les feuilles pendent lourdement aux branches dégoulinantes. Là où elles sont éclairées par le soleil qui perce, elles scintillent d'un vert clair intense. Nous sommes tout près de la côte ici, les roches granitiques typiques de Nordingrå se dressent tout autour de la forêt. Entamer le sol argileux avec une bêche me donne réellement l'impression d'essayer de faire un trou dans du granit. La terre est glaiseuse et compacte. La bruine reprend, et plus je creuse profond, plus je suis sûre de trouver quelque chose. Un arbre d'un vert aussi intense doit être nourri par quelque chose. Mais cela dure encore plus d'une heure avant qu'un crissement se fasse enfin entendre sous ma bêche. Je m'accroupis dans la boue et plonge les deux bras dans le trou. Ce n'est rien d'autre que du calcaire poreux.

Le petit sentiment de triomphe que j'éprouvais encore ce matin disparaît d'un coup. Je me relève, de la glaise coule de mes mains. Tous mes habits sont maculés de boue. Alors seulement je remarque le froid qui s'infiltre dans mon corps par l'humidité. Je n'ai probablement jamais autant ressemblé à un chien détecteur de cadavres qu'ici et maintenant, dans ce trou que j'ai moi-même creusé.

Tandis que je reprends le chemin de la voiture, les mains vides et tremblante d'humidité, j'entends un bruissement. Il y a quelque chose dans le sous-bois. Des branches craquent, des fougères bougent, j'ai sans doute effrayé un animal. Je fais un pas en arrière dans un geste de frayeur car je réalise à quelle vitesse le bruissement approche. L'instant suivant, quelque chose jaillit du buisson. C'est si rapide que je ne vois que le mouvement. Je trébuche en arrière et jette les bras en l'air pour me protéger le visage. Des pattes atterrissent sur ma poitrine lorsque je tombe au sol. C'est un grand chien.

— Kaja ?!

Je la fais descendre. Kaja est au moins aussi trempée et sale que moi et ne cesse de me donner des coups de truffe au visage. Je la repousse et me redresse, le souffle court.

— C'est bon ! C'est bon ! On s'est vues hier !

Je regarde autour de moi, m'attendant à voir Lasse sortir de derrière un arbre à tout moment. Mais il n'y a personne. Kaja paraît étrangement surexcitée. Elle couine. Je lui saisis le museau d'une main, remarquant tout à coup les taches sombres sur son pelage. Ce que je prenais d'abord pour de la boue est en réalité du sang. Elle en a plein la gueule, même sur les dents. Elle se libère en gémissant, se retourne et file en direction de l'endroit où est garée ma voiture. Je dois courir pour la suivre. Quelques centaines de mètres seulement, puis je le trouve. Ou plutôt, je trébuche sur lui.

Lasse gît sur le dos, le visage et le cou mutilés par des morsures. Le spectacle est grotesque. Du sang s'écoule sur le sol de la forêt à partir d'une profonde griffure sous l'œil gauche. Lasse écarquille les yeux quand il m'aperçoit. Il veut dire quelque chose, mais seul un gargouillement s'échappe de sa gorge ouverte. Une émotion s'empare de mon corps, une émotion nouvelle, que je ne parviens pas à identifier. Je me laisse tomber dans la boue à côté de Lasse et presse mes mains sur la plaie béante à son cou. Mais il n'émet qu'un râle et de sa gorge jaillit encore plus de sang, il remplit sa bouche.

— Non, non, non, non, non…

Je cherche désespérément quelque chose avec quoi stopper l'hémorragie. J'enlève ma veste, mon T-shirt, j'en arrache un morceau et l'appuie sur le sang. Mes mains tremblent. La panique se lit dans le regard de Lasse. Sa main saisit la mienne. Il pousse un râle :

— Ro-sa.

— Chhhhhut.

Je serre sa main en retour. J'aimerais pouvoir les lui prendre, sa peur et sa douleur. Je les assumerai, j'en suis capable. Je peux endurer beaucoup de choses.

— Tu vas t'en sortir, tu vas t'en sortir ! Je vais chercher de l'aide.

Son regard, jusque-là fermement accroché au mien, s'évanouit. L'œil gauche glisse vers le ciel où les oiseaux décrivent des cercles et poussent des cris, où les cimes des arbres murmurent et d'où vient la pluie qui tombe dans ses pupilles ouvertes.

— Lasse ! ?

Je tire sa main contre mon visage.

— Lasse !

Je crie. De colère et de désespoir, et parce que je me sens trahie. Je ne me doutais pas que la mort, que j'avais toujours vue si paisible, fût liée à tant de peur et de douleur.

D'un geste fébrile, je prends son pouls, puis commence à lui manipuler la poitrine. En réponse à mon massage cardiaque décousu, il s'échappe encore plus de sang de ses blessures, à chaque pression désespérée de mes mains.

— Lasse !

Je le sais déjà. Je me suis consacrée à la mort toute ma vie. Je l'ai étudiée. Et pourtant, je n'arrive pas à le concevoir.

Lasse est mort et je ne comprends plus rien. Je me laisse tomber en arrière, ça me brûle dans le ventre et les yeux.

Je reste longuement comme pétrifiée. Je laisse le sang, la boue et la pluie dégouliner sur moi. Ce sont les gémissements de Kaja qui finissent par m'arracher à ma sidération. Je me lève et essaie de me concentrer sur ce qu'il y a à faire à présent. Les prochaines étapes. Je dois appeler le poste. Je dois aller quelque part où j'ai du réseau. Kaja me suit, la queue tombante. Lorsque j'atteins le parking de randonnée, je vois la voiture de Lasse. Il s'est garé juste à côté de la mienne. Mes mains tremblent quand je rejoins la route en voiture. J'ai pourtant vu tellement de morts auparavant ! Je crie encore une fois au volant, d'horreur et de rage. Je n'ai jamais ressenti ça encore. Cette colère. Pas comme ça.

Au bout de cinq kilomètres, j'ai enfin du réseau. Je m'arrête sur le bord de la route et appelle le poste, je leur décris de la manière la plus objective et concise possible ce qui s'est passé, et ne sais même plus vraiment ce que j'ai dit à la fin. Je me souviens juste qu'ils veulent envoyer une ambulance, un médecin urgentiste, et que ça me donne un peu de faux espoir.

Je renverse la tête en arrière. Il n'y a maintenant plus rien d'autre à faire pour moi qu'attendre qu'ils arrivent et viennent chercher Lasse, qui gît toujours là-bas, sur le sol de la forêt, sous la pluie et se vidant de son sang. Il va attirer des bêtes. Pas seulement les petites, habituelles – asticots, mouches, scarabées. Mais aussi de plus grosses, qui voudront récupérer un morceau de lui. Pour la forêt, il est de la viande, une source de nourriture. Mais pas pour moi. Ma vision de la vie et de la mort, l'évidence qui réside dans le fait qu'aucune énergie ne se perd jamais dans la nature, la beauté des scarabées scintillants qui s'invitent au repas funèbre – plus rien de tout ça ne me paraît juste.

J'enclenche la marche arrière et donne un coup de volant si énergique que Kaja glisse dans le coffre en couinant. Je dois protéger Lasse. De la forêt.

Les nombreux véhicules de patrouille avec leurs lumières clignotantes infestent les arbres environnants comme de la vermine. Le silence règne, en revanche, sur le lieu du crime. Tous sont choqués par le spectacle qui s'offre à eux. Pas seulement par la mort brutale d'un collègue, mais par le cadavre lui-même. La gorge déchirée, les morsures, la quantité de sang dans la boue.

Dès qu'elle retrouve la parole, Sara dit :

— Enfermez le chien.

— Tu ne crois quand même pas…

— Peut-être qu'elle a la rage, qu'est-ce que j'en sais. Qu'est-ce qui a pu arriver, à ton avis ?

Il y a dans sa voix un ton cinglant que je n'ai jamais entendu chez elle. Le collègue qu'elle a repris sèchement ne la contredit pas. Sara se tourne à nouveau vers moi.

— Tu es blessée ?

— Non.

Elle me tend une couverture et, pour faire de la place au médecin légiste, je quitte à contrecœur la position accroupie que j'avais adoptée à côté de Lasse au cours de la dernière heure. Comme pour une veillée funèbre.

Kaja rentre la tête en grognant et se fait petite quand le collègue s'approche d'elle et l'attrape par le collier. Qu'elle ait pu agresser Lasse me paraît tout à fait absurde. Mais il y a ce sang sur son museau, ses dents. Et on peut lire dans ses yeux ce sentiment de culpabilité que j'ai vu chez elle la dernière fois, quand elle a effrayé un lièvre en furetant et l'a mordu, par excès de zèle. Kaja est un brachet noir et feu, m'a expliqué Lasse. Elle a une mâchoire puissante. Elle a arraché sans peine la moitié de l'arrière-train du lièvre. Elle a ensuite courbé l'échine d'un air repentant, comme maintenant, et Lasse l'a sermonnée car, avec ce genre de comportement, elle échouerait à l'examen qui l'attend à la fin de l'année pour devenir chien policier. Il m'a confié plus tard que, malgré tous ses bons entraînements et son obéissance, elle restait un animal chez qui les instincts peuvent reprendre le dessus. Simplement, il ne fallait pas que Kaja sache qu'il la comprenait.

Mais quels instincts pourraient la pousser à s'attaquer à son propre maître-chien ? Je n'arrive pas à me l'imaginer. Ça aurait pu être un loup ou un ours. Et Kaja l'a défendu, d'où le sang sur sa gueule. Mais pourquoi n'est-elle pas blessée dans ce cas ? Et qu'est-ce qu'elle et Lasse étaient venus faire ici ?

— Alors, à première vue, je ne vois rien d'autre que les morsures.

Le médecin légiste se relève, à la lueur d'un spot monté provisoirement. Sa frustration transparaît à la manière dont il retire sa capuche blanche et ses gants. Lasse était aussi son collègue. Sara revient à la charge :

— Et ce sont des morsures de chien ?

— Disons que ça y ressemble beaucoup, aussi déplaisante que l'idée puisse nous paraître. Le motif que forme le sang en descendant du cou indique que Lasse était debout quand il a été blessé au cou. Je suppose que le chien lui a sauté à la gorge et que Lasse est tombé par terre, entraîné par son poids.

— Que penses-tu de ma théorie de la rage ?

— Possible, oui. Il faut qu'on la teste. Et pour le reste, attendre de voir ce qu'on va trouver à l'institut médico-légal. Entre la boue et ce temps de merde… Ce ne sont pas les conditions idéales pour pratiquer une autopsie précise.

La pluie perle du front de Sara et goutte dans son col. Elle ne fait pas mine de vouloir l'essuyer ni même de mettre sa capuche. Elle paraît désespérée. Le spot éclaire Lasse d'une lueur impitoyable. On traîne une civière jusqu'à lui. Je détourne les yeux quand ils l'installent dedans. Un peu plus loin, des hommes de l'équipe du relevé des empreintes marchent péniblement à travers le sous-bois trempé. Leurs combinaisons brillent d'une lueur fantomatique dans le crépuscule.

— Qu'est-ce qui s'est passé ici, Rosa ?

Je ne peux que hausser les épaules, désemparée.

J'ai été assise suffisamment longtemps à côté de Lasse pour savoir de quoi parlait le médecin légiste. Pourtant, quelque chose ne colle pas. Une morsure de chien n'est pas une coupure profonde, déterminée. À mon avis, cela aurait dû donner un motif différent si Lasse était mort d'une blessure à la carotide.

D'un autre côté – qu'est-ce que j'en sais ? Combien ai-je vu de scènes de crime ? Les seuls véritables cadavres à l'examen desquels j'ai jusqu'ici apporté mon aide m'ont été amenés lavés ou, dans le meilleur des cas, en état de décomposition. Voilà mon domaine d'expertise. Tout le reste n'est que spéculation. Cela a pu se passer comme ça ou tout autrement. Et sous toute cette saleté, il est vraiment presque impossible de trouver autre chose que les traces de morsure manifestes.

Une sensation coincée dans ma poitrine me fait monter les larmes aux yeux. Comme une thoracotomie. Une coupure dans les côtes. J'ai soudain du mal à respirer. La forêt tourne autour de moi. Mais qu'est-ce qui m'arrive, bon sang ? J'entends Sara dire :

— Rosa ?

Puis mes jambes cèdent comme deux branches pourries.

NORA

ÇA pue le chien mouillé dans la maison d'Olof, alors qu'il n'y en a pas un à la ronde. Rien qui puisse tenir compagnie au vieux. À part les animaux morts, empaillés, dont il s'entoure. Peut-être que l'odeur vient d'eux. L'idée d'avoir une propriété perdue au bord d'un lac peut sans doute sembler romantique pour beaucoup. Mais l'isolement d'une maison peut très vite déteindre sur ses occupants si on ne la remplit pas de rire et de conversations. Serait-ce la raison pour laquelle Olof a autant d'animaux empaillés ? Parce qu'il essaie de se créer de la compagnie et de la conserver. Je ne pensais pas que la solitude d'Olof était si dense qu'on pouvait la sentir.

J'ôte mes chaussures à l'entrée, bien que la maison ne donne pas l'impression que le ménage soit souvent fait. C'était une idée spontanée de venir et je n'en ai rien dit à Henrik pour ne pas attiser plus encore son animosité contre Olof. Mais avant qu'on poursuive toutes sortes de spéculations et qu'on s'enferre dans des théories du complot, je préfère agir moi-même.

Olof semble embarrassé. En nous rendant au salon, il pousse des meubles sur mon chemin et met du bazar de côté comme s'il me déroulait le tapis rouge. Il pose du café sur la table du salon, ainsi que des petits gâteaux et un bol de bonbons. Les doubles rideaux jaunis sont tirés, comme s'il voulait empêcher quelque chose d'entrer. Quand il les ouvre d'un geste vif, la lumière tombe sur le sol en lino et le tapis épais aux fibres emmêlées. Cela rend visible la poussière qui danse dans les airs. Il y a une vieille télé cathodique, et des peintures à l'huile encadrées au mur, dont l'une en particulier me saute aux yeux. Elle montre un petit garçon en pleurs.

Olof va vite à la cuisine et revient peu après avec un plateau en bois sur lequel tremblent un petit pot de lait et une boîte en céramique avec le sucre. Il est si appliqué et concentré sur ce qu'il fait que j'ai mauvaise conscience, l'espace d'un instant.

— Attends, je vais t'aider.

Je me lève aussitôt, lui prend le plateau branlant et le pose sur la table tandis qu'il secoue les mains d'un air honteux.

— J'ai dû manger trop d'anguille électrique, hier.

Avant de s'asseoir, il nous sert du café.

— Tu connais l'histoire de l'anguille électrique ?

Je ne réponds pas. J'en ai assez maintenant que les hommes de mon entourage se sentent toujours obligés de me raconter des histoires.

Olof se tord les mains nerveusement. Puis il demande :

— Il n'y a toujours pas de trace de Fynn, c'est ça ?

— Non, malheureusement.

— Je suis désolé.

Je hausse les épaules dans un geste d'impuissance. D'un seul coup, je ne sais plus ce que j'avais espéré de cette visite. Je me sens ridicule. Olof n'est rien d'autre qu'un vieil homme seul. Un géant inoffensif qui apprécie ses propres histoires. Lui aussi se fait du souci pour Fynn.

— Non, c'est moi qui suis désolée. Au fond, je ne sais pas du tout pourquoi j'ai débarqué ici à l'improviste.

Il lève les mains pour refuser mes excuses.

— Tu peux passer quand tu veux, Nora. Toi et Henrik aussi, bien entendu. C'est terrible que Fynn ait disparu. Tu voudrais… en parler ?

— En réalité, je suis venue pour parler de toi.

— De moi ?

— Et de la forêt.

Mon regard se tourne vers la fenêtre. Les arbres bordent le lac, denses et sombres. Quelque part là-dehors, la police creuse, à la recherche de Fynn. Dans un rayon régulier autour de la tombe de l'enfant. On ne cesse de nous assurer que la découverte du squelette n'a rien à voir avec la disparition de Fynn, et je veux le croire. Je veux croire que ce n'est qu'un triste et horrible hasard. Mais un léger doute subsiste encore. Et il est lié au fait que je vois soudain de quoi cette forêt est capable.

— J'ai entendu dire que tu avais en quelque sorte un rôle de garde forestier ici ?

Il hausse les épaules.

— Pas officiellement. C'est juste que je me promène beaucoup en forêt, je veille un peu sur elle. Abattages d'arbres non autorisés, pièges mal posés qui font souffrir inutilement les bêtes, je remarque ce genre de choses. On a tous besoin de quelqu'un pour veiller sur soi.

Je me demande aussitôt qui veille sur Olof. Et pourquoi il n'a pas pu être un peu plus vigilant le soir où Fynn a disparu.

— Je commence à en avoir assez de cette forêt, maintenant. Ça fait des jours qu'on cherche Fynn, sans discontinuer, et quand je regarde les cartes et les zones minuscules que nous avons ratissées jusqu'à présent…

— Eh oui, c'est une forêt primitive.

— Et c'est super et romantique, jusqu'à ce qu'un enfant s'y perde. C'est alors qu'on se rend compte brusquement que la forêt peut sans doute très bien veiller sur elle-même, contrairement à nous.

Je me passe la main sur le front.

— Tu as des enfants, au fait ?

— Non. Ça ne s'est jamais fait.

Je hoche la tête. Olof sait si bien s'y prendre avec les enfants, c'est un vrai gâchis de talent et d'amour. Je remue mon café, bien que je n'y aie versé ni lait ni sucre.

— Tu savais que le plus vieil arbre du monde se trouve ici, en Suède ? Un épicéa. Il a plus de neuf mille ans. Je me demande souvent tout ce qu'il a pu voir.

Je ne réponds pas et continue de touiller. À quoi bon tous ces arbres et leurs savoirs s'ils ne nous confient rien ? Ce ne sont que des témoins inutiles. On pourrait nourrir une véritable haine contre eux.

— Qu'est-ce que tu faisais, d'ailleurs, avant de vivre ici, en Suède ?

— Tu veux dire, à l'époque où j'étais pirate ?

— Sérieusement, Olof. Fynn n'est pas là et je ne suis pas venue pour écouter des histoires.

— Je n'ai pas fait grand-chose. J'étais une âme égarée. Comme la plupart des habitants de grandes villes.

— Et on parle de quelle grande ville ?

— Nuremberg.

J'arrête de touiller, aussi soudainement que si le café était devenu du ciment dans ma tasse. Nuremberg.

— Quelque chose ne va pas ?

— Non. Rien du tout.

Je ris nerveusement. Trop nerveusement.

— C'est juste que je ne vois pas vraiment Nuremberg comme une grande ville.

— C'est la deuxième plus grande de Bavière.

— Exact.

Le silence soudain entre nous est embarrassant. Au bout d'un certain temps, Olof se racle la gorge.

— Je nous prépare quelque chose à manger ?

— Merci, mais je ne voulais pas rester trop longtemps, à vrai dire.

— Mais je n'ai pratiquement rien pu te proposer ! J'ai de la viande d'élan ou du *surströmming*. Du hareng fermenté. Attrapés moi-même tous les deux. Si tu n'as encore jamais goûté…

— Olof, on a trouvé de la viande dans une cave creusée sous notre cuisine. Tu n'aurais pas par hasard une idée du chasseur qui traînerait dans le coin et aurait pu se servir de notre maison ?

Il lève les sourcils. J'ai l'impression qu'il sait de quoi je parle. Il pose malgré tout la question, et me pousse à prendre davantage mes distances :

— Un chasseur ?

— Oui. Je me suis demandé si ça pouvait être quelqu'un qui habiterait ailleurs et…

Un bruit venant de l'étage du dessus m'interrompt soudain au milieu de ma phrase.

— Qu'est-ce que c'était ?

— Quoi ?

— Il y a quelqu'un d'autre ici ?

— Non. Pourquoi ?

— J'ai entendu quelque chose.

— Tu parles du craquement ? Ce sont les poutres. La maison est vieille. Parfois elle me parle.

Il doit lire mon scepticisme dans mon regard car, l'instant suivant, il pose sa grosse patte rêche sur ma main, et je dois prendre sur moi pour ne pas la retirer aussitôt.

— Nora, quand est-ce que tu as dormi pour la dernière fois ? Ou ne serait-ce que mangé quelque chose ?

Il a une cicatrice au bras, qui s'étire de droite à gauche autour du poignet. Comme si on lui avait cousu toute la main à la manière de Frankenstein. Il a les mains rêches d'un chasseur. Comment peut-il exécuter avec elles des tâches aussi méticuleuses que l'exige la taxidermie ?

— Allez, je nous prépare quelque chose. Tu es invitée.

Il se rend dans la cuisine avant que je puisse continuer à protester. Et je profite de l'occasion pour tendre une oreille attentive à ce qui se passe en haut. Mais le silence est revenu.

Possible que ce n'ait été que les poutres. Notre maison de vacances aussi fait des bruits que je n'ai jamais entendus en ville. Mais on avait vraiment l'impression que quelqu'un se déplaçait en haut. Je me lève, jette un rapide coup d'œil dans la cuisine, où Olof a à moitié disparu dans le garde-manger. Puis je m'avance discrètement dans le couloir débordant d'objets, d'où partent deux escaliers, l'un menant à l'étage supérieur, l'autre, à la cave. Je guette ici aussi sans entendre quoi que ce soit. Puis je pose avec précaution un pied sur la première marche. Je plisse les yeux lorsqu'elle craque.

— Nora ?

Je me retourne brusquement. Olof se tient sur le seuil de la porte du couloir. La gentillesse s'est effacée de son visage. Il me regarde avec méfiance. Il tient dans sa main un bocal en verre de poisson mariné qui semble lui aussi faire partie de sa collection d'animaux naturalisés. Sa seule vue me donne des haut-le-cœur.

— Je cherche juste les toilettes.

— À côté de l'entrée.

Il ne me croit pas.

Je le laisse où il est, verrouille à la hâte la porte des toilettes derrière moi. Mon cœur bat à tout rompre. J'essaie de calmer ma respiration, ferme les yeux, compte jusqu'à vingt. Puis je tire la chasse d'eau, laisse couler le robinet et rouvre la porte. Je ne vois Olof nulle part. Il est sûrement retourné à la cuisine. Cependant, je suis certaine qu'il garde une oreille attentive dans le couloir. Le cœur toujours battant, je scrute en passant le haut de la cage d'escalier.

— Fynn ?

Je murmure si bas qu'Olof ne peut m'entendre. Si bas que Fynn ne pourrait sans doute pas m'entendre non plus s'il était vraiment là-haut. Je reste peut-être une seconde figée dans le couloir. Qu'est-ce qui me retient, au fond, de me précipiter à l'étage, tout simplement ?

— Tout va bien, Nora ?

Olof se tient à nouveau dans le couloir. Cette fois, il porte dans ses mains calleuses un plateau sur lequel sont disposées des tartines. Dressées avec soin, il les a même parsemées de ciboulette. La banalité de ce spectacle et sa voix préoccupée me font craquer intérieurement.

J'étais d'abord sûre à cent pour cent que Bleike avait enlevé Fynn. Maintenant j'essaie de trouver un mobile dans la solitude d'un vieil homme et me laisse prendre à l'histoire de Henrik avec ce tueur à la cabane de Nuremberg. L'inquiétude me rend folle. C'est la seule chose que je puisse dire avec certitude.

— Non, ça va. Tout va bien. J'ai vraiment les nerfs à fleur de peau en ce moment, tu as raison. Je suis désolée.

Je retourne d'un pas raide à la table du salon et essaie, uniquement par mauvaise conscience, d'avaler quelques bouchées du *surströmming* d'Olof. Ça sent le pourri et a un goût aigre. Pas vraiment ce que souhaite un estomac qui, en ce moment, ne supporte même pas des biscottes suédoises.

— Je suis vraiment désolée. Je ne peux rien avaler ces jours-ci.

— Aucune raison de t'excuser.

Olof a déjà mangé sa part, se prend un bonbon pour le dessert, en retire le papier.

Je me lève car je sens que je commence à avoir la nausée.

— Je crois que je ferais mieux d'y aller.

Olof bondit de sa chaise d'un air perplexe.

— Là, maintenant ?

— Désolée que tu te sois donné toute cette peine.

— Quoi, ça ? Mais non ! Je n'ai fait que beurrer quelques tartines. Mais tu crois que tu arriveras à rentrer chez toi toute seule ? Tu es tellement pâle ! Tu ne veux pas t'allonger un peu ?

— Merci, Olof. Je crois que je voudrais juste partir.

Je presse une main sur ma bouche, attrape ma veste de l'autre. Je jette un dernier regard sur la table pour m'assurer que je n'ai rien oublié. Et mes yeux s'attardent sur le papier de bonbon chiffonné à la place d'Olof, bleu turquoise avec des rayures jaune fluo. Il me faut un moment pour me rappeler où j'ai déjà vu cet emballage : dans notre maison de vacances, le jour de notre arrivée.

MARLA

J'AI dû dormir sur ma bonne oreille, sinon j'aurais sûrement entendu l'échelle grincer sous leurs pieds. Mais je ne me réveille que lorsque des mains m'attrapent et m'écrasent sur le matelas. J'étouffe. Le poids sur ma poitrine est si lourd que je n'arrive pas à respirer. L'un d'eux est accroupi sur moi, un autre me tord les bras. Ils crient tous pêle-mêle, et je crie aussi, encore à moitié sonnée. Je ne comprends pas ce qui se passe. D'où viennent tous ces enfants ? Comme une nuée de corbeaux. Un poing me frappe l'estomac, viennent ensuite des coups de pied. Ils portent des baskets. Pas moi. J'essaie de rouler sur moi-même, de protéger mon corps, mais sous toutes ces mains, je suis comme clouée au sol. Je me cabre, pousse des cris perçants et bats des jambes pour me débarrasser de ces enfants. Mais ils sont plus lourds que moi, ils sont plus forts que moi. Je n'ai aucune chance. Les genoux du plus gros d'entre eux appuient contre mes côtes. J'ai l'impression que ma cage thoracique se brise. Je n'ai plus d'air.

Désespérée, je jette la tête à gauche, à droite. Le garçon sur ma poitrine beugle je ne sais quoi aux autres et me postillonne dessus au passage. Il est hideux, a de petits yeux de cochon dans un grand visage gras. Lui et deux autres garçons me rouent de coups de poing tandis que d'autres enfants se pressent à l'entrée de la cabane. Ils regardent, braillent. J'aperçois même une petite fille dans le groupe. Qui sont ces enfants ? Pourquoi m'agressent-ils ? Leurs faces sont rouges, en nage. Ils prennent plaisir à ce jeu. Peut-être est-ce l'homme qui les a envoyés. Peut-être est-ce un nouveau test de force. Mais je ne peux pas le réussir, il doit bien s'en douter. Je suis trop faible. J'ai trop faim. Je n'en peux plus.

Le plus grand des garçons ouvre son pantalon. J'entends sa braguette. L'instant d'après, c'est très chaud et mouillé sur mon ventre. Je grogne et je crie et j'essaie de le repousser. Mais les autres enfants hurlent encore plus fort que moi. De joie cruelle. Je regarde vers le trou de l'entrée. Mon esprit en panique cherche un moyen de fuir. C'est alors que je le vois. C'est le seul visage familier parmi tous ces enfants inconnus, et il se tient tout au fond. Henrik. Mon cœur fait un bond dans ma poitrine. Il est revenu. Je veux l'appeler, “Henrik !”, mais je ne laisse échapper qu'un cri étouffé. Et pourquoi ne m'aide-t-il pas ?

La seconde qui suit, quelque chose me tombe sur le visage. Un mélange visqueux puant qui me prive aussitôt de la vue. Ça pénètre dans mes yeux, me brûle tellement que je les plisse fort. Je reconnais ce que c'est à l'odeur. Ils ont découvert mon pot de chambre et me l'ont vidé dessus.

Le gros me lâche en poussant un cri dégoûté, les autres rient. Le grand rit le plus fort. Libérée subitement du corps qui l'écrasait, ma poitrine fait un bruit étrange quand j'inspire. Ça ressemble plus à un oiseau enroué qu'à moi. Mes bras aussi sont libres tout à coup. J'émets un râle et m'essuie le visage pour chasser ce qui me brûle les yeux. Ça fait si mal que je crois devenir aveugle.

Ils me laissent simplement comme ça. Ils en ont fini avec moi, ils se sont amusés.

— Henrik ?

Je l'appelle, je gémis lorsque le silence commence à revenir et que leurs cris de triomphe exaltés s'éloignent. Je ne sais pas si quelqu'un est encore là. S'il est encore là. J'avais pourtant un collier de mouches, le plus long et le plus beau de tous. Et Henrik voulait m'emmener ! Mais il ne répond pas. Il est parti avec les autres et m'a de nouveau abandonnée.

ROSA

MES jambes ne m'obéissent pas encore tout à fait quand je monte enfin en voiture et retourne à la maison. J'ai à peine conscience de la route. Je n'ai pour ainsi dire conscience de rien de ce qui m'entoure. Je n'arrive pas à croire à quelle vitesse tout s'est passé. Il n'y a même pas vingt-quatre heures, Lasse et moi étions couchés dans son lit. Ma tête sur sa poitrine, ses doigts dans mes cheveux. La route s'estompe sous la pluie. J'actionne l'essuie-glace, qui n'arrange rien de plus. Je passe ma manche sur mes yeux, les souille de boue. Ça brûle.

C'est à cause de mon message que Lasse est allé dans la forêt. Uniquement à cause de mon stupide message qui lui demandait s'il ne voulait pas me rejoindre. Et en plus, je n'ai rien trouvé sous cet arbre ! Pourquoi je ne suis pas simplement allée au poste ? Lasse serait peut-être encore en vie si je ne… Je pleure et frappe le volant lorsqu'une ombre se détache soudain de l'obscurité de la rangée d'arbres sur ma droite et court sur la chaussée. Un animal, me dis-je, effrayée, et c'est déjà trop tard. Quelque chose est projeté avec fracas sur le pare-brise tandis que j'écrase beaucoup trop tard la pédale de frein et que je suis comprimée vers l'avant. La ceinture de sécurité me cisaille douloureusement l'épaule. L'animal roule sur le toit. C'est un bruit horrible. Je donne un brusque coup de volant, mais la chaussée est trempée et la voiture dérape. Et soudain, il n'y a plus de route devant moi, rien d'autre que la forêt. Je lève vite les bras, me protège la tête alors que la voiture se plante à pleine vitesse contre un arbre et que l'airbag se déclenche violemment. Ensuite, ma tête explose, des lumières dansent devant mes paupières closes. J'ai l'impression de glisser, de tomber dans un trou avant qu'une pensée, tout au bord de ma conscience, ne me fasse sursauter : ce que j'ai touché courait sur deux jambes.

J'écarquille les yeux et respire avec difficulté. Comme si mes poumons étaient comprimés. L'airbag devant moi ressemble à une serviette froissée. J'attrape difficilement la portière, mais elle reste bloquée. Je dois enjamber le siège passager pour sortir. Lorsque j'ouvre en grand la portière, mes pieds restent accrochés au siège, je tombe de la voiture et me traîne jusqu'à la route. Il y a des traces de freinage sur la chaussée et, tout au bout, au milieu du bitume, gît quelque chose. Des lumières dansent encore devant mes yeux, mais je continue à me traîner pour voir ce que c'est. C'est un enfant. J'ai renversé un enfant ! Je m'accroupis devant le corps sans vie sur le sol et le retourne. Quelque part dans ma tête douloureuse une alarme se déclenche, m'avertissant qu'il ne faut pas déplacer une victime d'accident. Mais que pourrait-il bien arriver de pire ? Cet enfant a roulé par-dessus mon pare-brise et est retombé sur la route, derrière ma voiture. C'est un garçon. Je le reconnais tout de suite d'après les photos de l'avis de recherche.

J'ai trouvé l'enfant qu'on cherchait.

TROISIÈME PARTIE

De tous côtés, des yeux brillaient entre les arbres. Le rocher était encerclé. Tous ces yeux la guettaient et elle ne s'en était pas aperçue !*

* *Ronya, fille de brigand*, Astrid Lindgren, Le Livre de Poche, 1984, traduit du suédois par Agneta Ségol et Brigitte Duval.

MARLA

Les garçons reviennent. Pas toute la meute, mais quatre d'entre eux. Il y a le grand, le gros, un blond clair et un autre que je ne reconnais qu'à ses chaussures. Chaussures qu'il a enfoncées dans mon ventre lors de la première visite. Son sourire est affreux. Mauvais. Il a un espace entre les incisives, devant. C'est le chef, car quand il dit quelque chose, les autres filent droit. C'est lui qui invente les jeux. Même l'imagination de l'homme n'est pas aussi horrible que la sienne.

Ça ne sert à rien que je m'égosille, que je grogne et que je griffe. Ils en rigolent. Tout ça est un jeu pour eux. Je suis un jeu pour eux. Ça les fait rire que je pousse des cris si aigus. Et que ma peau grésille si joliment quand elle brûle.

Quand ils en ont fini avec moi, ils me laissent par terre, comme un jouet. Mais ils reviendront, et reviendront, jusqu'à ce qu'ils ne s'intéressent plus à moi. Je le sais car c'est exactement ce qui est arrivé à l'homme. Et à Henrik.

Je tire mes jambes contre mon corps douloureux. Encore plus maintenant. Tout fait mal, jusqu'à mon ventre vide. Mais il y a aussi de la rage dans ce ventre. Je voudrais leur arracher les yeux, à ces garçons. Pourquoi Henrik les a-t-il guidés à moi ? Pourquoi m'a-t-il trahie ? Henrik était pourtant mon ami.

Ça pue encore les garçons et leurs jeux dans la cabane. Je me traîne dehors, sur la plateforme, en rampant avec une extrême lenteur, mais l'odeur s'accroche à moi. Aucune chance de lui échapper. Je pose ma joue au sol et me tourne sur le dos.

Le manque et la faim, ça fait presque la même chose. On le ressent d'abord un peu dans l'estomac, et puis de plus en plus fort, jusqu'à ce que tout ne soit plus que douleur. Et puis ça s'atténue d'un seul coup. C'est le moment où l'estomac et le cœur abandonnent. Alors il n'y a plus de sensation, pour rien. Je deviens très calme, je ne pense plus qu'à ouvrir la bouche le plus grand possible quand il pleut. Parfois, je parle aux oiseaux au-dessus de moi.

Un choucas atterrit sur ma plateforme. Il est grand et a des plumes brillantes en noir et gris. Contrairement aux corbeaux, les choucas n'ont pas les yeux noirs, mais bleu très clair, presque blancs. Ça leur donne un air un peu inquiétant. Les choucas ressemblent à des corbeaux morts-vivants, à des fantômes de corbeaux. Il a quelque chose dans son bec. Je crois que c'est une noix ou un noyau de cerise. En le voyant sautiller ainsi dans ma direction, je me dis qu'il veut me nourrir et j'ouvre la bouche comme un poussin. Mais il ne me nourrit pas. Il laisse tomber l'objet et s'en va en quelques coups d'ailes. Il me faut un certain temps avant de distinguer ce qu'il a laissé ici. C'est le briquet du chef. Rouge, avec un dessin de troll dessus.

Je tourne le troll entre mes doigts, dans un sens puis dans l'autre. Puis mon regard tombe sur la corde à mon pied.

Il me faut une éternité pour parvenir à rassembler assez d'énergie pour me retourner. Mes doigts tremblent. Peu importe combien de fois j'essaie, ils glissent sans cesse de la roulette du briquet. Mais une flamme apparaît enfin. Je me mords les lèvres pour m'efforcer de la maintenir droite. J'ai peur que cette petite flamme me laisse tomber, comme tous les autres. Le feu danse sous la corde. La noircit. La transperce. Une petite colonne de fumée s'élève.

Et soudain je suis libre.

Je regarde la corde sectionnée, incrédule. Combien de fois j'ai essayé de défaire le lien à mon pied. De rompre la corde, de la ronger avec mes dents, de la frotter jusqu'à ce qu'elle cède. Et voilà que le briquet du chef l'a coupée en deux, tout simplement. Je tremble toujours. De faim, mais aussi d'excitation à présent. J'ai du feu et, sous mes pieds, une forêt m'attend avec de quoi manger.

NORA

Olof me suit. J'entends les craquements derrière moi, accélère le pas, jette un regard nerveux sur mon portable, toujours pas de réseau. *Ne te retourne pas. Rien de tout ça n'est réel.* Mes sens sont à l'affût, ma respiration s'emballe. Je suis prête à partir en courant à tout moment. Ici, au milieu de la forêt, je suis à la merci d'Olof. Pourquoi n'ai-je pas simplement cru Henrik quand il le suspectait ? Qu'est-ce que je connais vraiment des gens ? Bleike. Olof. Deux hommes qui m'ont embobinée avec leur gentillesse. La peur me pèse sur la nuque jusqu'à en être insupportable.

J'ai le souffle presque coupé d'incrédulité et de soulagement quand j'aperçois une lueur qui ne peut être que notre maison entre les arbres. Je presse le pas, franchis les derniers mètres en courant – et pousse un cri d'effroi lorsqu'une silhouette surgit des sous-bois et me fonce dedans. Une attaque surprise par le côté. Je me débats, hurle.

— Nora !

C'est Henrik. Il me tient fermement les bras, j'arrête de lui donner des coups.

— Nora, ils l'ont !

Trois simples mots. Mais je ne suis pas en mesure de les relier entre eux. Mon cerveau d'habitude si vif est complètement bouché.

— Olof ?

Henrik secoue la tête, me secoue les épaules.

— Fynn ! Ils l'ont !

Mes jambes ne m'obéissent plus. Elles lâchent, comme si mon corps pesait soudain des tonnes. J'entends la voix de Henrik me parvenir de je ne sais où, mais elle est lointaine, bien plus lointaine que ses bras ne sont longs. Ses bras qui me tiennent.

Ils ont trouvé Fynn. Mais j'ai peur que ce ne soit pas vrai. Parce que c'est Henrik qui me transmet ce message.

— Tu es sûr ?

— L'hôpital a appelé ! C'est eux qui l'ont dit !

— Pourquoi l'hôpital ?

— Ça fait plus d'une heure que je t'attends ! Où étais-tu passée ?

Je regarde autour de moi. Les arbres. Le sous-bois. Et s'il était là, quelque part ? À nous observer ?

— Nora !

Henrik me secoue à nouveau les épaules. Il me secoue pour me ramener à la réalité. Fynn est de retour. Je répète à voix basse :

— Ils l'ont trouvé.

Henrik se jette à mon cou et pleure de soulagement. Il y croit déjà. Il croit que tout va bien, maintenant. Moi aussi, j'aimerais pouvoir pleurer comme ça. De soulagement, sans “mais”.

Je repose la question, avec les yeux secs et un mauvais pressentiment.

— Pourquoi est-il à l'hôpital ?

— Ils ont parlé d'un accident. Il est sorti de la forêt en courant devant une voiture. Je n'en sais pas plus. Quand ils ont appelé, il était encore au bloc.

Et le voilà, le “mais”. Je n'insiste pas, je ne veux pas que ce maigre espoir me soit aussitôt retiré. Il y a eu un accident, mais notre fils est en vie !

Nous retournons à la maison en courant pour emballer des affaires dont Fynn pourrait avoir besoin à l'hôpital. Son dinosaure en peluche. Son pyjama. Henrik jette encore dans le sac d'autres jouets, livres, de quoi dessiner et même un puzzle. Toutes sortes de choses pour un Fynn qui n'a pas seulement survécu, mais est en pleine forme.

Nous sautons dans la voiture.

— Ceinture.

Et je pars avant même que Henrik puisse suivre ma recommandation.

J'essaie de me concentrer sur la route tandis que les arbres défilent devant ma vitre. Comme je les hais, ces arbres. La forêt a maintenu notre fils prisonnier et l'a libéré au mauvais moment. À l'instant précis où une voiture passait en trombe. Je n'arrive toujours pas à le croire. Ce n'est que lorsque je distingue des traces de freinage noires sur la route et des morceaux de voiture cassés devant un arbre que la scène devient réelle dans mon esprit. Des restes de pare-chocs sont encore éparpillés dans les hautes herbes. Je serre plus fermement le volant, accélère et passe la vitesse supérieure. La transmission fait un à-coup, le moteur patine brièvement, comme si lui-même n'attendait qu'une chose, sortir de la forêt. Henrik, en revanche, est silencieux. Il se tord le cou vers le lieu de l'accident et me rappelle ainsi

Fynn qui, à notre arrivée, essayait d'apercevoir le prétendu loup sur l'île. Si seulement on avait su tout ce qu'on aurait eu à affronter. J'aurais tout de suite fait demi-tour et serais rentrée à Greifswald.

Nous nous annonçons à l'entrée de l'hôpital et sommes invités à prendre place dans la salle d'attente. Comme si nous n'avions pas déjà beaucoup trop attendu comme ça. Les minutes que nous passons avec angoisse sur nos chaises nous paraissent à nouveau une éternité atroce. Impression exacerbée par l'horloge murale que quelqu'un a dû équiper d'un amplificateur. Jamais de ma vie je n'ai entendu un tic-tac aussi fort. Comment peut-on accrocher une chose pareille dans la salle d'attente d'un hôpital ? Je me sens désemparée et remarque qu'il en est de même pour Henrik.

Une médecin vient enfin et appelle nos noms. Elle se présente en anglais comme "Dr Gisela Nygård", je ne retiens pas grand-chose de plus. J'ai du mal à me concentrer sur sa bouche qui bouge sans discontinuer pour nous rassurer.

— Votre fils a eu une chance incroyable. Un bras cassé que nous avons pu réparer. Une plaie ouverte à la tête. Nous avons procédé à une IRM et cela n'a rien révélé.

Henrik pousse un soupir de soulagement et presse si fort mes épaules que ça me fait mal. Il demande :

— Nous pouvons le voir ?

— Bien sûr, je vous emmène.

Dr Nygård dit cela comme si c'était une évidence. Bien sûr que nous pouvons voir notre fils. A-t-elle seulement idée à quel point c'était tout sauf une évidence pour nous ces derniers jours ?

Le couloir de l'hôpital paraît interminable et j'aimerais pousser le Dr Nygård dont l'allure me semble beaucoup trop détendue vu les circonstances. J'ai peur. Une peur bleue. Et s'il s'avère finalement qu'il s'agit d'une méprise ? S'ils n'ont pas trouvé le bon garçon et que nous devons continuer à chercher ? Au moment où nous atteignons la chambre, un policier se lève de sa chaise à côté de la porte et se dirige vers nous, mais nous nous précipitons dans la chambre sans nous préoccuper de lui. C'est vraiment Fynn. Le spectacle qui s'offre à moi m'horrifie. Une partie de son visage a viré au bleu sombre d'un côté, presque noir, comme une pomme pourrie, écrasée. Le bras gauche est bandé, ses fins cheveux blonds rasés d'un côté, probablement pour pouvoir lui recoudre le front. Le voir ainsi me fait souffrir physiquement. Henrik est le premier à son lit. Il s'effondre à genoux, son visage est trempé de larmes. Il pose une main sur la couverture et murmure :

— Maman et papa sont là. Nous sommes de nouveau réunis, mon guerrier.

Et comme pour l'assurer que c'est bien le cas, je saisis la main de Fynn, cherche un endroit où aucune canule n'est plantée et embrasse ses doigts, aux ongles encrassés de terre d'un noir profond, comme s'il s'était déterré d'une tombe.

Alors seulement je remarque qu'il a ouvert les paupières. Il s'est réveillé et nous regarde. Avec de la confusion, non, une panique totale dans les yeux. Il ne nous reconnaît pas. Sa respiration s'accélère. L'ECG encore somnolent à l'instant commence à émettre des bips d'alerte. Henrik se lève d'un bond et Dr Nygård se précipite devant l'écran. J'attrape à nouveau la main de Fynn :

— Fynn, c'est nous, maman et papa !

Mais il se met à pleurer, à se débattre, et je lui lâche la main et recule d'un pas tant je suis choquée par son état. La pièce se remplit d'autres personnes en blouse blanche. Elles essaient de le calmer avant qu'il s'arrache les canules, mais il n'arrête pas de crier. Mon regard croise celui de Henrik, aussi désemparé que moi.

Fynn se cabre. Il a les yeux plissés sous l'effort.

Le Dr Nygård me fait signe de me rapprocher, d'être là pour Fynn. Je m'exécute, mais je ne sais pas où toucher mon fils, je n'arrive pas à l'atteindre. Il y a des gens en blouse blanche partout. Je finis par trouver un endroit où attraper sa jambe qui s'agite, et me cramponne à lui.

Je crie à mon fils qui hurle et donne des coups de pied autour de lui :

— Je suis là, Fynn ! Maman est là !

Mais finalement, ce n'est pas moi mais les sédatifs qui l'aident. Désespérée, je le vois sombrer dans un sommeil médicamenteux dans lequel nous ne pouvons pas le suivre, même si je le souhaite de tout mon cœur.

Le Dr Nygård reprend son ton apaisant :

— Il est seulement désorienté. Toute cette situation, les examens, les nombreux nouveaux visages. Il ne faut pas oublier qu'il vient d'avoir un accident.

Je tourne la tête vers Henrik et lis sur son visage qu'il a les mêmes pensées que moi.

Bien sûr, le choc causé par l'accident est l'explication la plus logique. Mais il y a aussi une autre possibilité. Que le comportement de Fynn puisse avoir un lien avec ce qu'il a vécu avant l'accident – quoi que cela ait pu être.

HENRIK

Il pleut. De longs colliers de perles coulent le long de la vitre. Des colliers de mouches. Ils me fascinent tellement que je ne vois pas Fynn. Jusqu'à ce qu'il apparaisse soudain devant le pare-brise, les yeux écarquillés. Je crie :

— Attention, Fynn !

Mes mains tressaillent dans une tentative de donner un coup de volant, mais je n'y arrive pas. Le corps de Fynn bondit sur la vitre, roule sur le toit, c'est un bruit horrible, un bruit terrifiant. La voiture commence à biper, tous les voyants de contrôle clignotent. Pourquoi clignotent-ils ? Et d'où connais-je ces bips ? Mes paupières papillonnent, mais sont trop faibles, tout comme mes mains sur le volant. Je réessaye, tourne la tête. Cette fois, je vois que les bips viennent de machines qui entourent un lit. Et dans ce lit, il y a mon papi. Son visage sur l'oreiller est jauni et un peu gris. Il a la couleur du papier buvard de mon cahier d'école. J'écris des histoires dedans pour le moment où il se réveillera. Dans le cahier, il y a des lignes sur lesquelles on n'a pas le droit d'écrire à l'école, mais j'écris par-dessus en appuyant très fort, parce que les lignes trop droites perturbent les histoires.

Mes parents sont là aussi. Ils se tiennent dans le cadre de la porte et parlent tout bas, mais j'entends tout de même chacun de leurs mots. Ils discutent de l'endroit où devra aller mon papi après sa guérison à l'hôpital. Si ce sont mes parents ou ma tante qui devront l'accueillir. Ma mère est pour l'emmener avec nous à la maison. Mon père siffle entre ses dents que jamais de sa vie il ne jouera l'infirmière pour ce vieux ronchon. Qu'il a déjà fait des concessions quand il a accepté de reprendre contact avec lui. Mais que, le soigner chez lui, à la maison, ça allait trop loin. Mon papi suit la discussion. Elle le rend triste. Le bip de son cœur change. Il remue dans son lit métallique d'un air préoccupé. Je glisse de ma chaise, pose mon cahier sur l'assise et le rejoins pour lui prendre la main. Les câbles en caoutchouc auxquels sont fixées les aiguilles disparaissent dans les plis de sa peau tels des tuyaux extraterrestres. Je touche avec précaution l'extrémité de son annulaire et rétablis ainsi la connexion secrète entre nous. Puis je me penche vers son oreille et murmure :

— Ne t'inquiète pas, je vais te sortir de là, et ensuite on ira chez toi et on se cachera de tout le monde.

Le cœur de papi a un petit sursaut, je le vois sur l'écran, et je l'entends aussi. Ça fait bip, bip, et c'est sa réponse.

Mais mon père se tient soudain derrière moi. Il m'attrape par les épaules et m'éloigne brutalement du lit, et je perds le contact avec l'annulaire de papi.

— Papi !

— Arrête ça, Henrik !

Mon père est rustre. Je résiste à ses mains. Il ne voit donc pas que mon papi bipe d'angoisse parce que notre connexion a été rompue ? Mon grand-père lève du lit sa main grise pour la tendre dans ma direction, et je m'étire et me débats contre mon père qui veut me porter pour m'éloigner de lui.

Ma mère pousse un cri horrifié :

— Leif !

— Je te déteste ! Je te déteste ! Je te déteste !

Je tambourine de mes poings contre lui et ma mère me crie, sur le même ton d'effroi :

— Henrik !

Pourtant, elle déteste mon père aussi. Ils doivent se détester mutuellement, pourquoi se disputeraient-ils tout le temps, sinon ? Deux infirmiers débarquent dans la chambre comme si ma mère les avait appelés. Mon grand-père émet des bips toujours plus rapprochés et tend son bras vers moi. Les soignants nous bousculent, ils contrôlent les machines extraterrestres. L'un d'eux sort une seringue et injecte quelque chose dans un tuyau. Ils veulent le tuer ! Mon papi se cabre, et je vois ses lèvres bouger.

— Que dit-il ?

Mon père, furieux, pose la question aux infirmiers, mais ce que mon papi veut dire ne s'adresse qu'à moi. Je me fais tout petit, me faufile entre leurs jambes sans me faire remarquer et m'accroupis tout contre la tête de papi, mon oreille près de sa bouche. Son haleine sent la faim, les médicaments et les dents mal brossées.

— Ne - les - crois - surtout - pas. Ils te mentent ! Tous ! Ils me retiennent ici contre mon gré, Henrik. Ton père…

Je suis arraché du lit et atterris par terre. Je crie, tente de m'enfuir en rampant, mais mon père parvient à m'attraper et me retient dans son poing, tout mon corps résiste contre ses doigts. J'ai promis à mon papi que je le sortirai d'ici, que je le ramènerai dans sa petite maison suédoise qu'il aime tant !

— Henrik.

Une voix douce me parle. Nora. Que fait Nora ici, dans le poing de mon père ? Je cherche autour de moi, mais j'ai les yeux fermés et ne peux plus les ouvrir. Quelqu'un m'a bandé les yeux !

— Henrik !

Je sursaute. Une lumière blanche d'hôpital. Un lit. Le bip des machines. La main de Nora sur mon bras.

— Tu viens presque de tomber de ta chaise, Henrik. Tu ne veux pas t'allonger un peu ?

Je me redresse, me passe la main sur le visage. J'ai la nuque raide. Je transpire.

— J'ai rêvé de l'accident. C'est moi qui conduisais.

— Allonge-toi un peu.

Nora montre du doigt le lit affreux au matelas usé, installé près de celui de Fynn – aussi peu accueillant que peuvent l'être les lits d'hôpitaux. Je murmure :

— Je suis déjà venu ici.

— Dans cet hôpital ?

— Peut-être même dans cette chambre. Quand mon grand-père y était.

Je regarde autour de moi, puis me lève. Mes pieds sont engourdis, j'ai des fourmillements désagréables. Je marche jusqu'au lit où est désormais couché Fynn, le visage et les oreillers de la même couleur que mon papi à l'époque. Pâle comme du papier buvard.

— Peut-être que c'est le même lit, d'ailleurs. Peut-être que je me suis assis sur la même chaise. La pièce ressemblait exactement à celle-ci.

— Ce serait quand même un hasard énorme, tu ne crois pas ?

— Après que Fynn est sorti en courant de la forêt au moment précis où déboule la seule voiture à la ronde, tu veux vraiment me parler de hasards ?

Elle grimace, l'air contrariée. On peut nourrir une véritable rancune à l'encontre d'un univers qui vous torture de hasards aussi cruels.

— Et toi ? Tu ne veux pas t'allonger ?

— Non, ça va aller.

Nora a pourtant l'air au moins aussi fatiguée que moi. C'est ce qu'il y a de plus dur dans notre situation. On pourrait imaginer que nous sommes soulagés d'avoir à nouveau Fynn auprès de nous, de pouvoir enfin dormir à nouveau après tous ces jours de tourments. Mais en réalité, tout est bien loin d'être revenu à la normale. Nous ne savons pas ce qui arrive à Fynn, ni où il était. Mais la personne qui l'a enlevé, quelle qu'elle soit, est toujours dehors. Nous ne voulons pas le perdre à nouveau.

— On pourrait se relayer. Tu dors quelques heures et je reste éveillé. Et ensuite je me couche à mon tour.

— Couche-toi, c'est bon, cette fois je veille sur lui.

Peut-être qu'elle n'a pas du tout dit ça comme je l'interprète. Mais je dis tout de même :

— Ce n'était pas ma faute, Nora.

Elle ne me répond pas, et je peux la comprendre. J'ai moi-même cessé de me croire sur ce point.

MARLA

J'AI une forêt à moi, maintenant, avec toutes ses plantes et ses animaux. Les renards et les corbeaux m'obéissent si je veux.

Je bondis derrière mon rocher, à quatre pattes, et pousse mon hurlement de loup le plus féroce. Les deux milans royaux qui s'affairaient à l'instant sur mon lapin s'envolent, effrayés. Ils m'appartiennent, eux aussi. Eux et la proie dans le piège. Je me lève, attrape par les oreilles l'animal qui se tortille, et lui brise la nuque. Puis je dénoue la corde autour de son cou.

Je m'améliore de plus en plus pour poser des pièges. Hier, j'ai attrapé un glouton avec mon piège à pierre. Je ne savais pas si je pouvais le manger. Alors je l'ai écorché et ai utilisé sa chair comme appât pour d'autres pièges. Tout se réutilise dans la forêt. Tout fait partie d'un grand cycle. Je suis heureuse d'avoir été aussi attentive quand l'homme m'a appris ça.

La forêt brille ce matin. Elle brille comme un palace. Et il y a des perles scintillantes partout sur les feuilles et les plantes. Je cueille encore quelques mûres et des trèfles, puis j'apporte le lapin au foyer que j'ai installé près du lac. La surface de l'eau est lisse, comme un miroir dans lequel se reflète le soleil du matin. Dans un élan d'euphorie, j'ôte mes habits et je me trempe dans l'eau. Ça fait des jours que je ne me suis pas baignée. Simplement parce que je n'avais pas envie. Parce que je ne suis plus obligée de faire ce que je ne veux pas faire. Mais maintenant, j'en ai envie. Je frotte mes pieds, les orteils sales, mon visage, mes cheveux, je lave mes vêtements.

Nue et trempée jusqu'aux os, je m'accroupis devant le foyer et saisis l'éclat d'une pierre que j'ai cassée il y a quelques jours. L'arête est acérée comme un couteau et tranche sans peine la fourrure et la peau du lapin. Je glisse les deux mains dans l'incision, accroche fermement mes doigts sous la peau et la déchire de part et d'autre. Pour ça aussi, je m'améliore. Il y a quelques semaines encore j'ai essayé de cuire sur le feu mon premier renard avec peau et fourrure, mais ça n'a donné qu'une masse puante et brûlée. Je sais à présent que certaines règles que l'homme m'a apprises sont des règles de la vie sauvage et que je ne peux pas me rebeller contre toutes.

Le lapin est maintenant aussi nu que moi. Je le dépose dans la casserole, et accroche sa fourrure, peau vers le haut, au soleil. À côté de mes vêtements, qui sèchent là eux aussi. Puis j'allume le feu, suspends la casserole au-dessus des flammes et m'accroupis.

— Toi et moi, on est deux enfants de la nature sauvage.

Je m'adresse au lapin dans la casserole, qui ne peut plus m'entendre parce que c'est un enfant de la nature sauvage mort. Moi non. Je vis. Et je le fais du mieux que je peux.

Je ne sais pas combien de jours j'ai vécu seule en forêt avant que l'homme revienne tout à coup. Je le vois aux traces de boue sur les barreaux de l'échelle de corde tandis que je reviens de la cueillette des champignons. Il porte ses lourdes bottes. En regardant autour de moi, je vois ses empreintes partout au pied de l'arbre. Il est de retour – et avec lui, la peur.

Je plonge ma main libre dans les champignons mous, souples, dans ma casserole. Je n'arrive pas à décrocher mon regard des empreintes. Il me vient à l'esprit que quand on est malin, on ne laisse pas de traces derrière soi, et je baisse les yeux sur mes pieds nus.

Je pourrais m'enfuir en courant. Je sais maintenant comment survivre seule dans les bois. Je n'ai pas besoin de l'homme ni de cette cabane dans l'arbre, du moins pas tant que les journées sont encore chaudes. Je regarde la forêt. Les feuilles commencent déjà à prendre des couleurs. Et alors je repense à l'homme qui m'enveloppe dans la couverture épaisse en hiver. Qui installe la lanterne chauffante qu'il a chargée toute la journée dans son hangar. Ça va devenir difficile pour moi, toute seule, quand le long hiver arrivera.

Avant de pouvoir changer d'avis, je cale la casserole avec les champignons sur ma hanche et monte l'échelle d'une main. L'homme est assis là-haut, sur le matelas. Lorsque je franchis le bord de la plateforme, il a l'air décontenancé et je remarque que ses yeux sont rouges. Il me regarde comme si je n'étais pas l'enfant qu'il a sauvée autrefois, mais un fantôme.

Je ne dis rien. Mon cœur bat la chamade. Et puis je réalise qu'il y a autre chose caché sous la peur que j'ai de sa colère : ma propre colère.

— Tu m'as laissée tomber. (Je m'entends parler, pas très fort, mais assez pour qu'il m'entende.) J'étais affamée. J'ai failli mourir de faim !

Il ferme la bouche, hoche la tête comme s'il pouvait comprendre la faim que j'ai vécue. Mais il ne le peut pas. Il est grand et toujours bien en chair. Il n'a absolument aucune idée de ce que ça fait !

— Je sais. Je suis désolé.

— Pourquoi tu m'as abandonnée ?

Je frappe du pied par terre. En réalité, je n'avais pas du tout l'intention d'être aussi furieuse. Mais je ne peux pas m'en empêcher.

— J'avais à faire en ville.

— Pourquoi tu ne m'as pas emmenée avec toi ?

— Tu n'y comprendrais rien. Il fallait que je règle quelque chose en rapport avec mon passé.

— Et tu me laisses ici, comme ça ? J'aurais pu mourir !

Il a un mouvement de recul et je suis moi-même un peu effrayée par la portée de ma voix. Je ne lui avais encore jamais crié dessus.

Il finit par dire :

— Tu es vraiment une enfant surprenante.

Je retrousse ma lèvre inférieure, qui tremble un peu.

— Qu'est-ce que tu as cueilli, hmm ?

Il fait un signe de tête en direction de ma casserole et je la tiens de manière qu'il puisse voir les champignons à l'intérieur.

— C'est de ça que tu t'es nourrie ?

Comme je ne peux pas à la fois parler et retenir mes larmes de colère, je me contente de hausser les épaules.

— Alors comme ça, on s'est rangé du côté des herbivores, hein ?

Je me frotte les yeux, qui doivent être aussi rouges que les siens maintenant. Il fait claquer sa langue.

— Eh bien, on dirait qu'il était temps que je revienne. Tu dois apprendre à chasser, pas seulement à cueillir. J'ai encore tellement de choses à t'apprendre.

— J'ai chassé aussi. Des lièvres et d'autres animaux. Tu n'as plus rien du tout à m'apprendre. Rien !

C'est important pour moi qu'il le sache. Je n'ai pas oublié toute la souffrance liée à l'apprentissage.

Il passe sa langue sur ses lèvres, semble nerveux. Il ne s'attendait pas à rencontrer une telle résistance.

— Alors c'est comme ça…

Je soutiens son regard.

— Tu sais quoi ? On va faire un voyage, nous deux. Cette fois, je t'emmène avec moi. Tu voudrais ?

Je penche la tête de côté et le scrute en plissant les yeux.

— En ville ?

— Non. Plus haut dans le nord.

— On est déjà allés dans le nord. Ça ne m'a pas plu là-bas.

— Tu parles de la chasse à l'ours ? Cette fois, on va aller encore plus au nord. À un endroit où on peut construire des radeaux et chasser des rennes. J'ai envie d'une soupe de renne, pas toi ? En ville, toute leur nourriture, c'est de la cochonnerie. Les gens de la ville ne veulent pas devenir gros, alors ils cuisinent des soupes claires et mangent de la salade, sans aucun goût. Ils crèvent de faim volontairement, tu imagines ?

Je plisse les yeux et essaie de deviner s'il me fait marcher ou pas. J'ai du mal à imaginer qu'on puisse mourir de faim volontairement.

— Tu n'as pas dit que les gens de la ville étaient gavés et engraissés pour qu'ils ne puissent pas s'enfuir assez vite à l'arrivée des ennemis ?

Il est stupéfait. Je crois qu'il ne pensait pas que je m'en souviendrais. Puis il sourit, s'avance vers moi en baissant la tête et ébouriffe mes cheveux avec sa grosse patte lourde.

— Ça, c'est ma fille.

J'éloigne ma tête et l'informe :

— Je m'appelle Marla à présent.

En réalité, je n'avais pas l'intention de lui dire ça non plus. Je déteste même un peu ce prénom, pour être honnête, maintenant que Henrik aussi m'a laissée tomber.

— Marla… (Il hoche la tête d'un air songeur.) C'est un bon prénom. Un prénom imposant. Fais-moi voir ton biceps.

Je tends mon bras, c'est une scène familière pour moi. Il tâte longuement, mais me regarde ensuite d'un air mécontent.

— Tu n'as pas fait tes exercices ?

— Si. Parfois.

Je mens, bien sûr.

— Alors, il faut qu'on recommence.

— Je suis quand même devenue plus forte. Même sans pompes, eau froide et tout le reste. J'ai posé des pièges toute seule et écorché des animaux !

— Oui, je vois ça. Tu as appris à être forte seule. C'est quelque chose de très particulier, Marla.

Cette fois, il ne pose pas sa main sur ma tête, mais sur mon épaule, et elle est mieux là. C'est pourquoi je ne la chasse pas. Je ne me défends même pas quand il me presse soudain contre lui, contre son gros ventre. Ça fait du bien de ne plus être toute seule. L'homme va me montrer comment abattre des élans. Et quand on peut venir à bout d'une grosse bête comme un élan, on peut venir à bout d'un homme de sa taille.

Cette fois, je retiens bien le chemin en le suivant au hangar. C'est plus long que dans mes souvenirs. C'est pour ça que je ne l'ai jamais retrouvé pendant mes balades en forêt. J'essaie de mémoriser les arbres, comme je le fais quand je veux retrouver un endroit particulièrement bon où cueillir des baies ou des champignons. Si je dois survivre seule en forêt une prochaine fois, je veux savoir comment me rendre à la maison de l'homme. Et à son hangar rempli d'armes. De beaucoup plus d'armes qu'il n'en faut à un seul homme pour chasser.

— Pour devenir un bon chasseur, il faut connaître les deux côtés. Il faut savoir ce que ça fait d'être chassé et il faut savoir ce que c'est de chasser.

L'homme plante ensuite ses mains sur ses hanches et examine son mur d'armes. Puis il se saisit d'un fusil.

— Essayons voir.

Il me colle un fusil sur les bras. C'est le plus petit de sa collection, mais il reste lourd. J'essaie tout de même de ne rien laisser paraître quand je sors du hangar en traînant les pieds et que l'homme me montre comment on le met en joue.

— Et maintenant, vise un peu l'arbre, là-bas.

Je serre fort les dents. Mes bras sans force ne tiennent pas le coup. Le fusil tremble quelques secondes en l'air, puis baisse la tête comme un cheval qui broute. L'homme me donne une tape sur l'épaule.

— C'était pathétique. On va plutôt essayer avec un couteau. Un couteau rapide planté au bon endroit fait chuter le plus grand et le plus fort des Vikings.

Il veut me reprendre le fusil, mais je le retiens et m'écarte. Je ne veux pas qu'il me croie faible. Je veux commencer à m'entraîner avec ce fusil. J'essuie la morve de mon nez, passe devant lui bravement et me plante à nouveau devant l'arbre. J'ai survécu seule en forêt. Je ne vais pas me laisser abattre par une saleté de fusil.

Je me concentre sur ce que je faisais quand je ne savais plus comment survivre dans la forêt. Comment je m'imaginais être quelqu'un d'autre. Ronya, fille de brigand, par exemple. Ou un des puissants corbeaux d'Odin. Ou encore Vic le Viking, dans la série animée. Tout est plus simple quand je suis quelqu'un d'autre. Quand rien ne peut m'arriver car toute la forêt n'est faite qu'en animation.

L'homme hausse les épaules et s'approche du pick-up pour jeter les provisions et les sacs de couchage sur la plateforme de chargement. Je continue à m'entraîner à viser. Le fusil reste plus longtemps en l'air cette fois et je ferme un œil pour viser l'arbre avec précision. Je me tourne pour montrer à l'homme comme je suis forte. Il est en train de sortir du hangar. Mais il s'affaire sur son pick-up et ne regarde pas du tout dans ma direction. Moi, par contre, je le vois directement à travers mon viseur.

Je murmure : "pan". J'appuie sur la détente. Un fusil qui n'est pas chargé fait un petit clic quand on appuie sur la détente. Mais celui-ci fait une détonation assourdissante. Le choc contre mon épaule me renverse en arrière. Je tombe dans l'herbe, le fusil atterrit à côté de moi. Je reste un instant couchée sur le dos et cherche à reprendre mon souffle.

Puis je me redresse brusquement à quatre pattes. J'ai tiré sur l'homme ! Il se tient près du hangar, comme rivé sur place, et me dévisage, aussi choqué que moi.

— Je ne savais pas qu'il était chargé !

Ma voix monte dans les aigus. Je me remets debout, j'ai peur de ce qu'il va me faire. C'est alors que je distingue ce qu'il est allé chercher dans le hangar. C'est la caisse. La caisse obscure, étroite, ignoble, dans laquelle il m'a forcée à monter à notre première chasse aux ours.

On se regarde. Puis ma peur se change en fureur. Je ramasse mon fusil, le glisse en bandoulière sur mon dos avec sa sangle en cuir et foule les herbes hautes à grands pas dans sa direction. Je me plante face à lui et lève le menton.

— Je suis trop grande pour ça.

Il doit se racler la gorge deux fois pour retrouver sa voix.

— Qu'est-ce que tu dis ?

Je prends une grande inspiration de courage avant d'expirer ma peur, aussi profondément que possible, et je montre la caisse du doigt. Je me rends compte seulement maintenant qu'elle a un impact de balle à l'avant.

— Je suis trop grande pour ça. Je ne veux pas faire le trajet là-dedans !

Il pose ses yeux sur la caisse, puis sur moi. Son regard s'assombrit comme un ciel d'orage.

— Tu m'as tiré dessus.

— Tu as dit qu'on partait dans le nord pour que je devienne aussi courageuse qu'un Viking ! Tu crois peut-être qu'un Viking traverse la région dans une caisse ?

J'appuie mes mains sur mes hanches pour qu'il ne voie pas à quel point elles tremblent. Il me fixe pendant au moins une minute avec stupéfaction. Puis il laisse tomber la caisse par terre avec un tel fracas que je tressaille. Il hurle :

— Bien. Alors comme ça, tu veux devenir une Viking ?

Il avance vers moi d'un air menaçant. Ma première impulsion est de reculer, de m'enfuir en courant. Au lieu de ça, je bombe la poitrine et renverse la tête en arrière pour affronter son regard. Oui, je suis une Viking, aussi courageuse que Vic.

L'homme se tient maintenant si près de moi que son ventre heurte mon menton dressé. Il plante lui aussi les mains sur ses hanches et baisse les yeux sur moi d'un air sombre.

— Rhhaaaaaaa !

Son cri est si soudain qu'il me fait sursauter. Il lève les bras en l'air puis m'attrape. Je plisse les yeux et m'attends à avoir bientôt très mal. À me retrouver en moins de deux couchée sur le sol de la forêt, avec des étoiles qui tournent autour de ma tête et qui ne sortent pas d'un dessin animé. La douleur dans mon dos, ma nuque, mes bras, est toujours réelle. Il me soulève et me secoue à droite, à gauche. Et ce n'est que lorsqu'il me repose au sol que je comprends qu'il n'y aura pas de douleur. Ce n'était pas une punition. C'était censé être un câlin.

NORA

Même vingt-quatre heures après son accident, l'état de Fynn n'a pas évolué. La police est venue deux fois et nous a interrogés, Henrik et moi, mais tant que Fynn ne nous parle pas, nous n'en savons pas plus qu'avant. Je m'étais si souvent dépeint nos retrouvailles. Pleines d'effusion et de joie. Un Fynn qui tend les bras vers nous, le regard rayonnant. Au lieu de ça, de l'apathie. Une chambre d'hôpital que nous n'avons pour ainsi dire pas quittée depuis notre arrivée. Nous bridons tous nos besoins. Nous mangeons ce que nous trouvons dans le distributeur automatique dans le couloir. Quand Fynn se réveille, il regarde quelques minutes autour de lui d'un air confus, ou alors il fixe le plafond. Il a arrêté de crier en nous voyant, mais c'est tout ce que nous pouvons compter comme succès. Récupérer notre fils sans pouvoir l'atteindre se vit comme une trahison.

Au fond de moi, je ne peux cesser de me demander : et s'il reste comme ça pour toujours ? Mais, bien entendu, je n'exprime pas cette pensée à voix haute, ce que ne fait pas non plus le Dr Gisela Nygård lorsqu'elle vient dans la chambre aujourd'hui, lui éclaire les yeux avec une lampe et lui demande de serrer ses doigts et de dire son nom. Fynn fixe le plafond et ne réagit pas. Le Dr Nygård lui demande :

— Sais-tu où tu es, Fynn ?

Je triture mes mains avec angoisse.

Ils veulent refaire une IRM du cerveau de Fynn, pour écarter toute possibilité de blessures ou d'hémorragies. Désemparés, nous le voyons être poussé avec son lit hors de la pièce. Je ne peux rien imaginer de pire qu'il puisse effectivement y avoir un problème avec sa tête.

On frappe à la porte derrière nous.

— Alors, où est notre petit patient ?

Je reconnais tout de suite cette voix. Je me retourne. Le père de Henrik se tient dans l'encadrement de la porte, avec sous le bras un gros koala en peluche auquel il a noué un ballon de baudruche. On dirait qu'il sort tout droit d'une kermesse. Je m'écrie avec surprise :

— Leif !

Je l'ai prévenu pour l'accident de Fynn, comme j'ai tenu tous les grands-parents au courant. Depuis, ma mère m'écrit dès qu'elle a une minute pour me demander où en sont les choses. Mais jamais je n'aurais imaginé que Leif allait aussitôt sauter en voiture et venir jusqu'ici. À en juger par l'heure actuelle, il a dû rouler presque sans pause pour nous rejoindre ! Il étend les bras et je vais le saluer.

— Fynn est en train de passer une IRM. Ils examinent sa tête parce qu'il ne nous reconnaît toujours pas.

— Mon Dieu.

Leif est touché. Mais en voyant mon visage affligé, il ajoute :

— À présent, il faut attendre. Il a peut-être simplement besoin de quelques jours. Ça fait tout de même beaucoup pour un petit garçon. Il faut d'abord qu'il assimile ce qui est arrivé. Moi-même, je n'arrive toujours pas à croire qu'il se soit passé tout ça.

J'acquiesce d'un faible hochement de tête et suis soudain heureuse qu'il soit là. Leif est toujours calme, de bonne humeur, quelqu'un sur qui on peut compter, en présence de qui tout paraît tout à coup un peu moins dramatique, et c'est précisément ce dont j'ai besoin en ce moment. Leif Saunders est à tous égards l'exact contraire de son fils. En y pensant, je me tourne vers Henrik, qui reste comme pétrifié sur place et ne semble pas du tout disposé à saluer Leif. Je n'arrive pas à croire que, même maintenant, compte tenu des circonstances, il ne puisse pas mettre de côté ses différends avec son père.

Je décide de ne pas intervenir. Mais la tension palpable dans la pièce ne fait que rendre plus insupportable encore cette attente du résultat des examens. Je suis heureuse de voir le Dr Nygård revenir enfin et nous apprendre que la deuxième IRM n'a pas non plus révélé d'anomalie. Le comportement de Fynn, son incapacité à réagir de manière mesurée aux stimuli extérieurs doivent être les conséquences d'un traumatisme. Le Dr Nygård explique :

— Cela peut avoir été causé par l'accident lui-même. Mais dans le cas de Fynn… Nous ne savons pas ce qu'il a traversé avant.

Quelque chose se contracte dans ma poitrine. C'est exactement la question qui ne me lâche plus depuis que nous sommes ici. C'est déjà terrible de voir Fynn souffrir des suites de l'accident. Mais ce qui est pire encore, ce sont les choses que nous ne savons pas.

— Nous avons un très bon service psychiatrique qui a de l'expérience avec les enfants et les traumatismes. Il est dirigé par le Dr Christer Kjellberg. Un médecin extraordinaire, qui a déjà obtenu de bons résultats dans le traitement de traumatismes chez de jeunes enfants en particulier. Il revient tout juste d'une formation de perfectionnement sur le processus de diagnostic par le jeu. J'aimerais lui confier Fynn le plus tôt possible.

Je hoche la tête sans rien dire.

— Le traitement aurait d'abord lieu sur place. Mais dès que la thérapie commencera à fonctionner et que son état s'améliorera, vous pourrez bien entendu le ramener chez vous et ne plus passer que pour les sessions. À condition, bien sûr, que cela soit possible pour vous. J'ai cru comprendre que vous étiez seulement en vacances ici ?

— En vacances, oui.

Pourtant le mot sonne faux dans ma bouche, presque absurde. Combien de temps ces vacances en ont-elles vraiment été ?

— Dans ces circonstances, cela a peut-être plus de sens de le transférer dans un hôpital près de chez vous et de commencer la thérapie là-bas. C'est important que Fynn développe une relation de confiance avec son thérapeute. Ce genre de chose prend du temps.

Je pense au travail qui m'attend à Greifswald. À mon équipe à qui j'ai dit que je serais de retour début septembre, en même temps que l'entrée à l'école de Fynn, qui n'aura sans doute plus lieu cette année. À la proposition de la Norvège que je n'ai pas déclinée car, tant que je ne dis pas non, je peux toujours dire oui. Je me rends compte d'un seul coup à quel point j'aurais aimé dire oui. Et le peu d'importance que cela a maintenant. Je m'empresse de répondre :

— Non. Non, ça ira. On va commencer la thérapie ici. On… on va s'arranger.

— Vous êtes sûrs ?

— Oui.

Je m'efforce d'adapter mon ton à ma réponse. Je veux que Fynn reçoive de l'aide. La meilleure qu'il puisse avoir.

Le Dr Nygård sourit.

— Très bien. Dans ce cas, je vais lancer le processus. Je suis certaine que Fynn va adorer le Dr Kjellberg. Ah, le revoilà déjà !

Elle fait de la place pour le lit où notre fils est couché, apathique, et ne donne pas l'impression de pouvoir un jour adorer qui ou quoi que ce soit à nouveau.

Leif approche du lit avec sa peluche.

— Fynn ! Tu nous fais du souci, jeune homme.

Il pose une main sur le ventre de Fynn pour le caresser. C'est un geste affectueux, mais Fynn écarquille les yeux, le fixe d'un regard paniqué et se met à crier avec une telle violence que tout le monde sursaute dans la pièce.

Leif retire sa main avec effroi. Il paraît choqué. Puis Henrik apparaît soudain à côté de lui, le tire en arrière et dit :

— Ne le touche pas.

Leif trébuche et bouscule le Dr Nygård. Et Fynn continue de crier à pleins poumons. C'est une crise semblable à celle d'hier, lorsqu'il nous a vus pour la première fois. Je ne comprends pas comment, en une seconde, tout a pu basculer dans un tel chaos.

Je rappelle Henrik, stupéfaite, et Leif le sermonne :

— Ressaisis-toi, bon sang, fils !

Sur ces mots, Henrik semble se figer un instant, puis il passe à côté de lui à grands pas et se précipite hors de la chambre, le visage entier déformé par une grimace de douleur.

Les hurlements de Fynn résonnent dans tout le service. Nous nous efforçons de le calmer. Mais c'est impossible tant que Leif aussi, et enfin moi n'avons pas quitté la pièce. Épuisés, nous nous asseyons l'un à côté de l'autre sur des chaises dans le couloir.

— Il ne nous a pas reconnus non plus, au début.

Mais Leif ne répond pas. Il est livide. Je tends l'oreille sur ce qui se passe à l'intérieur de la chambre, j'attends la fin des rugissements de Fynn, et je ressens la même chose qu'il y a trois ans, quand nous avons inscrit Fynn au jardin d'enfants et que nous avons subi ce qu'ils appellent le "processus de séparation". Une expression très impersonnelle pour un calvaire qui inclut un enfant apeuré hurlant à la mort et deux parents totalement désorientés. Une seule fois j'ai mobilisé ma patience et mes nerfs pour ça. Ensuite, Henrik a toujours dû l'emmener seul.

Je parcours le couloir d'un œil fatigué. Je ne vois l'ombre d'Henrik nulle part. Et ce qui est en train de se passer n'a rien à voir avec un processus de séparation. Fynn ne pourrait pas être plus séparé de nous. C'est ce qui rend la chose plus dure encore.

— C'est quoi l'histoire entre toi et Henrik ? Qu'est-ce qui a bien pu se passer pour que vous ne puissiez même pas vous parler ?

Leif soupire et appuie l'arrière de sa tête contre le mur, derrière lequel les hurlements de Fynn s'atténuent peu à peu.

— Henrik ne t'a rien raconté ?

— Non.

Je baisse les yeux sur la peau rongée autour de mes ongles et repense à ce que Henrik m'a très bien raconté. Mais ça me paraît si improbable et ne correspond tellement pas au Leif que je connais que je ne pourrais jamais le répéter devant lui.

Mon beau-père se tortille sur sa chaise. Il semble sur le point de me livrer sa version du drame familial. Mais finalement, il se contente de dire :

— Ce n'est pas comme s'il s'était passé quelque chose de spécial. Il a toujours été un enfant difficile. Et il l'est resté, d'une certaine manière, non ?

Le commentaire me met mal à l'aise. On peut avoir cette conversation quand on a un enfant à problème en âge d'aller à l'école. Mais on parle ici de mon mari, et Leif est mon beau-père. Je réponds d'un ton neutre :

— Il n'est pas comme ça. C'est un super papa… et mari.

Leif a sûrement remarqué l'hésitation dans ma voix, mais – et je l'en remercie – il laisse tomber. Je n'aurais pas dû aborder le sujet, de toute façon.

À en juger le calme et le léger murmure derrière nous, Fynn s'est apaisé.

— Désolé que mon arrivée ici ait semé un tel désordre.

— Non, c'est moi qui suis désolée. Tu t'étais sans doute imaginé de plus belles retrouvailles. Comme nous tous.

— Le principal, c'est qu'il soit de retour. A-t-on déjà une idée de ce qui a pu lui arriver ? De qui l'a… enlevé ?

La brève hésitation me laisse coite un bref instant. On dirait que Leif ne croit pas vraiment à un enlèvement.

— La police n'a pas de piste concrète. Henrik a sa théorie et moi, la mienne, mais…

Je m'interromps au milieu de ma phrase. Mon beau-père ne sait rien de ma liaison et je n'ai pas le moins du monde envie que ça change aujourd'hui. Au lieu de ça, je lui demande :

— Leif, est-ce qu'à l'époque où vous passiez vos vacances ici, en Suède, je veux dire, quand Henrik était encore petit – est-ce qu'il t'a dit quelque chose à propos d'une petite fille ?

— Une fille ? Quelle fille ?

— Je me posais juste la question. Il m'en avait vaguement parlé, un jour.

— Henrik et une fille ? Quand est-ce que ce serait arrivé ?

— En 1997.

Je suis peut-être un peu trop prompte à répondre, car Leif m'adresse soudain un regard méfiant. Il dit en fronçant les sourcils :

— Voilà une date très précise. Qu'est-ce qui te fait penser à ça ? Cela a quelque chose à voir avec la "théorie" de Henrik ?

Rien qu'à sa manière de prononcer ce mot, je devine le peu de cas qu'il fait des théories de Henrik. Et pourtant, il ne l'a même pas entendue. Ou est-ce qu'il sait au contraire de quoi je parle ? Il paraît sur ses gardes tout à coup. Je noie le poisson :

— Non, je demande simplement parce qu'il m'a parlé de quelque chose un jour.

— Il avait quel âge à l'époque, de toute façon ? Huit ans ? Neuf ans ?

— Pas une fille comme ça. Juste une… copine tout à fait normale, plutôt.

— Henrik n'avait pas de copains normaux, Nora. Et sûrement pas de copine.

C'est une réponse dure et ferme qui me désoriente un instant.

— Qu'est-ce que tu veux dire ?

— Je veux dire qu'il a inventé tous ses amis ! Avant de te rencontrer, j'étais même persuadé qu'il t'avait inventée toi aussi !

Il rit. Je reste là, comme frappée par la foudre. Leif doit se tromper. Henrik est quelqu'un qui, partout où il se présente, est aussitôt apprécié ! Il lui a fallu quelques minutes seulement pour charmer ma famille, et bien sûr qu'il avait des amis à l'école et à l'université, il m'a tout raconté de cette période ! Je me demande si je dois rappeler à Leif quelques-uns de ces épisodes, mais la plupart sont des histoires de nuits blanches et de baignades nues dans la mer, donc rien que l'on veuille apprendre aux parents. Et puis, il y a ce truc avec la petite fille et la cabane. J'ai envisagé la possibilité que l'un ou l'autre détail soit exagéré ou inventé dans cette histoire. Mais j'ai vu la cabane de mes propres yeux. Et Henrik m'a promis qu'il n'y aurait plus de mensonges.

— Ce n'est pas possible. Henrik m'a même parlé de tout un groupe d'enfants avec lesquels il s'était lié d'amitié ici.

— Nora, quoi qu'il t'ait raconté, il l'a inventé. Je ne voulais vraiment plus m'en mêler. Mais comme je tiens beaucoup à toi et à Fynn, je te donne un conseil : convaincs Henrik de se tourner à nouveau vers quelqu'un qui s'y connaît dans les cas comme le sien et lui proposerait une aide professionnelle. Tu ne peux pas affronter ça seule indéfiniment.

— Quoi... ?

— Henrik est un menteur maladif, Nora. Si quelqu'un ici a besoin d'un psychiatre de toute urgence, ce n'est pas Fynn, mais lui.

Je le dévisage. Mais je sens ensuite un mouvement derrière moi. Je le devine plus que je ne le vois. Je me retourne. Henrik remonte le couloir. Et nous nous levons de nos chaises comme deux traîtres que l'on vient de surprendre en plein complot.

ROSA

La voiture de mon père doit être envoyée à la casse. Un véhicule de courtoisie de l'assurance est garé à sa place dans notre allée. Compte tenu des dommages qu'a subis le véhicule en percutant l'arbre, je peux m'estimer heureuse d'être encore en vie. Mais ce n'est pas ce que je ressens. Je me sens misérable.

Je me recroqueville dans mon lit, mais je ne trouve plus de plaisir à m'imaginer morte. Alors je me ressaisis et me rends au poste.

J'envisage de démissionner. Peut-être que je n'ai aucun flair particulier pour les feuilles ou la forêt, et que la fosse de l'enfant n'était qu'un pur hasard. Je ne vaux rien pour ce qui est du travail de police. D'abord Lasse. Puis le garçon. Je n'apporte que le malheur autour de moi. Au moment où j'entre dans le commissariat, cette pensée s'est déjà transformée en une ferme résolution.

Sara me voit et me fait signe de la rejoindre d'un air fébrile. Elle ferme la porte derrière nous. C'est la même pièce où je l'ai rencontrée pour la première fois. Elle dit à brûle-pourpoint et sans prendre le temps de s'asseoir :

— Lasse a été poignardé.

L'annonce de ma démission s'envole aussitôt.

— Une entaille au couteau dans la gorge. On ne l'a pas vue tout de suite sous les traces de morsure et la terre, mais la médecine légale est formelle.

Je me cramponne au dossier de la chaise et hoche la tête faiblement. Voilà ce que je trouvais bizarre dans le motif sur le vêtement trempé de sang de Lasse. C'était trop propre, trop régulier.

— Et le sang sur la gueule de Kaja ? Sur ses dents ?

Sara répond tristement :

— Celui de Lasse. Je ne vois pas du tout comment ça s'explique. Peut-être qu'elle l'a poussé avec son museau, ou a léché la blessure et s'est barbouillée de sang de cette façon. Je ne sais vraiment pas.

Elle se met derrière son ordinateur et me montre le rapport du laboratoire.

— Le service de médecine légale dit que c'était un couteau très spécial. Un de ceux qu'on utilise typiquement dans la taxidermie. Ils ont même trouvé des traces d'agent blanchissant dont on se sert pour éclaircir les crânes. On a donc envoyé une patrouille ce matin à la première heure chez Olof Isakson et on l'interroge en ce moment même. Bien entendu, il nie tout. Certes, il n'a pas d'alibi, mais nous n'avons pas encore trouvé l'arme du crime non plus. En tout cas, ça ne suffit pas pour une arrestation.

Elle se frotte le front tandis qu'elle réfléchit.

— Avant l'incident, tu étais chez Olof avec Lasse. Peut-être se sont-ils querellés tous les deux ? Olof a-t-il proféré des menaces ?

Je pense à la tension qui régnait durant notre visite. Au comportement agité de Kaja. Aux soupçons de Lasse.

Et après ? Là aussi, ça a amusé Fynn ? a demandé Lasse. Et Olof : *Je ne sais pas de quoi tu parles.*

Je ne crois pas que ça suffise pour commettre un meurtre, mais j'en parle tout de même à Sara.

— Certains ont déjà tué pour beaucoup moins que ça. Tu peux me dire ce que faisait Lasse en forêt, d'ailleurs ?

Mon estomac se crispe.

— C'est ma faute. J'ai entrepris un sondage du sol. Au pied d'un arbre qui me paraissait suspect. Lasse le savait. Je… je lui avais envoyé un message.

Sara ne paraît pas spécialement surprise. Elle hoche simplement la tête, comme si elle s'attendait à cette réponse.

— Lasse te tenait en grande estime, j'espère que tu le sais, Rosa. Il m'a encore dit il y a quelques jours de ne pas m'étonner si tu appelais tout à coup pour signaler un nouveau cadavre.

Ma gorge se noue. Finalement, j'ai vraiment appelé et signalé un nouveau cadavre. Mais pas comme Lasse l'avait prédit. Je détourne le regard pour que Sara ne voie pas à quel point ça me mine. Malgré toutes les taquineries, Lasse croyait en mon travail. Pourtant, je n'ai fait que fouiller dans la boue sans rien trouver.

— Ah, avant que j'oublie. Ils ont identifié l'enfant.

On peut entendre la fatigue dans la voix de Sara.

— Celui de la fosse dans la forêt. Il s'appelait Oliver Karlsson. Il avait dix ans au moment de sa disparition. Ils ont fini par le découvrir en faisant une analyse de sa dentition. Trois ans et demi avant son enlèvement, il s'était cassé les incisives en faisant un plongeon dans la piscine depuis le bord du bassin. Famille défavorisée, le service d'aide sociale à l'enfance intervenait souvent. Il n'y avait qu'aux entraînements de natation, auxquels un prof de sport l'emmenait, qu'il s'épanouissait. Autrement, il était très renfermé, replié sur lui-même, n'avait pour ainsi dire pas d'amis. Ce sont toujours les cas les plus difficiles dans le cadre d'une enquête. Le garçon n'a dit à personne où il allait. Il a simplement disparu après une compétition de natation et on ne l'a plus jamais revu.

J'écoute Sara, mais le vide règne au fond de moi. Qu'est-ce que ça change, au juste, qui j'ai bien pu déterrer ? Qu'est-ce que mon travail change, au fond, pour qui que ce soit ?

— Sara…

Je veux enfin donner ma démission, mais je prends simplement une grande inspiration, sans pouvoir me résoudre à aller plus loin. Je ne savais pas que Lasse tenait mon travail en estime. Qu'il croyait en moi.

— Oui ?

Sara m'interroge, mais le téléphone sonne au même moment. Elle lève la main pour s'excuser.

Je profite de cet instant pour partir. Pas définitivement, comme je l'avais imaginé. Mais pour réfléchir. Dans un endroit calme, où il n'y a pas autant d'agitation qu'au poste de police. En forêt. Ou sur la côte. N'importe où tant que le calme y règne.

HENRIK

TANDIS que nous emballons les affaires de Fynn, je siffle à Nora entre mes dents :

— Je ne trouve tout de même pas que Fynn doive être transféré dans un service psychiatrique ! Il a eu un accident ! Sa place est ici, en traumatologie !

Elle me répond tranquillement, d'une voix normale, sans baisser le ton bien que mon père perçoive tout derrière nous :

— Mais tu as entendu ce qu'a dit le Dr Nygård. Ils doivent l'examiner concernant son amnésie dissociative. Ce genre de chose peut être provoqué par un accident. On a fait tout ce qu'il y avait à faire ici. Il doit aller en thérapie des traumatismes.

— Il a besoin de nous, Nora ! Pas d'un plombier de l'âme. De nous et d'un environnement familier ! Pourquoi on ne le ramène pas simplement à la maison ?

— Henrik, je t'en prie.

Mon père intervient, comme s'il avait voix au chapitre dans cette affaire. Je ne relève pas. Il peut bien jouer le gentil grand-père devant Nora. Mais, derrière sa façade, je vois toujours l'homme qui envoyait valser la vaisselle de la table simplement parce que quelque chose ne lui allait pas. Qui, dans un accès de colère incontrôlable, déchirait le plateau de Monopoly en deux quand je gagnais. Finalement, mon père n'est jamais aussi adulte que ce qu'il prétend être aux yeux des autres.

Je regarde Nora, dont l'approbation est la seule qui compte ici. Mais elle fixe avec insistance le sac de voyage de Fynn sur le lit, et se range ainsi du côté de mon père. Ça me blesse.

— Je vais voir Fynn.

Vexé, je saisis le sac et sors de la chambre. Je parcours des couloirs, franchis des portes, passe devant des infirmières et des médecins. Et plus je m'enfonce dans les profondeurs de ces galeries labyrinthiques, plus croît en moi le souhait de sortir Fynn d'ici. Je ne permettrai pas qu'ils lui fassent la même chose qu'à moi.

J'ouvre d'un coup la porte du service psychiatrique. Elle est en verre. On dirait que tout est en verre ici, on croit pouvoir voir jusqu'au fond de la psyché des patients.

— Je cherche mon fils ! Fynn Saunders. Il a été transféré aujourd'hui.

Le soignant que j'interpelle hésite en me voyant ainsi furieux, et me dirige dans un premier temps vers la réception, où on m'informe que Fynn, "comme il a été convenu avec ses parents", assiste à sa première séance de thérapie avec le Dr Christer Kjellberg et qu'il n'est pas recommandé de l'interrompre.

— Ça n'a pas été convenu avec moi !

Déconcertée, la réceptionniste appelle à l'aide une médecin qui, de son côté, essaie de me calmer et attire mon attention sur le formulaire que j'aurais moi-même signé.

— Et ça veut dire que j'ai renoncé au droit de voir mon propre fils ?

La médecin soupire.

— Je vais voir où en est la séance.

— Je viens avec vous !

Le sac de voyage de Fynn à la main, je la suis jusqu'à la salle de thérapie. Le Dr Kjellberg a l'air surpris en nous voyant entrer. Fynn est assis sur une petite chaise en plastique à une table pour enfant, dos à moi. Au mouvement de son bras, je présume qu'il dessine.

Sans attendre que la médecin explique notre présence et sans réagir au haussement de sourcils du Dr Kjellberg, je dis :

— Fynn ! Papa est là, mon grand, tout va rentrer dans l'ordre maintenant, on rentre à la maison aujourd'hui.

Fynn ne se retourne pas, mais il a dû reconnaître ma voix car son bras se fige un instant au milieu de son geste. Puis il continue à dessiner, toujours dos à moi.

La médecin dit quelque chose en suédois au Dr Kjellberg, après quoi celui-ci hoche la tête et se lève.

— Fynn !

J'approche de mon fils par-derrière, lui saisis les épaules. Mais il semble, au fond de lui, parti très loin de moi. Bien plus loin qu'il ne l'a jamais été, j'ai l'impression. Alarmé, je demande :

— Qu'est-ce que vous lui avez donné ?

Le Dr Kjellberg me répond calmement :

— Des craies de cire et une feuille de papier.

Je dépose un baiser sur les cheveux blonds de Fynn. Et je vois alors au-dessus de sa tête la feuille sur laquelle il dessine avec tant d'application. Je me fige et me redresse, laisse tomber mes mains. Avec une épaisse craie noire et des gestes déterminés, Fynn gratte sur le papier encore et encore le même motif, ce dessin que les enfants s'amusent à tracer en huit coups de crayon, la feuille en est remplie: *la-mai-son-de-Saint-Ni-co-las-la-mai-son-de-Saint-Ni-co-las-la-mai…*

Mais il y a autre chose à côté de la maison. Je saisis le papier. La craie de cire laisse apparaître un long trait noir dessus, comme une cicatrice, lorsque je le retire doucement de sous la main de Fynn. J'observe le dessin plus attentivement. C'est une variante du jeu qui m'est inconnue. Toujours deux maisons barrées l'une à côté de l'autre, en ligne, suivies de quelque chose que je ne reconnais pas tout de suite. Est-ce un arbre ?

— Ça t'évoque quelque chose ?

Le Dr Kjellberg parle allemand. Plutôt bien d'ailleurs.

Des maisons. Un arbre. Une maison dans un arbre. Une cabane dans l'arbre ! Je laisse retomber mon bras, décontenancé. Ça siffle dans mes oreilles.

— Non, ça ne me dit rien.

Le Dr Kjellberg tend la main pour reprendre le dessin, mais j'ignore son geste et repose la feuille sur la table devant Fynn.

— C'est un jeu, non ? Ça n'a rien d'exceptionnel qu'un gamin de cinq ans dessine ce genre de chose. Peut-être a-t-il appris ça au jardin d'enfants. Dans tous les cas, ce n'est rien que vous ayez à soigner ici.

Dr Kjellberg incline la tête sur le côté. Il m'observe avec attention.

— Non. Il n'y a rien que nous ayons à soigner. Il s'agit pour nous d'offrir à Fynn des moyens de s'exprimer.

— En le regardant dessiner et en interprétant ensuite tous les problèmes psychiques possibles et imaginables dans ses images ?

Il penche la tête de l'autre côté. Je me sens mal à l'aise sous son regard. Comme si j'étais soudain en verre moi-même.

— D'où te vient cette attitude hostile envers la psychologie, Henrik ?

— Il n'y a pas d'attitude hostile ! J'ai juste un problème avec le fait de mettre les enfants dans des cases.

Il hoche la tête, comme s'il me comprenait, mais il ne peut pas. Mettre les enfants dans des cases, c'est son boulot. Et comme il ne réagit pas du tout, j'ai le mauvais pressentiment que c'est encore mon tour de parler.

— Tout le monde sait comment ça marche dans un service psychiatrique. On relève des symptômes qui ne correspondent pas à la "norme" et ensuite on rétablit cette soi-disant norme. Soit en donnant des cachets aux patients pour qu'ils se tiennent tranquilles, soit en les enfermant directement.

— Ce n'est plus du tout l'approche de la psychiatrie moderne. Et jamais un enfant n'a été enfermé dans notre service. On essaie juste de comprendre les enfants et les adolescents et de les aider à retrouver une vie la plus normale possible.

Je souffle violemment par le nez, mais m'arrête aussitôt car je me rends compte que c'est un bruit que je connais de mon père.

— La plus normale possible ! Nous y voilà ! Qu'est-ce qui est le plus normal possible chez un enfant ? Je ne crois pas qu'il soit dans la nature des enfants de rester sans arrêt assis en silence et de devoir se concentrer pendant des heures à l'école. Les enfants débordent de vie et d'imagination !

C'est exactement ce que disait mon papi à mon père autrefois, et j'ai presque l'impression de sentir sa main posée sur mon épaule.

— As-tu été traité pour TDAH* quand tu étais enfant, Henrik ?

La question me frappe par surprise, j'aurais pourtant dû m'y attendre. J'ai pratiquement tendu une perche au Dr Kjellberg avec mon éclat d'émotion.

— Il n'est pas du tout question de moi. C'est de Fynn qu'il s'agit.

— C'était juste une idée, comme nous parlons tout à coup de TDAH, dont Fynn n'est pas le moins du monde touché. J'aurais tendance à dire au contraire qu'il manque précisément de dynamisme et de joie de vivre enfantine, tu ne crois pas ? Et je ne lui donnerai pas de médicament non plus, ça semble être ta plus grande inquiétude. Le but de cette séance est vraiment uniquement l'expression du vécu. Fynn a eu un accident et, avant ça, il a disparu plusieurs jours en forêt. Tu ne veux pas savoir où il était ?

Où il était. Je regarde mon fils, qui a maintenant commencé à faire des traits avec la craie noire sur le bord inférieur de la feuille. À droite, à gauche, à droite, à gauche. Comme s'il voulait dessiner un sol pour cette ville lugubre de Maisons de Saint-Nicolas et d'arbres. Ou un lac. La rapidité de ses mouvements, sa détermination me font peur. Je pose délicatement ma main sur son épaule. *Tu y as été, mon grand ?*

J'entends le Dr Kjellberg continuer à parler :

* Trouble du déficit de l'attention avec ou sans hyperactivité.

— Poursuivre les séances serait vraiment d'une grande aide. Les enfants peuvent parfois réagir violemment quand le traumatisme éclate. Et s'il n'éclate pas et que nous l'enterrons sous le poids du silence, il peut se fixer dans la psyché et causer des dommages qui pourraient suivre Fynn pour toujours, même à l'âge adulte. Flashbacks, crises de panique soudaines, ruminations mentales, repli sur soi, morosité, dépendances, dépressions, accès de colère… J'ai déjà rencontré de nombreux patients dans ma carrière qui auraient aimé que quelqu'un les prenne par la main dans leur enfance et les aide à surmonter leur traumatisme.

Je saisis les doigts de Fynn. Je serai cette main. Pas une main qui le dirige ou le corrige, comme mon père l'a essayé avec moi, mais qui est simplement là et tient Fynn quand il en a le plus besoin. Je me penche à son oreille.

— Je te comprends, mon grand. Papa est là. Je sais quel endroit tu as en tête.

Je serre sa main, comme un signal secret. Je n'obtiens aucune réaction.

Mais je sais malgré tout ce qu'il veut me dire.

La cabane dans l'arbre. Il veut que je l'accompagne à la cabane dans l'arbre.

NORA

JE n'arrive pas à le croire quand le Dr Nygård m'informe que Henrik a sorti Fynn de sa séance avec le Dr Kjellberg et quitté l'hôpital avec lui.

— Il a quoi ?! Où sont-ils tous les deux maintenant ? Pourquoi personne ne l'a retenu ?

— On pouvait difficilement le retenir. Il est le père.

— Et je suis la mère ! Ce n'était pas une décision convenue à deux !

— C'est aussi ce que je me disais.

La compassion que je lis sur le visage du Dr Nygård me dit qu'elle a déjà compris qui des parents de Fynn était la personne responsable.

Je suis tellement embarrassée. Le comportement de Henrik. *Qu'est-ce qui t'est passé par la tête ?*

— Je l'appelle.

Je cherche fébrilement mon portable et cours avec vers la salle de repos. Dès que je désactive le mode avion dans le couloir, je vois les quatre appels manqués. Ils sont tous de Henrik. Je le rappelle et attends, le cœur battant.

— Nora ?

— Henrik, Dieu merci ! Mais qu'est-ce que tu fais ? Nous sommes tous très inquiets !

— Nora, il y avait quelqu'un ici !

Sa voix paniquée m'alarme aussitôt.

— Quoi ? Qui était… Henrik, où es-tu ?

— Dans la forêt.

Mon cœur se fige.

— Dans la FORÊT ? Avec Fynn ?!

Deux femmes âgées se tournent vers moi dans la salle de repos, mais je ne peux pas contenir ma voix suraiguë.

— Il y avait quelqu'un ici, Nora. Je l'ai vu depuis la route !

— Henrik, reviens ici tout de suite, s'il te plaît !

— Fynn aussi l'a vu, pas vrai, brigand, toi aussi tu l'as vu !

Mon estomac se noue. Mes doigts se crispent sur mon portable. Mais je n'entends pas Fynn, seulement la respiration beaucoup trop rapide de Henrik et des craquements de branches. Un bruit qui me fait prendre conscience à quel point je hais la forêt à présent. Ce bruit de pas dans un sous-bois, au fond anodin, est indissociable de la recherche désespérante de Fynn. Et voilà que Henrik a ramené notre fils là-bas.

— Dis-le, Fynn, tu l'as vu toi aussi !

Le ton de Henrik est pressant, presque désespéré.

— Mais de quoi parles-tu, au nom du ciel ?

— De la petite fille !

Tout à coup, je crains qu'il soit vraiment devenu fou. Leif me l'a dit : *Henrik est un menteur maladif, Nora.*

— Henrik, je t'en prie. Reviens ! Qu'est-ce qui te prend, au juste, de traîner à nouveau Fynn dans la forêt ?

Entre-temps, on pourrait entendre une mouche voler dans la salle de repos.

— Tout ce que je veux, c'est qu'il aille mieux !

— Qu'il aille mieux ? Dans ce cas, ne l'arrache pas à sa séance de thérapie, pour l'amour du ciel !

Il ne répond pas tout de suite. J'entends à nouveau son souffle haletant, ses pas, les oiseaux. Les bruits de la forêt sont inquiétants dans la stérilité et le cadre sûr de l'hôpital. Même à travers le téléphone, ils me font peur.

— Elle peut se rendre invisible, la petite fille. Nora, je le sais !

J'enfouis mon visage dans ma main libre. Je les imagine tous les deux. Henrik errant en panique au milieu des hauts arbres, traînant Fynn derrière lui. Je ne veux pas qu'ils cherchent quelqu'un là-bas. Et je ne veux surtout pas qu'ils trouvent quelqu'un.

— Henrik, sois raisonnable, je t'en prie. Fynn a besoin de l'aide d'un professionnel et, pour être tout à fait honnête, je pense que toi aussi.

— Qu'est-ce que tu veux dire par là, Nora ? Je n'ai pas besoin d'aide, n'essaie pas de me faire croire le contraire ! Et ne mets pas en doute ce que j'ai vu ! Tu n'étais pas là !

— Personne ne peut se rendre invisible, Henrik, écoute-toi un peu !

— Écoute-*toi*, Nora ! "On devrait te trouver l'aide d'un professionnel, Henrik !" J'ai l'impression de parler avec mon père !

— S'il te plaît, je te demande juste de revenir. J'ai peur, Henrik. Je ne veux pas que Fynn soit de nouveau…

— Il a dessiné des cabanes !

Henrik m'interrompt brusquement. Peut-être même qu'il ne m'a pas entendue, les craquements sur la ligne sont de plus en plus fort, les pauses, toujours plus longues.

— Fynn a dessiné des cabanes dans des arbres pendant la séance de thérapie !

— Henrik…

— Tu ne comprends pas, Nora ? Des cabanes dans des arbres ! Il faut absolument que j'y retourne. Peut-être qu'en emmenant Fynn… S'il se souvient…

Je m'écrie d'une voix stridente de désespoir :

— Tu ne vas pas faire ça ! Henrik, maintenant je compte jusqu'à trois, et ensuite j'aimerais que tu sois de retour à la voiture. Un.

J'entends le bruissement des arbres. Puis le souffle de Henrik à nouveau.

— Deux.

Un croassement de corbeaux abominable. Henrik ne répond pas. Pourquoi ne répond-il pas ?

— Trois !

Un craquement soudain, je sursaute. Puis la ligne est coupée.

J'aurais préféré prendre un taxi, mais naturellement Leif insiste pour me conduire. Après tout, c'est le grand-père de Fynn.

Je le préviens dès le début, en attachant ma ceinture :

— Je ne veux pas parler de Henrik.

Mais bien entendu, nous en parlons quand même. Le comportement étrange de Henrik nous préoccupe beaucoup trop – moi, parce que je ne reconnais plus mon propre mari, et Leif, probablement depuis toujours. C'était suffisamment dur d'esquiver le sujet pendant des années quand on se rencontrait. Maintenant, le passé de Henrik est monté dans la voiture avec nous et est comme un enfant qui pleurniche sur la banquette arrière. On ne peut pas se contenter de l'ignorer.

Je soupire.

— Bon, très bien. Qu'est-ce qui s'est passé avec Henrik dans son enfance ?

Leif fait claquer sa langue, sans quitter la route des yeux. Dehors, par la vitre, les sapins prennent la place des hêtres. Nous nous enfonçons toujours plus loin dans la forêt. Mon Dieu, comme je hais cette forêt.

Leif finit par grommeler :

— C'était simplement un enfant difficile.

Je lui laisse le temps de s'expliquer.

— Il fallait toujours qu'il imagine quelque chose. Il racontait les histoires les plus absurdes. S'inventait des amis. On ne pouvait jamais savoir ce qui était vrai et ce qui ne l'était pas. On a essayé de chercher conseil partout. Le mot de "mythomanie" est tombé pour la première fois lors d'une visite chez le pédiatre. Quand le médecin a posé le diagnostic, Agnes et moi avons repris un peu espoir qu'il existe un traitement contre ce trouble. On s'est acheté un guide pour parents et on a tenté un moment d'appliquer ce qui y était conseillé. On a vraiment tout essayé avant les médicaments. Tu peux me croire.

Je devine du coin de l'œil qu'il essaie de capter mon regard, mais je fixe l'horizon droit devant moi.

— Est-ce que je dois comprendre que vous avez soigné Henrik sur la base d'un manuel d'éducation ?

— Non, sur la base d'un diagnostic médical !

— Mais c'était un pédiatre !

— Et alors ? Henrik était un enfant après tout !

Je suis surprise par son brusque éclat de colère. En temps normal, mon beau-père se contrôle toujours. À présent, un trait dur barre sa bouche et ses yeux. C'est une expression que je ne lui connais pas. Il se montre toujours tendre et juste envers Fynn et moi. Le grand-père parfait. Leif remarque mon regard et s'aplatit les cheveux de la main.

— Excuse-moi. Je ne voulais pas élever la voix.

— Ce n'est pas grave. On a tous les nerfs à fleur de peau. Tu as parlé de médicaments. C'était quel genre ?

— Rien de violent. Quelque chose pour le calmer.

— Tu ne te souviens pas de leurs noms ?

— Mon Dieu, Nora. Ça fait si longtemps. Je n'en ai plus aucune idée.

— Et il existe des médicaments pour traiter les histoires que racontent les enfants ?

— Ce n'était plus de gentilles petites histoires ! C'était un problème pathologique ! Il nous rendait fous !

— Combien de temps Henrik a pris ces trucs ?

— Oh, pas longtemps. Quelques mois peut-être. En tout cas, ça ne lui a pas fait de mal, si c'est ce que tu veux insinuer.

— Mouais, manifestement ça l'a tout de même durablement marqué.

D'un geste brusque, je désigne la forêt dans laquelle Henrik erre quelque part avec Fynn. Dans l'hypothèse totalement absurde de pouvoir ainsi le sauver. Peut-être qu'on aurait dû tout de suite faire appel à la police.

— Ce n'est pas à cause de quelques années sous tranquillisants qu'il fait ça, mais parce qu'il a des problèmes qu'il faut prendre au sérieux.

— Quelques années ? Mais tu as parlé de quelques mois, à l'instant !

— En tant que parents, on ne pouvait faire que ce qu'on pensait être le mieux pour lui. Et Henrik se comportait plus normalement que d'habitude sous médicament.

— Que d'habitude ? Comment était-il d'habitude ?

— Eh bien, comme ça !

À présent, c'est Leif qui pointe le doigt énergiquement en direction du pare-brise. La forêt oppressante derrière est devenue notre symbole pour Henrik lui-même.

— Il se comportait comme un fou ! Exactement comme maintenant ! Franchement, Nora ! Ne me dis pas que tu n'as rien remarqué pendant toutes ces années !

Je me mords les lèvres. Ça ressemble à une de ces phrases qu'on dit aux femmes dont les maris ont gardé quelqu'un prisonnier dans leur cave pendant des années, sans qu'elles aient soi-disant jamais remarqué quoi que ce soit. Elle ne s'applique pas à Henrik et moi. Henrik peut parfois être coupé du monde quand il est plongé dans ses phases d'écriture et, oui, j'aimerais que de temps en temps il s'en tienne un peu plus à la vérité. Mais j'ai toujours vu sa manière d'inventer des histoires comme une singularité charmante chez lui. Peut-être énervante parfois, c'est vrai, mais quelle singularité charmante ne l'est pas ? Il n'a jamais été comme aujourd'hui. Qu'est-ce que cette forêt, cette Suède ont bien pu lui faire ?

— Tu as déjà entendu parler du syndrome de Peter Pan ? (Leif se contrôle à nouveau.) C'est le titre d'un guide paru aux États-Unis, qui décrit le comportement de Henrik mieux que tout ce que j'ai lu avant ou après : comportement puéril, irresponsabilité, vision de la vie comme une grande aventure… Bref : des hommes qui ne veulent pas devenir adultes. Dommage que je ne sois tombé là-dessus qu'une fois que Henrik avait déjà quitté la maison.

Je réponds de manière évasive, dans un murmure :

— Jamais entendu parler.

— Possible qu'Agnes ait encore le guide à la maison.

Leif ne se rend pas compte à quel point il serait absurde que je demande à ma belle-mère des guides pratiques au sujet de mon propre mari.

Nous passons le reste du trajet sans un mot. À la radio, une sorte de musique country serine la même rengaine, avec de nombreuses interruptions. Chacun laisse vagabonder ses pensées, et les miennes tournent autour de l'image de Peter Pan qui, en effet, correspond terriblement bien à Henrik. Le garçon qui ne veut pas grandir. Quand nous atteignons l'endroit où le chemin dévie de l'étroite route forestière, je le montre du doigt par la fenêtre :

— C'est ici ! C'est ici que tu dois tourner !

— Ici ? Jamais de la vie je n'aurais pu le reconnaître ! L'entrée est complètement envahie par la végétation.

Nous roulons en cahotant sur le sentier irrégulier, toujours plongé dans la pénombre. Un tunnel de sapins. Mais aujourd'hui, le ciel pluvieux rajoute encore une couche de noir supplémentaire.

Je triture mes mains nerveusement et cache avec peine mon soulagement lorsque nous voyons la voiture garée dans la prairie. Pourvu que Henrik ait fini par renoncer à son plan et ait ramené Fynn en sécurité à la maison. Je détache ma ceinture.

L'autoradio émet toujours sa musique monotone. Il passe *Stand By Your Man*, de Lynn Anderson. Quelle ironie.

Leif laisse échapper avec stupeur :

— Bon sang, quel coup de vieux la maison a pris !

— Leif, j'aimerais que tu restes ici. Je voudrais d'abord parler seule avec Henrik.

— Comme tu veux.

Je descends et me précipite jusqu'à la maison. La porte est restée ouverte. Mon cœur bat lorsque j'entre dans le couloir.

— Henrik ?

J'entends avec soulagement un bruit à l'étage. Je monte les marches quatre à quatre, présume que Henrik se trouve dans la chambre d'enfant, mais lorsque j'ouvre la porte, la pièce est vide. Pourtant ils ont dû venir ici. Le couvre-lit a glissé et les rideaux sont tirés. Je ne me rappelle pas les avoir fermés avant de partir pour l'hôpital. Je me retourne pour vérifier la salle de bains et la chambre à coucher. Mais une sonnerie stridente me fige dans mon mouvement. Le vieux téléphone fixe dans le salon. Une fois encore.

Pendant un instant, je suis comme pétrifiée sur place. Avec ce timbre peu mélodieux, c'est aussitôt la peur pour Fynn qui revient, la recherche interminable en forêt, tout, tout simplement.

La sonnerie résonne, forte et perçante. Comme ma peur. Je pense à Fynn et dévale l'escalier à toute vitesse jusqu'au salon, arrache le combiné de son support et hurle :

— Allô ! Allô ? Qui est à l'appareil, nom de Dieu !

Silence. Je presse le combiné contre mon oreille, comme si je pouvais obtenir une réponse de cette manière, quand soudain, un bruit sourd au-dessus de ma tête me fait sursauter à nouveau. Je lève un regard effrayé au plafond, jette ensuite le combiné sur son support et remonte les marches en courant. Mais je reste tout à coup immobile en remarquant au bout du couloir la trappe du grenier ouverte – et l'escalier abaissé. Était-il déjà là, à l'instant ? Un mauvais pressentiment m'envahit tandis que je m'approche de la trappe ouverte. Le plancher en bois grince sous mes pieds.

J'appelle à travers le trou noir au-dessus de ma tête :

— Henrik ? Fynn ?

Je respire profondément, puis monte, marche après marche. Je ne suis encore jamais allée dans le grenier. Nous n'avons pas poussé nos travaux de rangement et de rénovation jusqu'à cette partie de la maison. Par conséquent, ça sent le sale et la poussière là-haut. Les souris, les fientes de pigeons et le bois pourri. À l'exception du peu de lumière qui émane du couloir, il fait totalement noir.

Encore debout sur l'escalier, j'inspecte autour de moi. Au-dessus de ma tête pend un cordon qui sert manifestement à actionner la lumière. Je tends le bras pour l'atteindre. Ça fait *clic clic* quand je tire sur le fil. Une ampoule nue s'illumine au-dessus de moi, mais explose juste après dans un bruit sec, et des éclats de verre m'arrivent au visage, dans les yeux. Je me baisse, effrayée, ne parviens cependant pas à plisser les paupières assez vite. La douleur est fulgurante, mes yeux se mettent aussitôt à me brûler. Désespérée, je bats des cils dans l'obscurité floue et essaie de chasser les éclats en me frottant les yeux.

Je murmure : “Merde.” Et l'instant suivant, on m'attrape par la nuque. Je suis glacée d'effroi au point de ne même pas pouvoir crier. La main me pousse en avant. J'atterris lourdement sur les genoux, gémis de douleur. Une deuxième main se pose sur mon visage, le parcourt à tâtons, comme à la recherche de ma bouche. Je reconnais l'after-shave.

— Henrik !

Je hurle, indignée, me contorsionne sous sa prise, agite les jambes, mais je ne touche que des murs et des objets qui tombent avec fracas ou glissent sur le côté. Je bats toujours des paupières pour lutter contre la brûlure dans mes yeux. Mais l'obscurité est totale, d'en bas, d'en haut, autour de moi. Le court-circuit a dû faire sauter les plombs dans toute la maison. Ça – ou je suis aveugle.

— C'est quoi, ce bordel ?!

— Je t'ai manqué, chérie ?

Je suis pétrifiée. Ce n'est pas la voix de Henrik contre mon oreille. C'est celle d'Eric Bleike.

HENRIK

Je ne lâche pas la main de Fynn pendant que nous marchons dans la forêt. Pas une seule fois je ne lâche ses doigts. Je le protégerai de ma vie s'il le faut.

— On y est bientôt, mon grand. Tu vas y arriver ?

Nous nous déplaçons lentement, je ne veux pas trop lui en demander. Mais Fynn marche vaillamment avec moi. Il me fait confiance. Ça me touche. Après tout ce qu'il a vécu et ce qu'il a dû traverser, ça n'a absolument rien d'évident.

Cela prend encore un long moment avant qu'on retrouve la cabane dans l'arbre. Comme si elle prenait un malin plaisir à changer de place à chaque fois qu'on la cherche. Je suis maintenant persuadé que Fynn pensait à ce lieu dans ses dessins, et je l'observe avec attention. Mais, une fois encore, son visage ne trahit aucune émotion. Je m'agenouille à côté de lui. La cabane perchée au-dessus de nous semble nous menacer.

— Tu reconnais, Fynn ?

Il me regarde sans comprendre.

— Tu te souviens quand on a joué à "C'est cet arbre !" ? Est-ce que tu es venu ici, après ? Est-ce que quelqu'un t'a amené là ?

Aucune réaction. Je commence à me demander si c'était vraiment une si brillante idée de l'amener ici lorsque, à ma grande surprise, il détache ses doigts de ma main et se dirige vers l'échelle de corde. J'attrape son épaule, mais il la secoue d'un air irrité pour chasser ma main et lève les yeux.

— Que se passe-t-il ?

Soudain, il saisit le barreau le plus bas de l'échelle, avec autant de naturel que si c'était un élément d'une cage à écureuils sur un terrain de jeux.

— Non, Fynn ! Il est pourri.

Il grimpe tout de même sur le premier échelon et attrape le suivant. J'enlace mes bras autour de sa taille pour le faire descendre de l'échelle, mais il s'accroche fermement. Comme sur le terrain de jeux quand il ne veut pas rentrer à la maison.

Je grimpe encore une fois, papa. Juste une fois…

La situation m'est si familière qu'une boule se forme dans ma gorge.

— Viens, Fynn, papa ne peut pas te suivre là-haut.

Fynn tire l'échelle avec lui tandis que je l'éloigne, jusqu'à ce que ses bras n'y arrivent plus et qu'il doive la lâcher.

Mais s'il voulait vraiment me montrer quelque chose ? Après tout, c'est la raison pour laquelle on est là.

Je le porte à nouveau au pied de l'échelle que j'ai bricolée moi-même et le pose par terre. Nous devons tous les deux nous tordre le cou tant la cabane est haut perchée dans l'arbre.

Sans hésiter, Fynn attrape la première latte et commence à grimper. Je me tiens juste derrière lui pendant l'ascension, mais il est concentré comme seuls les enfants peuvent l'être quand ils sont plongés dans un jeu.

Quand nous atteignons le bout de l'échelle, je le soulève sur la dernière partie et grimpe sur la même branche que la dernière fois.

— Tiens-toi bien et ne bouge pas d'un pouce. Papa arrive tout de suite.

Cependant, Fynn est déjà en train d'explorer la cabane pendant que je me hisse laborieusement par-dessus le rebord. Je préfère le voir comme maintenant : un enfant qui furète partout plutôt que prostré dans un lit blanc, apathique, le regard dans le vide.

Fynn se tient dos à moi au milieu de la cabane alors que je me baisse pour passer à travers la minuscule porte. Il paraît désorienté. Lui aussi ressent instinctivement que quelque chose ne tourne pas rond dans cet endroit. Il n'y a qu'à le sentir. Ce lieu dégage quelque chose de maléfique. Je sors de ma veste la petite lampe de poche que j'ai récupérée dans la voiture. Quand je l'allume, le corps de Fynn projette une ombre sur le mur opposé, comme un fantôme noir. La lumière souligne l'horreur qui émane de ce lieu. Le matelas affreux, immonde. La vaisselle macabre, pareille à celle d'une poupée. L'anneau en fer. Avant tout l'anneau en fer.

Je promène le faisceau lumineux autour de moi, le dirige vers mon fils et m'agenouille devant lui. Il a l'air d'un revenant, debout, éclairé par en dessous.

La gorge sèche, j'essaie de réprimer la panique qui monte dans ma voix :

— Fynn, mon grand, c'est important que tu me parles, maintenant, OK ? Qu'est-ce que c'est que ça ? Tu connais cet endroit ? Tu es déjà venu ici ?

Ce n'est pas possible. Je suis monté deux fois dans cette cabane. Comment Fynn aurait-il pu y être caché ?

Comment aurait-il pu ne serait-ce que se retrouver en haut ? C'est moi-même qui ai construit l'échelle !

Fynn pose sur moi ses yeux sombres. Il ne répond pas.

Je dois prévenir la police. Ils doivent tout inspecter ici. Quand je me relève enfin, j'oublie le plafond bas et me cogne. La lampe de poche tombe par terre. Je me frotte la tête en poussant des jurons et me penche pour la ramasser, mais elle a roulé sous l'étagère. Alors je me mets à genoux. En fouillant sous le meuble, mes doigts touchent quelque chose de petit et rond. Je retire ma main avec effroi. Cette cabane grouille de vermine. J'approche ma tête du sol. La lampe de poche m'éclaire en plein visage. Et entre elle et moi se trouve une petite pilule bleue.

Tu as pris tes cachets aujourd'hui, Henrik ?

Je cligne des yeux, gêné par la lumière, puis je tends la main et l'attrape du bout des doigts. J'inspecte ma trouvaille. Je connais ces pilules. Un côté est bleu, l'autre, blanc. Il s'en est trouvé pendant des années dans l'armoire de la salle de bains de mon père, dans un bocal transparent portant l'inscription : *À tenir hors de portée des enfants*. Et chaque matin, l'une d'elles était posée à côté de ma cuillère pour les céréales.

Je cligne des yeux encore une fois. Jusqu'à aujourd'hui, je ne me souvenais absolument pas du bocal dans la salle de bains. Mon père s'était fait prescrire ces pilules pour soigner son hypertension. À la maison, on savait toujours quand il les avait oubliées, car il était alors plus enclin à l'irascibilité et avait facilement de brusques accès de colère.

Je la fais tourner entre mes doigts. Et, pour la première fois, je me demande qui m'avait prescrit mes cachets. Je ne parviens pas à me rappeler la moindre visite chez un psychiatre. Et qu'aurait bien pu lui dire mon père de toute façon ? *Faites quelque chose, docteur, mon fils a une imagination sans limites. Il me met les nerfs à vif avec ses histoires !*

Des nerfs à vif qu'il calmait avec ces pilules ?

Ou des nerfs à vif qu'il calmait en me donnant ces pilules ?

Mais la véritable question que je me pose est : que fait cette pilule dans la cabane ?

Je sursaute en percevant un mouvement du coin de l'œil. Mais ce n'est que Fynn qui s'agenouille à côté de moi et veut voir ce que j'ai trouvé.

Instinctivement, je referme mes doigts sur le comprimé. Ces pilules ne doivent pas tomber dans les mains d'un enfant, je le sais pour en avoir fait l'amère expérience. Je me souviens parfaitement de son goût. La bouche qui semble soudain engourdie. La tête lourde et embrumée. Le cœur qui s'emballe. C'est un mélange d'hébétude et d'agitation nerveuse.

Exactement ce que je ressens maintenant. Mes tempes se mettent à bourdonner. Je me masse le front de ma main libre, sans que ça puisse me soulager. Toutes mes pensées sont comme cachées dans un nuage de fumée.

Je secoue la tête. Je dois garder les idées claires, pour Fynn. C'est fou comme le simple souvenir d'un médicament peut agir sur le corps. Je crois même pouvoir sentir la fumée à présent. Cela sent le feu de cheminée. Ou le feu de camp. N'importe quel feu.

Et brusquement je réalise : ce n'est pas dans ma tête. Il y a le feu quelque part. Quelque part ici, dans les bois ! J'attrape avec effroi l'épaule de Fynn, qui est à genoux sur la plateforme et regarde à travers une fente entre deux planches.

Une lumière rouge monte vers nous du sol de la forêt. C'est un feu. L'arbre – notre arbre – brûle ! Je remets Fynn sur ses pieds tout en me relevant moi-même d'un bond. La fumée s'infiltre à travers les fissures du plancher. Elle remplit aussitôt la petite cabane comme un fumoir. Je crie à Fynn :

— Il faut sortir !

Il ne montre étrangement aucune émotion face à ce danger. Je le tire avec moi à l'air libre. Une fois au bord de la plateforme, je peux voir le brasier dévorer les cordes de l'échelle. Comme s'il grimpait sur les barreaux pour nous rejoindre. Je tourne nerveusement la tête. Les flammes lèchent aussi les lattes clouées à l'arbre. La voie vers la terre nous est barrée.

La main de Fynn m'échappe. Je me précipite à l'intérieur, à la fenêtre pour voir s'il n'y a pas là-bas un autre moyen de descendre. Mais il n'y a rien en dessous. Pas même une branche. La fumée dans la petite cabane s'épaissit. Je tousse. Toute la pluie des derniers jours a trempé l'arbre, cela ralentit la combustion, qui dégage cependant une fumée plus abondante. Mais nous devons tout de même trouver un moyen de descendre ! Comment un feu a-t-il pu prendre avec cette humidité, d'ailleurs ? Je mets de côté cette question et me concentre sur ce qu'il y a à faire maintenant. Il faut essayer de l'autre côté. Paniqué, je m'éloigne de la fenêtre d'une poussée lorsque j'aperçois quelque chose qui interrompt mon mouvement dans la clairière. Je me penche à l'extérieur, plisse mes yeux en larmes, mais la fumée devient trop épaisse, je ne distingue plus rien.

Fynn bouscule ma jambe et se fait une place devant moi à la fenêtre. Son besoin de sécurité à mes côtés ne fait qu'aggraver ma propre panique. Je suis responsable de lui. Je dois le faire descendre de cet arbre en flammes d'une manière ou d'une autre !

Il plonge sous mes bras et ressort de la cabane en courant, jusqu'à la plateforme. Je le suis avant que le nuage épais nous asphyxie tous les deux. La fumée me brûle aussi les poumons à présent. L'incendie est désormais assez grand pour illuminer la clairière de son flamboiement vacillant. Ce qui n'était encore qu'un grésillement discret s'est développé en un puissant crépitement. Comment cela a-t-il pu aller aussi vite ?

Fynn s'accroupit, les mains cramponnées au rebord, et regarde l'épaisse branche par laquelle j'ai grimpé dans l'arbre. Elle est encore épargnée par la fournaise, mais les flammes lèchent déjà le tronc à une telle hauteur qu'on peut se demander combien de temps encore elle le sera. Cela nous offrirait au moins un répit. Et en même temps – Fynn a peut-être trouvé une issue qui m'avait échappée.

— Fynn, tu te souviens de comment on joue toujours aux cow-boys ? Je te prends sur le dos et tu te tiens aussi fermement que tu peux, OK ? Tu t'accroches à moi de toutes tes forces.

Je l'embrasse sur la raie des cheveux, au-dessus de laquelle dansent déjà des flocons de cendres. Puis je le pousse sur mon dos. Il s'accroche à mon cou et manque de m'étrangler lorsque je me laisse glisser avec lui sur la branche. C'est très bien. Il peut m'étrangler tant qu'il veut du moment qu'il s'accroche bien à moi. Je tousse tandis que nous rampons le long de la branche, le plus loin possible du feu. La branche nous alerte de quelques craquements au moment où nous atteignons son extrémité. Des larmes dues à la fumée et au sentiment de désespoir me brouillent la vue. Il n'y a qu'un moyen de peut-être sortir Fynn encore vivant d'ici. Je lui dis à l'oreille :

— À présent, on va voler ensemble, toi et moi.

Il pleure. Je crois que moi aussi. Je le tire de mon dos pour le placer devant ma poitrine, l'embrasse à nouveau. Ses cheveux sentent le brûlé. Puis je l'enlace dans mes deux bras, forme une couverture de survie pour son corps frissonnant et toussant, et me mets difficilement debout. Mes genoux tremblent. Les corbeaux croassent au-dessus de moi. Toute la forêt sonne l'alarme devant le vieil arbre en feu. Avec toute la force que je peux puiser en moi, je saute de la branche. Mes pieds battent dans l'air, j'essaie de nous éloigner encore du feu, encore un peu plus. Puis nous chutons dans le vide.

NORA

C'ÉTAIT donc bien lui. Eric. C'était lui pendant tout ce temps.

Tandis qu'il m'étreint violemment, il me murmure :

— Tu m'as manqué.

Nous sommes encore couchés sur le sol du grenier, sa main sur ma bouche, son bras autour de mon cou.

— Et apparemment, je t'ai manqué aussi, à en juger toutes ces fois où tu as demandé de mes nouvelles. Mon Dieu, tu aurais pu aussi m'écrire directement plutôt que de toujours passer par l'intermédiaire de la police de Greifswald.

J'ai du mal à respirer. L'étreinte de Bleike est insupportable. Sa main sent l'after-shave de Henrik. Il a dû s'en servir dans la salle de bains, pour je ne sais quelle folle raison. C'est sûrement lui qui a fermé les rideaux dans la chambre d'enfant. À l'idée qu'il ait pu s'allonger sur le lit de Fynn et qu'il m'ait attendue bien patiemment, j'ai envie de vomir.

— J'aimerais bien retirer ma main de ta bouche. Je peux compter sur toi pour ne pas crier ?

J'acquiesce d'un hochement de tête désespéré, des larmes dans les yeux. Si vivement qu'il est obligé de remarquer mon geste, même s'il ne le voit pas dans l'obscurité. Quel sens cela aurait-il de crier, de toute façon ? Je doute qu'on m'entende d'ici, sous le toit, jusque devant la maison, où Leif m'attend dans la voiture. Peut-être même avec l'autoradio encore allumé.

— Je peux vraiment te faire confiance, Nora ? Tu dis toujours une chose et puis tu en fais quand même une autre. Tu dis que tu veux quitter la maison, ne plus être mère, que tu veux retrouver ta vie palpitante – et quand on te donne tout ça, tu finis malgré tout par revenir en rampant au pied de ta lavette de mari. Et en plus de ça, voilà tout à coup la police qui se plante devant ma porte et me demande de garder mes distances avec toi et de ne pas te harceler. Tu sais à quel point cette attitude m'énerve ? Comme ça me rend furieux ?

J'attrape le bras de Bleike de mes deux mains, mais j'ai beau tirer dessus de toutes mes forces, il ne bouge pas d'un millimètre. Il fut un temps où je trouvais fantastiques ses bras puissants. J'ai honte en y repensant à présent.

— Est-ce que cette fois j'ai vraiment ta parole ?

Entre-temps, des étoiles dansent devant mon œil toujours douloureux. Si Bleike continue à m'étrangler, je vais finir par étouffer ! J'arrête de battre des jambes et me concentre totalement sur le mouvement de ma tête.

Il retire en effet sa main de ma bouche et relâche sa prise autour de mon cou. Je halète en cherchant de l'air, une toux grave s'échappe de ma gorge, j'essaie de rouler sur le côté, mais Bleike me tient toujours dans son étreinte insupportable.

— Où sont-ils ? Où sont Fynn et Henrik ?

Je suis à bout de souffle, j'aimerais voir son visage, mais il fait trop noir et mes yeux n'arrêtent pas de pleurer.

— C'est vraiment la première chose que tu veux me demander ? Où sont passés les "Salut Eric, comment vas-tu ?", "Quelle belle surprise, Eric, tu as fait bon voyage ?"

— Va au diable, Eric.

Je tousse toujours.

— Tu sais ce que c'est, ton problème, Nora ? Tu ne te lâches pas. Tu crois devoir rester dans cette relation parce qu'un jour tu as épousé ce raté et que Fynn te lie à lui. Mais il y a d'autres possibilités. Dès le début, je t'ai dit que Fynn ne représentait pas un problème pour moi, que je vous aurais accueillis tous les deux !

— OÙ – EST – IL ? Eric, où est Fynn ?

Il soupire.

— Je te l'ai pourtant dit, tu dois faire plus attention à ton fils. Il peut si vite arriver quelque chose aux enfants… Ne dis pas que je ne t'ai pas prévenue.

— Tu es un connard, Eric !

— Ah, voilà qu'on redevient vulgaire, hmm ?

Il me prend les cheveux et les tire d'un coup sec. Je pousse un cri et attrape ses mains. J'ai l'impression d'être scalpée tant mon cuir chevelu me fait souffrir.

— Tu… Tu me fais mal, Eric !

— Tu me fais mal aussi, Nora !

Il lâche mes cheveux brusquement et attrape mes mains à la place, me tord les bras en arrière dans un angle impossible. Je ne sais pas d'où il sort la corde. Peut-être l'a-t-il trouvée ici, dans le grenier, peut-être l'a-t-il apportée. Quand je sens le sisal rêche sur mes poignets, il est trop tard en tout cas. Je me débats, mais sens aussitôt après une traction dans les bras, qui me soulève de ma position couchée. Bleike a dû faire passer l'extrémité de la corde par-dessus une poutre. Il me tire ainsi pour me remettre sur mes pieds, comme un animal de boucherie qu'on accroche pour le saigner. Je commence à avoir des sueurs froides. Ça ne peut pas être vrai. C'est Eric ! L'homme que j'ai admiré à une époque pour son éloquence et son charisme. Jamais je n'aurais pu imaginer qu'il se révélerait être un tel psychopathe ! Affolée, je guette le moindre bruit dans la maison. Mon seul espoir est Leif à présent. Mon beau-père est encore dehors, assis dans sa voiture. Combien de temps cela va-t-il se passer avant qu'il ne commence à s'inquiéter et vienne voir ce que je fais ? Il va bien finir par remarquer que je ne reviens pas. Il faut juste que je tienne assez longtemps pour qu'il se rende compte que quelque chose ne va pas et prévienne la police !

Le souffle court, je demande :

— Comment tu as fait ça ? Comment m'as-tu trouvée ? Et Fynn ? Comment as-tu réussi à l'enlever ce soir-là dans la forêt, et où l'as-tu retenu ?

— Vois-tu, Nora, j'ai l'impression que tu ne me comprends toujours pas vraiment. On ne pourrait pas tout reprendre depuis le début ? Oublier tout ça ?

Je n'émets qu'un halètement en guise de réponse à cette proposition absurde. Je suis censée oublier qu'il m'a suspendue à une poutre du grenier ? Qu'il m'a poursuivie, m'a tendu un piège, a enlevé mon fils ? Je secoue mes bras à la corde, car la colère s'empare tout à coup de moi.

— Tu es complètement malade, Eric !

— Je ne veux pas avoir à te faire tout ça, j'espère que tu en as conscience !

— Alors arrête, bordel !

— Je souffre tout autant que toi. Je sais ce que ça fait de perdre quelqu'un. Et d'aimer.

— Aimer ! Ce n'est pas ça, aimer, Eric !

Je pousse un cri lorsqu'il m'attrape le visage et le comprime. Il approche sa bouche si près de la mienne que je serre les lèvres avec dégoût. Je déteste le fait que tout chez lui sente Henrik. Le gel douche de Henrik. L'after-shave de Henrik. Sa main. Sa peau. Son haleine. Je secoue la tête pour lui échapper, mais sa poigne est un étau. Je ne peux pas détourner le visage.

— Tu sais que ce n'est pas vrai. Dis-le !

Je presse fermement les lèvres.

— Dis-le !

Il hurle, et j'essaie à nouveau d'extraire ma tête de sa prise. Sans succès. Mes bras me font mal. Mes poignets. Que fait Leif ? J'ai l'impression que ça fait une éternité que je l'ai laissé dans la voiture !

Bleike relâche mon visage aussi subitement qu'il l'a attrapé et me donne une gifle qui me coupe le souffle. Personne ne m'a jamais frappée, de toute ma vie. Je ne savais pas à quel point c'était humiliant. La folie d'Eric, son obsession, a atteint un nouveau stade. Et maintenant, il me fait vraiment peur. Qu'est-ce qui a bien pu me pousser à entamer un jour une relation avec cet homme ?

— Tu me plais bien mieux comme ça.

La tension dans mes bras est douloureuse et je commence à avoir des picotements dans les mains, car elles sont privées de sang. Bleike se colle derrière moi. Je le sens contre mon dos, ses mains sur mon jean. Ses doigts glissent le long de mes jambes. Je me contorsionne.

— Allons, je t'en prie. Ce n'est pas comme si on n'était pas passés par là depuis longtemps, et plus loin encore. Il fut un temps où tu en étais dingue.

Mes poils se dressent dans ma nuque. Bleike m'écœure.

— Après ces petits effleurements fortuits. Au coude, quand je te tenais la porte ouverte. Sur tes épaules quand je t'aidais à mettre ton manteau.

Ses mains parcourent les endroits cités. J'essaie désespérément de l'esquiver, mais ses bras sont plus longs et, surtout, ils sont libres.

Je prends de l'élan, tourne sur moi-même et propulse la tête en avant. Je le touche vraiment, sans doute au nez car il recule brusquement dans un cri effrayé. Le choc est douloureux. Des lumières éclatent sous mes paupières tandis que Bleike se reprend déjà et saisit ma gorge d'une main avec rage. Mon coup lui a fait moins mal qu'à moi-même. Mais ça ne m'empêche pas de continuer à me débattre, à me défendre. Je ne vais pas me laisser suspendre sans rien faire et jouer les victimes. Et je vais arrêter de me persuader que Leif va venir et enfin m'aider. J'ai sous-estimé Bleike, en tout. Je crie de douleur et sous l'effort lorsque je tourne à nouveau sur moi-même, que j'envoie des coups dans sa direction, de mes deux jambes, que je crache dans l'obscurité, sans savoir où. Comme ce doit être pitoyable, tout ce que j'ai à lui opposer. Mais lorsqu'il attrape mes jambes qui s'agitent et que je me débats d'autant plus, je sens soudain la corde céder. D'abord un petit peu, comme une expiration soudaine. Puis elle lâche l'instant suivant, tombe à grand bruit sur le sol sans rien pour la freiner – et m'entraîne avec elle. Mon dos s'écrase sur le plancher, de la poussière se soulève, l'arrière de ma tête cogne douloureusement contre quelque chose. J'ai l'impression que mon crâne va éclater. Ne surtout pas perdre conscience maintenant. C'est peut-être la seule chance que j'aurai. Les mains encore attachées, je cherche au hasard au-dessus de ma tête, attrape la première chose qui me tombe sous la main et la projette de toutes mes forces devant moi. C'est le pied d'une chaise qui s'abat sur Bleike. Son cri me signale que je l'ai touché. Il relâche sa prise autour de ma jambe et je profite de ce moment pour ramper en arrière dans la direction opposée. Je cherche fébrilement d'autres objets qui pourraient me servir d'arme. Mes doigts sentent quelque chose de dur, froid, métallique. Et soudain, tout mon souffle est expulsé de mes poumons lorsque Bleike se jette sur moi de tout son poids. J'essaie de respirer, serre l'objet plus fort et frappe à l'aveuglette, sans réfléchir, là où je présume que se trouve sa tête. Bleike émet un son qui semble presque incrédule, saccadé. Puis il s'effondre sur moi. Je reste couchée, tremblant de tout mon être, jusqu'à ce que je réalise enfin que je l'ai vraiment touché. Je me contorsionne sous son corps pour me libérer, essaie de contrôler mes tremblements. L'obscurité m'empêche de voir où je l'ai frappé. Si je l'ai uniquement assommé ou… Je ne vais pas au bout de ma pensée. Je m'agenouille et tente de mettre de la distance entre lui et moi. Je longe le mur à tâtons jusqu'à l'endroit où je devine la trappe du grenier sous forme de tache floue et plus claire au sol.

Je trouve l'escalier pour descendre. L'obscurité est plus diffuse ici car un peu de lumière du jour s'insinue quelque part. Je distingue même les marches. Jusqu'ici, je n'ai pensé qu'à la fuite. Partir, partir vite avant que Bleike revienne à lui. Mais maintenant, je vérifie à la hâte dans toutes les pièces restantes pour être sûre qu'il n'a enfermé nulle part Henrik et Fynn. Je les imagine assis par terre, attachés et bâillonnés. Mais toutes les pièces sont vides.

Encore à moitié aveugle, je descends l'escalier, ouvre brusquement la porte d'entrée, me précipite dehors. La lumière du jour me brûle dans mon œil blessé. Je le couvre avec mes mains et cours dans la direction où se trouve la voiture de Leif. Dieu merci !

— Leif !

Je l'appelle avant même d'avoir ouvert la porte passager. Puis je secoue la poignée avec stupéfaction, regarde à l'intérieur. La voiture de Leif est vide. Aucune trace de lui à l'horizon.

— Nora !

J'entends sa voix venir de ma droite. Je me retourne. Il revient de la forêt en courant. Mon cœur s'arrête presque tant je suis soulagée.

— Enfin ! Leif !

— Nora ! Que s'est-il passé ? Tu as l'air complètement à bout de forces.

Il me soutient par le bras. Mes jambes sont encore vacillantes.

— En voiture ! Vite !

Il déverrouille la voiture d'un air étonné et j'ouvre aussitôt la portière pour me jeter sur le siège passager.

— Referme ! Et il me faut ton portable ! Tout de suite ! Nous devons appeler la police ! Et une ambulance !

Je lui arrache littéralement le téléphone des mains. Je compose le numéro d'urgence d'une main tremblante. Les yeux de Leif ne cessent de s'écarquiller à mesure que je décris en mots brefs et concis ce qu'il s'est passé. Nous voyons la petite maison de vacances à travers le pare-brise, et la simple idée que Bleike puisse en sortir à tout moment me fait presque hyperventiler. Même la présence de Leif ne suffit pas à me rassurer. Pas plus que la voix de la femme des secours qui m'assure en anglais qu'ils vont envoyer quelqu'un immédiatement et me demande si je suis en sécurité.

Je jette un œil en coin à Leif. Je réponds d'un "oui" hésitant, bien que ce ne soit pas du tout mon impression.

La femme répète :

— Ça ne sera pas long.

J'essaie de respirer profondément. Je me répète en silence : quelqu'un va venir et s'occuper de tout.

— Grands dieux, Nora !

Leif cherche ses mots une fois que j'ai raccroché. Mais je l'interromps :

— Tu étais où ? Pourquoi n'étais-tu pas près de la voiture ?

Mon éclat de voix le rend perplexe. Mais après la lutte contre Bleike, la peur pour Henrik, pour Fynn, à nouveau, mes émotions sont hors de contrôle.

— Je… je suis allé me promener un peu. Après tout, je suis venu souvent autrefois. J'ai fait le tour de la propriété, et puis j'ai remarqué qu'il y avait le feu quelque part dans la forêt.

Il désigne un endroit par la vitre. Je me penche pour suivre la direction de son doigt. En effet, un nuage de fumée tourbillonne au-dessus de la forêt, dans le ciel. Un sentiment étrange me gagne, mais s'enlise aussitôt dans le cloaque de mes nombreuses autres angoisses, au fond de mon ventre.

— Je voulais voir d'où venait la fumée. Mais on ne l'aperçoit que depuis le lac, d'où on a une vue un peu dégagée.

Je me penche encore un peu plus en avant. Plisse les yeux. La cabane ne se trouverait-elle pas dans cette direction ?

Henrik. Fynn. Je tire sur la poignée de la portière, qui est fermée.

— Rouvre.

On entend au loin des sirènes qui deviennent vite de plus en plus fortes.

— Rouvre, Leif !

Je secoue la portière avec impatience.

— Qu'est-ce que tu as en tête ?

— Déverrouille les portes, merde !

Je tends le bras au-dessus de lui et appuie moi-même sur le bouton qui commande le mécanisme. Les portes se déverrouillent dans un clic.

Je sors de la voiture d'un bond, sans prêter davantage attention aux protestations de Leif, et cours à travers la prairie en direction du feu. Je ne sais pas pourquoi je suis à ce point persuadée que cette colonne de fumée doit avoir un lien avec Henrik et Fynn. Et je n'ai pas le temps non plus de m'interroger sur cette conviction. Car à cet instant, la porte d'entrée s'ouvre d'un coup, et Bleike trébuche hors de la maison, juste devant moi. Il boite. Nous restons tous deux comme figés sur place, en même temps. Il a une plaie ouverte à la tête et me fixe, les yeux furieux. Je lis sur son visage le désir de se jeter sur moi avant même qu'il amorce un mouvement. Je comprends trop tard que j'aurais dû fuir. Il est trop rapide, me projette par terre, peu après j'entends quelqu'un crier, ce doit être Leif. Bleike est au-dessus de moi, sur moi, il me frappe et je me défends en hurlant, je réponds à ses coups. Je décharge sur lui toute ma colère, ma peur. Il a enlevé notre fils. J'entends Leif à nouveau, il veut se précipiter à mon secours. Bleike crie que je suis une salope, et les sirènes se remettent soudain à retentir de je ne sais où. Elles sont de plus en plus fortes. Bleike se fige. Il se lève d'un bond. Je me roule sur le côté en gémissant. J'ai le goût du sang sur la langue. Tout à coup, il y a des gyrophares partout. Les agents passent devant moi en courant, attrapent Bleike, qui hurle, tandis que je reste couchée. Un bref instant seulement. Ils le tiennent.

Ils le tiennent.

MARLA

La cabane est devenue trop petite pour moi. Tout comme la caisse, dans laquelle nous ne transportons plus que nos armes maintenant, quand nous partons chasser ensemble. L'hiver, nous dormons tous les deux dans la maison de l'homme, qui est assez grande. Assez grande pour vivre ensemble, et assez grande pour s'éviter de temps en temps.

Nous passons l'été dans le nord. Parce qu'il y règne encore plus de liberté, comme il dit. Nous chassons ensemble, et ce que nous avons chassé, nous l'équarrissons et le dépeçons. La plupart du temps, il fait rôtir la viande au-dessus du feu ou il la cuisine en ragoût, et je ramasse des herbes et des racines pour accompagner. Parfois, je prends le fusil sur l'épaule et je chasse toute seule ou j'explore la forêt. L'homme et moi vivons dans une espèce de symbiose comme celle entre les fourmis et les pucerons. Le puceron aide la fourmi à se nourrir et, en échange, la fourmi protège le puceron de ses prédateurs et le porte vers d'autres sources de nourriture. Depuis quelque temps, c'est de plus en plus moi, la fourmi entre nous deux.

Parfois, on prend la voiture jusqu'à une station-service et j'attends sur le siège passager pendant qu'il achète au magasin de la bière, du pain et d'autres choses dont on a besoin. De temps en temps, il rapporte un paquet de chips pour moi. Je les grignote sur le trajet jusqu'à ce que mes mains soient pleines de gras et de paprika, tout en laissant le vent me souffler sous le nez par la vitre ouverte.

Le paysage n'est pas pareil dans le nord. Il y a encore plus de pierres, de falaises et de montagnes, qui sont couvertes de neige même en été. Tout est plus grand et plus imposant, pas seulement les rivières et les arbres, mais aussi les animaux. Nous roulons parfois pendant des heures sans croiser une seule voiture. Quand la nuit tombe, nous nous roulons dans nos sacs de couchage à côté du feu éteint et, quand nous sommes surpris par la pluie, nous courons jusqu'au pick-up pour continuer à dormir dans l'habitacle.

Tout l'été, nous nous enfonçons un peu plus loin vers le nord, là où les rivières déferlent à travers les fjords et où le ciel ne s'assombrit plus jamais. Il y a aussi de hautes cascades ici. À midi, un peu avant le point culminant du soleil, on peut y voir des arcs-en-ciel et, parfois, je me mets dans la brume qu'elles projettent, je ferme les yeux et je fais semblant d'être sous une vraie douche. Ça fait longtemps que je n'en ai pas pris et je ne savais pas que ça me manquait avant d'arriver dans le nord. Le soir, je m'assois devant le feu avec les cheveux mouillés et l'homme raconte ses histoires.

Notre association dans la nature sauvage est un bénéfice mutuel – chacun de nous sait ce que l'autre lui apporte. L'homme aurait mieux fait d'en rester là.

C'est un lundi ou un samedi ou je ne sais quel jour. Je n'ai aucune idée de quel jour de la semaine nous sommes, parce qu'on s'en moque. Avec la lumière constante là-haut, dans le nord, on ne sait même pas quand un jour s'arrête et quand l'autre commence, de toute façon.

En tout cas, ce matin, il est debout à côté de mon sac de couchage et enfonce la pointe de son pied dans mes côtes pour me réveiller. Je cligne des paupières. Il me regarde avec un sourire radieux.

— J'ai une surprise.

Il se retourne et s'éloigne en faisant de si grands pas que j'arrive à peine à m'extirper du sac assez vite pour le suivre. Je me frotte encore les yeux en marchant.

— Je n'ai pas pris mon petit-déjeuner !

Il ne répond pas. Un jour, il a dit que j'étais devenue butée et rebelle pendant la période où j'étais seule en forêt, que ça m'avait changée. Mais quand je lui ai dit que si j'étais seule, c'était uniquement parce qu'il m'avait abandonnée et que c'était donc sa faute si j'étais butée, il n'a rien répondu. Depuis, il me laisse faire.

Maintenant il m'amène au pick-up. Il a dû partir avec vraiment tôt ce matin pour se procurer la "surprise". Et je suis pétrifiée en voyant ce que c'est. J'ai oublié un instant que ses surprises n'ont jamais rien signifié de bon. Et celle-ci, particulièrement pas. La surprise est assise sur le siège passager, apeurée et le visage rougi par les larmes. C'est un petit garçon.

Sidérée, je me tourne vers l'homme.

— Tu n'es pas sérieux ?

Il dit d'un ton joyeux :

— On l'emmène. Tu vas m'aider à le former. Il aura une vie aussi géniale et libre que toi et moi, Marla !

Une vie aussi géniale et libre ? Je regarde le garçon. Il veut retourner auprès de sa maman. Cela fait des années que j'ai été dans sa situation. Mais je me rappelle encore très bien ce qu'on ressent.

— Tout d'abord, on va construire un radeau. Il n'y a rien de mieux pour former l'esprit d'équipe qu'une excursion en radeau, tu ne crois pas ?

— Tu dois le ramener.

Il rit, comme si ce que j'ai murmuré était une blague. Puis il ouvre la portière passager. Le petit garçon a fait dans son pantalon. Le siège est trempé, tout l'habitacle pue. L'homme est indulgent et l'aide à se nettoyer dans la rivière. Je me tiens derrière eux et je ne sais pas quoi faire.

Je siffle entre mes dents :

— Où est-ce que tu l'as trouvé, au juste ?

L'homme sort une hache de notre caisse et se dirige vers l'arbre le plus proche. Il veut vraiment construire un radeau. Un radeau assez grand pour trois parce que, depuis aujourd'hui, nous sommes un de plus.

— Je l'ai sauvé. Tout comme toi.

Le petit garçon pleure. L'homme se retourne, me donne la hache et retourne au pick-up pour aller lui chercher une barre de céréales dans la boîte de provisions. Je regarde la lame dans ma main. Je sais quels arbres sont les plus adaptés à la construction d'un radeau. Les petits, souples, pas les secs, larges, à l'écorce épaisse que j'abats tous les deux jours pour nos feux de camp. Mes bras sont devenus puissants à force de manier la hache, et je peux même l'utiliser comme une arme à présent. J'ai appris sur le tas quand il m'a envoyée seule couper du bois pour le feu. Ce n'est pas facile de projeter la hache de manière que la lame se fiche correctement dans un arbre. Mais au bout de quelques essais, j'ai pris le coup de main et, maintenant, elle se plante exactement là où je vise. J'éprouve une certaine satisfaction à posséder un savoir-faire dont l'homme ne sait rien.

C'est un travail éprouvant de bâtir un radeau. Le garçon pleure beaucoup au début et se tient près de moi car cela semble le rassurer un peu. À la fin, il m'aide même à installer la tente sur le bateau. L'homme prévoit de passer trois jours sur la rivière, pour voir où elle nous emmène.

— On va bien s'amuser !

Il paraît heureux, il a soif d'aventure.

On étanchéifie le radeau et on le teste sur la rivière, d'abord sans charge, puis avec notre poids. L'homme est lourd. Il immerge un peu plus le radeau, si bien qu'à chaque rapide, de l'eau nous roule sur les jambes. Mais il décide que ça ira comme ça et qu'on n'a qu'à voyager léger. On ficelle le plus important dans deux sacs imperméables qu'on attache dans la tente. On laisse le reste dans le pick-up.

On prend le départ sous un ciel dégagé. La rivière scintille et murmure, nourrie d'une multitude de petits courants. Le garçon s'accroche fermement aux rondins de bois et se rapproche toujours un peu plus de moi. Ça me met mal à l'aise qu'il me fasse confiance. Il ne devrait pas être ici.

Jusque dans l'après-midi, le trajet est très paisible. Mais ensuite, des nuages s'amassent dans le ciel et les premières gouttes tombent peu après. La rivière devient grise et agitée. Le radeau se balance et de l'eau ne cesse d'affluer dans notre tente. Je suis la première à l'entendre gronder au loin.

— Je crois qu'un orage arrive.

L'homme lève la tête et essaie de percevoir ce que j'ai entendu au-delà de la rumeur de la rivière. Mais ses oreilles sont vieilles et, avant qu'il hoche enfin la tête pour acquiescer, j'ai reconnu ce que signifie réellement le grondement.

— Non, ce n'est pas un orage, c'est une chute d'eau !

Le petit garçon apeuré se rapproche encore un peu plus de moi. L'homme lève la tête une nouvelle fois.

— Non, elles ne commencent pas encore ici.

— Mais écoute !

— J'ai vu plus d'orages dans ma vie que tu as connu de jours sur Terre !

— N'importe quoi. Ça n'existe pas, autant d'orages !

— Ferme-la, à présent.

L'homme scrute le ciel et annonce :

— L'orage est encore loin.

Il se renverse en arrière et ferme les yeux, comme s'il voulait faire une petite sieste. Ça me rend furieuse.

Je regarde devant, où l'eau devient plus rapide et agitée. Elle attrape notre radeau et le balance dans tous les sens. Ce qui ressemblait encore il y a peu à un tonnerre lointain se change maintenant en un mugissement assourdissant. L'homme écarquille les yeux. Pour la première fois, il ressemble à un herbivore. Ça me fait encore plus peur que la chute d'eau.

— Prends la pagaie ! Vite !

Il me colle dans la main la pagaie en écorce tandis qu'il s'accroche à la barre de tout son poids pour diriger le radeau vers la droite. Je plonge la pagaie dans la rivière grise, écumeuse, et rame aussi fort que je peux.

— Plus profond, la pagaie dans l'eau ! Plus profond, bon Dieu de merde !

Il veut se charger lui-même de la pagaie, mais pour ça il doit lâcher la barre, et le radeau est repoussé au milieu de la rivière. On entre dans un rapide, et soudain notre embarcation pivote. La barre se trouve devant et nous avons le nez à l'arrière. Le petit garçon crie. L'homme se retourne à la hâte et fait tanguer le radeau sous son poids. Ses yeux cherchent la rive. Il crie :

— À gauche ! À gauche !

Et je tire de toutes mes forces la barre à gauche. Mais comme je regarde dans une direction, et lui, dans l'autre, il n'est pas préparé à ce mouvement. Il lève les bras en l'air avec la pagaie et frappe au passage le garçon à la tête. Le petit arrête de crier et bascule en avant. Je tends la main vers lui avec effroi et parviens à attraper son T-shirt avant qu'il ne tombe dans l'eau.

L'homme et moi nous crions dessus mutuellement :

— Mais qu'est-ce que tu fais ?!

Il essaie encore de retrouver l'équilibre tandis que je tire vers moi le garçon amorphe. Il est inconscient.

— Tu l'as presque poussé par-dessus bord !

— Marla, on doit aller à gauche ! À gauche ! Tu es sourde ?

Je suis sourde d'une oreille, depuis qu'il m'a tiré dessus. Mais avec celle qui reste, j'entends toujours mieux que lui. Je lui réponds en hurlant :

— *Toi*, tu es sourd ?! Je t'ai tout de suite dit qu'il y avait une chute d'eau !

Le radeau pivote à nouveau. Les vagues l'attrapent et le balancent d'un côté à l'autre. Je m'essuie les yeux, saisis la barre d'une main et essaie de distinguer où l'homme pense avoir aperçu une rive providentielle.

— On ne peut pas sortir d'ici !

— Bon Dieu !

Il veut me pousser de côté et reprendre la barre, mais je tiens bon.

— Il y a trop de rochers ! Et des tourbillons ! Ça va mettre notre radeau en pièces !

— Laisse-moi la place, qu'est-ce que tu sais de toute façon !

Il me pousse et je tombe de côté avec le petit garçon dans les bras. Je vois rouge. *Ça va être l'aventure, mon enfant !* disait-il. *Ce n'était qu'un jeu !* Des centaines de fois. Ça n'a jamais été vrai. Ses jeux ne sont pas des jeux pour enfants, et ses aventures sont horribles.

— Toi, qu'est-ce que tu sais ? Toi et tes aventures de merde ! J'ai grandi ici, en forêt ! Tu as grandi en forêt, toi, peut-être ?

Je dois hurler pour couvrir le vacarme de la chute d'eau, et ça décuple ma colère. J'ai des larmes dans les yeux tandis qu'il s'appuie contre la barre et dirige le radeau droit vers les rochers qui aspirent l'eau dans un gargouillis. Il va nous tuer tous les trois ! Il a déjà failli pousser le petit garçon par-dessus bord. *Ce garçon sera aussi libre que toi et moi, Marla.* Laisse-moi rire.

Je saisis la pagaie, la brandit et frappe l'homme au visage avec une telle violence qu'il pousse un cri et lâche la barre. Ses entraînements m'ont offert des bras puissants. Grâce à eux, je peux donner des coups de hache et abattre des arbres. Je peux abattre cet homme. Parce que ça ne peut pas continuer comme ça. Je relève les bras. Vois son visage incrédule, ses mains en position de défense. Je frappe. Il bascule en arrière en battant des bras avant de tomber dans la rivière, et je m'empresse de me baisser pour stabiliser la barre qui fouette l'eau au hasard. Un regard jeté en arrière me montre la grande carcasse de l'homme disparaître dans les flots. Peu après, il émerge à nouveau à quelques mètres du radeau, la chemise à carreaux se gonfle autour de son corps. Sa tête cogne contre une pierre, puis je le perds de vue dans la rivière déchaînée et écumante. Je me dépêche de me concentrer pour maintenir le radeau au milieu. Le diriger droit vers la chute d'eau. Le fracas est maintenant si assourdissant qu'il envahit mon corps tout entier. Et puis je vois la rivière s'arrêter devant nous. Comme si on était arrivés au bout du monde, par-dessus lequel nous allons bientôt basculer. La pointe du radeau tombe en avant, l'arrière se redresse, nous restons immobiles pendant un instant terrifiant. J'abandonne la barre et attrape le garçon des deux mains alors que nous sombrons enfin dans le vide.

L'impact est froid et dur. Mes jambes heurtent des rochers, l'eau m'entraîne vers le fond telle une immense main glacée. L'air me manque, mais je résiste à l'envie de battre des bras et retiens fermement le petit garçon. Un voile noir passe brièvement sur mes yeux, je cligne des yeux et regarde en haut. Là où je crois se trouver le haut. Puis il me vient à l'esprit que l'eau s'effondrant de la chute nous maintient au fond. Si nous voulons remonter à l'air libre, il faut que je nage sur le côté, pas vers le haut ! Je bats des jambes, sans plus avoir le moindre souffle dans les poumons. Mon esprit s'obscurcit. L'eau m'attrape et me rejette avec elle. Je ne remarque que je suis revenue à la surface qu'une fois que mes poumons laissent échapper un râle atroce, retentissant. J'ouvre grand la bouche. De l'air ! Je crache, je tousse. Au-dessus de nous, la chute d'eau tombe d'au moins dix mètres de haut. Mes genoux touchent des pierres puis de longues herbes trempées. On a vraiment réussi ! Je tire le jeune garçon avec moi hors de la rivière, l'allonge sur la rive, le tourne sur le côté. Je lui tape dans le dos tandis que j'évacue le reste d'eau de mes poumons en toussant. Il a une plaie ouverte à l'arrière du crâne et des écorchures au visage. Mais son cœur bat. Il est vivant. Je lui donne des tapes jusqu'à ce qu'il recrache de l'eau en gémissant, et je n'arrive pas à croire qu'il ait survécu. Que nous ayons tous les deux survécu. Sidérée, je lève la tête et regarde la chute d'eau. Du bois dérive en haut de la cascade. Je distingue un bout de tissu parmi les branches. À carreaux rouges et blancs. En haut, en bas, en haut, en bas. Comme si quelqu'un nous faisait signe avec un mouchoir en tissu.

HENRIK

Je me souviens des ronces. Des ronces pointues, denses, qui déchiraient nos anoraks quand nous rampions à travers les buissons, comme si elles voulaient tenter de m'empêcher de montrer la cabane dans l'arbre aux autres enfants.

Nous étions un grand groupe, beaucoup de garçons et deux filles. Je me souviens encore de l'une d'elles parce que, comme moi, elle parlait allemand et n'était en Suède qu'en été. Elle était maigre, avait des cheveux bruns en bataille et s'appelait Annika. Je ne me rappelle plus que vaguement les autres. Je crois qu'ils habitaient tous quelque part dans la région. Un des garçons était blond clair, un autre, costaud comme si on avait emballé deux enfants en un. Je ne connais plus leurs noms. Ils n'étaient pas très importants. Ce qui importait, c'était que je pouvais être avec eux. Et que je pouvais leur montrer quelque chose d'épatant.

Chez moi, à l'école, j'étais un marginal qui évoluait dans son propre monde. Mais ici, où personne ne me connaissait, ils m'acceptaient parmi eux. C'était quelque chose de particulier. Pour la première fois, je faisais partie d'un groupe et je ne voulais pas tout faire rater.

La clairière avec le grand frêne, envahie par tant de buissons épineux, était comme un lieu enchanté tiré d'un conte. Complètement isolé du reste du monde. Et il y trônait, tel un grand nid d'oiseau hideux, la cabane perchée. À l'époque, je pensais qu'elle était très ancienne, cette cabane dans l'arbre. Qu'elle avait été construite quand le frêne était encore petit. Et puis que l'arbre s'était élevé dans les airs et avait emporté avec lui la cabane dans le ciel tandis que, tout autour, les buissons épineux poussaient pour la protéger. L'idée de pouvoir montrer aux autres un lieu secret depuis des siècles me plaisait.

On avait couru jusqu'à l'échelle de corde qui pendait de la plateforme jusqu'au sol. C'était, pour ainsi dire, une invitation à grimper pour des enfants âgés de huit à quinze ans. Un âge où l'on est à la recherche de trésors et d'aventures. Et j'ai toujours encore plus aspiré à ce genre de choses que les autres enfants.

L'échelle était longue et branlante. De la terre se détachait des chaussures du garçon qui me précédait, et me tombait dans les yeux. Le sol était loin sous mes pieds. Je n'osais pas regarder en bas. Le vent soufflait à travers les branches du frêne. Je pense que lui aussi voulait nous retenir, car il emportait l'échelle et la secouait un peu. Ou peut-être était-ce les autres garçons qui l'agitaient et trouvaient ça amusant. Je m'accrochais fermement.

L'un après l'autre, nous atteignions la cabane. Je pense que j'aurais dû monter le premier. Après tout, c'était ma cabane, c'est moi qui l'avais découverte. Mais ça ne marchait pas comme ça avec la hiérarchie dans le groupe. J'étais un des derniers à me hisser par-dessus le rebord, à essayer de voir quelque chose derrière les épaules des garçons plus grands que moi. Contrairement à la forêt éclairée par la lumière du jour, l'intérieur de la cabane était presque noir. Les enfants se tordaient le cou. Comme d'habitude, j'avais peur que mon père puisse avoir raison et que je sois dingue. Qu'aucun des autres enfants ne voie Marla parce que je me l'étais juste imaginée. Mais elle était là. Dans le ventre obscur de la cabane. Elle était allongée par terre, les cheveux sales et en broussaille, et elle dormait.

Les autres enfants se pressaient avec curiosité autour de l'entrée et chuchotaient entre eux. Et soudain je l'ai senti à nouveau. Que quelque chose de maléfique était à l'œuvre ici, quelque chose dont aucun enfant n'était à l'abri. Je me disais que ce qui avait attaché cette petite fille, quoi que ce fût, allait aussi nous attraper et nous enfermer. Peut-être que la petite fille était un piège, l'appât d'un chasseur d'enfants ou d'un monstre. Petit, j'étais un aventurier et une poule mouillée, les deux à la fois.

Henrik ? Henrik, tu nous entends ?

Le premier s'est risqué à entrer dans la cabane. Je crois que c'était le costaud. Les autres se bousculaient dans l'entrée comme devant une vitrine. Il me semble qu'entretemps, les autres avaient aussi le pressentiment que nous devions agir vite, car ce qui avait attaché la petite fille ici pouvait revenir à tout moment. Mais la fille griffait et criait comme une sauvage. Elle luttait avec ses mains et ses pieds pour ne pas être libérée. Je restais à l'extérieur sur la plateforme et faisais le guet. Et puis j'ai vraiment entendu quelque chose. Les arbres et les buissons autour de la clairière envahie par les ronces se sont mis à bruire et à bouger. Le sol tremblait. Quelque chose de grand, de sombre, au souffle puissant, se dirigeait vers la clairière.

J'ai sonné l'alarme et tous ont été pris de panique. On a descendu l'échelle de corde je ne sais comment et regagné les buissons en courant le plus vite possible, dans la direction opposée à celle d'où venait le monstre au galop. Les épines nous entaillaient la chair. Nous n'y prêtions pas attention. On a pris nos jambes à notre cou en laissant derrière nous la petite fille qui n'avait pas réalisé qu'on voulait juste l'aider.

Il devrait se réveiller d'un moment à l'autre.

J'ai couru jusqu'à avoir mal aux poumons. Jusqu'à retrouver la maison de vacances. Ma mère m'a vu arriver. Elle avait l'air inquiète et m'a attrapé par le bras.

— Où étais-tu passé ? Allez, viens, lave-toi les mains et ensuite on va manger.

Il y avait des boulettes suédoises. Ça m'est resté en mémoire. Ces boulettes idiotes, sans intérêt, desquelles gouttait le gras quand on y enfonçait sa fourchette. Je les ai trouvées délicieuses. J'ai apprécié aussi la paix qui régnait à table sous le petit plafonnier, car mon père n'était pas là. Mon père évitait souvent de manger avec nous, parce que mon papi l'énervait. Avec ses histoires du foyer pour enfants et avec sa manie, selon mon père, de vouloir se mêler de mon éducation alors que lui-même n'y connaissait rien. Mais en réalité, c'était toujours mon père qui tapait sur les nerfs de tout le monde. Je me souviens des boulettes suédoises et de la paix. Mais, même avec la meilleure volonté du monde, je ne sais plus si j'avais parlé à qui que ce soit, à la table de la cuisine, de ma découverte dans la forêt…

— Il se réveille.

Je tousse. Mes poumons me brûlent. La lumière me pique les yeux. Les machines bipent. Je n'arrive pas à respirer.

— Henrik ! Henrik, tout va bien.

On me parle en anglais.

Le bip des machines s'accélère.

— Je m'appelle Per Hallström. Tu es à l'hôpital.

Tout me revient d'un seul coup. La cabane dans l'arbre. Le feu.

— Fynn…

J'ai le souffle coupé. Pas un mot de plus ne sort de ma bouche.

— Il va bien. Il a une légère intoxication par la fumée, mais sinon il s'en est sorti avec quelques brûlures. Tu as amorti sa chute avec ton corps, Henrik. Un vrai héros.

Un héros. Je secoue la tête. Je n'ai jamais été un héros, quand bien même j'ai toujours souhaité en être un. Quel genre de héros expose son fils blessé à un tel danger ?

— Calme-toi, s'il te plaît, Henrik.

Les machines me trahissent avec leurs bips. Je vois qu'on s'apprête à me faire une piqûre.

— Non !

Je la repousse. Me débats.

— C'est l'anesthésie pour l'opération, Henrik. Tu t'es cassé le bassin en tombant, mais ce n'est rien qu'on ne puisse réparer.

— Non ! Je ne veux pas être sédaté !

C'est alors que ce souvenir ressurgit à son tour : une pilule sur le sol de la cabane. Une pilule qui vient de la boîte à pharmacie de mon père.

— Où est mon père ?

— Lui et ta femme sont en chemin.

Il faut que je prévienne Nora. Il faut que je lui dise de tenir mon père éloigné de Fynn. Mais je me sens étourdi. Ils m'ont quand même donné quelque chose. Je connais cette sensation, quand l'esprit, soudain, ne fonctionne plus, que les souvenirs deviennent flous. J'essaie de me rattacher à la dernière pensée que j'ai eue. Qu'est-ce que j'ai fui en courant ?

Le monstre. Le monstre de la forêt qui a retenu la petite fille prisonnière. Qui a aussi retenu Fynn prisonnier. Ma mère qui m'a vu arriver. Elle est venue à ma rencontre d'un air inquiet et m'a attrapé le bras pour le tourner et le retourner. Il était plein d'égratignures.

J'entends tout à coup quelqu'un dire :

— Ta femme est là.

Mais la voix est très lointaine.

— Et ton père.

ROSA

Je ne démissionne pas. Je continue, pour Lasse. Il a vu une enquêtrice en moi. C'est aussi l'avis de Sara, pour je ne sais quelle raison. Le soir même, mon portable vibre. Je vois le nom de Sara sur l'écran et décroche.

— Rosa ?

— Elle-même.

— Nous avons trouvé l'arme du crime dans le hangar d'Olof.

Je ferme les yeux un instant.

— Pour l'instant, il nie tout, mais ça va devenir de plus en plus compliqué pour lui. Et maintenant, il veut te parler.

— À moi ?

La surprise me laisse presque sans voix.

— Il a explicitement demandé la collègue qui était chez lui avec Lasse. Où es-tu en ce moment ?

Je lève les yeux sur la falaise.

— Rösåsberget.

Heureusement, Sara ne me demande pas pourquoi.

— C'est à environ une demi-heure du commissariat, c'est ça ? Tu peux venir tout de suite ?

Je peux. Sara vient me chercher à l'accueil. Je la suis jusqu'à la salle où Olof m'attend.

— On est juste à côté.

Sur ces mots, elle me laisse seule. Je frappe à la porte quelques coups hésitants avant d'entrer. Je suis encore troublée, et je me suis rarement sentie aussi peu à ma place qu'ici. Pourquoi, pour l'amour du ciel, est-ce précisément à moi qu'Olof veut parler ?

Il est seul dans la pièce. Effondré sur sa chaise, mais si grand que ses genoux touchent le bord de la table. Lorsque j'entre, il lève les yeux et une expression que je n'arrive pas à interpréter passe sur son visage. On dirait presque qu'il est heureux de me voir.

Je ne dis rien. Cet homme est soupçonné d'avoir tué Lasse. On a trouvé chez lui un couteau qui correspond au motif de l'arme du crime. Un couteau comme ceux que les taxidermistes utilisent. Et je me rappelle aussi le mauvais pressentiment que nous avons eu, Lasse et moi, quand nous étions chez lui. Même Kaja l'a senti. Olof avait quelque chose à cacher.

Il est le premier à détourner les yeux. Il balaie la pièce du regard.

— Je suppose qu'on est sur écoute, ici ?

Je lui réponds en toute honnêteté :

— Je n'en ai pas la moindre idée. Moi aussi, c'est la première fois que je suis dans une salle d'interrogatoire.

— En fait… je voulais parler avec toi seul à seul.

— Et moi, en fait, je voulais être en forêt pour chercher des cadavres. As-tu tué Lasse ?

Ses yeux s'écarquillent. C'était peut-être un peu trop direct. Mais je ne vois pas pourquoi je devrais tourner autour du pot. Nous savons bien tous les deux que c'est la question pour laquelle nous sommes ici. Il regarde autour de lui d'un air embarrassé et passe la langue sur ses lèvres sèches. Il lui faut un petit moment pour retrouver le fil :

— Je… voulais te demander quelque chose.

— Ah oui ?

Je croise les bras sur ma poitrine.

— J'ai un oiseau dans l'atelier, que j'ai naturalisé. Sur un morceau d'épicéa. Mais il n'est pas encore tout à fait terminé. Si je dois aller en prison, eh bien j'aimerais que… quelqu'un s'en occupe.

— Quoi ?

Les bras m'en tombent. Quelle demande absurde.

— J'ai besoin de quelqu'un qui… le finisse. Je ne peux pas laisser un travail commencé inachevé.

— Mais je ne suis pas taxidermiste. Pourquoi moi ?

Il bafouille, tout en scrutant les murs, encore et encore.

— Toi et moi, nous sommes faits du même bois.

— Certainement pas.

— Tu es bien la fille d'Ester Lundqvist, pourtant.

— Nous y revoilà. C'était ma mère, oui. Et ?

— Ça se voit. Tu lui ressembles.

— Elle est morte. Tumeur au cerveau.

Quand ma mère est morte, j'étais à Amsterdam. Je ne l'ai revue qu'alors qu'elle était déjà couchée dans son cercueil, froide, les taches cadavériques masquées. De la solution formaldéhyde dans la carotide. Son visage vidé de son sang, maquillé de rose comme il ne l'a jamais été de son vivant.

— Je sais. Je suis désolé. Je la connaissais bien. Elle était une des rares personnes en qui on pouvait avoir pleinement confiance.

Je détourne le regard. Quand j'avais vu ma mère dans son cercueil, à l'époque, je n'avais pas eu de peine à prendre de la distance avec ce que j'avais sous les yeux car il y avait quelque chose de scientifique dans cette vision. Quelque chose dont j'avais quelque connaissance. Maintenant, je ne sais plus ce qu'est devenu ce rempart de protection.

— S'il te plaît.

Olof insiste dans mon dos. Mais je ne comprends pas ce qu'il attend de moi. Je ne suis pas ma mère. Je ne suis même pas une vraie policière censée l'interroger.

— Alors, c'était toi ou pas ?

— L'oiseau…

— Rien à foutre de ton oiseau ! Mon collègue ! Lasse ! Tu l'as tué ?

Il se retourne, passe sa main sur son cou, comme si son col était soudain trop serré. Comme si la pièce entière était tout à coup devenue trop petite pour ce géant. Je crie :

— C'était toi ?

Les marques de brûlure d'Ebbe sous mon jean se mettent à me démanger tellement que je peine à résister à l'envie de me gratter. Je ressens aussi cette étroitesse. Les murs semblent se pencher en avant pour pouvoir entendre un peu mieux encore lorsque Olof appuie sa tête sur ses mains et murmure :

— Oui, c'était moi.

NORA

Je suis assise dans la salle d'attente de l'hôpital, épuisée. Mon esprit, mon corps, mon cœur – complètement épuisés. Je ne sais pas comment Henrik et moi allons pouvoir continuer ensemble, après tout ce qui s'est passé. Qu'il ait emmené Fynn dans la forêt, jusqu'à cette cabane dans l'arbre, qu'il ait mis notre fils en danger de cette manière, je ne peux pas le lui pardonner. Quelque part en moi subsiste toujours le maigre espoir que son comportement ne soit dû qu'à l'état exceptionnel dans lequel la disparition de Fynn nous a plongés. Mais pour le moment, ça n'y ressemble pas. Pour le moment, je préférerais faire mes valises et partir.

Henrik prétend avoir trouvé les médicaments de son père dans la cabane. Il prétend que c'est Leif qui a enlevé et retenu la petite fille à l'époque, et que c'est lui aussi qui a incendié l'arbre pour le tuer. Je ne sais pas quoi répondre à ce reproche absurde. Comme si Leif allait mettre en danger ses propres fils et petit-fils ! Je ne sais même plus quoi penser de cette histoire de petite fille, à présent. La cabane dans l'arbre était sans doute une simple cabane où Henrik jouait, et il a imaginé tout le reste. J'en ai définitivement assez des mensonges. Des mensonges de Henrik et de ceux d'Eric qui, après son arrestation, essaie encore de transformer les faits, évidemment, et ne veut soudain plus rien avoir à faire avec la disparition de Fynn. Qu'il m'ait suivie et épiée, oui, il ne peut pas le nier. Mais la police ne peut même pas prouver que les appels inquiétants sur la ligne fixe venaient de lui. Un expert est passé à la maison. Selon lui, les sonneries pourraient aussi être imputées à des "interférences électriques". Créées par exemple par un téléphone portable à proximité ou d'autres appareils électroniques comme notre ordinateur ou même des appareils de cuisine. Ou bien c'était un simple défaut de tension. En tout cas, notre ligne ne serait pas en fonction, car l'opérateur téléphonique a mis la clé sous la porte il y a déjà des années.

Un gobelet de café se glisse dans mon champ de vision. Supposant qu'il s'agit de Leif, je lève les yeux. Mais c'est le Dr Christer Kjellberg, le pédopsychiatre, qui se tient devant moi.

— Je peux m'asseoir ?

Je hoche la tête et accepte le gobelet avec reconnaissance avant de me décaler un peu sur le côté pour lui faire de la place.

— Je suis sincèrement désolé de ce qui est arrivé. J'aurais aimé pouvoir faire quelque chose pour retenir ton mari.

— Personne ne peut retenir Henrik quand il s'est mis quelque chose en tête.

— Il a eu de mauvaises expériences avec des psychiatres, je crois ?

J'hésite. Je me demande ce que je peux lui raconter sans que cela soit gênant pour Henrik.

— Son père m'a dit que Henrik prenait des médicaments dans son enfance parce qu'il mentait constamment.

Le Dr Kjellberg fronce les sourcils.

— Il n'existe pas de médicaments contre les mensonges.

— C'était des calmants, si j'ai bien compris. Mais, pour être honnête, moi aussi ça m'a étonnée.

Je me demande un instant si je ne devrais pas parler au Dr Kjellberg de la théorie extravagante de Henrik. Ça me ferait du bien de me confier à quelqu'un qui pourrait peut-être me dire comment gérer cette situation. Mais ses accusations sont si incohérentes.

Le Dr Kjellberg ne sait rien de mon combat intérieur.

— Fynn s'en sortira, en tout cas. Il est courageux. Et il fait de beaux progrès. C'est aussi pour ça que je suis ici. Je voulais te montrer ça.

Il sort une chemise sur laquelle est écrit le nom de Fynn. Elle contient des dessins. Des dessins d'enfant griffonnés sur des feuilles de papier avec des craies noires et épaisses. Ils ont quelque chose de brut en eux. Celui du dessus représente la Maison de Saint-Nicolas. Henrik m'en a parlé au téléphone. Et je vois aussi à présent comment il a pu penser à la cabane à partir de ce qu'a tracé Fynn : des arbres noirs bordent la feuille.

— La plupart des autres dessins ne montrent rien de concret. (Le Dr Kjellberg me tend trois autres feuilles.) Des formes, des mouvements. Il faut aussi laisser un enfant gribouiller ce qu'il veut. En tout cas, Fynn s'est vraiment laissé aller dans le dessin. C'est bien. C'est une voie que nous poursuivrons s'il peut sortir des urgences dans les prochains jours. À vrai dire, un des dessins a particulièrement attiré mon attention. Pour la bonne raison qu'il a amené Fynn à parler.

Je lui lance un regard surpris.

— Il a dit quelque chose ? Fynn ? Il a…

Mais je m'interromps soudain car il me tend le dessin. Des frissons me parcourent le corps.

— Il a dit que c'était la sorcière devant sa fenêtre. Ça te dit quelque chose ?

— Je… je ne sais pas.

Pourtant, cela évoque quelque chose dans un coin de ma tête. La sorcière. La sorcière. Fynn a-t-il un jour raconté quelque chose en ce sens ?

— Bien entendu, il ne s'agit pas forcément d'une personne réelle. Cela peut aussi être une menace ressentie. Ou être inspiré d'une histoire.

— Henrik lui raconte souvent des histoires. Même inquiétantes. Je lui demanderai si ça lui rappelle quelque chose. Je peux emporter le dessin ?

— Bien sûr, vas-y.

Je le remercie et me lève. Et puis, tout à coup, je me souviens. Je revois clairement la scène dans ma tête : *Maman, il y a une sorcière à ma fenêtre. — C'est bien, chéri.* On était dans le salon. Après notre arrivée. Henrik a à moitié disparu dans le sac-poubelle, et Fynn a parlé d'une sorcière. *Une sorcière comme dans l'histoire que tu m'as racontée, papa. Vous voulez venir voir ?* Aucun de nous deux ne l'a écouté. Je me tourne vers le Dr Kjellberg, la bouche ouverte.

— Fynn a parlé d'une sorcière à sa fenêtre. Dans notre maison de vacances. Nous ne l'avons pas pris au sérieux !

— C'est tout à fait compréhensible. Et comme je l'ai dit, il ne faut absolument pas en conclure qu'il s'agit d'une personne réelle…

— Non, bien sûr que non.

Je le coupe, mais je ne sais pour quelle raison cette idée me fait tout de même paniquer. Bleike a été arrêté. C'est lui qui a enlevé Fynn. La sorcière n'est qu'une histoire. Mais pourquoi est-ce justement d'elle que Fynn veut parler en premier ? Ça doit être important pour lui.

— Je dois lui parler, je dois parler à Fynn !

— Désolé que le dessin t'ait bouleversée à ce point, Nora. Fynn fait vraiment de super progrès en thérapie. Toutefois, il ne faut pas non plus surinterpréter les dessins. Ça pourrait aussi être la première chose dont il se souvient avant l'accident. Et tous les souvenirs ne sont pas réels. Dans son imagination, c'est peut-être une sorcière qui lui a fait peur.

— Oui, oui, évidemment.

Je réponds d'un air absent, sans être vraiment rassurée. Puis je sors de la pièce.

La chambre de Fynn se trouve au quatrième étage. En chemin, j'aperçois du coin de l'œil une infirmière entrer dans celle de Henrik et refermer la porte derrière elle. Elle ne porte pas de blouse, sans doute est-ce sa dernière visite avant la fin de journée tant attendue, et je me sens coupable car nous parvenons, avec une seule famille, à donner du travail à tout le personnel de l'hôpital.

Quand j'entre dans la pièce, mon fils est réveillé. Il est assis dans son lit et ressemble à un poussin déplumé. Les cheveux à moitié rasés au-dessus de la cicatrice, le visage bosselé. Aux bleus déjà existants se sont rajoutées quelques égratignures de sa chute de l'arbre. Il a sur sa couverture des feutres et un carnet de croquis dont il lève le nez.

— Maman !

Son cri de joie et le simple fait qu'il me reconnaît du premier coup font naître en moi un sentiment de bonheur qui me fait presque pleurer. Je ne tiens plus rien pour acquis.

Je serre longuement Fynn dans mes bras, je veux le garder contre moi. À vrai dire, j'étais venue l'interroger sur la sorcière, mais je lui épargne ces questions pour l'instant. Il y aura suffisamment de moments où il se rappellera ce qui lui fait peur. Le plus important maintenant est qu'il sache que ses parents sont là et qu'ils le protégeront. Je veux lui dire que, dorénavant, je l'écouterai, quoi qu'il ait à nous raconter.

— Je suis tellement heureuse que tu sois de retour.

Je l'embrasse sur sa tête à moitié rasée et sens ses bras se poser autour de moi. D'abord très timidement, il me serre ensuite fort contre lui et enfouit son visage dans mon pull. Pour la première fois depuis très longtemps, je me remets à croire que tout pourrait redevenir comme avant dans notre famille.

MARLA

Il se réveille en sursaut lorsque mon ombre tombe sur son lit. Il flotte dans la chambre l'odeur pénétrante de médicaments. De stérilité. C'est une chambre de malade. Avec un homme malade à l'intérieur.

Un bref instant, la confusion se lit sur son regard. Parce que j'ai quitté son cauchemar pour monter droit dans sa chambre. Puis tout son visage s'éclaire. Ses yeux s'ouvrent en grand, se figent. Il me reconnaît. Même après presque trente ans il sait encore qui je suis. Il ne l'a jamais oubliée, l'enfant de la cabane dans l'arbre d'autrefois.

Nous avons échangé les rôles maintenant, lui et moi. Il paraît si impuissant, comme s'il était lui aussi attaché à une corde – les conséquences de notre dernière rencontre. Pensait-il vraiment que j'allais en rester là ? Ou réalise-t-il seulement maintenant que c'est moi qui ai fait de lui ce qu'il est devenu ?

Je m'approche. Mes pas sont étouffés et discrets. Comme si je me promenais encore pieds nus sur le sol de la forêt. Mais le sol sous mes pieds est dur. Partout ici l'air est dur et âcre. Seul le couteau dans ma main est une sensation familière sur ce terrain inconnu.

Il écarquille les yeux dans une horreur muette lorsque je tire la lame de gauche à droite à travers sa gorge. Ce qui aurait dû devenir un cri s'étouffe dans un gargouillis. J'attends une émotion, bonne ou mauvaise, mais elle ne vient pas. Il n'y a que du sang qui se répand sur le sol, sur les draps, sur tout. J'ai déjà tranché la gorge de tant d'animaux. On appelle ça l'égorgement, et on dit que c'est une mort sans douleur pour les bêtes. Que les soubresauts du corps ne sont rien que des réflexes. Je n'y crois pas. On peut le voir dans leurs yeux. La peur. La lutte. La douleur. Dans les siens aussi. Tout un monde de douleur se lit dans ses yeux. Je baisse le couteau et reste immobile jusqu'à la fin.

Contrairement à l'homme, je n'ai jamais pris plaisir à chasser. Je chasse par nécessité. Pour manger. Pour survivre. Pour trouver la paix. Cette incision, c'était pour ma paix.

ROSA

Je quitte la salle d'interrogatoire, sonnée, sans fermer la porte derrière moi. Ma tête bourdonne. Mon cœur s'est contracté en un bloc solide. Sara sort en trombe de la pièce à côté de moi. Elle m'appelle mais je ne m'arrête pas. Il faut que je parte de ce bâtiment. Je me précipite à ma voiture, claque la portière, ferme toutes les fenêtres et me renverse sur le siège. Olof a tué Lasse. L'arme du crime a été trouvée chez lui. Il a avoué. Mais pourquoi fallait-il qu'il se confesse à moi en particulier ? Simplement parce qu'il connaissait ma mère – qu'il la connaissait bien ? Et d'où, d'ailleurs ? Je lui ressemble, a-t-il dit. Foutaises. Elle ne me ressemblait pas le moins du monde. Ma mère rentrait toujours dans les normes. Toujours à éviter la critique et à rechercher l'harmonie. Et puis cette demande énigmatique avec l'oiseau. Pourquoi ai-je l'impression que tout ça sonne terriblement faux ? Je vois dans le rétroviseur Sara sortir du poste en courant. Elle cherche autour d'elle, m'aperçoit, dévale les marches de l'escalier. Je ne peux pas lui parler maintenant. Je ne peux parler avec personne. Les doigts tremblants, je démarre le moteur et enclenche la marche arrière pour aller à Skulesskogen.

Je me gare à la même place que la dernière fois au milieu de la forêt, et parcours à pied le reste du chemin jusqu'à la maison d'Olof. Un cadenas a été posé à la porte de son atelier. Mais lorsque je longe le côté en pataugeant dans l'eau et que j'atteins la porte de derrière par le ponton, celle-ci n'est pas fermée. Il fait presque noir à l'intérieur. Même de jour, les petites vitres embuées ne laissent pas passer assez de lumière. Je cherche la lampe qu'Olof a allumée la dernière fois et, comme ce jour-là, les armes étincellent sur les murs lorsqu'elles sont balayées par sa lueur. Sur l'établi se trouve toujours la belette qui m'avait sauté aux yeux lors de notre première visite. Mais je ne vois nulle part la moindre trace d'un oiseau – quoi que celui-ci puisse bien vouloir signifier. Je regarde autour de moi, le cherche sous l'établi et dans les étagères. Rien. Je m'en veux d'avoir suivi cette indication.

Peut-être Olof est-il juste fou. Un ermite, un fanatique d'armes, pour qui un petit différend est une raison suffisante pour abattre quelqu'un. Et nous essayons simplement de surinterpréter des mobiles plus profonds dans son comportement afin de comprendre la mort de Lasse. Et pourtant. Le fait qu'il ait fait allusion à ma mère m'intrigue.

Je sors du hangar par le même chemin que j'ai emprunté pour entrer et me dirige vers la maison. Le scellé de la police sur la porte est brisé, elle est entrouverte. Et à l'intérieur, le chaos s'offre à moi. Tous les animaux empaillés ont été arrachés des murs et des étagères. Ils gisent pêle-mêle dans la pièce. Ma première pensée est qu'il a dû y avoir une altercation entre Olof et les policiers venus l'arrêter. Mais l'ampleur de cette destruction est bien plus vaste. Les placards sont ouverts en grand dans la cuisine. Il y a une poêle par terre. Des œufs cassés à côté. Ce ne sont pas les conséquences d'une arrestation. Quelqu'un a défoulé sa colère sur la maison d'Olof.

L'escalier craque tandis que je pose le pied à l'étage supérieur. Il y a deux chambres à coucher, dont l'une est uniquement utilisée comme débarras, et une petite salle de bains. Le lit d'Olof n'est pas fait. La couverture pend à moitié par terre. *Toi et moi, nous sommes faits du même bois*, a dit Olof. Non, nous ne le sommes certainement pas. La seule vue de ce désordre me rend nerveuse.

Je retourne dans la deuxième pièce. En plus d'une grande armoire en épicéa, de caisses, de coffres et de commodes, il y a également un lit étroit qui sert peut-être pour les invités, mais dont la couverture est tout autant en pagaille. Comme si quelqu'un y avait encore dormi il y a peu. Le chaos règne aussi par terre. Le sol est jonché de papiers, des feuilles A4. J'en ramasse une et la retourne. C'est un dessin d'enfant. La Maison de Saint-Nicolas. À en juger le petit trou et la déchirure sur le bord supérieur, il a été accroché quelque part à un clou ou une punaise, et arraché. La deuxième feuille que je ramasse montre le même dessin. Et la suivante encore. Je me retourne. Je trouve ce que je cherche sur le côté intérieur de la porte de la chambre. La surface en bois est pleine de punaises. Seules deux feuilles y sont encore accrochées. Elles aussi représentent la Maison de Saint-Nicolas. Serait-ce une chambre d'enfant ici ? Il n'est pas exclu qu'Olof ait des petits-enfants, des nièces ou des neveux. Des enfants qui viennent régulièrement lui rendre visite. Mais, d'un autre côté, Lasse et moi étions il y a peu encore chez lui pour le questionner sur un petit garçon disparu.

Je continue à fouiller. À part ces dessins, de nombreux livres pour enfants et un paquet de crayons de couleur, je ne découvre rien. Tous les tiroirs des commodes que je tire ne contiennent que des vêtements d'homme adulte. Et puis je remarque l'oiseau gravé sur la porte de l'armoire en épicéa, et je me fige. Oiseau. Épicéa. Olof a parlé d'un oiseau sur de l'épicéa. La porte de l'armoire grince. L'intérieur est rempli de vêtements, bon nombre d'entre eux ont glissé des cintres et sont tombés au fond. Je m'apprête à la refermer lorsque je me rends compte à quel point elle paraît plus petite de l'intérieur. Pas du tout aussi massive et encombrante qu'elle ne l'est de l'extérieur, moins profonde. Je tape contre la paroi du fond avec mon doigt. Ça sonne creux. Une tension monte en moi. Il doit y avoir ici quelque chose sur quoi Olof voulait attirer mon attention. J'écarte les habits. Et c'est là que je découvre la porte. Une encoche sert de poignée. Je coince un doigt à l'intérieur pour ouvrir la trappe, mais au lieu du compartiment secret auquel je m'attendais, la porte donne sur un passage vers une autre chambre – ou du moins une partie de celle-ci. Cela avait dû être un jour une grande pièce, aujourd'hui séparée en deux par l'armoire et un lambris. Je m'apprête à me glisser par la porte lorsque je suis frappée à la figure par un coup inattendu. J'entends un craquement sinistre dans mon visage, reconnais l'odeur du sang et tombe brutalement sur le dos. La violence du coup était si intense qu'il m'a cassé le nez. L'espace d'un instant, je ne vois que des points et des lueurs. Je n'ai même pas le temps de me demander qui ou ce qui m'a frappé qu'un homme bondit de l'armoire et se dresse au-dessus de moi d'un air menaçant. Il est grand. Massif. Je le fuis en rampant sur le dos et sens couler le sang dans ma bouche. Il a un goût métallique. L'homme porte une chemise mal boutonnée tendue sur son ventre. Il a un visage gras aux joues rondes. Ses petits yeux me jaugent comme un cafard. Je lève les bras pour me protéger lorsqu'il se jette sur moi en rugissant. Ses gestes, sa colère déchaînée me font penser à un grand enfant. Un jeune garçon, grand et furieux.

— Olof…

Un poing me frappe la mâchoire et m'ôte littéralement les mots de la bouche. Jamais je n'ai reçu de tels coups. Même Ebbe ne me cognait pas comme ça. Avec un poing aussi lourd, brutal, hors de contrôle. Ses tortures étaient plus perfides. Me touchaient exactement là où ça faisait mal. Cet homme, en revanche, se contente de me rouer de coups violents. Dans une colère aveugle qui me fait de plus en plus penser à celle d'un enfant.

— S'il te plaît… C'est Olof… qui… m'a envoyée.

Je n'articule pas bien, j'ai du sang dans la bouche. Mais l'homme s'interrompt quand même un instant. Juste un doute, une hésitation avant de lever le poing à nouveau. Je brandis les mains en l'air pour me protéger la tête.

— S'il te plaît ! C'est à cause d'Olof que je suis là !

Il s'arrête.

— Olof ?

— Olof…

Je bredouille et montre du doigt la porte de l'armoire.

— Il m'a dit… où te trouver.

Ce n'est pas tout à fait correct. Mais en y réfléchissant bien, je crois que ça pourrait en effet être le cas, finalement. Le "petit oiseau" dont je dois m'occuper, c'est cet homme.

Mon esprit s'emballe. Peut-être n'est-ce pas du tout pour Olof que ma mère venait ici. Peut-être était-ce pour cet homme. Mais pourquoi Olof le cache-t-il dans une pièce derrière une armoire ? Est-ce son fils ? Je n'arrive pas à avoir une idée de son âge. Avec son visage imberbe et l'expression puérile dans ses yeux, il est impossible de lui donner un âge.

Son poing est toujours suspendu en l'air, et il se prépare à l'abattre à nouveau. Je ne sais absolument pas ce qui a joué en ma défaveur. Obéissant à une impulsion subite, je crie :

— Je suis la fille d'Ester Lundqvist !

Mais il avait déjà pris trop d'élan. Telle une boule de démolition qui, une fois en mouvement, ne peut plus être stoppée, son poing percute ma tempe. Ma tête vole sur le côté, mon oreille se met à siffler. Noir, faisceau de lumière, goût de sang métallique.

— Ester ? Ester !

Je respire, le souffle court, lorsqu'il me laisse tranquille. Il la connaît donc. Quel que soit le rapport qu'elle avait avec Olof et cet homme, ma mère est le trait d'union entre lui, Olof et moi. Elle était infirmière à domicile. Peut-être a-t-elle aidé Olof à soigner cet homme par le passé. Peut-être était-ce la seule à part Olof à connaître son existence – et peut-être est-elle ma seule chance de quitter cette pièce encore en vie. Que ferait ma mère maintenant ?

Aider. Même si elle venait d'être frappée par une boule de démolition. Elle sourirait toujours et proposerait son aide.

— Je m'appelle Rosa.

J'articule avec peine. Parler me fait mal. Mon nez saigne toujours. Au fond de moi, j'aimerais sauter à la gorge de cet homme, mais au lieu de ça j'essaie d'arracher à ma tête bourdonnante une idée de ce que je pourrais bien pouvoir faire pour lui. La poêle et les œufs me viennent à l'esprit.

— Tu as faim ?

— Faim.

Il prend soudain un ton larmoyant. Je hoche la tête, mais ce simple geste déclenche des douleurs. Je me relève avec précaution et difficulté. Le sang goutte de mon nez et laisse une trace sur le plancher. J'essaie de le contenir avec ma main. Il me suit tandis que je descends l'escalier, mais reste à distance. Il se méfie toujours. Je suppose qu'il ne connaît personne à part Olof.

Je ne trouve plus d'œufs qui ne soient pas déjà cassés par terre. Mais dans le placard à provisions, il y a un sachet de riz au lait que je fais bouillir avec de l'eau et du sucre, faute de lait. Je trouve aussi un bocal de cerises confites que je dépose sur le riz. Toute l'opération me paraît irréelle compte tenu des circonstances. Lorsque la bouillie de riz est prête, l'homme est déjà assis à table, impatient, et s'est noué un torchon autour du cou.

— C'est encore chaud.

Il prend malgré tout une grande bouchée et est pris d'un accès de fureur en se brûlant la langue. La cuillère vole dans un coin. Ma mère aurait peut-être pensé à souffler pour lui sur sa nourriture. Je me rends compte à quel point je suis dépassée par la situation. Que suis-je censée faire de lui maintenant ? En sachant qu'Olof cache derrière le fond de son armoire un homme qui a manifestement besoin de soins ? Il ne voulait pas que la police soit au courant – pour je ne sais quelle raison. Et c'est précisément à moi qu'il veut le confier, à moi. Parce qu'il espère que je sois comme ma mère. Mais je ne suis pas la bonne personne pour ce job – je ne suis absolument pas comme ma mère. Et je ne crois pas non plus que ce soit ici un environnement adapté à quelqu'un ayant besoin de soins et d'une aide professionnelle.

Il enfonce un doigt dans la bouillie pour tester la température et le retire aussitôt en poussant un cri d'effroi. Je remarque comme ses mains ont l'air douces. Spongieuses et sans poil. Beaucoup trop innocentes pour la violence qu'elles renferment. Je crois que cet homme n'a pas conscience de sa force. Je regarde à nouveau autour de moi la maison en pièces.

— C'était toi ?

Il hausse les épaules d'un air coupable. Cette réponse me suffit. Il a probablement disjoncté quand la police a emmené Olof. Ou parce qu'il n'a pas réussi à faire fonctionner la cuisinière pour cuire des œufs. Et c'est très bien comme ça, autrement la maison ne serait sans doute plus debout à l'heure actuelle. Cet homme doit être admis dans une clinique, toute alternative serait irresponsable. Je me lève lorsqu'il balaie le riz au lait de la table avec colère et se met à crier. Je pense un bref instant à nettoyer la bouillie, mais un peu plus de chaos ne fera pas de différence dans cette cuisine. Je prends plutôt mon portable et sors dans le couloir. Sara a essayé de me joindre à plusieurs reprises. Sans doute à cause de mon départ précipité. J'ai l'impression d'une trahison en appuyant sur le bouton de rappel. Je sens qu'un très vieux secret est protégé ici.

La tonalité retentit. J'entends crier en moi : *Traîtresse. Si tu caftes, je te tue.* C'est la voix d'Ebbe dans ma tête. Je n'ai jamais cafté. Je n'ai jamais trahi qui que ce soit.

— Rosa ?

Je suis prête à raccrocher quand Sara répond.

— Rosa, où es-tu ?

Je ferme les yeux. Olof m'a fait confiance et je ne suis pas une traîtresse. Mais ce qui se passe ici n'est pas normal. Cette fois, il ne s'agit pas de moi ou de quelqu'un qui risque des ennuis par ma faute. Je n'ai jamais voulu que quelqu'un risque des ennuis par ma faute. Encore moins Ebbe, mon frère, que j'aime toujours malgré tout.

— Rosa, tu m'entends ?

La voix de Sara est plus forte et inquiète à présent.

— Rosa, j'ai déjà essayé plusieurs fois de te joindre. Écoute, on a eu un appel d'urgence de la Skogsstigen. On…

— Sara, je suis chez Olof. (Je parle d'une voix étranglée, pas seulement à cause de ma mâchoire douloureuse.) L'oiseau dont il a parlé – en réalité, c'est un homme.

— Quoi ?

Alors seulement je réalise ce qu'elle vient de dire.

— Attends – tu parlais d'un appel d'urgence dans la Skogsstigen ?

C'est la rue où se trouve la maison de mes parents.

— Rosa, je suis terriblement désolée… on a trouvé ton frère mort.

Avant de pouvoir vraiment assimiler ces mots, j'entends un bruit derrière moi. Je me retourne. Le téléphone toujours à l'oreille, je dévisage une femme qui se tient sur le seuil de la porte. Ses vêtements sont couverts de sang. La première pensée qui me vient à l'esprit est qu'elle doit être blessée. Qu'elle a dû avoir un accident.

Puis sa mine s'assombrit et je commence à me sentir mal à l'aise.

— Rosa ?

J'entends la voix de Sara près de mon épaule. Mais je ne relève pas mon portable contre mon oreille. La femme et moi nous fixons du regard. Je n'émets aucun son. Non, personne qui cherche de l'aide ne ressemble à ça. Cette femme n'est pas là par hasard.

— Marla !

Je sursaute en entendant la voix de l'homme retentir derrière moi. Le bol de riz au lait à la main, il se tient tout à coup à la porte de la cuisine et fait signe à la femme avec sa cuillère, d'un air heureux. Mais elle ne répond pas à son salut enjoué. Elle me transperce de son regard fixe. Et Sara continue de m'appeler depuis mon portable.

Je me présente en balbutiant :

— Je m'appelle Rosa. Olof m'envoie pour m'occuper de…

Je me rends compte que je n'ai même pas demandé à l'homme son nom. Mais la femme semble bien se moquer de qui ou de quoi je dois m'occuper car elle se jette brusquement sur moi. Je trébuche en arrière contre les chaussures de l'homme, chute et laisse échapper mon téléphone, qui tombe par terre et glisse sous une commode. Elle est au-dessus de moi, m'attrape par le cou et me colle au sol. Je pousse un râle et me contorsionne pour essayer d'échapper à son étau. L'homme se décale à petits pas rapides sur le côté, comme s'il ne voulait pas être trop sur son chemin pendant qu'elle me tue. J'essaie désespérément de desserrer les mains de la femme, je me débats sous elle. Je n'ai plus d'air. J'ouvre la bouche pour soutenir encore une fois que je suis venue uniquement parce qu'Olof m'a envoyée, mais il ne sort de ma gorge écrasée qu'une toux qui ne mène nulle part. Une toux qui fait mal car les doigts de la femme m'écrasent le larynx.

Je n'attends plus d'aide. Même si Sara a compris au téléphone que quelque chose ne va pas, personne n'arrivera ici à temps pour me sauver. Et l'homme regarde simplement faire l'inconnue. Cependant, il me désigne tout à coup avec sa cuillère.

— Ester.

Il le dit deux fois avant que la femme l'entende, il la pousse même du coude.

— Ester !

Le nom de ma mère agit comme un mot de passe. Elle me lâche. Je me tiens le cou en happant de l'air, je tousse. Elle me dévisage. Le regard pas moins hostile qu'avant. Mais rehaussé d'une pointe de scepticisme à présent.

Une fois que j'ai à peu près retrouvé mon souffle, je m'explique :

— Ester Lundqvist était ma mère. Et tu es… Marla, c'est ça ?

Je veux qu'elle pense qu'Olof m'a aussi parlé d'elle. Mon Dieu, un peu plus d'informations auraient été vraiment utiles !

J'essaie de déterminer qui ils sont. Cette Marla pourrait être la sœur de l'homme. Tous deux paraissent tout aussi négligés l'un que l'autre. Mais pourquoi Olof les maintient-il cachés chez lui ?

La femme ne me quitte pas des yeux. Je ne sais pas du tout quoi faire. Tandis que je continue de la fixer, je perçois une odeur qui émane d'elle. Ça sent les vêtements mal lavés, le sang et aussi quelque chose de très terreux qui m'est familier. Elle sent la forêt et la mort. Comme la forêt elle-même. Elle sent comme ma peau quand je revenais de jouer. La forêt était mon refuge loin des autres. La forêt était ma maison. Elle remplaçait les camarades de jeux. Elle remplaçait un monde auquel je n'avais jamais vraiment trouvé l'accès. Quelque chose dans les manières de Marla me dit qu'elle a aussi vécu cela. Ça se lit dans son regard. Il y a des cicatrices qui ne veulent pas se refermer. Je peux les voir uniquement parce que je les ai aussi.

Les marques de brûlure rondes sur mes hanches commencent soudain à me démanger. Marla suit chacun de mes mouvements quand je me gratte. Je ne peux m'empêcher de penser à Ebbe. Et au fait que Sara m'ait dit quelque chose au téléphone. À propos d'Ebbe. Ce n'est que maintenant que j'intègre réellement l'information.

Mon frère a été retrouvé mort.

Ma main s'interrompt dans son mouvement. Les yeux de Marla se posent sur ma main figée avant de revenir sur mon visage. Alors seulement je les vois. Il y a vraiment des cicatrices sur son cou, juste au-dessus de la clavicule. Il y en a plein. Des marques de brûlure circulaires. Comme si on avait marqué du bétail. J'inspire. Mon corps semble soudain engourdi. Je connais la forme et le motif de ces cicatrices. Des empreintes de pièces de monnaie. J'ai les mêmes. Et je sais ce que ça signifie, même si je ne comprends absolument pas comment c'est possible : tout comme moi, elle a fait connaissance avec Ebbe et ses jeux. Avec le fer à marquer qu'il a forgé lui-même.

Marla est la première à voir les policiers. Elle les voit arriver par la fenêtre de la cuisine, bondit d'effroi et tire l'homme par la main. Ils sortent par la porte de derrière, et c'est comme si je me voyais moi-même courir dans la forêt. Courir pour échapper à mon frère. Je sens la peur vive, haletante d'une fuite dans mon ventre. Je ne la retiens pas. Je ne dis pas aux policiers où ils sont partis. Et lorsque ceux-ci aperçoivent la porte de derrière ouverte et les poursuivent tous les deux, j'espère même que Marla et son frère puissent y arriver. Qu'ils parviennent à disparaître dans la forêt pour toujours.

— Rosa !

Sara m'attrape par l'épaule, me fait brusquement pivoter. Je ne dis rien. C'est comme si le mutisme de Marla m'avait contaminée. Ou comme si on avait échangé nos rôles, elle et moi. Je suis à nouveau celle qui cherche à s'échapper dans la forêt.

— Rosa, tout va bien ? Je t'en prie, dis quelque chose !

— Qu'est-ce qui est arrivé à Ebbe ?

De dehors, j'entends aux appels, aux cris, que Marla et son frère n'y sont pas arrivés. Que les hommes les ont attrapés. S'ils avaient pu atteindre les bois, ils seraient devenus introuvables. Marla se serait fondue dans la forêt, avec sa peau aussi couverte de cicatrices que la mienne. Qui a eu la même odeur que la mienne. Je n'ai encore jamais rencontré quelqu'un qui ait la même peau que moi.

Traîtresse, si tu caftes, je te tue, murmure Ebbe dans ma tête. Peut-être qu'il s'est tué lui-même. Peut-être a-t-il trouvé un moyen de se libérer de cette nouvelle vie qu'il haïssait tant.

— Quelqu'un lui a tranché la gorge.

Sara dissipe cette pensée aussitôt.

— Nous devons encore attendre les dernières analyses. Mais le médecin légiste a dit que ça ressemblait beaucoup au meurtre de Lasse.

— Mais Olof a avoué, pourtant.

— Quand ça s'est produit Olof était chez nous, en interrogatoire. Je sais… (Elle se mord la lèvre inférieure.) Si tu veux mon avis, il protège quelqu'un.

Comme abasourdie, je regarde vers la porte du fond ouverte, d'où nous parvient un bruit évoquant les cris stridents d'un animal que les hommes terrasseraient.

HENRIK

Mon père ne juge pas utile de frapper à la porte en entrant dans ma chambre d'hôpital. Je me redresse avec frayeur. La douleur se répand aussitôt dans tout mon corps. Mon père referme la porte en toute quiétude tandis que je louche sur le bouton pour appeler l'infirmière. Je voudrais être sûr de pouvoir l'atteindre si nécessaire. Je me suis rarement senti aussi désemparé qu'à cet instant. Cloué au lit avec une hanche opérée. À la merci de mon père qui se plante à présent devant moi, les bras croisés sur la poitrine.

— Nora dit que tu ne veux pas prendre les antidouleurs qu'ils doivent te donner après l'opération.

Je ne réagis pas. La sueur perle sur mon front à cause de l'effort et des douleurs qui se sont déclenchées quand je me suis assis.

— Je te parle, Henrik.

Je siffle entre mes dents :

— Ça te surprend, papa ? Tu es sérieux ? Pourtant, personne n'est mieux placé que toi pour savoir pourquoi je ne me laisse plus sédater !

Il me regarde longuement.

— De quoi parles-tu ?

— Nous le savons tous les deux.

Bien sûr qu'il le sait. Et il se montre si peu étonné par ma confrontation que je dois présumer que Nora l'a averti. Ça me blesse.

— Tu étais malade, Henrik. (Le ton de sa voix est plus élevé. Presque un peu vexé.) Et tu l'es toujours !

— C'est ce que tu as toujours réussi à me faire croire. Mais sais-tu ce que je pense à présent ? C'est toi qui es malade. Je me suis rappelé qu'il y avait ce flacon de pilules dans l'armoire de ta salle de bains. Avec ton nom dessus et des comprimés qui ressemblaient exactement à ceux que tu me faisais avaler chaque matin. Ce dont je n'arrive absolument pas à me souvenir, en revanche, c'est d'un psychiatre ! Curieux, non ?

— Tu étais jeune. À cet âge-là, on ne se souvient plus de tout.

— Tu vois, toi aussi tu t'en sors très bien avec les mensonges.

— Ça suffit, Henrik ! Je ne suis pas venu ici pour qu'on me balance des choses pareilles à la figure !

— Ce qui nous amène à cette question : pourquoi es-tu venu ?

— Pour te parler, évidemment !

— Je ne trouve pas ça si évident du tout. Quand avons-nous parlé tous les deux ces dernières années ?

— J'ai entendu dire que tu racontes à tout le monde que j'aurais mis le feu à l'arbre d'où tu es tombé.

Il tente difficilement de se dominer.

— Mais c'est complètement absurde, Henrik ! Tu te rends compte de ce que tu dis ? Il faut que tu arrêtes enfin d'inventer de telles histoires !

— Inventer ?! Je l'ai peut-être inventée, ma hanche cassée ? Et la chute ? Les traces d'essence que la police a trouvées au pied de l'arbre ?

— Henrik, tu es mon fils ! Jamais je ne mettrai le feu à mon propre fils dans un arbre ! Et Fynn en plus de ça... Qu'est-ce que tu crois... ?

— Oh, oui, c'est vrai ! Tu as toujours été un père tellement génial et bourré de sollicitude !

Il me fixe du regard. Une veine bat sur son cou. Il est à deux doigts d'exploser. Le voilà tel que je le connais. C'est à cause de cette colère incontrôlable que ma mère l'a quitté. Nous devions constamment nous efforcer de calmer son humeur ou d'éviter les confrontations.

— J'ai fait ce que j'ai pu. Je t'ai toujours protégé. Tu aurais dû grandir avec un père comme le mien. Là, tu aurais su ce que dur veut dire.

Je bouillonne.

— Tu veux parler de papi ? J'aurais préféré cent fois grandir chez papi que chez toi ! Et de quoi tu m'as protégé, au juste ? Maman et moi, on aurait eu besoin de quelqu'un pour nous protéger de toi !

Il devient livide. Je m'attends à ce qu'il hurle d'un instant à l'autre. À ce qu'il me frappe, peut-être, qu'il arrache les canules, renverse quelque chose. La table sur roulettes au revêtement métallique, par exemple. J'ai déjà vécu tout ça. Mais il serre seulement les poings et dit d'une voix étranglée :

— Je t'ai protégé de lui.

— De lui ? De qui parles-tu ?

— Ton grand-père était un homme difficile. Il avait une part sombre dont personne ne savait rien en dehors de la famille très proche. Mais il nous a fait beaucoup souffrir, ta tante et moi. Lui et ses jeux.

Il se tourne vers la fenêtre. La colère contenue s'entend dans chacun de ses mots.

— Mon père jouait avec nous à ses foutus jeux, et notre mère a toujours fait semblant de ne rien voir. "Il ne pense pas à mal, les enfants. Il veut juste que vous soyez libres et viviez des aventures." Tu parles ! Ce n'était pas des aventures. C'était des tortures. Les défis permanents, les tâches impossibles. Ce n'est pas sans raison si Cecilia et moi sommes partis de la maison aussi jeunes. Si nous avons rompu tout contact. Et quand nos parents sont tout à coup allés s'installer en Suède pour proposer des camps d'aventure aux enfants et aux adolescents, je me suis dit : Mon Dieu. Les pauvres gosses. C'était pour ainsi dire un terrain de jeu pour ses fantasmes malsains !

J'essaie de le suivre, déconcerté. Je n'arrive pas à relier cette description au papi qui m'enveloppait dans une serviette sur le ponton et me frottait pour me sécher. Qui m'emmenait pêcher à la ligne et me montrait des trésors cachés dans la forêt.

— Il s'est toujours intéressé à la nature sauvage. Chaque minute libre, il la passait en forêt, et il était totalement incompréhensible pour lui que nous ne le voulions pas, Cecilia et moi. Je crois aujourd'hui que c'était une manière pour lui de compenser l'enfance perdue qu'il a passée dans l'exiguïté d'un foyer pour enfants. Il y a longtemps, après que son propre père était tombé pendant la guerre. On a souvent dû écouter cette histoire à la maison. Comment son enfance s'était terminée du jour au lendemain, dès lors que son père avait été mobilisé pour la guerre et n'était jamais revenu. Peu avant, il lui avait construit une cabane dans un arbre, dans la forêt. Elle était tout pour lui. Mais une bombe aérienne est tombée précisément sur cette cabane quelque temps avant la fin de la guerre ! Il a été placé en foyer peu après, sa mère ne pouvait pas nourrir seule sept enfants. Il ne se lassait jamais de nous raconter à quel point les conditions étaient horribles là-bas. Un véritable établissement pénitentiaire pédagogique. Les enfants étaient châtiés et corrigés. Et il ne cessait de nous rappeler à quel point nous devions nous estimer heureux d'avoir autant de libertés. Nature et aventure, une vie sans règles. Ha ! Comme s'il n'y avait pas eu de règles dans ses jeux. Des règles perfides. Je me suis souvent dit à l'époque que j'aurais préféré être envoyé dans un foyer.

Je secoue la tête sans rien dire, mais mon père ne le voit pas car il ne quitte pas la fenêtre des yeux en parlant. Je ne veux pas le croire. Ça ne peut pas être mon papi qu'il décrit.

— Je ne voulais pas reprendre contact avec lui. Mais ta mère a insisté quand on a appris pour son Alzheimer. Elle trouvait que tu avais le droit d'avoir un grand-père et, du reste, nous ne savions pas combien de temps il allait encore être avec nous. Mais j'étais toujours inquiet quand il jouait avec toi. Je ne t'aurais jamais laissé seul avec lui. Pas dans cette région. Dans cette forêt !

Il se retourne et me regarde. Pas un mot ne sort de ma bouche. Jamais je ne l'ai entendu parler comme ça.

J'en ai toujours voulu à mon père de m'avoir tenu éloigné de mon papi. Et aussi de ne m'avoir jamais quitté des yeux, plus tard, les années où nous avions renoué contact timidement. Papi et moi prenions un malin plaisir à lui jouer des tours en nous éclipsant. On se cachait dans les buissons et on gloussait en le regardant tourner en rond à ma recherche, l'air désespéré. En voyant la colère monter peu à peu en lui jusqu'à ce que ma mère sorte de la maison de vacances et essaie de le calmer. Elle essuyait sa colère. Et mon papi me faisait signe d'un clin d'œil de nous enfoncer plus loin dans la forêt. C'était mon héros. Mon père, au contraire, le rabat-joie. Aujourd'hui, pour la première fois, je me rends compte que ça ne correspond peut-être pas du tout à la réalité. Qu'il était peut-être simplement un papa inquiet.

— Une… bombe est tombée sur sa cabane ?

Je ne sais pas pourquoi je demande ça maintenant. Peut-être à cause de la cabane dans l'arbre qui concorde cruellement avec le reste. Si mon papi a construit la cabane dans laquelle j'ai trouvé la petite fille… Je n'ose pas aller au bout de mes pensées.

— La bombe a touché la parcelle de la forêt près de là où il habitait quand il était petit. Il a toujours associé cette forêt à la liberté et à l'enfance. J'ai toujours pensé que c'était la raison pour laquelle la Suède…

— Et la pilule, alors ? J'ai trouvé une de tes pilules dans la cabane ! Comment comptes-tu expliquer ça ? Comment elle…

Je m'interromps. Tout à coup, je revois dans ma tête mon papi faire disparaître la pilule en souriant, dans un tour de passe-passe. Il veillait à ce que je n'ai pas à prendre les comprimés que mon père posait chaque matin à côté de ma cuillère pour les céréales. Il voulait que je me sente bien, tant que j'étais chez lui. Mon papi avec son tour de passe-passe. Mais qu'a-t-il fait des pilules, au juste ?

Ma tête bourdonne. Même réfléchir me fait mal. Mon papi, un ravisseur. Ce n'est pas possible.

— Papa, je te le demande encore une fois. Y a-t-il eu un jour une visite chez un pédopsychiatre ? Ou m'as-tu donné les pilules qu'on t'a prescrites ?

Il se tait longuement. Si longuement que je sais que c'est le cas.

— C'était quoi ?

Il pousse un soupir. Très profond et très fort.

— Risperidon. Un neuroleptique.

Je reste coi un moment.

— Un neuroleptique ? Tu m'as gavé de neuroleptiques ? Et tu as toujours raconté que tu t'étais fait prescrire ces comprimés pour ton cœur !

Il fait la moue.

— Les pilules avaient un effet calmant. Elles te faisaient du bien.

— Mais j'étais un enfant !

— Tu étais comme ton grand-père ! Chaque jour un peu plus ! Tu étais tout aussi… farouche et empêtré dans tes contes, tes histoires. Quand vous vous retrouviez ensemble tous les deux, il était impossible de vous arrêter ! Vous étiez complètement hors de contrôle.

Je suis sans voix. C'était donc ça. Ce n'était pas du tout moi que mon père voulait traiter avec ses comprimés, finalement. C'était le souvenir que je ravivais en lui. L'enfant sauvage que mon grand-père était toujours resté au fond de son cœur.

Je vois la douleur dans ses yeux. Une vieille colère qui s'est accumulée en lui. J'ai connu cette colère dans mon enfance. J'ai toujours pensé que mon père était comme ça, voilà tout. Imprévisible. Impétueux. L'éternel rabat-joie qui ne fait bonne figure que devant les autres. Il ne m'est jamais venu à l'idée qu'il puisse en réalité être en permanence étouffé par quelque chose qui remonte à sa propre enfance.

— Quand on est parent, on ne peut faire que ce qui nous paraît le mieux sur le moment. Je pensais que tu le savais à présent.

J'aimerais qu'il ait menti. J'ai encore le maigre espoir qu'il ait au moins inventé le passage avec mon papi. Mais lorsque la police frappe plus tard à la porte de la chambre d'hôpital, cet espoir aussi m'est ôté. Pire encore, ils déroulent l'histoire devant nous, dans de telles proportions qu'elle choque mon père lui-même. Nora est là également. Elle est assise sur le bord de mon lit, mon père, sur la chaise des visiteurs. Il y a presque trop de personnes pour cette petite pièce. Et trop d'informations choquantes.

Ils ont identifié l'enfant de la fosse dans la forêt. Et ils ont trouvé la petite fille. Marla. Ma bouche est sèche quand j'entends qu'elle porte encore le nom que je lui ai donné. Ce nom était une invention, une sorte de jeu pour moi. Je ne m'étais pas douté que le jeu n'avait jamais cessé pour elle.

La commissaire chargée de l'enquête, Sara Hellström, ajoute :

— Il y a eu aussi un troisième garçon, qui a survécu. Ils l'appellent Noah. Nous n'avons pas encore de correspondance dans la base de données ADN, mais ça devrait bientôt se clarifier, je pense. Comme ils séjournaient tous les deux dans la maison d'Olof Isakson, nous avons d'abord supposé qu'Olof devait aussi être le ravisseur. Mais nous n'en sommes plus vraiment certains à présent. Après que nous les avons appréhendés tous les deux, il a craqué et nous a raconté une tout autre histoire. Selon cette dernière version, il les aurait trouvés dans la forêt, où Marla essayait seule de subvenir aux besoins de Noah, un garçon handicapé. Noah avait une plaie à la tête qui avait mal cicatrisé, et Marla ne parlait que de “l’homme” qui les avait enlevés et était mort lors d’une excursion en radeau, dans le nord.

Mon père inspire bruyamment. Nora me regarde, sous le choc. Je laisse échapper, d’une voix éteinte :

— Mon grand-père.

Sara Hellström hoche la tête.

— C’est ce qu’Olof a aussi très vite compris. Il était le seul dans la région qui correspondait à la description. En outre, la cabane dans l’arbre où Marla aurait apparemment été retenue prisonnière pendant des années ne se trouvait qu’à trois kilomètres de la maison où il habitait alors. Ce dernier point s’applique aussi à la maison d’Olof, bien entendu. À l’heure actuelle, nous ne pouvons pas définitivement exclure qu’il ait élaboré toute l’histoire, d’autant que ni Marla ni Noah ne veulent nous parler. Cependant, nous avons trouvé une autre particularité qui pourrait aller dans ce sens. C’est pour cette raison que nous voulions vous parler.

Elle fait un signe de tête à Sandin, le deuxième policier dans la pièce, qui prend la parole :

— Le garçon que nous avons identifié dans la forêt, Oliver Karlsson, était connu du service d’aide sociale à l’enfance. Il avait un environnement familial compliqué. Et la personne responsable, qui a sans cesse réclamé qu’on retire le garçon à ses parents, était Margot Saunders.

— Ma mère ?

Mon père est stupéfait.

Sandin hoche la tête.

— À partir de là, tout n'est encore que spéculation. Mais l'enlèvement d'Oliver correspond à la période où Margot et Paul Saunders ont acquis la maison en Suède, où Margot a démissionné de son travail et où ils se sont installés ici tous les deux. Il est possible qu'ils aient enlevé le garçon et l'aient emmené avec eux pour… eh bien, pour le sauver de ses parents, si on veut.

Sara intervient :

— Nous aimerions savoir si vous étiez en contact avec votre famille à cette époque, et si vous avez remarqué quoi que ce soit qui pourrait nous aider sur ce point.

Mon père, qui est maintenant aussi blanc que le mur, bafouille :

— Je n'avais aucun contact avec eux à l'époque. Je sais seulement que mes parents se sont séparés peu après leur déménagement en Suède. Mon père a continué à gérer ses camps de vacances et ma mère a disparu de la circulation. Au bout d'un certain temps, j'ai reçu du courrier de Stockholm venant d'elle, elle voulait apparemment reprendre contact avec moi. Mais je ne voulais pas. J'ai jeté toutes ses lettres. Et plus tard, quand nous avons eu Henrik, je ne connaissais plus son adresse. Je suppose que j'aurais pu faire l'effort de la chercher, mais je ne jugeais pas ça assez important, pour être honnête.

— Il y a une raison à cela ?

Mon père la regarde d'un œil triste. Au lieu de lui répondre, il demande :

— De quoi est mort le garçon ? Oliver ?

— Nous ne le savons pas encore. Ça n'apparaît pas de façon évidente sur les os.

Mon père ajoute, la voix teintée d'amertume.

— Si ce n'était pas une mort naturelle, et ce n'est pas à exclure chez un enfant, alors je crois qu'il y a de grandes chances pour qu'il soit mort en "jouant". Mon père était comme ça. Il ne savait pas quand le plaisir s'arrêtait et que ça devenait dangereux. Ce n'est pas pour rien que ma sœur et moi avons coupé les ponts. Mais qu'il se soit mis à enlever des enfants… mon Dieu.

Sara et Sandin échangent un regard. Le policier demande :

— Que pouvez-vous nous dire sur Margot Saunders ?

— Ma mère travaillait au service d'aide sociale à l'enfance quand nous vivions encore à la maison. Ça ne m'a pas étonné quand elle a quitté son boulot et s'est installée en Suède, car ça la minait. On devait sans cesse l'écouter nous raconter tous les détails du sort des autres enfants. Tous les jours. Des histoires de parents soûls. De violence sur enfants. De bleus. De marques de cigarettes écrasées sur la peau. Je me disais souvent à l'époque qu'elle en oubliait totalement de regarder sa propre famille. Elle ne voyait pas nos bleus. Nos blessures et nos cicatrices. Uniquement ceux des autres enfants. C'était tout le temps contre les autres familles qu'elle pestait. Je la trouvais toujours un peu désemparée. Pas seulement par rapport à nous et à mon père. Mais aussi au travail, car ça ne marchait pas non plus avec le foyer ou les familles d'accueil. De nombreux enfants en revenaient encore plus détruits, et il fallait leur trouver une autre place. C'était un métier frustrant pour elle. Dans ce contexte… enfin, c'est à peine concevable, non ? Mais peut-être qu'elle s'est vraiment imaginé qu'emmener ce garçon en Suède était la meilleure solution.

Sandin reprend la parole :

— Marla n'a jamais parlé d'une femme à Olof. C'est pourquoi, à l'heure actuelle, nous présumons que Paul Saunders pourrait avoir enlevé les deux autres enfants après la séparation. Tout seul. Ce qui concerne Stockholm est vrai, par ailleurs. Au fil du temps, Margot Saunders y a été enregistrée à différentes adresses, nous avons déjà vérifié. Il semblerait qu'elle ait travaillé quelques années comme femme de ménage dans des hôtels et des auberges pendant que Paul dirigeait toujours ses camps de vacances pour jeunes ici. Par la suite, elle a accepté divers emplois saisonniers et autres choses semblables. Elle est morte il y a six ans.

Je jette un regard à mon père, qui paraît affecté. Il m'a toujours raconté que ma grand-mère était déjà morte. Il ne m'a jamais donné l'occasion de la chercher et de faire sa connaissance. D'un autre côté, je me demande si, compte tenu des horreurs que j'ai apprises sur mes grands-parents aujourd'hui, j'aurais vraiment tenu à la connaître. J'objecte tout de même d'une petite voix :

— Mais mon papi pouvait aussi être totalement différent. Celui que je connaissais n'avait rien à voir ! Il m'a appris la pêche à la ligne et comment construire des tanières en forêt. On faisait de la barque. Il aimait tellement la Suède. Et les enfants ! Il m'aimait. Pour moi, c'était le meilleur papi que…

La main de Nora cherche la mienne et la serre discrètement pour interrompre mon flot de paroles. Elle sait à quel point je tenais à mon grand-père. Qu'il était mon seul allié dans mon enfance. Et que je m'accroche à cette image de lui comme à une corde de sauvetage pour ne pas couler.

J'ai grandi en croyant être un menteur maladif. Maintenant, je vois qu'en réalité on m'a menti à moi aussi en permanence.

Nora fait mine de se retirer sans bruit. Elle a probablement l'impression d'être de trop ici. Dans ce drame qui s'étend sur trois générations de la famille Saunders. Il y a encore beaucoup à dire. Et elle ne veut pas gêner. Mais je retiens sa main. Mon monde entier s'est effondré ces dernières heures. Je ne veux pas rester seul avec mon père et les policiers – et ces histoires sur une famille qui m'est étrangère. Ma famille, ce sont toujours Fynn et Nora, et j'espère qu'elle aussi le voit de cette manière. Malgré tout ce qui est arrivé ces derniers jours, ces dernières semaines. Je lui dis dans un souffle :

— Reste, s'il te plaît.

Et, en effet, elle se rassoit à côté de moi et reste. J'espère pour toujours.

ÉPILOGUE

ROSA

Les corbeaux assiègent le centre pénitentiaire pour femmes de Svartskär. Ça me frappe à chaque fois que je viens en visite. Ils s'installent sur les bobines de fil de fer qui entourent l'enceinte, sur les toits des bâtiments et dans la cour intérieure. On dirait presque qu'ils sont là pour Marla. C'est un lien particulier qui l'unit à la forêt.

Henrik Saunders se tient à côté de l'accueil, comme un enfant perdu dans une cour de récréation déserte. Il porte un bouquet de fleurs. Comme je ne m'attends pas à ce qu'il me fasse la cour, je crains qu'il l'ait apporté pour Marla. C'est un bouquet très coloré avec des roses, des chrysanthèmes et des gerberas. Rien de tout ça ne pousse dans nos forêts.

Je lui dis : "Salut", avant de lui prendre le bouquet. Il fait de gros yeux, mais n'ose pas protester. Je sors deux grandes pommes de pin de la poche de mon anorak et les lui pose dans la main. À chacune de mes visites, j'ai apporté un peu de forêt à Marla. Quelques feuilles particulièrement jolies. Une branche à la forme originale. Des rameaux de sapin. Une pierre. Elle ne dit rien en recevant ces présents. Mais je sais qu'elle les garde dans sa cellule, une gardienne me l'a dit. Les pommes de pin seront mon dernier petit cadeau pour l'instant, avant que je retourne à Amsterdam.

Mon père ne sait pas que je viens ici régulièrement. Il ne comprendrait pas. Marla a tué mon frère. Elle a tué Lasse. Le fait que mon père ait assisté aux audiences et ait écouté son histoire, tout comme moi, ne change rien au fait qu'il souhaite la voir crever. Il ne comprend rien de mon sentiment de culpabilité envers elle. Ou du fait que Marla et moi ayons bien plus de choses en commun qu'on pourrait le croire à première vue.

Je jette le bouquet de fleurs dans une poubelle. Henrik ouvre la bouche pour râler, mais la referme sans rien dire et me suit vers le bâtiment, tout penaud. Il avait l'intention de venir depuis longtemps. On pouvait déjà remarquer à ses témoignages au tribunal à quel point il culpabilisait pour tout. Il avait trouvé Marla à l'époque. Quand il n'était pas encore trop tard. Et Marla avait attendu qu'il tienne sa promesse et vienne la délivrer. Cela a un côté tragique qu'il ne puisse pas le faire aujourd'hui non plus. Tous deux semblent prédestinés à ce qu'elle le rencontre toujours en captivité alors que lui est libre. Ça ne ressemble en rien à de la justice. De manière générale, je ne crois pas qu'un endroit bétonné entouré de clôtures de fil de fer barbelé puisse apporter la justice. Mais il peut peut-être protéger des vies.

Marla aurait poursuivi sa campagne contre les hommes et les femmes qui l'avaient torturée autrefois. Henrik le sait aussi. Tous ceux qui voient la haine dans ses yeux savent qu'elle ne se serait pas contentée de sa chute depuis la cabane en feu. Tout comme elle n'en avait pas fini avec mon frère après sa chute d'une des falaises de Rösåsberget.

C'est Marla qui a enlevé Fynn. Elle était là depuis le début quand Henrik et sa famille se sont installés dans la petite maison au bord du lac car elle s'y était installée après la mort de son ravisseur. Et elle a reconnu Henrik dès qu'elle l'a vu.

Olof a essayé de l'expliquer du mieux possible. En commençant par sa rencontre avec Marla et Noah en forêt. Marla avait treize ans à l'époque et protégeait Noah comme une maman ourse furieuse. Elle n'avait aucune confiance dans les hommes comme Olof. Aucune confiance dans le monde entier. Et en même temps, prendre soin de Noah dans la forêt était trop lourd pour elle. Il avait une grave blessure à la tête qui n'avait jamais vraiment été soignée. Pendant les semaines où Marla avait essayé de s'en sortir seule avec lui dans la forêt, elle s'était infectée. Le garçon ne parlait plus et la fièvre le faisait délirer. C'est uniquement pour ça que Marla a accepté l'aide d'Olof. Elle s'était bien rendu compte que Noah mourrait sans cela.

Olof s'est procuré des antibiotiques, mais une fois le garçon plus ou moins remis, il fut évident que sa tête avait subi des dommages irréversibles qui ne pouvaient plus être traités par quelques médicaments. Il est vain de spéculer sur le fait de savoir si, et à quel moment, cela aurait pu être évité ou non. Si cela aurait changé quelque chose qu'Olof l'emmène tout de suite à l'hôpital. Ou si le sort de Noah était déjà scellé au moment où la pagaie l'a frappé à la tête. Seul le tribunal se soucie de ce genre de détails insignifiants. Les jurés divisent la responsabilité en différentes parts, pour ainsi dire, et se disputent pendant des jours et des jours pour décider qui doit endosser chacune d'elles. Si je ne m'étais pas souciée de Marla, de Lasse, de mon frère, et aussi de ma mère d'une certaine façon, je n'aurais certainement pas assisté aux audiences.

Noah s'appelle en réalité Jonte Svensson. Le grand-père de Henrik l'a récupéré dans un camping en forêt où ses parents habitaient dans un mobil-home et étaient camés en permanence. Il est probable qu'ils prenaient aussi des drogues plus dures, car ils ne s'étaient même pas aperçus de la disparition de leur fils les premiers jours. Ils ont signalé sa disparition bien trop tard. À ce moment-là, son ravisseur était déjà mort et la jeune Marla de treize ans rentrait à Skuleskogen en voiture, avec le petit garçon enlevé et blessé sur le siège passager. C'est ridicule qu'on lui ait demandé au tribunal s'il ne lui était pas venu à l'idée de s'adresser aux autorités. Qu'est-ce qu'une jeune fille qui n'a vécu qu'avec son ravisseur pendant sept ans dans les bois peut bien savoir des autorités ?

Olof aurait dû le faire, c'est certain. Il n'aurait pas dû laisser un petit garçon grandir dans une pièce cachée derrière une armoire sans le signaler. Mais on pourrait faire le même reproche à ma mère. Tous deux s'étaient connus il y a déjà plusieurs dizaines d'années, lorsqu'Olof a eu un accident avec un piège posé illégalement en forêt. Apparemment, le grand-père de Henrik installait un nombre non négligeable de ces pièges, et Olof les récupérait. Les deux hommes ne s'entendaient pas bien, mais ils vivaient suffisamment éloignés l'un de l'autre pour ne pas se croiser, la plupart du temps. Cela explique pourquoi Olof semble n'avoir jamais eu vent des enlèvements avant de trouver Marla et Noah.

Qui sait si c'est la vérité. On l'a criblé de questions à ce sujet au tribunal, mais personne ne peut prouver le contraire. Sa version de l'histoire et celle de Marla correspondent et c'est la seule que nous ayons.

Quoi qu'il en soit, un jour qu'elle se trouvait en forêt par hasard, ma mère a trouvé Olof, le bras dans un piège à mâchoires. D'après tout ce que j'ai appris sur elle par la suite, elle était très connue dans la région pour venir en aide aux gens sans leur poser de questions sur leur assurance-maladie ni leur titre de séjour. Moi seule n'étais pas au courant, et je me demande si mon père lui-même le savait.

Je suppose que la situation est forcément devenue plus compliquée pour Olof après la mort de ma mère. La maison et Noah s'en sont trouvés négligés. Mais vers qui Olof aurait-il pu se tourner ? Après toutes ces années de silence ? Et Noah n'était pas malheureux chez lui. L'accident avait causé des dommages dans la zone du langage et des fonctions cognitives de son cerveau, mais il pouvait passer des heures à travailler dans l'atelier d'Olof. Lorsque ce dernier a découvert que Noah appréciait la pratique de la taxidermie, il lui en a enseigné les techniques, mais n'a pas tardé à être surpassé par son propre élève. Les animaux empaillés distingués par un prix étaient de la main de Noah, pas de celle d'Olof. C'est consternant, mais ce point a particulièrement choqué les habitants de la région.

Marla s'appelle en réalité Jessica Eichmann, et c'est sous ce nom qu'elle a dû répondre de deux meurtres et d'un enlèvement devant le tribunal. Non qu'elle y ait répondu grand-chose ni même parlé. J'avais l'impression qu'elle n'était pas à sa place et complètement dépassée par toute cette agitation autour d'elle.

Comme tous les autres enfants de cette affaire, elle aussi est issue d'un environnement familial négligent. Elle a été enlevée à l'âge de quatre ans sur la plage de Warnemünde. Sa mère l'avait installée avec de petits moules et un seau puis était partie s'amuser avec deux types dans un abri de plage quelques centaines de mètres plus loin. On pouvait lire dans le rapport de police que, là aussi, il était question de drogues, comme dans le cas de Noah.

Je pense que c'est Olof qui a imploré Marla de dire quelque chose pour sa défense. L'avocat n'aurait sans doute pas réussi à lui tirer un seul mot. On pouvait entendre une mouche voler dans la salle quand elle a parlé des supplices inventés par le grand-père de Henrik et de ce que les jeunes garçons lui avaient fait. Comme si sa voix était une sorte de phénomène naturel qui se produisait miraculeusement et qu'on ne pourrait plus entendre avant des dizaines d'années.

Elle a une voix d'enfant. Bien plus jeune que le reste de son être.

— Rosa, et si elle ne veut pas me voir ?

Je réalise seulement maintenant que Henrik est resté derrière moi. Je me tourne vers lui.

— C'est sûr qu'elle ne veut pas te voir.

Henrik m'adresse un regard malheureux.

— Merci, c'était très direct.

Qu'est-ce que je pourrais dire d'autre ? Henrik a trahi Marla. Et elle a déjà essayé de le brûler vivant.

— C'est toi qui as demandé cette rencontre. Et il y aura un gardien dans la pièce. Essayer est le minimum que tu puisses faire.

Il hoche tristement la tête et se remet en marche. Je ne peux m'empêcher de penser au fait que, pendant les audiences au tribunal, la comparaison entre lui et son grand-père a été abordée à plusieurs reprises – même si ce n'était qu'en passant, car le comportement de Henrik n'était pas pertinent pour le procès. Son père l'a évoqué, ainsi qu'Olof, qui affirme que c'est ce qui a constitué le mobile de Marla pour l'enlèvement de Fynn. Selon lui, Marla avait en réalité seulement voulu protéger l'enfant, parce que le rapport de Henrik avec Fynn lui rappelait "l'homme". Un jeu en forêt, par exemple, où il la chassait alors qu'elle avait les yeux bandés. Olof en savait plus sur Marla que son avocat – et l'a aussi défendue avec plus de véhémence.

Les jours de l'enlèvement, Marla avait d'abord caché Fynn quelque part dans la forêt, puis dans le hangar à bateaux derrière la maison, sans qu'Olof le sache, jusqu'à ce qu'il le découvre. Il a discuté avec elle pour la raisonner. Puis elle l'a libéré. Le fait que Fynn surgisse de la forêt, paniqué, au moment même où je passais par là en voiture n'était qu'un hasard tragique.

Le couloir de la prison est exigu à en devenir claustrophobe. Toutes les pièces ici sont longues et exiguës, à vrai dire. J'ai vu la cellule de Marla. Elle a un lit en bois étroit et une petite table qui y est accolée, un lavabo et une télé. Elle a aussi une fenêtre, par laquelle on ne peut toutefois rien voir de plus que la façade grise en face. C'est à peine plus grand ici que dans la cabane dans l'arbre où elle était attachée dans son enfance. Elle aurait mérité de vivre enfin en liberté. Une liberté qu'elle aurait elle-même choisie.

HENRIK

MARLA est accroupie sur une chaise, les jambes repliées contre elle, et se ronge les ongles. Elle semble plus pâle qu'au tribunal. Son séjour ici, au centre pénitentiaire, lui a ravi ses couleurs en quelques jours seulement.

Quand elle me voit, elle se fige dans son mouvement. La haine dans ses yeux est manifeste. Je l'ai méritée.

Je murmure timidement :

— Salut… Marla.

C'est bizarre de prononcer son nom. Un nom que je lui ai donné et qui n'est pas du tout le vrai.

Je me demande parfois comment mon grand-père s'y est pris pour l'enlever. S'il a épié sa vie pendant des semaines – le numéro d'équilibriste raté de sa mère entre trop de travail et trop de drogues. Ou s'il a simplement vu la petite fille en attendant le ferry et l'a emmenée avec lui spontanément. J'aimerais croire à la première hypothèse. Cela étant, ça ne fait pas de différence pour l'issue de l'enlèvement. Rien ne fait de différence – même les tentatives de l'expert de reconstituer la personnalité de mon grand-père. De donner un nom à son trouble. Ou d'en trouver une cause.

L'enfance de mon papi a été réduite en cendres par une bombe aérienne. Et tous ceux qui sont apparus après en subissent encore les conséquences.

Mon père se bat contre les accès de colère et l'impulsivité. Ma tante Cecilia lutte contre les crises de panique et des troubles du comportement alimentaire. Ma cousine, que je connaissais à peine, a un problème d'automutilation, ce que je sais car elle était assise à côté de moi dans la salle d'audience et que j'ai vu ses bras scarifiés. Et moi ? Je ne veux pas nier que j'ai mes tares, moi aussi. J'ai même promis à Nora d'essayer de voir un thérapeute. Sans pilules, cela va sans dire. J'aurais aimé que Marla ait aussi cette chance. De nous tous, c'est elle qui a été la plus grande victime du traumatisme de mon grand-père. Elle et les autres enfants.

Je me demande si le pilote qui a largué la bombe sur le bois aurait quand même appuyé sur le bouton si on lui avait dit tout ça. Qu'il y avait là une petite cabane dans un arbre qu'il devait épargner parce qu'elle avait une signification particulière pour quelqu'un. Parce que tout ce qui allait arriver après, après les cendres et le souvenir anéanti, allait déclencher toute une cascade de souffrances inutiles.

— Je suis tellement désolé.

Voilà ce que je dis à Marla. Rien de plus. Je n'essaie pas de m'expliquer. Je ne dis rien des médicaments que je prenais à l'époque. Car il n'est pas question de ma famille ou de mon enfance gâchée. Il est question de Marla et moi. De ma trahison envers elle. D'une promesse que je n'ai jamais tenue.

Je lui pose les pommes de pin sur la table. Je n'attends pas d'elle qu'elle me pardonne. Marla n'est pas de ceux qui ont grandi avec des histoires dans lesquelles le pardon joue un rôle. De manière générale, elle n'a grandi comme personne d'entre nous. Mais je peux peut-être lui montrer que je ne nourris pas de haine contre elle pour avoir enlevé mon fils.

Ses yeux vont et viennent entre les pommes de pin et mon visage. Je suis si proche d'elle à présent qu'il lui suffirait d'un bond pour m'agresser. Il y a un gardien dans la pièce, mais elle pourrait me faire très mal avant qu'il puisse réagir. Mon cœur bat. Elle ne bouge pas. Les pommes de pin posées entre nous, un bout de forêt qui nous sépare. Qui nous lie. Le souvenir de l'enfance. J'aurais dû l'aider à l'époque.

— Je reviendrai.

Je m'interromps pour m'éclaircir la gorge tant ma voix est voilée.

— On va rester plus longtemps en Suède, car Nora va accepter le poste sur une installation offshore en Norvège. Et tu ne resteras pas ici éternellement. Le juge a parlé d'un programme de réinsertion. Et de thérapie. Je viendrai te rendre visite le temps que ça durera.

Les mots finissent par jaillir de ma bouche, par paquets. Je lui raconte que je suis en train d'écrire le livre pour enfants que Nora souhaitait. Parce que le monde a effectivement besoin de plus de livres sur des jeunes filles fortes, rebelles. Et parce que j'aimerais avoir la chance de donner une autre fin à cette histoire. Avec une jeune fille libre, pouvant décider de continuer à vivre dans la forêt. Après tout ce qu'a enduré Marla, elle aurait au moins mérité ça.

Je ne lis pas de réaction sur son visage. Je doute qu'elle voie autre chose pour l'instant que le fait d'être séquestrée une fois de plus. Mais j'aimerais qu'elle sache qu'elle n'est pas toute seule, ce coup-là. C'est pourquoi je le répète :

— Je reviendrai. Promis, Marla.

J'aimerais prendre sa main, fine et pâle à côté des pommes de pin. *Promis, Marla.*

Un mensonge ? Pas cette fois.

PROLOGUE 13

PREMIÈRE PARTIE 19

DEUXIÈME PARTIE 165

TROISIÈME PARTIE 309

ÉPILOGUE 443

DERNIÈRES PARUTIONS

Jon Hickey, *Big Chief*
Garrett Carr, *Le Garçon venu de la mer*
Lea Carpenter, *Troie*
Leo Giorda, *L'Ange gardien*
Peder Frederik Jensen, *La Volonté de Ran*
Kent Wascom, *Le Glorieux État de Floride Occidentale*
Eowyn Ivey, *Une histoire d'ours*
Pete Fromm, *Impératrice des airs*
Keith McCafferty, *La Rivière au cœur froid*
Ruby Todd, *Objets célestes*
Piergiorgio Pulixi, *Stella*
Alex Taylor, *Gasping River*
Velma Wallis, *Seules dans le Grand Nord*
Elena Fischer, *Paradise Garden*
Peter Swanson, *Ceux qu'on sauve*
Chris Offutt, *La Loi des collines*
Ellen Gustavsen, *L'Héritage sans nom*
James McBride, *L'Épicerie du Paradis sur Terre*
Lizzie Pook, *La Glorieuse Vengeance de Maude Horton*
Elliot Ackerman, *Halcyon*
Jean Hegland, *Le Temps d'après*
John Gierach, *Nous avons tant pêché*
Peter Benchley, *Les Dents de la mer*
Jake Hinkson, *Ainsi va le monde*
Craig Johnson, *Le Dernier Combat*
Piergiorgio Pulixi, *La Librairie des chats noirs*
Jaap Robben, *Au crépuscule*
Vera Buck, *Les Enfants loups*
Maren Uthaug, *11%*
Ayana Mathis, *Les Égarés*
Mark Haskell Smith, *Mémoires*

CET OUVRAGE A ÉTÉ COMPOSÉ PAR
ATLANT'COMMUNICATION
AU BERNARD (VENDÉE).

ACHEVÉ D'IMPRIMER EN JUILLET 2025 SUR ROTO-PAGE
PAR L'IMPRIMERIE FLOCH À MAYENNE
POUR LE COMPTE DES ÉDITIONS GALLMEISTER

Cet ouvrage a été imprimé sur du papier
dont les fibres de bois proviennent de forêts durablement gérées

IMPRIM'VERT®

DÉPÔT LÉGAL : AOÛT 2025
N° D'IMPRESSION : 107299
IMPRIMÉ EN FRANCE